展现国家名片“华龙一号”的重磅之作

中国作协重点扶持作品　《中国作家》倾情推介

“华龙”腾飞

王敬东/朱向军◎著

中国原子能出版社

图书在版编目（CIP）数据

“华龙”腾飞 / 王敬东，朱向军著. —北京：中国原子能出版社，2020.9（2022.6 重印）
ISBN 978-7-5221-0708-0

Ⅰ. ①华… Ⅱ. ①王… ②朱… Ⅲ. ①报告文学–中国–当代 Ⅳ. ①I25

中国版本图书馆 CIP 数据核字（2020）第 132895 号

“华龙”腾飞

出版发行	中国原子能出版社（北京市海淀区阜成路 43 号 100048）
社　　长	李　涛
策划编辑	王　青　宋翔宇
责任编辑	王　青　王　朋　郭文传
插　　画	邢　继
装帧设计	崔　彤
责任印制	潘玉玲
印　　刷	河北文盛印刷有限公司
经　　销	全国新华书店
开　　本	710 mm×1000 mm　1/16
印　　张	29.25
字　　数	365 千字
版　　次	2020 年 9 月第 1 版　2022 年 6 月第 2 次印刷
书　　号	ISBN 978-7-5221-0708-0　　定　价　**58.00 元**

网址：**http://www.aep.com.cn**　　**E-mail：atomep123@126.com**
发行电话：**010-68452845**

“华龙一号”是中国完全自主知识产权的三代核电技术。

这是我们自己的技术，我们要把它推向非洲和全世界。

——习近平

你们为我撑腰，我去国际舞台为你们扬名。

——李克强

目 录

CONTENTS

2019年10月1日，北京天安门广场举行盛大阅兵仪式，庆祝中华人民共和国成立70周年。

一辆彩车进入全国人民的视野，“华龙一号”巨大模型高高耸立，熠熠生辉。

我国拥有完全自主知识产权的三代核电机组“华龙一号”全球首堆，2015年在福建福清开工建设，同年海外首堆在巴基斯坦卡拉奇开工建设，2019年10月16日，第五台“华龙一号”落地漳州开启批量化建设。截至2019年年底，我国运行核电机组47台，居世界第三；在建核电机组15台，居世界第一。

核电技术的发展，自1951年12月美国试验增殖堆1号（EBR-1）首次利用核能发电以来，人类进入了和平利用核能时代，世界核电至今已有近70年的发展历史。

我国核电发展起步较晚，但发展速度较快。从20世纪70年代至今，我国从“借船出海”到“造船出海”，从一个核电大国向核电强国迈进，从援建巴基斯坦恰希玛核电站到我国三代核电技术“华龙一号”再度落户巴基斯坦卡拉奇核电站，中国核电发展史上永远铭记着几个“核之荣耀”的时刻——

首都北京，春阳普照，花香四溢。

海西福建，丽日蓝天，东海扬波。

北京中国核电工程有限公司大院，气氛炽烈，银屏闪烁。

福建福清“华龙一号”建设现场，人声鼎沸，笑语欢歌。

2015 年 6 月 15 日，国务院总理李克强来到位于北京航天桥的中国核电工程有限公司，他不仅兴致勃勃地观看了“华龙一号”的模型，还通过卫星视频连线了“华龙一号”首堆工程的福清 5 号机组的建设工地。

“同志们好！同志们辛苦了！”

“总理好！为华龙建功立业！”

“‘华龙一号’为我撑腰，我去国际舞台为你们扬名！”

总理的铿锵话语，激励中国核电人的一腔豪情，化作冲天斗志。

阿斯塔纳，哈萨克斯坦的新首都，气候宜人，环境优美。

2017 年 6 月 8 日，在阿斯塔纳世博会开幕前夕，以“未来能源，绿色丝路”为主题的中国馆人头攒动，好评如潮。随着奔涌的人流，习近平走到中国馆“华龙一号”模型前，对纳扎尔巴耶夫总统介绍说：

“‘华龙一号’是中国完全自主知识产权的三代核电技术。”

这是习近平主席第二次在其他国家元首面前赞誉“华龙一号”。2015 年 12 月 4 日，在南非，习近平主席向南非祖马总统热情介绍说：

“这是我们自己的技术，我们要把它推向非洲和全世界。”

“华龙一号”，究竟是何方“神圣”，值得国家领导人如此赞许和推介？

让我们按捺住好奇和激动，一同去揭开她“圣洁”而又“神秘”的面纱——

注：书中插画全部由“华龙一号”总设计师、首届“央企楷模”邢继手绘。

奠基

1 为有源头活水来

核电的源头得追踪到核武器——原子弹、氢弹等的研发。

第二次世界大战期间，德、美、英、苏等国相继展开了掌握核武器和导弹技术的激烈军备竞赛。1945 年 7 月，美国首先爆炸了第一颗原子弹。8 月，美国在日本投下了两颗原子弹。原子弹的出现，对现代战争及军事技术的发展产生了重大的影响。

新中国成立后，美国政府凭借掌握的原子弹，多次对中国进行核威胁和核讹诈。

1950 年年底，美国在朝鲜战场上遭到中国人民志愿军第二次战役的沉重打击后，为了摆脱危机、挽回败局，预谋对中国人民志愿军进行核打击。美国总统杜鲁门声称，将采取包括原子弹在内的一切必要措施，来应付朝鲜战场局势。美军当时将原子弹运到了停泊在朝鲜半岛附近的航空母舰上，并进行了核模拟袭击。

美国在朝鲜战场失败后，又将原子弹秘密运到日本冲绳岛，美国参谋长联席会议叫嚣向中国大陆投掷原子弹。1955 年，贼心不死的美国军方，还研究制定了原子弹攻击中国东南沿海地区的多种方案。

在国内外非常严峻的形势下，毛泽东主席和党中央从维护国家安全的战略高度，审时度势，以一个伟大战略家的胆略和气魄，果断地做出了发展原子弹、导弹等核武器的战略决策，提出了“搞一点原子弹、氢弹、洲际导弹，我看有10年工夫完全可能”的科学预言。

为此，1955年1月，中共中央书记处召开扩大会议，提出了中国建立和发展原子能事业的战略决策。从那天开始，中国核工业扬帆起航。

截至“华龙一号”出海远航，一甲子代表一个轮回。中国核工业筚路蓝缕，沧桑巨变，从无到有，从小到大，助力新中国站起来、富起来、强起来。

1964年10月，第一颗原子弹爆炸成功！

中国原子弹试爆成功，震惊世界，一举打破了西方大国的核垄断和核讹诈，提高了中国的国际地位。美国总统约翰逊当即取消了原定的竞选行程，发表电视讲话，认为此次爆炸是“世界历史上最不幸的时刻之一”。

1967年6月，第一颗氢弹试爆成功！

6月17日上午7时，空军飞行员徐克江带领机组驾驶着72号轰炸机，进行氢弹空投试验。沉寂的戈壁大漠上空，瞬时升起了一颗极为神奇壮观的“太阳”。

中国仅用两年零八个月就成功研制出氢弹，这是一个让全世界为之震惊的速度，标志着中国核武器的发展进入了一个新阶段。

在氢弹爆炸成功的同时，中国政府重申：“中国进行必要而有限制的核试验，发展核武器，完全是为了防御，其最终目的就是为了消灭核武器。”“在任何时候，任何情况下，中国都不会首先使用核武器。”

1970 年 4 月，第一颗人造地球卫星发射升空。

4 月 24 日，中国自行设计、制造的第一颗人造地球卫星“东方红一号”，由“长征一号”运载火箭一次发射成功。《东方红》乐曲响彻太空。中国航天人实现了毛泽东主席提出的“我们也要搞人造卫星”的号召。

1970 年 12 月，第一艘核潜艇顺利下水！

第一艘核潜艇下水，中国成为全球第五个拥有核潜艇的国家。没有外援，仅用 10 余年就研制出国外几十年才研制出的核潜艇，实现这一突破的，是我国第一代核潜艇总设计师彭士禄和当时平均年龄不到 30 岁的研发团队。荒岛求索，深海求证，他们用自己的聪明才智实践了毛泽东主席“**核潜艇一万年也要搞出来**”的豪言壮语。

当时有外电评论说：“中国依靠自己的力量搞出了导弹核潜艇，水下发射导弹成功，这本身就是一件了不起的事情。”

正是由于科学家和技术人员心中时刻惦念着民族的强盛，我国核武器的研制和发展，才得以步履矫健。

被西方封锁的新中国，接连研制成功“两弹一星一艇”——原子弹、氢弹、人造卫星和核潜艇，让核大国惊叹：

中国绝非一推就倒的“泥足巨人”。她拥有自己的“核脊梁”，威慑讹诈对她不管用！

光明前景发端于艰辛的探索。

青海金银滩草原，谜一样的地方，诗一般地浪漫。

在这里，王洛宾写下著名的《在那遥远的地方》，让几代人陶醉。然而从 1958 年 5 月起，它的名字从中国地图上神秘消失了，因为这里被选定为核武器建造研制基地。

这里，海拔 3 000 多米，寒风蚀骨，飞沙走石。一年中有 8 个月要穿棉衣。

这里，树极少，只有稀稀拉拉的骆驼草。一天一盆水，喝水洗脸全靠它。

这里，历史在铿锵回响——

“1959 年 6 月，苏联单方面撕毁中苏国防新技术协定，扬言没有援助，中国 20 年也休想造出原子弹。我们一定要造出自己的‘争气弹’。”时任二机部部长刘杰说。

当时的外交部部长陈毅曾说：“宁可把裤子当了，也要把原子弹搞出来。”足见我国对于原子弹的热忱。有了原子弹我们才能在国际上有话语权，其他国家才不能小瞧了我们中国。

“我愿以身许国！”这是科学家王淦昌的铮铮誓言。从此他的名字在国际物理学界消失了。

中国原子能研究所掌门人钱三强对核物理情有独钟。35 岁时，他带着导师留给他的放射源从法国归来；51 岁生日当天，中国第一颗原子弹爆炸成功。钱老曾说：“科学没有国界，科学家却是有祖国的！”

最早的华人诺贝尔奖得主杨振宁，曾问过邓稼先：“我在美国听说，中国的原子弹是美国人帮着造的。”憨厚的邓稼先只说了句：“以后再告诉你。”后来根据周恩来总理的指示，邓稼先写信告诉好友杨振宁：“中国的原子弹、氢弹全部是中国人自己研制。”杨振宁看过信后，激动得不能自已，因为他知道，当时的中国要自己研制原子弹，那该有多困难。

核武器事业背后不仅有智慧、汗水，还有无数的牺牲。

1968 年 12 月 5 日，郭永怀有重要发现返京汇报。凌晨，飞机在离地面 400 多米上空突然失去平衡，一头扎进玉米地里，火焰冲天。遗体被发现时，他和警卫员牟方东紧紧抱在一起。装有核武器资料的公文包却安然地夹在他们中间。

看到眼前的一切，现场很多人跪地痛哭，感慨不已。

1999 年 9 月 18 日，郭永怀以烈士身份被追授为“两弹一星”功勋奖章的科学家。他更是“两弹一星”元勋中唯一一个在原子弹、导弹和卫星三个领域均有重要贡献的科学家。

更有邓稼先和科学家们，用自己满腔的热血奋斗在海拔 3 200 多米的高原上。这里空气稀薄，当时正是三年困难时期，一穷二白的国家，为科学家们提供的条件难以想象。物质匮乏，技术落后，粮食短缺。基地上每天只能靠酱油汤就饭，一米八个头的邓稼先很快饿得全身浮肿。

一次，同事拿来火烧，引来大家哄抢，忍了很久的邓稼先说："你们也给我留一小块吧！"有一次，在北京的妻子许鹿希，骑单车40多分钟，用自己节省下来的粮票买了些油炒面，托人给丈夫带去。自此同事就来他宿舍开会，来时自备碗勺，先找糖，再一人冲碗面茶。

极度的紧张不安，连轴转的工作状态，极不规律的生活，销蚀着这位科学家的健康。他是一位只知道工作，不会照顾自己的人，煮面条都不会，竟然是水和面一起下锅。

原子弹爆炸的第二天，邓稼先回来了，母亲已病危两天了。此时，母亲已经不能说话了。他跪倒在病床前，捧着母亲苍老的双手，长跪不起。

妻子见到丈夫时，丈夫穿着灰布衣服和部队的便鞋，已是一头白发。二人默默相望，千言万语不知从何说起。

1986年7月29日，邓稼先走完了一生。即使在生命的最后一刻，他也念念不忘自己的祖国。邓稼先的最后一句话是：**"不要让别人把我们落得太远。"**

邓小平指出

"如果60年代以来中国没有原子弹、氢弹，没有发射卫星，中国就不能叫有重要影响的大国，就没有现在这样的国际地位。"这些东西反映一个民族的能力，也是一个民族、一个国家兴旺发达的标志。

于敏、王淦昌、邓稼先、朱光亚、吴自良、陈能宽、周光召、钱三强、郭永怀、程开甲、彭桓武……中国核事业奠基者的名字和功勋，将永远铭记在共和国的史册上。

“两弹一艇”，一部改变新中国命运的交响乐，是数十万人用生命合奏出来的。

“两弹一艇”铸就核盾牌，筑牢国家安全基石！

历史不会忘记：在面朝黄河的山谷中，兰州铀浓缩厂筹备处主任王介福，带领建设者为中国第一颗原子弹生产出合格的高浓缩铀。

历史不会忘记：在湖南郴州，2 500 多名职工打下中国第一个铀矿井；在茫茫戈壁，创建了中国第一个核工业联合企业；在阴山荒原，建成了中国第一个核燃料元件厂……

历史不会忘记：从第一颗原子弹爆炸到第一颗氢弹试爆成功，美国用了七年零三个月，中国用了两年零八个月，速度世界第一。西方科学家评论：中国闪电般的进步，神话般不可思议。

历史不会忘记：彭士禄、黄旭华等率领团队设计制造了中国第一艘核潜艇。没有用外国的一颗螺丝钉！

沉默如金的戈壁作证：就是在这荒原上，核工业人安下心扎下根，以大无畏的爱国精神和感天动地的革命豪情进行第一次创业，干惊天动地事，做隐姓埋名人，实现了决定中国命运的“两弹一艇”强军梦。

回想当初，毛泽东主席果断地决策发展原子弹、氢弹等战略核武器，并取得了重要成功，这是伟大战略家的远见和卓识。它打破了超级大国的核威胁和核垄断，对于维护我国国家安全，提高我国国际地位具有重要且深远的意义。

第一代核工业人留给世人最深的启示是：

自力更生！

2 中国核电从秦山起步

中国核工业从诞生之日起，就以维护和平为目的，铸剑为犁。

从“以军为主”转向“军民结合”。20 世纪 70 年代，中国核工业顺应历史潮流，重点为国民经济建设服务。核能和平利用成为新主题。

杭州湾，潮涨潮落。面朝杭州湾的一座山岗，秦始皇东巡途中驻留于此，得名“秦山”。

中国核电梦，从这里开始。

从 1974 年起，核工业组建专门团队用 11 年开展了 380 个科研试验项目，为首座核电站奠定了安全、科学的基础。

1985 年 3 月 20 日，秦山核电一期工程浇注第一罐混凝土，标志着工程正式开工，中国大陆第一座核电站从蓝图走向现实。

1991 年 12 月，中国自行设计建造的秦山 30 万千瓦核电站并网成功。

“秦山核电是中国内地核电零的突破，被誉为‘国之光荣’。”原秦山核电公司总经理姚启明说。

秦山核电站开始并网发电，结束了中国大陆无核电的历史。当时媒体也评价说，这是我国核工业发展的又一重大胜利。

斩关夺隘，一路向前。

1995 年，秦山核电二期工程拉开帷幕，我国自行设计建造 4 台

60 万千瓦的压水堆核电机组。2002 年，陆续投入商业运行。

秦山二期采用当今世界上技术成熟、安全可靠的压水堆型，它的设计与建设采用国际标准，在堆芯设计、安全系统设计等核电厂安全性和性能方面取得了多项重大创新。

如果说秦山一期 30 万千瓦级核电工程解决了我国大陆有无核电的问题，那么秦山二期 60 万千瓦级核电工程则实现了我国自主建设大型商用核电厂的重大跨越。秦山核电二期工程积累了一整套核电自主建设的经验，具备了批量建设的条件和能力，为我国核电建设的标

准化、系列化奠定了基础，为自主设计建造百万千瓦级核电厂创造了条件，成为我国核电自主化建设的一个重要里程碑。

秦山三期是我国首座商用重水堆核电站。采用加拿大坎杜 6 重水堆核电技术，于 1998 年 6 月 8 日开工，2003 年 7 月 24 日，比中加主合同工期提前了 112 天全面建成投产，创造了国际 33 座重水堆核电站建设周期最短纪录。

2008 年，秦山核电站扩建工程方家山核电站动工，建造两台百万千瓦级的国产化压水堆机组。2014 年，1 号机组投入商业运行。

方家山核电工程所在的秦山核电基地，是我国大陆核电的发源地，也是我国推行核电“走出去”发展战略的发源地。自 1985 年 3 月 20 日我国大陆首台核电机组开工建设以来，秦山核电基地成功实现了“中国核电从这里起步”“走出一条核电国产化的道路”“核电工程管理与国际接轨”，我国核电“从 30 万千瓦到百万千瓦”自主发展的历史跨越，逐步形成了安全环保、自主创新、群堆管理、人才摇篮、文化引领、对外服务、公众沟通、企地共融的秦山特色，为我国核电事业发展奠定了坚实基础，作出了重大贡献。

“从 30 万千瓦到 60 万千瓦，再到百万千瓦，中国核电自主建设能力实现‘三级跳’。”中国工程院院士叶奇蓁说。

核燃料循环体系是核工业的“大动脉”。我国坚持核燃料“闭式循环”技术路线，成为世界上为数不多的具备完整核燃料循环体系的国家之一。

核技术是现代高科技的重要组成部分。我国大批核工业关键技术取得突破：铀矿勘查形成 2 800 米深“攻深找盲”能力，国产离心机技术取得重大进展，自主品牌燃料组件实现研发成功……

“我国已建立起包括铀矿地质勘探、铀矿采冶、铀纯化、铀浓缩、元件制造、核电、乏燃料后处理、放射性废物处理处置等环节的完整核工业体系。核工业已经成为军民结合产业的标杆。"时任国防科工局局长、国家原子能机构主任许达哲说。

奔腾不息的波涛铭记：20 世纪 70 年代起，我国核工业保军转民、军民结合，进行第二次创业，实现了核电零的突破和步步跨越的核能梦。

第二代核工业人留给世人最深的感悟是：

自主创新。

淬火

3 父子辈的报国情怀一脉相承

在中国科学界，科学家灿若群星；即便顶尖级的科学大师，也为数不少。如两弹元勋钱三强，中国地质开拓者李四光，数学家华罗庚……

“华龙一号”的总设计师邢继一样出彩。让我们一起洞悉一个少年的成长。

南充，历史悠久，文化灿烂。古有汉代辞赋家、文学家司马相如，今有共和国大元帅朱德。进入新中国，更是人才辈出。

1964 年 10 月，邢继出生在南充的一个教师家庭，父母都是石油拓荒者。少年时期的邢继喜欢艺术，爱好画画。

采访邢继时，他说：“受爷爷潜移默化的影响，从小喜爱画画。”爷爷是当地的老中医，问诊拿脉之余，总是拿起笔写写画画。爸爸妈妈那时忙，小邢继四五岁就跟爷爷生活过一段时间。爷爷画画时，他也悄悄地拿起笔踮起脚，在一旁“依样画葫芦”。日子一久，就萌生了画画的兴趣。爷爷教会他画画，让他一生受益匪浅。

如今，在南充高中 1981 级班级微信群里，依然低调的邢继鲜少发言。2017 年 5 月，一位老同学把作为“华龙一号”总设计师的邢继获得“全国创新争先奖”，以及同屠呦呦等科学家一同站上颁奖礼台，当选央视“年度十大科技人物”的链接放在群里。群里一下子“炸开了花”。对南充这样一座城市来说，这是一件轰动的大事。闻名全国，邢继本人和他的同学似乎都没想到。

“我进校的时候就读于 3 班并担任班长。当时，我家住西南石油大学附近，虽然现在看来家校之间的距离并不远，但因为那时交通不发达，我只有每周周末放假才能回一次家。”回忆起 40 年前高中生涯的点点滴滴，邢继依然记忆犹新，他告诉笔者，他至今还记得学校吱吱嘎嘎的木地板、校门外的涪江路、每次回家必经的五星花园……

“那会儿条件也不好，我妈妈是石油学院的老师，我没有绘画的纸，就把她的备课本悄悄拿来画。课间的时候，我在那画画，周围一大堆同学看，我一边画一边给他们讲，自得其乐。”说这番话时，邢继不经意地笑了一下。

“那时我刚上小学不久，依稀记得，老有学生上我们家来，有的穿得花花绿绿的，估计是新疆那边少数民族学生。我爸妈热情好客，有什么好吃的都拿出来给大家分享。有时我想吃的东西没了，还老不高兴呢。”邢继又笑。

邢继顿了顿又说：“我看见最多的是一个班长，经常抱着一大摞作业来我们家。妈妈批改作业的时候，非常专注认真，不允许我打搅，并多次叮嘱我：‘现在你的学习一定要像妈妈批改作业一样认真，将来长大了做任何事都要聚精会神，马马虎虎容易出错哟！’有时我上床睡觉多时了，起床上厕所，见妈妈桌前的灯还亮着。妈妈最开心的一件事，是接到已毕业学生的来信和电话。”

“是不是扯远了？”他笑着问我们。笔者笑了笑说：“没有。看来你妈妈对你寄予厚望，注重你学习、做事习惯的培养。那你爱画画，她送你进过什么美术培训班吗？”

“我没有专门拜师学艺，只是在高考前在南充美术培训班待过一段时间，似乎有点无师自通。”邢继的绘画水平在同龄人中小有名气，老师曾建议他报考艺术院校。

"高二那年，学校文理分科重新分班调整，我被分入当时的1班，班主任是罗辉武老师。"邢继坦言，他在高中并非特别努力，那时候喜欢绘画、打篮球，比较贪玩，所以初到1班有些不适应。

一个值得注意的细节是，不少同学和邢继一样，同为石油工人的子弟，他们"听父辈们讲得最多的是石油战线的人和事"，石油工人的高大形象悄然进入邢继的脑海。

那时，毛泽东主席"工业学大庆"口号的提出，全国上下的学习运动一浪高过一浪，中央要求学习大庆自力更生、艰苦奋斗的精神，以推动全国工矿企业和社会主义建设向前发展。加之石油工人的榜样王进喜的隆重推出，石油工人的地位更加崇高。

但真正给邢继留下深刻印象的是，1974年由长春电影制片厂以铁人王进喜为原型拍摄的电影《创业》。该片真实地再现了中国石油工业创业时期的风貌，反映出艰难多舛而又轰轰烈烈的创业史。

邢继说他还大致记得故事的情节：一个油矿为迎接解放，工人们英勇护矿。石油工人决心甩掉"中国贫油"的帽子，经过10年艰苦奋斗，一个姓周的钻井队长以革命加拼命的精神，打出了"争气井"，创造了新的纪录，但中国石油落后的面貌仍未改变。有的专家崇洋媚外，被"贫油"论所束缚，无所作为。不久，周队长带领钻井队来参加北方草原油井会战，主张走民族工业发展的道路，但处处受阻，周队长带领工人们以毛泽东思想为指导，进行了坚决斗争。这时，苏联背信弃义，断绝了油料供应，敌人又里应外合，制造了停钻和井喷事故。周队长在党的领导下，揭露了敌人的反革命罪行，教育了落后分子，终于为国家拿下了面积大、产量高的创业油田，使我国基本上实现了原油自给。

"石油工人太了不起了，只有实现工业化国家才能强盛。"这是邢继看电影后的认知。他想着将来像父亲一样去干工业，为实现工业强国梦贡献自己的一份力量。

邢继后来之所以没有在高考时报考向往的艺术院校，其实也与他从小的另一个兴趣爱好有关，这个爱好甚至让他已经到了痴迷的地步。

与石油工业相比，邢继似乎更偏爱国防工业。“我也不知道什么原因，渐渐地就对国家的军工事业的发展，特别对武器装备感兴趣，会用非常有限的零花钱都去买军事装备方面的杂志，这跟后来我选择职业还是有点关系。”

“说实话，爱好归爱好，真正要进入国防工业，谈何容易！我就转而求其次，反正选择理工科院校，打算将来跟父亲一样献身祖国的工业建设。”

正当他信心满怀地憧憬未来时，却遭到意外的打击。1981 年，他第一次参加高考时遗憾落榜。次年，他因身体原因在家病休。经历了一次高考失败后，他格外珍惜读书的机会，在家休息这一年，他四处报名参加辅导班学习，每天要花 10 余个小时复习备考。

1983 年的高考前，艺术的梦想仍然牵引着他。可一个偶然的因素颠覆了他的计划。

邢继认识的一个学长就读于哈尔滨工程大学（原哈军工）。一次放假回来，学长和邢继聊起学校的军事化管理、学习生活以及许多校园趣事，这让本来就痴迷于军事的邢继十分羡慕，同时也对这所学府十分神往。

人生，往往一个不经意的邂逅，就会改变它的航向。高考时，邢继放弃原先的打算，毅然决然地报考哈尔滨工程大学，并作为第一志愿。

此事得到父母的鼓励和支持：“你是教师的后代，国家又急需工业人才，应该为国家工业建设出力。”

“父母在，不远游”，四川学子的一大特点，是选择在周边大学读书，邢继却要去遥远的北方。父亲对他说：“好男儿志在四方，我们石油工人不都这样嘛！”

“我虽然第一志愿报考的是哈尔滨工程大学，但也留了个心眼，现在想想挺可笑的，第二志愿、第三志愿报的都是跟艺术相关的，记得第二志愿是重庆大学有名的建筑系，因为建筑系有绘图，与我画画的爱好有关。这也是以备不虞之需。”1983 年 9 月，邢继如愿以偿地迈入这所以军工教育起家的大学，就读船舶动力工程系的核动力装置专业。

他曾自嘲：“我那时有两个梦想，艺术向左，军事向右。”

当年，他顺利走上了理工专业道路。但他并没有因此放弃画画，时至今日，在紧张、繁重的工作之余，只要有时间，他依然会拿起画笔，还培养了爬山、摄影、游泳等业余爱好。

邢继认为，虽然自己没有继续深造绘画，但是从小练就的绘画功底对日后的工作有很大的帮助。“绘画能提高观察能力和把握空间形态的能力，通过绘画把一个物体准确的形态反映出来，对后来的工程设计有很多帮助。”

当时，核动力装置是小众专业，全年级就他们一个班 26 人，也不知道学成后能干什么。渐渐地，了解到中国从无到有的第一艘核潜艇下水的消息，那可是有强大威慑力的大国重器啊！邢继这才知道核动力装置与国防建设密切相关。

他有些神秘地说：“那时我们享受了一般院校学生无法享受的特殊待遇——观看未公映的二战时期的海战纪录片，看得人热血沸腾。”邢继意识到，只有强大的武器才有强大的国防，只有强大的国防才有国家的安全。

众所周知，从百年来落后挨打的悲惨境地挣脱出来的新中国，特别渴望国防的强大，毛泽东主席更是为此殚精竭虑。邢继说："我记得毛主席曾给两所国防大学题过词，一所题的是'军学'，意即是培养指挥人才的，一所就是我们学校，题的也是两个字：工学，大意是培养军事工程技术人才。"后来，"工学"二字就延伸演变为哈尔滨工程大学的校训：大工致善，大学致真。学校严谨求真的学风也就逐渐形成了。

邢继还记得，核动力装置的教材中的案例大多讲述的是国外的装置，但从我国初始核工业摔打成长起来的那拨老师特别棒，自己编写教材，教学认真严谨，恨不得将平生所学悉数传授给他们这些莘莘学子。

独特的校训，众多的良师，优良的学风，这些都让邢继如沐春风，受益良多。

邢继

4 技术大拿是这样炼成的

“淬火成钢”，用来形容邢继的成长，十分贴切。

1987年，邢继大学毕业。当时，我国第一座核电站刚刚上马建设，第二座核电站也开始启动，国家急需核电方面的人才。凭借优异的学习成绩，邢继被分配到了当时的核工业第二研究设计院（简称“核二院”，中国核电工程有限公司前身）时，核军工已向核民用转型。虽然没有赶上自己向往已久的国防建设，心情略有失落，但能从事为国家经济建设服务的核电工作，也是不错的选择。

选择无处不在。面朝大海，春暖花开，是海子的选择；人不是生来被打败的，是海明威的选择；人固有一死，或重于泰山，或轻于鸿毛，是司马迁的选择。因为选择是一次又一次自我重塑的过程，让我们不断地成长，不断地完善。

当时的核电并不景气，核二院没有多少核电项目可做。因此，邢继就跟着老师傅们做啤酒厂和小火电的项目。为了小火电项目，他跑了好几趟遥远的新疆。

他是学核的，在核二院干不了核电项目，也见不到心仪的核电站，却没有一点不开心。他说：“正是那个时期的经历，让我知道了什么是工程，工程设计到底要做什么。作为一个工程设计师，这样的经历非常有必要。”

他说：“我干火电两年以后，大亚湾核电站刚刚开工，1990 年被派往建设中的大亚湾核电站。”这是他生平第一次见到了真正的核电站。

大亚湾当时由法国人做技术总负责，有一套非常严格的管理体系。邢继刚去的时候就听说，技术部已经被开掉了很多人。邢继凭借流利的英语和一线工作积累的丰富经验，顺利通过了法方的面试。

年轻的邢继跟随着法方和中方共同组建的施工现场技术部在一线工作，在这个边工作边学习的过程中，邢继收获颇丰。

邢继至今忘不了他的两个法国老师，一个是大老板，被雅称为“麦芽子”的人，他严谨务实，是一个业务能力很强的领导。

一次，邢继向大老板请教阻力器有何作用，“麦芽子”就说：“你知道地震吧，震频与建筑物的频率错开的话，损失就小得多，阻力器是一种液压型活塞，是在核电厂这个大家族中起到改变物体刚性的作用。就如同汽车安全带一样，急刹车时会紧紧地绷住你，慢行时你可以自由松动。”

阻力器的安装有很多要求，邢继认真研究，解决了不少问题，赢得了大老板的赞许。按管理规定，重要问题不允许现场处理修改，得由法方设计总部批准修改。邢继的出色表现，使其获得了这份殊荣，他对重要问题的修改方案，可以直接向法国总部申报。

两年到期后，邢继等人由于水平高、能力强而受到法方的挽留。法方将函件发往核二院直接要人。邢继又在那儿干了半年多。

另一位老师是一位雅号为“叩头”的直接领导，诲人不倦。“说他是恩师不为过。”邢继说。

一次，“叩头”老师让邢继处理一个现场无法安装管道问题，邢继去现场查看情况后很快提出修改方案，按照自己所画的图对老师说：“只要增加一段管道，把它连上即可。”

“NO！NO！”老师指着图纸说，“你得知其然更知其所以然，必须弄清楚错开的原因。”

观察，研究，邢继又花了两整天时间画了一大张安装图去找老师分析问题的产生原因。“叩头”看过之后，也不作声，从他的抽屉里拿出自己画的一张草图。邢继接过一看，自己和老师画的竟一模一样。其实，“叩头”先一番调研后，已经分析出原因并拿出解决方案了。

当他明白老师是在用此种方法促使自己快速进步时，他说：“我的眼眶一下子湿润了。”

此后，他俨然成了“叩头”的助手，“叩头”走到哪儿都带着他，手把手地调教。“叩头”是个大胖子，每次去现场都累得气喘吁吁，满头大汗，邢继在一旁扇风；邢继在上面测量，“叩头”在下面用手电筒照亮。

说到此处，邢继显出苦笑的神情，笔者问其因由，他说，那会儿大亚湾高温多湿，蚊子又大又毒。要是与别人一起待在现场，蚊子与自己无缘，可和“叩头”一块儿，毒蚊总是攻击自己，因为老师全身是毛，蚊子奈何不得，“叩头”瞧他难受却乐不可支。

“孺子可教！”由此，邢继也赢得了“叩头”的信赖，把整理大亚湾核电文件资料的活儿交给他。这可是座技术宝库呀！邢继一边整理，一边在知识的海洋里尽情徜徉。他发挥他的画画优长，在分门别类的资料画上不同样式的虎头标志，查找起来就方便多了。

“叩头”的欢喜之情自不待言。

邢继说：“两年多，我解决的问题虽然只有 3 000 多个，从数量上远远赶不上同事，但大多是重要的问题，老师才叫我去处理。”

这叫人尽其才，才堪大用。

在邢继结束了大亚湾工作以后的 20 多年里，法方的经验让他获益匪浅。邢继说："大亚湾的那两年多，对我的职业生涯产生了很大的影响。所以，我现在也跟设计人员强调，一定要到现场待一段时间。只有在那里，你才能真正体会到什么叫核电设计、什么叫核电工程师。而且，同样的事情让不同的人去做，各自的收获又是不同的：一方面取决于你的用心程度，另一方面是在考验你的学习能力。"

大亚湾完工后，邢继被调到国内首台自主商用核电站秦山二期当工程总设计师。活学活用的他，将从大亚湾现场那儿学到的"真经"，全部派上了大用场。

邢继感叹道："大多法国工程师很好！那时我们年轻，没有核电设计经验，一起工作时，法国工程师是真心帮助我们。尽管西方从国家战略利益出发，经常在核心技术上卡我们，但我国核电技术的长足发展与进步，中法合作当推首功！"

一个不可否认的事实是，凡中方在大亚湾磨砺过的工程师，现在绝大多数都是我国核工业领域的高层管理者。

邢继能去秦山，是有人"慧眼识英才"。

大亚湾告一段落，回核二院的邢继担任了设计所三室的组长，参与秦山二期工程反应堆厂房布置设计。一天，他突然被副院长兼秦山二期总设计师倪武英叫到办公室，开门见山地对他说："小邢呀，你回来没多久，又要给你新任务了。"

邢继有些发愣，倪总拍了拍他的肩膀打趣道："你小子行呀，居然让这个'严老太'李总看上了！"见他还不明白，就干脆挑明，"是李维音设总点你的名，要你去'秦山二期办'给她当助手。"

就这样，他在设计室屁股还没坐热，就转战到了秦山二期项目部。

李维音，核二院"八怪"之一。

所谓"八怪"，即水平高超、性格强势的 8 个老专家，以点石成金、对人苛刻而著称。

那时，邢继与李维音老师同在大亚湾，但无交集。大亚湾后期，邢继从事技术服务工作，一次，李维音有一问题需要邢继所在的三室去处理，这事儿落在了邢继头上。他很快发现国外设计的常规岛阀门参数有问题，便写了一份调整报告，十分满意的李维音尽管不露声色，但对邢继分析解决问题的能力已心中有数。

他说：“在秦山二期当助手期间，李老师对我提出了很多要求，亲自审阅、修改我的设计管理程序，一字一字地抠，一项一项地改，甚至包括程序用语；后来我提出的工作程序建议，她也十分支持，这给我很大的鼓舞和鞭策。”

这期间，邢继牵头完成了 40 多册设计出图的管理程序，这以后，核电厂建设的设计就有了“照葫芦画瓢”的设计蓝本，类似于现在的教科书啊！邢继说：“定出新规，从无到有，就是能力的提升。”

邢继感慨：“在我年轻时的成长途中，一路上遇到的都是贵人！”

通过邢继在大亚湾、秦山的实践，可以得到这样的启示：没有随随便便的轻松“登顶”，“钢铁”就是这样炼成的；只要你足够优秀，肯定能够成功！

5 卓越基于深厚的积淀

“跟班”一年后，李维音推荐邢继升为设计总工程师（设总），负责核厂房的布置，这千斤重担一下子压在了他的肩膀，此时，他三十刚刚出头。人这辈子，不是活过了多少日子，而是记住了多少日子。但全新蜕变的那一天，他记住了。

因为秦山二期是自主设计的 60 万千瓦商用核电站，问题层出不穷呀！用邢继的话说，秦山二期的设计，一直是被人骂着走的。

他还记得那一年春节，工程建设没停，时任核二院副院长、秦山二期工程总设计师李晓明带着8位室级领导来看望坚守一线的设计人员。在施工现场，与全体设计代表和家属一起吃了一顿令他难忘的“年

夜饭”。那时候每周二晚上都要开项目的经理协调会，每次这个会议基本都变成了对设计院的“批斗会”。大家关注的只有一个问题：你们设计上哪些图纸现在还没有出来，设计还有多少问题让施工在等着你们。每次开会，邢继要负责解答这些问题。他总是带着一厚沓的资料去，一一告诉施工单位和业主：这个设计什么时候解决，怎么解决；那个设计解决完是什么样子……

年轻人就是有优势，敢想敢试。“我们较早地利用计算机做设计管理。现在三维设计技术虽然推而广之了，但那时国内工厂借此设计，我们应该是最早的。当时在李晓明的主持下，我们从法国引进 PDL 软件做三维布置，一改两维平面手绘构图的传统做法，形象直观地表现物体形状，工作效率也大大提高。这就是先进技术在我们设计上的应用。”说到这儿，邢继轻扬双眉。

不仅如此，邢继还与清华紫光合作，主持开发了出管道图纸的三维工具设计软件，这也是一个不小的创新。在管理上，他们还开发了现场设计管理协同软件，并得到了很好的运用。

起初，秦山二期是出图、施工同时进行，赶工非常紧，往往是现场人员守在设计院，等出图了拿上立马赶往飞机场。邢继也经常去现场、驻现场，作为核二院设代技术副队长，他统领着百十来号人“连轴转”。后来就逐渐步入正轨了。

当然，关键时刻离不开领导的支持。1991 年春节，时任二院副院长李晓明带着 8 个科室主任赶往秦山，现场帮助解决问题并共度佳节，使坚守岗位的邢继们倍感温暖和鼓舞。

也正是这年春节，现场来了很多家属，邢继的妻子也带着刚上小学的儿子探班。由于时间仓促，邢继就带着儿子去施工核电站转了一圈，天空阴暗，细雨蒙蒙；工人们还在脚手架上施工，枪声阵阵，焊花点点。核电站呈现出科幻世界般的场景，核岛就像一个巨大的武士

一样矗立夜空。“啊——”儿子望着他一下叫出了声。

“但他不是害怕。”后来儿子在课堂作文中写到“那个东西”令他震撼，他为爸爸“感到自豪”。邢继温柔地说：“我给他讲‘大家天天都要用电，而爸爸做的这个工作就是为了发出便宜的电，这关系到千家万户’。”

“我觉得他听懂了。”后来，那篇作文他珍藏了十几年。他为自己“神奇的工作”倍感自豪，也满含自谦。

他借题发挥：“每个伟大的工程，总有一批微不足道的参与者。”同事们视之为座右铭。

大学快毕业的儿子和“华龙”一样，是他的骄傲。

他说，不光是我，我们那一拨在大亚湾待过的人，将平生所学尤其是设计程序管理方面的知识，悉数用在了秦山二期。法国人教会了我们“知其所以然”，我们也由此养成了思考的习惯和能力。

邢继说，“华龙一号”设计团队的很多骨干都在秦山二期现场锻炼过。正是因为经历了秦山二期自主化的压力考验，我们得到全面的提升。如今，这些“淬火”秦山的人都成为设计的领军人物。如“华龙一号”的型号总设计师荆春宁，中国核电工程有限公司（简称“中核工程公司”）常务副总工程师王长东、赵侠等。

秦山二期之后，邢继又担任了岭澳核电站二期工程的总设计师。岭澳二期是国家“十一五”期间唯一上马的核电项目，项目工程实现了设计、制造、建设、运营四个自主化。

首先就是设计自主化。

当时，中广核委托核二院来做岭澳二期工程设计的核岛总包（反应堆设计由核动力院负责）和全厂总体设计。2003 年启动时，刘巍为第一任总设计师，他升任二院副院长后，由邢继接任。“在我任项目总师的过程中，法国人对我们帮助很大。”邢继多次提到法国。

当时，应中方所邀，法国派了 30 多名工程师做设计咨询，其中有一叫雷蒙的副总给邢继当助手。雷蒙曾在大亚湾代理过总设计师和法方厂长，很有水平和能力，但这个可爱的老头，在年轻的总设计师邢继面前十分谦和，工作认真。岭澳二期是 M310 改进型，法方积累了很多经验，雷蒙都无私地传授，邢继很受益。

在这个过程中，核二院遇到很多困难。那时阀门还不能国产，6 000 台阀门求购国际知名的核具供货商，但对方锻造核具价格昂贵，奇货可居。业主意欲向价格低的厂家购买，可节省大量外汇，邢继表示支持。

但这就带来一个问题，该厂家生产的为铸造阀体，个头大而重，要重新做大量的管道力学分析和地震分析。邢继指示中法双方专家分头去做，3个月后，非常详尽的分析报告出笼。雷蒙参与中法双方共同评审，结论令人沮丧：用大的阀门，力学分析量大，工期要拖延1年。

如何破解此难题？邢继在内部挖潜上想了很多办法：寻找提高力学效率的分析方法；同业主、施工方商量，把建设与设计进度很好地衔接起来……如此一来，确保了工期一天也没有延误。雷蒙等法方专家认为“这简直不可思议”！

但邢继他们的的确确办到了。

邢继说：“我们与法方最大的不同是，在确保质量的基础上，加班加点地干。”

14项重大技术改进，个个都是“硬骨头”。如一改过去手动模拟化控制为全数字化控制系统设计，岭澳二期是首次运用。当时，核二院电器仪控所与DCS供应商就很多设计接口协调，完成所里的设计，工作量非常大。年轻的设计师们面对压力大、工期紧，看似不可能完成的任务，硬是拼命地给拿下了。在岭澳二期项目中，邢继积累了大量自主研发设计的经验。最关键的三点：软件、燃料和关键设备。

2005年春节前夕，电器仪控所照例聚会，总结过往，期许未来。当邢继满怀深情地向大家表示感谢时，“稀里哗啦”声一片，几乎所有在场的人都哭了。

哭吧，尽情地释放曾有的压力吧；这也是胜利的喜悦之泪！

最终，岭澳二期实现了完全自主设计，达到了国家发改委的4个预期目标。在此基础上，“十二五”期间，国家批量上马“二代加”近20台，创批量建设核电站新纪录，实现了百万千瓦级核电站从大亚湾到岭澳一期再到岭澳二期的“三级跳”。

人生总有谢幕的时候，雷蒙到了退休年龄，邢继实在舍不得他走，向法方请求延期，因为法方有规定，他的请求被拒。尔后，又为邢继配备了一位年轻的专家。雷蒙依依不舍地离开时，向中方写了一封对邢继评价极高的信。

“说来听听。”邢继连连摆手，“算了，那已是过去式，别提了。”

邢继作为总设计师，在岭澳二期核电工程中，全面负责项目的设计与技术服务工作，对于法国的核电技术路线已经颇为熟悉。但他认为，中国必须要拥有自己自主品牌的核电技术，才能在世界上立足。而这条自主之路一走就是十几年。

像诸如“换阀门”这样的问题，在岭澳二期自主化设计过程中还有很多。就是在这样一个个挑战面前，邢继带领的设计团队开始学着面对挑战、勇敢超越。而岭澳二期实现自主化设计正是“华龙一号”的基础之一。

诞生

6 “核摇篮”孕育华龙雏形

自主创新，打造中国品牌，一直是中国核电人孜孜不倦的追求。

尽管经历了引进、消化、吸收、研发的漫长之路，但中国品牌一直是中国核电的梦，打造中国自主品牌一直是中国核电人的终极目标。

就像两条河流，设计自主化和自主品牌创新，在一个历史关口，汇成了自主品牌再创新的蔚蓝大海。龙潜深渊，必会翔飞于天。

经过数十年的矢志不移、攻坚克难的奋斗，2014 年盛夏，中国核电品牌——“华龙一号”，终于横空出世！

“华龙一号”的命名，源于中核集团 2011 年推出的“龙腾计划”，即通过自主创新实现我国核工业技术、装备和整体能力的提升，到 2020 年使我国核能创新水平达到或超越世界水平。

“华龙一号”，顾名思义：中华复兴，巨龙腾飞！

国家领导人说，中国核电也是响当当的“国家名片”。

客观而言，“华龙一号”的研发历程漫长而曲折。

这事儿还得从中国核动力设计研究院（简称“核动力院”）说起。

“中国核动力工程的摇篮！”

这是 1997 年，时任国务院副总理的吴邦国为核动力院的题词。

这是国家领导人对核动力院的高度赞誉。作为“摇篮”，必有它的“神秘”和“高贵”之处。采访“华龙一号”期间，无数人提到它，提到它对中国核工业的巨大贡献，笔者无不充满好奇。

2019 年 5 月初，笔者来到天府之国四川成都，这里正是绵绵春雨时节，果真如诗圣杜甫所写的：“晓看红湿处，花重锦官城。”此行的目的地核动力院总部坐落于成都南部，这是个特别神秘的地方，大门口什么牌子都没有挂，进入园区才发现这里绿树成荫，鸟语花香，还有几处小桥流水，像一个大公园。

院宣传部同志先带笔者参观了园区里的中国核动力科技馆。了解到隶属于中核集团的核动力院是我国集核反应堆工程研究、设计、试验、运行和小批量生产为一体的大型综合性科研基地。自 1965 年建院以来，他们发扬自主创新、勇攀高峰的精神，先后自行设计、建造了我国第一代核潜艇陆上模式堆、第一座高通量工程试验堆、第一座脉冲反应堆以及岷江堆和两座零功率装置等 6 座核设施，被誉为中国的“堆谷”。

在 50 多年的建设过程中，他们已经形成包括核动力工程设计、核蒸汽供应系统设备集成供应、反应堆运行和应用研究、反应堆工程试验研究、核燃料和材料研究、同位素生产和核技术应用研究等完整的科研生产体系，成为国家战略高技术研究设计院。

1967 年至 1969 年，已划归二机部（核工业部）的七院（核动力院前身）逐步从北京搬迁到四川。核电站核岛的设计，一直是核动力院的强项。

来到核动力院的前身夹江县九〇九基地总部，一幢青石灰瓦的四合院映入眼帘，这是笔者见过最奇特别致的口字形二层小楼。墙体全是从附近的青衣江捡来的鹅卵石形成的“石打垒”，似乎向来访者诉说着往日创业的艰辛。彭士禄、赵仁恺、周永茂、王俊崇、孙玉发、周邦新 6 位院士图文并茂的宣传标牌在院中一字排开，这些核工业的院士似乎在静静地守护着他们曾经的创业基地。

彭士禄院士的旧居，坐落在一条矮小的山脊上。当初，为了工作便利，他选择了与工程指挥部紧邻而居，以防宝贵的时间浪费在来回的路上。工程指挥部两两相对的办公室的红色牌号清晰可见，周遭飒飒的风声，似乎在回荡着专家们当年技术争论的声响。

业内人士熟知，核电站新堆型区别于老堆型的核心，是堆芯设计。

此前，国内在役和在建核电厂的堆芯燃料，由121或157个燃料组件构成。其不足之处在于：由于没能较快实现电站的长周期换料的目标，电厂运行的可利用率没有很好地提高，经济性还有进一步优化的空间。

为突破西方157堆型限制，1997年，核动力院副院长张森如所率团队提出了177堆芯新概念，意在提高堆芯额定功率同时，降低平均线功率，既增加核电厂发电能力——反应堆的发电能力在同等条件下提高5%以上，又提高核电运行的安全裕量。

张森如先生已退休，他当时的助手，现已是中核集团“华龙一号”项目副总设计师、核动力院“华龙一号”项目总设计师的刘昌文接受了采访。

刘昌文告诉笔者，1997年，秦山二期设计已经进入尾声，设计人员思考下一步就该干中国自主的百万千瓦核电技术了，于是张森如副院长就提出CNP1000的初步构想。这个时期，中国大陆上普遍采用的法国M310堆型是157堆芯，现在要搞百万千瓦级的反应堆，功率扩大，堆芯要长高（加长燃料组件）还是长胖（增多燃料组件）？设计团队就提出了若干个方案，包括177堆芯、193堆芯、205堆芯，以及加长燃料组件方案，并逐一进行论证……

核电功臣张森如，绝非徒有虚名。

张森如

1965年，张森如从清华大学工程物理系反应堆专业毕业后，先后在二机部二院、15所、715所和核动力院工作，担任研究员高级工程师、博士生导师和清华大学的兼职教授；1993年荣获政府特殊津贴，2003年当选为四川省学术和技术带头人，2004年被国防科工委、中核集团授予“劳动模范”的光荣称号。

张森如似乎平生就与“核”有缘，他的梦想是能亲自设计建造中国的核电站。他是科学的探险者，一个为实现梦想而拼搏的奋进者。

1987年12月，我国第一座自主设计、建造、运营、管理的大型商用核电站——秦山二期60万千瓦核电站工程设计任务，采用招标竞争方式确定承包单位。核电秦山联营公司给核动力院发来了招标书。

一纸标书，点燃了核动力院人的激情，全院上下灯光彻夜通明，从12月20日接到招标书到准备好投标文件，仅用了28天时间。

等待是焦心的，结果却令人欣喜：核动力院以较大优势在反应堆及主冷却剂系统设计标段中中标。

但胜利的喜悦并没带来好运，初期的设计一度陷入窘境。

由于核电站的设备实施多国购买，有关方不能提供设备参数，原本留给该院一年多的设计时间被耽误；大量设备接口不规范且协调量大，计算工具少，加上参考大亚湾设计，三个环路改为两个，大量参数要重新计算，导致设计图纸远远跟不上现场施工进度。

紧急中，院领导决定，选拔一位既熟悉秦山二期核电设计情况，又具备较强管理能力的人担任副院长兼第一项目负责人。张森如成了不二人选。

张森如从 1990 年开始参加秦山二期的设计工作，曾担任核动力院设计所 6 室副主任、主任、副所长，1994 年担任所长兼秦山二期核电第二项目负责人。在科研设计和管理上，以敢于创新、严于管理著称。

走马上任后，面对如山的重任，他心里沉甸甸的。对反应堆及主冷却剂系统和控制仪表系统的设计、科研和管理一番调查摸底后，他很快提出了 6 条硬措施。

在强化措施的同时，通过中外合作，引进并掌握先进设计软件，提高设计水平，缩短与国际先进水平的差距。

此举得到了院领导和秦山二期核电办的全力支持。张森如忙碌的身影出现在设计、科研一线和施工现场。他抓执行严厉果敢，抓技术精益求精，抓质量一丝不苟，抓进度不留情面，抓协调周到细致。随着措施的推行，各项工作迅速走上程序化、正规化和标准化的道路，设计和科研工作紧张有序地进行着。

不久，1 号机组一回路水压试验顺利完成；1 号机组汽轮机首次非核蒸汽冲转获得成功；1 号机组首次达到临界，硼浓度测试值达到国际先进水平；1 号、2 号机组成功并网发电等喜讯相继传来。

张森如脸上露出了欣慰的笑容。核动力院所承担的反应堆及主冷却剂系统、仪控系统的设计，没有影响现场施工和调试运行的开展，展示了该院自主设计的能力和水平，为我国百万千瓦级核电站的设计积累了经验。

正确的决断能力，需要理论知识、实践经验和周密的调查研究为基础，而决断则需要胆略，尤其意见不一致的情况下，更需要勇气。

1999年春节，秦山二期核电现场一派繁忙，但远在成都的核动力院的试验室里却异常安静，张森如正紧紧地盯着数控装置上显示的数据。

这里正进行反应堆控制棒驱动机构工程样机的考验试验。

控制棒驱动机构是反应堆唯一的驱动设备，是核电站的关键设备之一。它直接控制着反应堆的启动、功率调节及安全停堆，对反应堆的运行和安全起着至关重要的作用。

这台设备由核动力院设计和研制。

张森如组织精兵强将不断探索，历经磨难，终于取得重大成果，并在上海先锋电机厂生产出样机。

可样机在上海试验时突发意外，控制棒驱动机构在提升和下降时打滑，不按预定的速度运行。经仔细分析、核对，认定错不在样机，而是试验装置问题。张森如当即决定，利用核动力院的试验装置重新试验，以证明自己研发的样机可靠并具有高性能。

试验很顺利，掉棒试验也做得相当漂亮。当跑到300万步时，试验成功，可以圆满结束了。因为秦山二期的技术要求只有280万步。

但此时，张森如却做出了出人意料的决定：继续试验！

参试的人员都愣住了，有的当即投了“反对票”。

张森如是想一举两得。

试验中，他发现整个试验结果，波图和受力情况超乎想象得好。凭着理论功底和实践经验，他感觉还能跑相当长的时间，但究竟能跑多少，他心中没底。

而当时，核动力院正进行国家“九五”科技攻关项目——先进压水堆控制棒驱动机构的科研。眼前的试验如果继续做下去，不仅可检验秦山样机的性能，也能在节约经费的前提下，完成本所的科研任务。

但这事得冒很大风险。一旦失败，不仅完不成国家所托，还得重新做工程样机，既延误了工时，还会让业主对控制棒驱动机构的技术性能和质量产生怀疑。

张森如调动人马夜以继日地继续试验，连春节也在试验室里紧张忙碌。4 个月后，数控装置上的读数已接近 800 万步。

闻讯赶来的国家核安全局和核电秦山联营公司的专家们，也要目睹奇迹的发生。

“到了 850 万步了，850 万步！”不知谁惊叫了一声。

不久，张森如在秦山二期核电站 1 号机组非蒸汽冲转试验中又作出另一重大决策。

原来，秦山二期在诸多方面是参考大亚湾核电站的，后者是依靠蒸汽锅炉提供非核蒸汽。前者是否也要采用这种方式进行汽轮机冲转试验？当时颇有争议。

为此，两个方案提出：一是效仿大亚湾，在工地旁建一锅炉；二是核动力院设计的一回路水的单位功率容积比大亚湾的大，蒸汽发生器二次侧的容积也较大，有可能采用稳压器电加热和主泵运转产生蒸汽，在蒸汽发生器二次侧憋气，实现冲转，这可节省 100 多万建锅炉的费用。

反复揣摩后，张森如让技术人员仔细计算和充分论证，得出热量平衡的结论。他是热工水力瞬态分析专家，凭着多年的经验，他再次冒着拖延工期的风险，大胆决定：采用第二个方案。

好家伙，试验取得圆满成功！

此时，张森如自豪感油然而生。

目光转回他的新概念，张森如事后揭秘：“从 1997 年开始，核动力院就自主创新，提出使用177堆芯。十几年来，我们从来没有放弃过对自主知识产权的177堆芯的研究。”

正是凭着这份坚守，张森如和他的团队完成了一系列关键基础技术攻关。并与国外核电巨头技术交流，取之所长，综合经济性与安全性考虑，最后敲定了“177堆芯”方案。申请专利时，专家评审组认为“做得很好”。

核动力院核电工程指挥部项目经理汤华鹏，说起张森如时，敬佩有加。他说：“张老师功底深厚，思维活跃，具有战略眼光，作风果敢硬朗。”

汤华鹏举例说明：“属下提出搞第四代重要堆型——金属性快堆，张森如当时没有表态，而是独自进行理论分析，用手验算，认为可行，目前在科技委的支持下，已经立项了。”

术有专攻，业有传承。“华龙一号”前身的后续研发，副总设计师刘昌文同样功不可没。

刘昌文1991年从上海交大毕业就到核动力院设计所工作，最初跟着前辈们做秦山二期核电项目的设计，干得很漂亮，被当时的副院长张森如看中，1996年张森如带着他开始研发CNP1000，这就是“华龙一号”最早的雏形。

核动力院的设计所是几个主体所中的“设计龙头”，也是人才最集中的地方，清华、交大学子云集，孙玉发、于俊崇两位院士，以及许多院领导都出自这个所，包括核动力院前任院长、中国工程院院士罗琦。

沉稳内敛的刘昌文，充满感情地回忆了“华龙一号”20多年走过的艰辛历程。

他还记得，当时核动力院还没有搬迁成都，在那栋位于山沟里的老基地办公楼，张森如带着他们一起讨论“177堆芯”方案的情景。

张森如是从技术岗提拔为行政领导的，因此他对技术钻研得很深，但这一点也不影响他的思想开放，既不官僚，也不唯技术、唯经验。访谈中，刘昌文回忆起好多事件，都能说明这一点。

比如核动力院最初搞第四代堆型时候，选中了超临界水冷堆技术，但是在敲定技术方案时有争论，是用压力管式，还是压力壳式？最初，包括张森如在内的大多数专家都支持压力壳式，因为这是传统技术，成熟、可靠，对核电来说，成熟技术非常重要，意味着可以避免很多风险，少走很多弯路。

双方争执不下。

后来，张森如自己带着问题去调研，查阅了许多资料，发现压力管式的确具有诸多优点，既然是作为第四代技术的研发储备，可以大胆探索，采用更好的技术。于是他带领着一帮年轻的技术人员，开始了压力管式超临界水冷堆技术的研发。

跟着这样的领导干事，年轻的刘昌文自然觉得心里很踏实。他们的 CNP1000 方案提出后，经过两年的各专业论证，得出了一个初步设计方案，1999 年上报中核集团，获得普遍好评。

他们的方案里，不仅有"177 堆芯"，还有非能动技术，这是核动力院早在 20 世纪 80 年代末就提出的核安全技术，当时美国的西屋公司正在搞百万千瓦核电技术研发，他们万里迢迢跑到核动力院学习交流这个技术。

谁能想到，20 年过去，西屋公司 AP1000 三代核电技术的主要卖点"非能动技术"竟然是从中国学去的，当然，这是后话了。

随着中国经济的高速发展，沿海用电量骤增，核电迎来发展的春天。2006 年开始，我国陆续引进外国技术，包括美国的 AP1000 技术、法国的 EPR 技术、俄罗斯的 VVER1000 技术、加拿大的 CANDU 堆等，全球核电巨头都纷纷在中国核电市场分得一杯羹，占领了当时绝大部分拟建的核电厂址，甚至有些技术在他们自己的国家都没有建起首座示范堆，就跑来中国的土地上开建。可中国自主的百万千瓦核电技术却四处碰壁，无人问津，一个核电厂址也落实不了。

刘昌文他们很着急，却一点办法也没有。

2008 年，中核集团果断出手，部署再做一个百万千瓦核电技术，仍由核动力院牵头设计。毕竟距离 177 堆芯提出已经有 10 多年的时间了，全球核电技术有了许多进展，应该及时学习吸收这些新技术。时任中核集团党组成员、副总经理余剑锋主抓这个项目，任命核电工程公司的邢继为项目总设计师，并将型号名称由 CNP1000 变更为 CP1000，刘昌文成为核动力院 CP1000 项目的总设计师。

刘昌文带领设计团队再次振奋精神，瞄准 2011 年开工建设核电厂的目标，进行方案设计优化，并组织了国内大大小小各种专家审查会，获得高度评价，国家核安全局、国家能源局等也都非常支持。核动力院还提交了完整的安全分析报告给核安全局审查。

2011 年 2 月 28 日至 3 月 1 日，刘昌文至今清晰地记得这个日子，这应该是核电项目落地前的最后一次例行审查会。会上，CP1000 再次获得专家们高度肯定，终于可以开工建设了，目标就是福清 5 号机组。

3 月 8 日，刘昌文还去了福清 5 号机组项目现场，眼看着 10 多台推土机已经抵达现场，轰隆隆地开始挖土了。他非常激动——中国自主的百万千瓦核电技术就要在这里实现，设计人员 10 多年的成果终于要从蓝图变为现实了！

谁都没有想到，3 月 11 日，日本福岛发生的核事故将他们的梦想击得粉碎。

刘昌文回忆起这件事时，眼睛湿润了。他说，当时身边很多技术人员都很失落，也很彷徨，CP1000 就像自己的孩子，怀胎十月，眼看就要降生了，却最终夭折。在一次内部讨论会上，技术人员谈到激动处，许多人都流下了眼泪——搞中国自主的核电技术为何就那么难！

情绪宣泄过后，工作还得继续。设计人员擦干泪水，开始着手下一步工作。做什么呢？首先就是对标——对标美国、对标法国、对标俄罗斯等等，总之，对标国际最先进的三代核电技术。刘昌文明白：“国家既然说了要采用全球最先进的核电技术，那我们就必须达到全球最先进，不可能因为我们是中国自主的技术而给我们开绿灯。”

他带领设计团队找到国外三代先进核电技术的各种标准，列出了长长的一串技术对标改进清单。他们的目标就是“拿出可以跟任何全球先进核电技术 PK 的中国自主三代核电技术方案”。中核集团也非常支持，2012 年初拿出一大笔经费资助“ACP1000 三代核电技术研发”，共 54 个专项研究课题，其中核动力院占了其中最核心的 18 项，都是核岛部分的关键技术。后来，核动力院又自筹经费增加了两项特殊的课题，总共 20 项课题。全院上下齐心，朝着自主三代核电技术冲刺。

从 CP1000 升级成 ACP1000，核动力院作为设计龙头，具体有哪些改进呢？刘昌文总结了几个方面。

三代核电技术与二代技术的主要区别是安全性能得以提升。核动力院经过对标各国家的先进核电技术，着眼于“满足全球最高核安全标准”的严苛目标，提出了从反应堆抗事故能力、电站专设安全设施等多方面着手进行设计改进，比如核岛抗震等级提升至 0.3 g（g 为重力加速度）、采用“能动”+“非能动”专设安全系统等。每一个创新设计要求的提出，都意味着要开展大量的设计工作，但是所有的付出都是值得的，因为他们深知，核安全就是核行业的生命线。

比如，把设计基准地震等级提升为 0.3 g。刘昌文提出，“华龙一号”（ACP1000）必须吸取福岛核事故的经验反馈，将反应堆地面最大加速度取值由 0.2 g 提高到 0.3 g，以提高核岛的抗震性和对不同厂址的包络性。这一设计改进意味着要开展大量的地震动力分析计算，包括反应堆冷却剂系统地震分析、反应堆压力容器及堆内构件地震分析、燃料组件地震分析等。在计算之前，设计人员与工程总承包方中核工程公司积极沟通，督促其对反应堆厂房模型、筏基地震加速度时程和楼板反应谱等数据进行反复修改确认，前后升版文件 6 次，最终得到了准确的地震输入。

在载荷计算环节，为了使计算得到的地震载荷分布真实可信，并合理地降低计算过程的保守性，设计人员苦心钻研，完成了无数次计算，并花了大量精力对计算结果进行整理和分析，终于完成了地震响应分析。

计算中，蒸汽发生器进口接管位置的地震载荷始终较大，一度成为整个系统抗震能力的瓶颈。设计人员创新思路，将蒸汽发生器原来“环抱-间隙”的支承方式变为“拉杆”方式，并进行了力学计算论证，发现后一种力学状态能够增加蒸汽发生器上部的支承能力，增强其稳定性，减少出口接管和土建支承的地震载荷，成功提高了整个系统的抗震能力。

刘昌文说，在项目研发过程中，类似这样的设计改进不胜枚举，最终使“华龙一号”达到满足抗震 0.3 g 的要求。

再比如，应用破前漏（LBB）技术为管道设置安全预警。管道破前漏技术是保证反应堆运行安全可靠的一种设计，其基本思路是当管道发生泄漏，泄漏量达到一定程度时，可以通过专设的泄漏监测装置监测到，从而在管道裂纹扩展到临界尺寸而突然破裂前有充足的时间安全停堆并进行管道修补或更换。核动力院对 LBB 分析流程和方法有一定积累，深知该技术的一个关键环节是计算泄漏率，而由于技术封锁，目前国际上使用最广泛的泄漏率计算软件 PICEP 不对中国出售。

于是，设计人员依据热工水力基础理论，遵循软件工程的标准，对裂纹泄漏率计算软件进行自主研发。新开发的软件具有模块化的代码设计，输入输出规范，操作简单，计算效率高。为了验证这个软件的计算效果，核动力院技术人员借助与外国公司合作交流的机会远赴美国，用外国公司的 PICEP 程序开展了几个月的计算，并与我们自主研发软件的计算结果进行比较。

结果表明，专门自主研发的软件和外国相关软件计算出的结果偏差在 5%以内。对于没有采用 LBB 技术的辅助管道，设计人员利用商业软件 ANSYS 二次开发功能进行了参数化、模块化建模，形成了 LOCA 专用的模块，实现了 LOCA 非线性动力分析过程的一体化，大大提高了工程分析的效率。

最终，设计人员完成了主管道和波动管的 LBB 泄漏率计算，以及辅助管道的 LOCA 动力响应分析，保证了“华龙一号”在事故工况下的安全性和设计技术的先进性。

还有一项三代核电站关键特征，是把核岛设计寿命提高到 60 年。二代及二代改进型核电机组的设计寿命一般是 40 年，而三代核电的设计寿命一般都达到 60 年，这就对反应堆压力容器、蒸汽发生器、稳压器等主设备、管道的疲劳性能和磨蚀性能提出了更高的要求。设计人员必须开展大量的设备疲劳分析，而这正是设备力学分析中最为耗时耗力的一项工作。

由于数据量大，计算人员在整理瞬态和校对命令流过程中，需要目不转睛地长时间盯着电脑屏幕。在疲劳分析工作比较集中的阶段，力学分析办公室几乎人手一瓶眼药水，以缓解眼部不适。当费尽九牛二虎之力算出来的疲劳分析结果不能通过时，即便满眼泪水，也要开始新一轮的计算。

一般的设备管道使用有限元软件计算应力分布，而蒸汽发生器管束力学分析则要用大量的理论公式进行计算。设计人员根据制造公差和腐蚀磨损裕量的不同，对近 6 000 根蒸汽发生器传热管进行分组，逐一计算传热管壁厚，并同时考虑一次侧和二次侧瞬态以及管板与传热管的相互作用，对 1 000 多组数据进行理论公式计算，最终完成了蒸汽发生器管束的疲劳分析工作。经过对主要设备部件的疲劳和磨蚀分析，力学工作者论证了反应堆冷却剂系统的主要设备均能满足 60 年设计寿命。

刘昌文跟笔者分享了这样一个令人感动的故事。

“设计所一个分析的场景是，不让放射性物质溢出。假如传热管破了，不能让被污染的水溢出去，我们想了很多方案和措施；如何让蒸汽发生器的水减少些，而又不烧坏设备，也想了 100 多种方案，可老是不能破题。”

一位女高工为此经常加班加点，甚至有时被课题折磨得神情恍惚。一天晚上下班回家，脑子里全是工作的她不小心被电瓶车撞伤了。她没有跟电瓶车车主争执，也没给家人和同事打电话，而是自己去了医院。简单处理后又照常上班。

不久，这位女高工从日常蒸鸡蛋中找到了灵感：水少了鸡蛋会干，水多了稀鸡蛋会溢出，关键是如何控制水量。于是，她就自动控制进行逻辑分析和判断，考虑加上全自动措施，终使难题迎刃而解。

可就这样一位贡献突出而不愿透露姓名的女高工，单位给奖金她不要，评先进她不肯。她的低调、高尚赢得了普遍的赞赏。

……

核动力院经过 3 年的艰苦攻关，完成了全部研发课题！

2015 年 5 月“华龙一号”终于在福清 5 号机组开工建设。

回顾“华龙一号”走过的坎坎坷坷，刘昌文微笑着说：“研发过程确实困难重重，我对设计团队的要求是，你们只管大胆地往前闯，有什么难题尽管找我，我来想方设法解决。说实话，整个研发过程感觉就像爬山，从山下往上爬的时候不觉得很辛苦，等爬到山顶了，回首来时路，才发现自己经历了那么多艰难险阻。”

刘昌文

7 “夹缝中”华龙求生

“‘华龙一号’是夹缝中出生的孩子！”

2018年，恰逢我国实行改革开放战略决策40周年。正是在这40年中，我国核电从零的突破发展到如今成为世界核电大国。为弄清这段跌宕起伏、激动人心又耐人寻味的历程，探讨“华龙一号”的命运，核信网特地电话采访了中核集团科技委原常委、核电资深专家张禄庆先生。

20世纪70年代周恩来总理就高瞻远瞩，从能源发展战略的高度认为要解决上海市和华东地区的能源短缺问题，根本出路在于要采用核能发电。于是决定采用压水堆建“728工程”。

但是，由于当时的政治和经济形势，中国核电发展其实在华东地区也没有落实到具体的工程行动上。直到1978年中国实施改革开放政策以后，中国核电建设的基础设施建设才真正予以落实。

那么，从1978年国家实施改革开放，到我国大陆第一座核电厂——秦山核电厂1985年开工建设，中间又隔了好几年的时间。张禄庆说，这期间政府有关部门做了三件大事：国家确认了“我国发展核电的技术政策论证会”的会议成果，我国核电发展坚持压水堆技术路线；成立国家核安全局，建立和健全与国际接轨的核安全监管体系；对标美国INPO，成立我国核动力运行研究所。这些基础设施建设，无疑是为我国核电的发展铺路搭桥。

世纪之交，我国政府部门与核电企业的共同愿望是，自主研发出二代改进型百万千瓦级压水堆。

中核集团以1999年成立为契机，推出CNP1000二代改进型自主化百万千瓦级压水堆。与M310相比，主要有三大技术改进：堆芯组成从157盒增加到177盒燃料组件、采用全数字化仪控系统以及采用半速汽轮发电机组，从而大大提高了机组的安全性和经济性。并认为敢于从反应堆本身开刀，才能更好地体现自主设计的水平，而且从秦山二期反应堆堆芯设计的成功实践，也证明了我们是有把握完成这项改进的。

尽管“十五”规划对核电的提法依然是适当发展核电，但时任国家计委主任的曾培炎根据已建成发电的秦山二期1号机组在自主化方面取得的巨大进步，毅然于2002年年底签发了上报国务院的《关于适度发展核电开展核电自主化工作的请示》。主要精神是，建议在我国已掌握的核电技术的基础上，通过“以我为主，中外合作”，也就是已被证明是行之有效的秦山二期的建设模式，设计建造百万千瓦级压水堆核电厂，使我国核电有较大的发展。

从上述政府和企业两个层面的举措可以看出，都是想更好地利用国内的力量开发出自主的二代改进型百万千瓦级压水堆，推动我国核电大发展。

中国核电建设曾经出现“一步跨越”的建议，有过争论和曲折也是客观事实。但中央“以我为主，中外合作”“分步走”的发展核电的大政方针始终如一，没有因此而改变。

张禄庆跟大家分享了这样一段旧闻——

2014年，当时的国家核电技术公司（简称“国核技”）筹备组组长接受采访时说：“2003年下半年，中央正在研究引进核电技术，当时国内不少人认为，在原来二代核电技术基础上改进而成的‘二代加’是现在运行得最好的核电技术。在此情况下，有几位对世界三代核电发展了解比较深的专家给中央写信说，要求引进国际上业已成熟的三代核电技术。”

收到信后，国务院分管领导十分重视，开始调研三代核电。这也是国务院首次关注并锁定三代技术的由头。

筹备组组长的这段话言简意赅，却包含了非常多的信息。他明确指出是上层领导想要引进国外先进技术。

当时国内不少人认为，在原来二代核电技术基础上改进而成的“二代加”是现在运行得最好的核电技术，实际上核电界大多数科技人员都持这种观点。

在采访的过程中，不少核电专家告知：“我们当时听说了有所谓的专家上书，都非常气愤！认为是长他人志气，灭自己威风。”

许多业内有识之士，一直通过“两会”等各种渠道强烈反映意见。争论的焦点不在于是引进 AP1000 还是 EPR，而是针对需不需要全盘引进本身。

2014 春节前夕，来自中国核电主管部门和各家核电公司的高层以及一些权威核电专家相聚北京，商讨未来国内应当采用哪一种核电技术。讨论得出的结果是，未来核电的主要机型是来自美国的 AP1000。同时，专家们讨论了具有自主知识产权的“华龙一号”，核电主管部门最后拍板：华龙一号如要“落地”，其设计的安全标准不能低于 AP1000。

肯定前者，又没否定后者，似乎是为“华龙一号”的继续研发开了一个“口子”。

平心而论，专家们提出这两种相左的意见均属正常，见仁见智，无可厚非。关键在于决策者的睿智与决策判断力。十分费解的是最后的选择，似乎改变了事实已证明卓有成效的“分步走”核电技术发展策略。

坚决引进美国西屋 AP1000 的“统一技术路线”，实则禁止其他技术路线的研发。这就是中国核电当时严酷的现实。

国家没有政策，财政不给拨款，只能自筹研发，不敢对外声张……此前中国核电如火如荼地自主研发只能转入“地下”，犹如地火悄悄燃烧。

2002 年 6 月 23 日，中共中央总书记胡锦涛在视察秦山基地时说：“核电产业是高技术的战略产业，实践证明，高技术特别是核心技术拿钱是买不来的。要继续坚持以我为主，这是发展核电的必由之路。”并高度评价“秦山二核的建造成功为我国核电国产化打下了坚实的基础”。

党中央提出要建设创新国家，具体有自主创新、集成创新和消化吸收再创新三种途径。广义上可以说这就是原则上适用于科技研发各领域的技术路线。我国核电在 20 世纪 80 年代就已经确定了发展压水堆。通过长期核动力自主研发和对当年引进的二代法国压水堆技术的消化吸收，我国核电技术取得了长足的进步，掌握了百万千瓦级二代改进型压水堆核电厂的设计能力。只要在某些专题，特别是严重事故预防和缓解措施等方面开展国际合作研究，就一定能够较快地研制出中国的第三代压水堆品牌。

真正的技术能力不是引进的直接结果，而是在自主开发基础上对外来技术消化吸收后的再创新。拥有这样的技术能力才是中国核电技术政策不可动摇的信念。

依赖引进而忽视自主技术能力的发展，则成为制约中国核电发展的主要障碍。

不可否认的是，坚持引进美国西屋 AP1000 在浙江三门“水土不服”，步履维艰。在业界的强烈呼吁下，高层及时扭转了偏离的航向，自主研发重回正轨。

正是在这种艰难曲折、峰回路转的情况下，后来声名大噪的“华龙一号”才浮出水面。

8 “华龙一号”横空出世

在纷纷扰扰的“引进”和“自主”的核电竞争中，在“华龙一号”艰难研发时刻，“华龙一号”总设计师向邢继逐渐聚焦。

邢继，从声名鹊起到大名鼎鼎的我国能源领域的核电工程设计专家、中核集团首批首席专家和享受国务院政府特贴专家，在中国核电界可谓大名鼎鼎。

作为总设计师，邢继主持完成了我国首个自主设计的百万千瓦级核电站——岭澳二期的重要技术方案；作为 CP1000 的总设计师，组织完成了初步设计并具备开工建设的条件；作为“华龙一号”总设计师，主持完成了从顶层方案、总体设计、初步设计，到相关重要试验验证等型号研发工作，形成了我国具有完整自主知识产权的三代百万千瓦级先进压水堆核电机组“华龙一号”的总体技术方案。“华龙一号”通过了国家能源局和核安全局组织的专家审查，进入了工程实施阶段。

作为中核集团“华龙一号”总设计师，邢继主持完成了一系列设计研发工作，为“华龙一号”技术的成功落地，为我国核电事业的发展及国家“核电走出去”战略的实施，做出了重要贡献。

2005 年，邢继首次担任核电工程总设计师，这一年，他 41 岁。一路起来，10 年后率队走上研发“华龙一号”的前台。

"核电站的设计建造是个极其复杂的超大工程，而'华龙一号'是具有世界先进水平的完全具有中国自主知识产权的三代核电站，建造起来更是难上加难。"邢继说，这个庞大工程有数百个系统，仅设计图纸就超过 10 万张，每更改一个数据，都意味着需要重新进行一轮分析计算。但为了中国几代核电人的梦想，他带领团队，毅然决然迎接挑战。

10 多年前的情景历历在目。

邢继 1998 年加盟"华龙"前身的研发团队，3 个单位交叉，自主研发百万千瓦级核电站的总体方案，反应堆如何设计，当时有不同的考虑。

核动力院和上海核工程研究院共同研发 CNP1000。核动力院的张森如等人提出 177 燃料组件新概念，只是做了初步设计工作。

邢继所在的核二院研发 CNP1400，后因其技术太超前，研究难度太大而中止。CNP1000 研发的步伐也随之放缓。

随后，CNP1000 更名为 CP1000。此时，国际上出现三代核电概念，技术上要做调整。三代技术安全上要求更高，我们吸引国际先进设计理念，重新定位自主百万千瓦级，形成具有三代技术特征的 CP1000 方案。上海核工程研究院退出后，核二院与核动力院共同研发，由邢继担当大任，总领设计。细嗅蔷薇，实则心有猛虎，外表温文尔雅的邢继是一个相信"激情"的人。"坚守需要激情，有了激情才可以在最困难的关口，有挑战自我，持续向前的动力。"

其实，2009 年之前，在形成 CP1000 时，就有能动非能动理念的提出，考虑的仅仅是一个层面；但已确定把双堆布置改为单堆布置。

当时，理想的计划是 2011 年开工，研发周期短，要解决的问题很多，对于提出搞双层安全壳，对工程设计将带来巨大的挑战。不少专家认为时间上来不及，一时难以定夺。

自我加压，向国际最先进的指标看齐，是邢继初始的追求。

“大工至善”，是邢继的大学——哈尔滨工程大学的校训，“搞工程的人不是要做成，而是要做尽可能得好”的追求至善的理念，融入了邢继的血液，也将他推到了2009年1月17日中核集团关于CP1000技术方案专家讨论会的会议桌前。

工程是采用单层安全壳还是双层安全壳？会上专家仍然争执不下，会议室内瞬间的“静默”，僵持着它该“何去何从”。

邢继轻轻打开笔记本，有些激动地说道：“昨晚我把一些想法写在了纸上，现在把这段话念给大家听：我们能够深刻地理解到这件事情对我们的影响有多大，也非常珍惜有这样的机会去创造一个属于自己的核电站，同时更知道它的重要性……我们要坚持采用双层安全壳这样一个方案，我认为这个方案能够点燃设计人员的创新热情和激情。”

“就这么定了！”主持会议的时任中核集团副总经理、主管CP1000研发的余剑锋当场拍板。

一两秒的停顿后，会议室里响起了热烈掌声。所有的人，被邢继的执着和激情所征服、所点燃。然而，谁又能体会，在这场决定“华龙一号”前途命运的会议前一晚，邢继是如何彷徨与焦虑，如何夜不能寐，食不甘味。

小知识

安全壳，核电站安全系统第三道屏障，设计上，对它赋予了很多安全功能：对内，一旦核电站发生泄漏，可以把放射性物质包容在安全壳里面，确保环境不受到污染，确保周边人员安全；对外，要经受住大飞机撞击、龙卷风狂袭。

邢继认为，作为中国自主的核电站，应该有一些有代表、有亮点的地方，双层安全壳对于核电站的安全有很大好处。研究设计虽然有难度，但却是一个挑战，是一个更高的目标。

"事实上，对于设计而言，很多技术指标可高可低，可难可易，但邢总要求我们要向国际最先进的指标看齐。这是他一直的坚持。"时任核二院副院长荆春宁说。"如果做单壳的话，是很简单的一件事情。而采用双壳实际上压力最大的就是邢总本人。"时任核二院总体所副所长宋代勇补充说。

邢继曾说："自主核电技术的落地需要 100 个条件，技术研发只是其中一条，还有 99 个不是我们能够决定的。"但那一条是最根本的条件，"应该有一些有亮点的地方"。

会后，面露喜色的邢继准备离开。"邢总，请到我办公室来一下。"原来是余剑锋在叫他。

余剑锋说："邢继呀，作为 CP1000 的总设计师，我知道你的压力很大。但 CP1000 将来可能是我们的'国宝'，你一定要对标国际前沿技术，谨慎求证、大胆突破，形成我们独有的品牌。有什么困难尽管说，我做你的后盾！"

"谢谢余总！"两双大手紧握，一股热力涌遍邢继的全身。

邢继的这份"坚持"，为后来的"华龙一号"具有国际先进的三代核电站指标奠定了坚实的基础。

双层安全壳设定后，邢继又智慧闪现，在核动力院首倡的基础上，逐步完善了"能动+非能动"的安全理念。

"核电安全，是一切核电工程最核心的问题。"邢继告之。"目前国际上新一代压水堆的安全设计理念，主要有以美国 AP1000 为代表的非能动安全设计和法国 EPR 为代表的能动安全设计。"

小知识

所谓能动安全，是在假定事故发生时，主要通过安全系统的水泵供水冷却反应堆，这些系统要多套冗余设置，以提高安全功能的可靠性。

而所谓非能动安全，主要是考虑电厂丧失全部（包括应急）电源的极端情况，这时依靠电力驱动的水泵无法投入运行，执行安全功能。而非能动安全系统可不依赖外部电源，仅靠重力、温差等提供动力即可维持系统运行，带走反应堆事故后产生的热量，更好地保证安全。

邢继举例阐释：“就像我们日常生活中的经验，比如桑拿浴室里的热空气总是向上走，山上的水总往低处流等。美国采用的非能动安全装置，就是这样的原理。即在反应堆上方，安装一个巨大的冷却水箱。一旦发生事故，即使电厂全部停电，亦可利用重力使冷却水向下流动，逼走热量，进而达到淹没并冷却反应堆的作用。”

时光定格在 2010 年。CP1000 的设计方案正在紧锣密鼓地推进。很长一段时间，邢继的办公桌上，摊放着各种图纸，各种数据标记其间，邢继和工作人员围绕着布局图，边写画，边讨论着。如何制定一个能够充分利用已有技术基础，又满足最新安全要求，同时在国际上能达到领先技术水平的方案，成为邢继和团队成员思考的问题。

夜幕降临，没人发觉。讨论，凝思，计算涂画，交替循环。而这样的画面在这一年持续上演。

在不断优化与加固已有安全设计的基础上，全力以赴的邢继和他的团队提出了革命性的创新思路：既非法国的能动，亦非美国的非能动，而是能动和非能动相结合。而这一构想，恰恰满足了 1 年后福岛核事故发生后，国际上对核电站更高安全的需求。

这就是先见之明！

但在当时，对于邢继而言，革新概念提出的喜悦，很快被随之而来难题的苦闷所替代。

非能动系统需要在反应堆厂房里布置将近 3 000 立方米的水，如何布置进去，成为问题的关键。而事实上，核电厂房里的每个部件都经过了严密的计算，要想把超大体积的水放进去，几乎成了不可能实现的难题。

为了尽快找出解决方案，很长一段时间里，邢继几乎"连轴转"了。计算、推演，布局图一次次改动，方案一遍遍调整，在经历了无数次的推算试验后，2010 年 10 月中旬，终于确定了非能动系统在安全壳内部的布置方案。而这一先进的核电站安全理念的成功应用，为中国自主三代核电走向国际市场，增添了不可替代的砝码。

"'华龙一号'的研发是 30 年核电发展的积累，在这样一个积累上，我们还要使劲地往上跳一下，最后才能够到这个目标。"邢继说。

而这一次的"跳跃"，在邢继心中，梦想又向前进了一步。

此时，"危"与"机"结伴而至。

2011 年 3 月 11 日，已筹备多时的中核集团与美国西屋公司的技术转让协议会开启。会上，双方代表签下了具有历史意义的协议。而笔落纸笺的那一刻，在遥远的日本，正惊涛拍岸，福岛核电站发生严重事故。邢继的解读是："这说明福岛出事故前，我们已经在布局三代技术了。"

这或许就是"危""机"的玄妙之处。

但不得不说，福岛核事故的发生一度阻隔了邢继的追梦之旅。"所有的困难都解决了，CP1000 马上就要开工了，而福岛核事故却给工程按下了暂停键。"邢继无奈地说。

那时他们既紧张又繁忙，成立了专门小组，每天跟踪福岛情况跟法方交流，还派工程师前往日本实地了解，并与之分析事故原因，商讨防御措施……

很快有了新的局面：中核集团将 ACP1000 作为后续项目目标，进一步加大了研发力度，并在几年内完成了所有的方案论证与试验验证，以及总体设计、初步设计工作，直至“华龙一号”融合方案出炉，首堆工程落地生根。

在邢继看来，“安全地发出便宜的电”，才是核电站的本质意义。

他告诉笔者，ACP1000 设有 3 道安全屏障和 5 层纵深防御体系。3 道安全屏障是：核燃料包壳，一回路压力边界和安全壳；5 层纵深防御体系为：内层安全裕量，发现问题纠偏，发生故障而保证无虞，发生事故有办法应对，发生核泄漏可应急处理。

为了实现这个安全目标，邢继和他的团队成员不仅大胆采用张森如的 177 燃料组件，还为运行后的反应堆增加了安全保障，真正做到了防患于未然。

另外，首次将确定论、概率论以及合理的工程判断相结合的方法，在“华龙一号”的设计中充分应用，使得“华龙一号”以更高的安全性和目前国际最低造价而“身价倍增”。

倘若“华龙一号”要在海外布局，则需要未雨绸缪，办理“出国签证”。

维也纳时间 2014 年 5 月 28 日，飞机缓缓地降落在维也纳施韦夏特机场。将要下机时，邢继突然关节剧痛，站不起来了。

“这是咋回事？”邢继自己也闹不明白。

“还不是你劳累过度导致的。”同事分析缘由。

此时，已无力自主的邢继，只得扶着两位同事的肩膀，慢慢地从机舱中挪了出来。

整个会议期间，腿疾让他无法行走。宴请外方专家的一次饭局，邢继也顾不了自己长期保持的优雅风度，在同事的搀扶下勉强出席。

刑继的这份坚持，源于国际原子能机构即将召开的针对“华龙一号”前身——ACP1000的通用反应堆安全审查专家技术澄清会。而该澄清会的独特性在于，被审方只有一次与专家面对面介绍的机会，剩下的就是专家针对被审方提交的唯一一份报告进行书面审查，专家审查过程中不接受补充提交资料和技术澄清。权威性不言而喻，而审查结果显然对于“华龙一号”角逐国际舞台具有重要意义。

同年12月，审查结论出炉。专家认为“ACP1000在设计安全方面是成熟可靠的，满足IAEA关于先进核电技术最新设计安全要求；其在成熟技术和详细的试验验证基础上进行的创新设计是成熟可靠的”。

宋代勇说：“得到这个评定结果非常不容易，因为12位权威专家都来自核电发达国家。”大多数成员国都以国际原子能机构发布的安全要求，作为本国核安全法规导则的基础，“华龙一号”经过国际核安全体系的审查和对标，有利于自身设计的完善和优化，对提高中国自主核电品牌的国际竞争力，以及国际化水平将产生积极的影响。

事实上，早在2007年，邢继就开始积极推动我国自主核电走出去，多次前往国外洽谈项目，为“华龙一号”的落地，包括国内、国外的核电“走出去”做出了非常大的贡献。

就像出国需要签证一样，“华龙一号”的“走出去”，也需要目标国的知识产权申请。2011年，在设计到一定程度时，邢继给团队布置了新的挑战性任务，就是进行国内外的知识产权布局。经过连续两三年的时间，“华龙一号”已经申请专利700多项，已在海外市场开发的目标国进行专利布局。这也为“华龙一号”“走出去”提供了知识产品的保障。

目前为止，“华龙一号”共获得743件专利和104项软件著作权，覆盖了设计技术、专用设计软件、燃料技术、运行维护技术等领域，满足了核电“走出去”战略要求。

可以说，“华龙一号”的降生，每一步都需要创新，每一处都要突破，而这些进取之力的背后，是邢继和团队人员十几年孜孜以求的逐梦；而进取之力的前方，则是邢继心中驻扎的“核电梦”——建成我国自主知识产权的三代核电站！

综上所述，“华龙一号”是以“177组燃料组件堆芯”“多重冗余的安全系统”和“能动与非能动相结合的安全措施”为主要技术特征，采用世界最高级别的安全要求和最新的技术标准，符合国际原子能机构制定的所有安全要求，满足美国、欧洲的第三代核电技术标准。

细细数来，“华龙一号”充分利用和结合了我国近30年来核电站设计、建设、运营所积累的宝贵经验、技术和人才优势；充分借鉴了国际上先进的核电技术；充分考虑了历次核事故，特别是福岛核事故后国内外的经验反馈，全面落实了核安全监管的改进要求；充分依托业已成熟的我国核电装备制造业体系和能力，采用经验证的成熟技术，实现了集成创新。

邢继娓娓道来，笔者如学生听老师高深的讲座一样虔诚。

采访中，通过邢继的专业讲解，笔者清楚地知道了“华龙一号”的先进性和安全性的所在：这是一种建立在防范多种风险，尤其是极端情况——洪水、飓风、地震、海啸、大型恐怖袭击等基础的先进核电技术。

邢继这样举例说道：“核电建设，最重要的就是安全！每一环节、每个细节，都要做无数的假设、推演。比如，设备密集处一个管道破裂了，由于水的压力大，它会猛然甩开，砸到其他管道。这样不可预知的细节，你得充分预测，并做好防范措施：最好用一种钢箍，把它牢牢地固定起来，即使它自己破损或失效，也不会导致其他部位发生连带性的破坏。”

看来，核电安全，在他心中分量最重！

与媒体和镁光灯下的赞扬形成对比的，是邢继朴素而平淡的工作生活。他戴一副眼镜，儒雅斯文，轻声慢语。从北京五环的家到三环的公司，路上经常堵车，因此他每天很早出门，通常到办公室离正常上班时间还有一个半小时。这段时间，他会处理案头文件的审批，或者和同样早到的同事聊聊工作。

十分注重核电安全的邢继，工作中自然是游刃有余，但是工作之外，这位“华龙一号”的总设计师，有时遭遇周围人的质疑却“哭笑不得”。

“‘你从事核工业工作，身上也会有辐射吧？’他们会这样问我。”邢继说道。

“这时候如果我说‘没有’，这说不通，但回答‘有’，又得花很长时间解释。很多时候，即便公众听懂了也可能会说：‘无论建核电站给我们带来多大好处，只要别在我家后院就行。’”

“Not in my back yard”，这是反对核电的声音中最常见的诉求，被称作“邻避效应”。邢继笑了笑，公众的“本能反应”让他如鲠在喉。

“3・11”福岛核事故发生后，一位网络大咖采访邢继如何保证核电安全，他说：“绝对的安全谁都很难说，安全应该被理解为一种可接受的风险，比如交通。”可对方却说：“尽管交通也有危险，但人们无法选择，同时认为可设法规避，但核电站风险对民众却难以防范，所以会认为相对来说，交通安全，核电站不安全。”

“其实，公众的疑虑和担心都是正常的。”邢继表示，“福岛之后，大家难免联想到国内的核电安全。”

但面对公众的质疑过后，邢继有时会沉默良久，他多少有些“不甘心”“我们通过自身努力实实在在取得了核安全技术上的成功”，他渴望公众的认可。

时任中核集团党组成员、副总经理俞培根，在后来的新闻发布会上证实了总设计师的判断，十分肯定地说道：“‘华龙一号’追求的是最高安全标准。”

邢继也十分认同俞培根的话，“当下，‘华龙一号’具有人类对核电最高级别的安全保护”，但他同时认为，“环境风险始终是存在的”。邢继的这种忧虑不无道理。正如时任设计院院长信天民所说：“他永远比一般人看得远，每次在我们纠结困惑的时候，他总能给我们方向。”

邢继比方道：“就好比我们每天出门，也是有风险的。中国每年不都有 10 万人死于这样那样的车祸吗。所谓的安全，也是相对而言的，可理解为是‘可以接受的风险’。只不过是风险的大和小，能不能被接受的问题。”

“我还是那句话，如果有更好的、风险更低的能源可取代核电，那是再好不过的事情了。”他又进一步说道，“同时，核电的安全水平也在不断提高，风险更低，使我们利用核电不必再付出高昂代价。在人类科技文明发展历程中，每一步都是冒着风险的。我们科技工作者的责任，就是要努力把风险降到最低限度。”

人活在这个世界上，安全的威胁很多时候不是来自外部，而是人类内部、人的内心恐惧。邢继深入浅出的一席话，如醍醐灌顶，使得笔者豁然开朗，长期以来心里的那些担忧、疑虑等等情绪都烟消云散。

无疑，核电作为一种商业的、能促进社会进步发展的乃至对国防建设具有根本性影响的科技之一，它所承载的也是人类福祉的一部分。我赞赏邢继的那句预言——将来肯定会有比今天的核电更安全的科技产生，替代今天的核电技术，发出巨大效能，继续为人类发光发热。

2015 年 5 月 7 日，"华龙一号" 全球首堆工程 5 号机组正式落地福建福清，使我国成为继美国、法国、俄罗斯之后又一个具有独立自主的三代核电技术的国家。

近年来，党和国家领导人高度关注"华龙一号"，频频向海外力推中国核电。

2015 年 6 月 15 日，中共中央政治局常委、国务院总理李克强先后来到中核工程公司、工业和信息化部考察并主持召开座谈会。在总理结束"华龙一号"的视察后，邢继摊开笔记本，写道："总理离开前主动提出要与研发团队合影，记录下了这令我终生难忘的一刻，我为自己是这个优秀团队的一员而感到自豪！'华龙一号'示范工程已开工建设，设计任务繁重，充满挑战……建设好示范工程，推动'华龙一号'走向世界，不辜负总理的期望。我们记住，当'华龙一号'建成时，总理说还会再来。"

对邢继来说，"华龙一号"被高度认可——让习近平主席关注，让李克强总理在海外推销，还不断获得各种荣誉，已经远远超出一个设计工程师的期待。

作为总设计师，邢继常将"科研创新不能停歇"这句话挂在嘴边。他始终认为中国核电要想在世界上站住脚、站稳脚，核电技术研发人员必须要不停地往前走、快步走，要不断为自己设立新的起点和目标，才能为核能造福社会不断做出新的更大贡献。

邢继说："如果说我身上有火光，那也是烛火微光，我从不避讳自己也有低迷的时候。每次沮丧时，都是这支团队让我重新振作。"

华龙团队的成员一直都在变，到如今已经换了好几茬人。早先的老一辈核科研人有的已经离开这个团队，新人不断补充进来，但许多技术方案讨论的情形至今仍在邢继的脑海中清晰如昨。

邢继说：“华龙团队身上那种能被激发的闪光的东西，一直都在。这是‘华龙一号’的设计方案能够诞生的原因。”

而这种始终在闪光的东西，也许正是邢继本人梦想重构之路的核心。

9 在融合中共筑“强核梦”

概而言之，“华龙一号”是中核集团在研发过程中，以核动力院和中核工程公司两家单位为主，联合国外包括法、美、意、奥等 14 家国际组织及机构，国内 75 家高校、科研单位、设备制造厂共同参与，协作完成了共计 179 项研发工作，通过广泛利用社会研发资源，极大地加快了研发进程。

在“华龙一号”定型初期，中核集团也在思考怎么构建自主知识产权体系。中核集团的“华龙一号”具有完整自主知识产权，共获得 743 件专利和 104 项软件著作权，覆盖了设计技术、专用设计软件、燃料技术、运行维护技术等领域，满足核电“走出去”战略的要求，包括标准、关键技术，也都是自主知识产权体系的重要组成部分。可以说，至今支撑“华龙一号”的自主知识产权体系已经建立起来了。

“华龙一号”由中核集团和中广核联手打造，后来才加入名目繁多的核电技术俱乐部。大约在 2013 年 4 月，在国家能源局的协调下，两家核电巨头最终决定联手研发“华龙一号”，由中核集团和中广核分别掌握的 ACP1000 和 ACPR1000 两种技术融合而成。“华龙一号”身负“增强中国在国际核电市场的竞争力”的使命。

“华龙一号”“落地”并不容易。

业界皆知，中国核能技术究竟怎么发展，业内是有分歧的。大的技术路线分三步走——热中子堆、快中子堆、聚变堆，这没有分歧。在热中子堆第一阶段，虽有不同的技术路线，但紧跟国际发展主流，以发展压水堆为主，这也没有问题。我国在核电发展初期，就统一了以热中子堆——压水堆为主的技术路线，坚持两条腿走路的方针，都瞄准压水堆技术，才奠定了今天自主研发的基础，从而进入第一国际核电阵营，这是高瞻远瞩了不起的贡献。

但问题在于，在压水堆的技术路线下，国内有几家研发集团，在市场经济竞争的条件下，催生了各自的堆型——

由国核技（国家核电技术公司）和中电投（中国电力投资集团公司）整合的国电投（国家电力投资集团公司），是吸收消化美国的西屋 AP1000，以实现自主化的 CAP1000，进而研发 CAP1400。

中广核自 2005 年以来，同样在法国引进的百万千瓦级堆型——M310 和 EPR 型的基础上，也开展了自主研发的历程，通过多项技术改进，从 CPR1000 发展到 CPR1000+技术，再到最终的 ACPR1000+技术。其希望能够在广西防城港核电站二期 3、4 号机组上完成首堆示范。

中核集团是在博采众长之后，自主研发的 ACP1000。从时间轴来说，速度是最快的。

这百花齐放的局面，也引起业内专家的担忧：中国的核电市场就这么大，研发这么多型号，势必对整个核电发展造成一定影响，进而形成我国核电装备制造业五花八门的局面。业界早就呼吁要统一技术路线。

从 20 世纪 90 年代开始，业界知情者曾多次陪同核电主管部门的高层到全国各个核电基地去考察，每一次考察归来的结果是：不知道究竟哪一种核电技术是最好的。“每到一个核电基地，他们都说自己的技术是最好的。”他说，“等到我们回到北京之后，已经拿不定主意。”

不管如何，这都是中国核电技术纷争的一个必然结果。“这还是体制的问题。”国家核安全局一位领导说，“核电企业之争仅是其中一个因素。”

应该说，国家引进美国的AP1000本身没错。但理想很丰满，现实却很骨感：“我们花高昂代价买来的AP1000，建设并不顺利！”

体现在：工程严重拖期！

一个案例足以说明问题：现场一个小小的技术问题，美国工程师处理起来慢慢吞吞地花两个月时间，而中国工程师两天即可搞定。但你买的是对方的技术，你得听他的，他的工作低效，岂有不延期的道理？

邢继满怀义愤地讲他与美方交锋的过程：“我同美国核电高层会谈，说我学习你的AP1000，当然要建新的AP1000，我国主管部门也认可了。当谈到我们必须完成自主设计时，美方经理却说，‘这很容易，叫你的工程师放下手中的笔，打开复印机就可以了。’言外之意就是‘不需要另起炉灶，你抄我的就是了’。”

“当讨论技术问题时，核心的细节他压根儿不告诉你，而且对我们提出的技术改进方案，根本不予认可。”说到此处，邢继长叹一声：“国家可是花了不止6亿元啊，可对方在关键技术上还是卡你的脖子，你也无可奈何。”

邢继又说：“我们要买美国AP1000的控制系统，对方说：‘你不用提任何要求，用我的就是了’。我说：‘如不接受改进要求大不了不用你的控制系统’，但那是气话，你不用行吗？那可是有合同约束的。”说到此处，邢继将手中的烟盒往茶几上一扔，那种恨呀无奈呀无可言表。

我们这些从没与外商交锋的局外人，是很难感受到邢继们心中那种刻骨铭心的疼痛的。

邢继又从积极的方面考虑，国家引进 AP1000 作用也是明显的，促进了我国核电技术的进步。但不可否认的是，低估了自身研发的能力，让我们自主之路走得非常艰难。

“华龙一号”是夹缝中求生存！邢继不无感叹。“华龙一号”的研发，国家根本没有拨款，是中核集团自筹资金。大约是 2013 年，国家能源局敲定：以引进美国的 AP1000 为主，自主型号研发为辅，这才给自主之路开了个口子。

一个不可撼动的事实是，核电走出去必须要有自主知识产权，虽然国家作为统一路线引进的 AP1000，无论怎么完美，也不具备出口资格。那么，就必然催生自己的拳头产品，而中核集团、中广核两家自主研发的“华龙一号”，都想推向国际市场。

长期以来，中国核电技术路线的不统一，早已被业界质疑。

2013 年 3 月 18 日，吴新雄出任国家能源局局长。上任的一个月后，他就提出了将中核集团 ACP1000 和中广核 ACPR1000+技术进行融合的设想。并于 2013 年 4 月 25 日，由国家能源局牵头，召集双方领导专门召开协调会，商议将两家技术进行合并。

对于“华龙一号”的技术融合，国家能源局希望可以促进我国三代自主核电技术的标准化生产。

核电“走出去”的前提是，企业本身必须拥有完全属于自己的技术知识产权。与此同时，这种技术要想更顺利地出口，就必须经过实践的验证——建设和运行——以验证其安全性是否达标。但这两家核电企业都缺少这种前提，尽管中核集团已经成功向巴基斯坦出口了 ACP1000 反应堆。相比中核集团而言，中广核目前还没有成功出口一个核电反应堆。

国家能源局希望“华龙一号”的步伐走得更快一些。在 2014 年全国能源工作会上，国家发改委副主任兼国家能源局局长吴新雄说，要“加快核电领域融合技术的论证”。而所谓的“融合技术”，指的便是“华龙一号”。

实际上，对于双方合作的推进，中核集团一直处于“着急”的态势，其非常希望能够尽快合作成功，实现我国自主三代核电技术的落地。

原因在于，中核集团之前与巴基斯坦签署 ACP1000 的出口协议时表示，国内的 ACP1000 将会与巴方项目一同动工。“如果国内都不建，凭什么要求人家信任你？”中国核能行业协会副理事长赵成昆说，“这是中核集团当时对巴方的承诺。”

据了解，中广核对于“华龙一号”的前期合作探讨，则表现得更为“不慌不忙”。先前，中核集团提出过多项合作方案，其都设有明确答复。“这是因为中广核 ACPR1000+技术的研发进程落后于中核集团，在那时还没有完成。一直拖到最后完成了自己技术的设计，才开始正式考虑合作事宜。”张禄庆解释道。

当李克强总理出访法国时，百思不得其解的法国领导人，将中国两大核电集团的角力直接告诉了李克强。惊闻此事，回国后总理立即要求督办。

事实是，双方的研发时间不同步；方案的成熟性也有差异：所以，整合的节奏不合拍，速度十分缓慢。

经过长时间的酝酿磨合，“华龙一号”终于初露面容，进入公众视野。2014 年全国“两会”期间，11 名全国政协委员联名提案：《加快推动“华龙一号”走出去，早日实现核电“强国梦”》。

此时，我国核电市场的利好消息就不断传出。1 月底，国家能源局发布《2014 年能源工作指导意见》提出，“今年核电新增装机量将达 864 万千瓦，相当于 2013 年实际新增装机容量的 4 倍。”

李克强总理在政府工作报告中，更是提出要在 2014 年“开工一批水电、核电项目”。这被外界解读为“2014 年将成为核电大发展的一年”。

2014 年 6 月 13 日，国家主席习近平主持召开了第六次中央财经领导小组会议，专题研究中国能源安全战略；国务院总理李克强 4 月 18 日主持召开新一届国家能源委员会首次会议，通过了《中国能源 2014—2020 发展战略行动计划》。能源革命成为当前中国经济社会的关键词，中国核电发展进入了关键时期。

最高层的决策，无疑助推了两大核巨头核心技术的加快融合。

2015 年年初，李克强总理视察中核工程公司时，当邢继汇报华龙的研发情况后，陪同考察的国务院副总理马凯对总理说：“目前，‘华龙一号’的融合很重要！”

李克强关切地问道：“融合的进度如何？”

邢继坦承：“已经5年了，进展慢得很啊！”

李克强又问：“有什么困难没有？”

邢继如实回答：“困难非常大！”

李克强语气坚定地叮嘱：“再难也要融合，要克服一切困难！”

总理的态度给了邢继和两大集团的领导以极大的鼓舞和信心。

于是，融合的步伐快了起来。

时任中核集团总经理，曾任中广核董事长，现任国家电力投资集团公司的董事长、党组书记钱智民说：从1985年开工建设国内第一个核电站，到现在核工业发展已30多年。在这个过程中，中核集团实现了螺旋式上升，走了自主技术的道路。中广核也走过了引进消化吸收过程，他们引进法国技术，建设了大亚湾核电站。中核集团和中广核可以实现优势互补。

中核集团和中广核两家都是核电发展的主力军，走出去也会成为主力军，会很好地合作。在国家层面有“走出去”的协调机制，核电主管部门也有核电“走出去”的协调机制。在这样的趋势下，强强联合成为可能。

读者可能会问：“中核集团和中广核为什么能融合？”

很重要的条件，是各自研发的技术方向贴近，考虑的思路接近。双方都是在吸收国际先进经验的基础上来构思的。同时都是通过装备制造和建设，完成型号产品。同样是基于国内装备制造的现实。双方都是基于相同的认识来开发技术，这就为融合创造了条件。

安全系统有差异可取长补短。我国核电技术是以压水堆技术为主，这个原则就决定了技术路线是一致的。在压水堆上，允许不同机型存在。核电技术发展也是渐进性的，不断在改进。中核集团和中广核双方共同制定了安全指标，是一个比较长的清单。虽然稍有差异，但是达成设计参数是完全满足的。差异也带来正面积极的作用，可以通过示范工程的验证，不断优化设计，取长补短，发展新技术。

时任国家能源局局长张国宝证实，正是由于这种正确思想的指导，两家核电企业在国家能源局的推动下实现联手，着力打造“华龙一号”，向推动中国核电技术路线统一的方向大踏步迈进。

邢继介绍：“中核集团和中广核为此成立了专门的技术团队，开了近 10 次技术讨论会，半年多时间集中讨论了几大问题，本着求大同存小异的原则，意见逐渐走向统一。”

融合必须要做“华龙一号”新方案：中核集团的技术特点是，能动+非能动，177 燃料组件，2 个能动的安全配置；中广核则借鉴 EPR 技术，增加了冗余性，两个能动系统变为 3 个。在多次商讨中，中核集团不断地说明自己的技术，中广核也接受并增加了非能动系统。

但对于专设安全系统，中广核则坚持自身的安全方案，采用的是“3 系列”，即 3 套非能动安全装置。而中核集团依然采用原本的“2 加 1 系列”，即 2 套能动安全装置加一套非能动安全装置。这是双方争论的焦点。但总体而言，双方的技术路线相当接近，都能满足三代核电的技术要求。

国家的整体利益高于一切。高层的重视，各方的合力推动，双方的妥协让步，事情很快有了结果。

中国核电史会永远记载，2014 年 7 月 21 日，国家能源局召开专家会议，反复权衡之后，决定“华龙一号”的融合采用中核集团方案，建议尽快开工建设。

“华龙一号”核电技术，可定义为中核集团 ACP1000 和中广核 ACPR1000+两种技术的融合，称作是“我国自主研发的三代核电技术路线”。

不久，两大集团将融合方案上报国家审批，结果是，允许存有两个不同的安全系统，供商家选择。也就是“一个华龙，主体相同，安全系统有所差异”。邢继说：“这是双方都能接受的理想方案。”

因此诞生的“华龙一号”，宣告了引进 AP1000 一统中国三代核电技术的战略设想正式破灭。

“以中核集团技术为主，中广核技术为辅，这是一个折中的方案。”一位核安全专家表示。实际上，中广核的让步，因为堆芯组件是决定一个机型的重要参数指标，他们最后放弃的 157 堆芯是引进技术。

“如果想要实现出口，燃料必须也能够实现国内自主。中广核还不具备生产燃料组件的能力，而中核集团已经具备。”张禄庆道出实情，“如果中广核一味坚持采用 157 堆芯，国内不能满足其燃料组件的生产，只能依靠国外。

时任中核集团董事长、党组书记孙勤在接受采访时表示：“很多专家同意，在保证安全性、先进性的基础上，求大同存小异，既体现了中广核的特点，也体现了中核集团的特点，在专设安全系统上允许存在点差异，但必须符合国家的三代安全技术标准。”

对于“华龙一号”知识产权的问题，孙勤表示，品牌是双方共有，知识产权方面，技术是谁发明的产权归谁。他同时强调：“产权和品牌不是一个概念，比如堆芯是谁发明的，燃料是谁发明的，专设安全系统是谁发明的，这个都是有知识产权的。”

好事多磨。一个月后，中国自主三代核电技术品牌“华龙一号”在北京通过了国家层面的权威评审。

“华龙一号”融合了中国两大核电巨头各自的三代核电技术，将 ACP1000 与 ACPR1000+合并为同一型号——HPR1000。

众所周知，自主核电站设计是复杂的系统工程，涉及几百个系统、上万张图纸，跨专业、接口多，需协调的单位也多，正常至少需要 10

年时间。两家设计单位用实力证明了 ACP1000 反应堆及一回路系统研发的可靠性，创造了中国核电的奇迹。

评审会专家组由国家能源局、国家核安全局牵头，43 位院士和专家参与其中。专家组表示，“华龙一号”成熟性、安全性和经济性可满足三代核电技术要求，在设计技术、设备制造和运行维护技术等领域的核心技术具有自主知识产权，是目前国内可以自主出口的核电机型。专家组建议，尽快启动示范工程。

时任中核集团副总经理俞培根这样概括：中核集团近千人的“华龙一号”研发团队，还有国内 75 家高校、科研机构、设备厂家、国外 14 家组织、机构和大学参与，在计算分析软件、反应堆堆芯设计、燃料技术、能动和非能动安全技术等方面，“华龙一号”全面实现了重大突破。“华龙一号”在成熟技术的基础上，集成了众多先进技术特征，满足了我国最新核安全法规标准的要求，在安全、经济和性能指标上也达到或超过了国际三代核电用户需求。“华龙一号”采用渐进式的技术路线，逐步改进持续优化的方针，不断提高核电站的安全性、经济性和技术水准，为此，我们将有计划、有步骤地开展科研和技术攻关，根据经验反馈和需求，不断引进新的技术和新的理念，未来会有更新的“华龙”型号。

两大核电集团表示，在此背景下，中国推出“华龙一号”自主三代核电，体现了国家科技创新的实力和国际竞争力，凸显中国跻身世界核电强国的信心和决心。“有了‘华龙一号’，中国核电将从‘借船出海’走向‘造船出海’。”时任国家能源局局长吴新雄在评审会上说，“作为中国核电走出去的重要品牌，‘华龙一号’要全方位参与国际竞争。”

“‘华龙一号’承载着国家核电走出去的希望。”评审会上，时任环境保护部核安全总工程师、现任国家核安全局局长刘华说。

时任中广核董事长、党组书记贺禹在会上称，综合安全、技术和经济特点，"华龙一号"与世界上的其他技术路线相比，存在较好的国际市场前景。中广核将在推进国内示范项目的同时，在国家统一部署下，推动"华龙一号"技术的对外输出。

贺禹还从宏观层面认为，中国要想成为核电强国，还需要做出更多的努力。为此，他提出建议：国家层面建立核电自主创新的高层协调机制。他表示，目前，除重大专项协调机制外，核电科技研发和自主创新主要由企业自发开展，缺少国家层面的统筹和协调。

于是，2015年12月30日，在国家发改委的见证下，中核集团董事长孙勤和中广核董事长贺禹在北京签订协议，双方各出资50%，共同投资设立华龙国际核电技术有限公司。华龙国际核电技术有限公司，是继2014年8月22日签署"华龙一号"技术融合协议之后，中核集团和中广核推动"华龙一号"进一步协同创新而共同努力的成果，将为"华龙一号"融合发展及市场开拓注入更强大的动力，助推"华龙一号"在更多国家和地区落地。

根据协议，华龙国际核电技术有限公司将积极实施国家核电发展战略，致力于持续融合与发展"华龙一号"自主三代核电技术，统一管理并实施华龙技术、品牌、知识产权等相关资产在国内外的经营，推动"华龙一号"成为中国核电"走出去"的主力品牌。

在国务院国资委举办的首届"央企楷模"发布会上，"华龙一号"总设计师邢继手举一个蓝色卡通玩偶走上台说："这个吉祥物叫'华龙宝宝'，大家看，它是蓝色的，代表我们核电是清洁绿色能源，代表着我们中核人对美好生活的祝愿。"据测算，每建成4 000万千瓦的核电，每年可替代标煤消耗一亿吨。

船大顶风浪，巨舰好远航。这对参与国际竞争的中国企业来说，无疑是最大的福音！

解锁

10 消解核电“锁喉之痛”

20世纪90年代开始，西方国家针对中国搞了一个瓦森那协议，主要内容就是联合对华技术封锁。瓦森那协议清单中林林总总列了好几百款，包括精密仪器、精密机床、关键设备什么的都禁止对中国出口。这方面美国做得最狠最彻底，十几年来，美国否决了无数次对华精密仪器、设备的出口，强行叫停了无数次中国对美国高科技产业的收购。美国美其名曰的知识产权保护，就是明里暗里阻止中国的科技进步和设备的自主研制。

读者也许会问：在全球化和国际分工的大背景下，我国核电为何还要打破美国的封锁，一味追求所谓“国产化率”？

这是因为，关键技术、核心部件能否实现国产，一定程度上影响着国家安全，至少是经济安全，也就是技术封锁或贸易禁运。

这是包括中核人在内的所有中国科学家和工程师，从千百次对外交往的不堪教训中，所得到的深刻启迪，并由此确立的坚定信心。

中国人特别是中国科学家和工程师明白，没有自主产业，你就是外资案板上的肉。中国的关税壁垒根本上就是为中国的自主产业提供保护，保护你的饭碗不被外资的冲击而丢掉。

结论不难得出：我们对于关键技术和核心部件，一定要“会”！

众所周知，持续至今的中美贸易摩擦，美方与中方的分歧表面上是贸易问题、经济问题，但本质上重大分歧还是关系到中国的核心战略安全问题，这些核心利益问题，我们根本无法让步！

核工业是高科技战略产业，是国家安全重要基石。我国已建立起包括铀矿地质勘探、铀矿采冶、铀纯化、铀浓缩、元件制造、核电、工程建设、乏燃料后处理、放射性废物处理处置等环节的完整核工业体系。作为我国拥有完整自主知识产权的三代核电技术“华龙一号”，已成为中国在“一带一路”建设中核电走出去的一张亮丽的国家名片。

技术创新是核工业的核心竞争力。核电工程配套软件以及先进核动力系统研发技术软件的开发，是中核集团战略发展方向，同时也是科技创新核心能力提升的要求。中核工程公司一直参与中核集团设计与分析软件研发工作，在规范标准的质量保证体系下，采用标准的软件工程化流程，同时引入第三方测试和验证，参与完成了核反应堆设计计算软件平台、堆芯设计分析软件、源项与屏蔽设计分析软件、热工水力与安全分析软件、设备与系统设计分析软件等一批自主化软件产品，并已应用于“华龙一号”的国内外工程建设。

中国核工业人坚守国产化路线，力求核电技术能够真正独立自主、不受国外制约。核电设备的制造能力是国内制造业水平的试金石，中核集团全力推进核电设备国产化。其中，所有设备国产化进程中，最艰难的就是“华龙一号”主泵国产化。

主泵是核电站一回路反应堆冷却剂系统中唯一高速旋转的核一级设备，作为反应堆中循环系统的动力源被业界比喻为核电站“心脏”，结构精密、系统复杂、制造难度极大，2008 年之前国内已建成核电站的主泵均是从国外进口，像这种关键设备不掌握在自己手里，对核电站的建设就可能造成制约性的影响。

主泵的国产化是个漫长且艰辛的过程。2007 年，中核集团中核工程公司开始承担核电厂总承包工作，当时国内接触过主泵的人就非常少，真正了解主泵的人更是凤毛麟角，国内没有一家单位能够独立设计、制造主泵，更不用说百万千瓦级主泵。

2008 年，公司依托福清、方家山项目启动主泵国产化，以治愈前期核电站进口主泵的依赖症。中核工程公司建立从基层项目管理人员到公司领导甚至中核集团领导的协调机制，成立了主泵国产化的专项组，积极协调国外厂家与国内主泵合作方开展技术转让交流，安排项目人员驻厂推动主泵国产化进展，帮助厂家建立了一整套主泵项目管理、质保体系，并在资金上全力支持主泵国产化。

全流量试验是验证主泵性能的关键，包含 15 大项 30 余小项性能考核试验，涉及常规运行以及断水、断电等破坏性工况试验。主泵制造厂家哈尔滨电气动力装备有限公司（简称：哈电动装公司）投资 2 亿人民币启动国内首个全流量试验台建设，中核工程公司全程派驻主泵专家参与协助，试验台架于 2012 年建成并投入使用。哈电动装成为国内首个具备开展主泵全流量试验能力的厂家，为后续项目主泵全面国产化扫清了道路。

“华龙一号”主泵高 10 米，重 130 吨，可在 5 分钟内灌满一个奥运会标准泳池，单台主泵 6 000 多个部件，制造周期 4 年，技术与质量文件 1 000 余份。在三代核电“华龙一号”技术要求大幅提升的情况下，中核工程公司作为“华龙一号”研发设计及工程总承包单位，将主泵项目继续作为国产化的“试金石”，与主泵设备制造商哈电动装公司协同合作，将主泵寿命提升至 60 年，自主完成全流量试验台设计改造工程，加快主泵全面国产化进程。

10 年间，主泵的国产化一步一个脚印，实现了“从无到有”的跨越。从福清 1、2 号搭建国内首个主泵全流量试验台架、实现泵壳和电机的设计制造、主泵泵体少量部件的国产化，到福清 3、4 号，泵体国产化范围进一步扩大，并包含部分关键部件，逐步提升了主泵国内制造能力。

在中核工程公司的推动下，哈电动装公司获得国家核安全局颁发的主泵制造许可证、设计许可证。中核工程公司与哈电动装公司共同努力，在国内首个主泵全流量试验台上自主完成了“华龙一号”首台主泵组装与全流量试验，最终使我国具备了主泵自主制造、总体设计能力，基本实现了主泵的国产化。

“华龙一号”首台主泵已于2018年年底引入核岛。主泵的国产化使主泵不再受制于人，解决了自主核电出口的锁喉之痛。

一色的清丽面庞，一样的青春年华，集体接受采访的是中核工程公司核安全结构技术研究中心平均年龄三十挂零的一群科技精英。笔者真不敢相信这群“娃娃军”的头儿——蒋迪博士，竟从容淡定地介绍起研发背景：美国“9・11”飞机撞击恐怖事件后，业界都在沉痛反思，美国人首先考虑核电站如何防大飞机撞击；日本福岛核事故后，我国对核安全标准提得很高，国家要求在安全高效的基础上发展核电，如此一来，防大飞机撞击就成了“华龙一号”要考虑的一个重要安全指标。

“但我认为核事故是小概率事件，可一旦发生影响太大了。我们‘抗大飞机撞击研究’，更多的是强调核电的安全性，同时加强对公众的宣传，引起大家对核电科普知识的兴趣和核电安全的高度关注。”蒋迪强调。

几天后，与邢继聊到同一话题，他说：“起初我们抗大飞机撞击研究，可以说是碰了一鼻子灰！”探问究竟，他如实道来——

“这项研究，和中国长期合作的欧洲的一个核电巨头率先开始，积累了不少经验。我们虽然定了这个项目，但可以说对此不太清楚，要完成设计十分困难。当我们满怀希望找到这家公司，要求帮忙解决面临的困难时，对方说帮忙没问题，但我们必须和你们共同研发

ACP1000。"

"我一听突然觉得脑袋一炸，这岂不是狮子大开口，要夺走我们的自主知识产权吗？！我们辛辛苦苦搞了 10 多年，已近成功，合作不就等于拱手相送吗？！"

面对这严苛的条件，邢继断然拒绝了对方蛮横的要求。

"后来，我们又通过其他渠道，大致弄清了这个项目的来龙去脉，为我们的研究摸清了方向和路径。"

邢继的讲述暂且打住，话题回到他的爱将蒋迪身上。

蒋迪粗线条地说起了研究历程：第一阶段，从 2010 年开始，在公司副总工张超琦的带领下正式启动核电站抗大飞机撞击的研究工作。起初我们一无所知，什么飞机撞？速度是多少？没有任何资料可以参考。美国最早开始研究，但那是人家的商业秘密，不会告诉你。"华龙一号"总设计师邢继斩钉截铁地说："我们一切从零开始！"

于是，就跑到民航部门调研，了解飞机的型号、性能、速度等等，经过分析计算，获取了"华龙一号"的大飞机撞击 RIERA 曲线，初步建立了大飞机的三维有限元模型。

为获取经验，2013 年，蒋迪和蔡利建又赴法进行交流和培训。随后在所副总工王黎丽的牵头带领下，姚迪也参与了进来，团队全面开展抗大飞机撞击的计算分析工作，共出版 10 本计算报告。2015 年 7 月，"核岛厂房抗大飞机撞击设计技术研究"通过验收。

第二阶段：抗大飞机撞击的优化设计工作。此时，研究小组扩大至 6 人，有冯芝茂、宋孟燕、史晨程、董尘、刘景琛和蒋迪。2016 年 10 月，开始启动大飞机撞击作用下核岛厂房振动分析的研究，研究成果得到了美国专家的验证。2018 年 1 月，完成"华龙一号"抗大飞机撞击的优化设计……

蒋迪说得特别简单，好像小孩子过家家一样。但其中的甘苦，只有他们知道。邢继对他们的贡献十分肯定和推崇，还推荐笔者去采访他们。

这群年轻人或许是第一次接触作家，第一次接受采访，显得怯生生的。话匣子打开了，他们才稍微活跃起来。他们在各自的研究领域工作成就非常突出。

点赞之外，意欲摘取果实的也来了。邢继告知：“两年后，当我们完成了这个希望渺茫的课题时，那家当初袖手旁观的核电巨头找上门来，要求开展合作。但他碍于面子，说得并不直接。一说我们以前合作得很好；一说近来他们公司政策有了调整，可以扩大对外交流，绕了很大的弯子。我当然心知肚明，就婉言谢绝了访者的‘好意’。”

“对方什么反应？”我们刨根问底。

“他双手一摊，耸耸肩，皱皱眉，感到非常失落。”邢继笑言。

福清“华龙一号”自然是按“抗大飞机撞击”而建造的，正在进行时，类似的严峻考验来了。根据中国地震台网测定，2019 年 4 月 18 日 13 时 01 分，台湾花莲县海域发生 6.7 级地震。地震的冲击虽然没有大飞机撞击那样直接，但破坏力同样不可小觑。

一个清楚的事实是，近在咫尺的兴化湾畔福清核电依然风平浪静！

现场的中核人表示“什么感觉都没有”。他们说：“请全国人民放心，地震对我们没有影响。目前，福清核电 1 号至 4 号机组依旧稳定如常，‘华龙一号’5、6 号机组建设依旧如火如荼进行，各项节点有序推进。”

正是通过几代核工业人尤其是像蒋迪这些青年才俊的不懈努力，中国核电国产化率已达全世界最高。如今，“华龙一号”首堆实现国产化率 90%以上，目标是实现系列化后达到 95%以上，相关设备仪表的制造涉及国内 5 400 余家企业。其余部分不是没有能力实现国产化，而是本着最高效、节约成本的方式，没必要国产化，且这 10%也不会制约我们的发展。”作为“华龙一号”研发设计与工程总包单位，时任中核工程公司总经理刘巍曾在央视《对话》栏目中，如此解释国产核电的国产化率问题。

他说，核工业是高科技战略产业，在面临新一轮人工智能发展的重大战略机遇期，在构筑我国人工智能发展的先发优势，建设创新型国家和世界科技强国的过程中，我们要继续发扬“两弹一星”精神，勇于登攀，奋发进取，加快实现我国由核大国向核强国跨越。

11 装卸料机完美现身

2017年9月14日，中核工程公司北京核工程设计院核设备所异常安静，大家在平心静气地等待着一个重要消息。

突然，门外传来了一连串急促的脚步声。“来了，来了，验收结果出来了，我们设计的福清核电5号机组装卸料机通过验收。”瞬时间办公室里的人们都欢腾起来。

历时两年半的时间，这台为“华龙一号”量身定制的装卸料机，在这里完成全部研发设计，700多个日日夜夜的艰苦付出此刻终于画上了圆满的句号。

“这台专门为‘华龙一号’研发的首台装卸料机，集合了我们20多年来在技术、人才、实践中积累的经验，是在实现大型商业核电站装卸料机国产化基础上的又一次技术升级。这台装卸料机将为‘华龙一号’全球首堆装上第一炉核燃料，成功将它送上运行发电的‘起跑线’；不仅如此，我们此番对装卸料机进行升级后，在技术上实现了全部国产化、自主化，这就为‘华龙一号’走出国门创造了条件，也将‘华龙一号’整体核电技术送上了全球三代核电机组竞技的‘起跑线’。”核设备所副总工唐兴贵不无骄傲地说。

“装卸料机，我们业界有‘具有吊车性质的机械手’的说法。它的研发，是从服务于中核集团自主设计的60万千瓦核电机组开始，发展于方家山百万千瓦核电站。”中核工程公司核设备所的李均告诉我，“以前，这个结构复杂的机电一体化设备全靠进口，为了挣脱西方的限制，2008年前后，中核集团启动了优先发展技术项目‘反应堆关键设备研制’科研计划，以装卸料机为突破口，开始做整套自主研发的东西，无论是设备结构，还是电控方面。我们虽然继承了M310的经验，但并没有沿袭过去的做法，而是根据新工况、新要求进行了精细化的设计，光机械部分就出了1 500多份图纸，花了15个月。”

李均快速地介绍，设计图纸出来后，由西安核设备有限公司（简称“西核”）首次制造这么重要的操作类设备。业主担忧甚至质疑，怕技术上不成熟，毕竟是第一台嘛。决心挺大的西核也是破釜沉舟，自筹资金建了一个大的试验水池，反复检验样机的性能。为了赶时间，24小时三班倒……

谈到当时驻厂时的艰辛监造，共同接受采访的李均、袁巍、叶阳春都记忆犹新。

“华龙一号”装卸料机的研发，虽是在方家山研发的基础上进行的，但无疑是一场为了“三代”达标的攻坚战。

“华龙一号”是三代核电技术，按照三代核电的标准，其装卸料机在安全等一系列性能的要求上也需要相应提升。为更好地完成任务，核设备所成立了“设备先锋——装卸料机创新青年突击队”，袁巍任青年突击队队长。

袁巍在工作中表现出了超强的韧性和责任心。“其中抗震设计反复了很多次，给我留下的印象特别深刻。众所周知，抗震能力高是三代核电的重要标志之一，‘华龙一号’抗震设计基准提高到了0.3 g。为了达到这一目标，我们前前后后改了很多版。”袁巍感慨地说道。

为了做到“三代”高标准，这样的变更还有许多。但摆在他们面前的时间却极为有限——必须在2015年1月出具所有图纸。当时是

2014年7月，时间紧，任务急。袁巍与叶阳春等青年骨干抓紧时间，着手绘制装卸料机所需要的上千张设备图纸。“那段时间同事们加班加点是常态，但为了装卸料机能按期交付，并能及时应用在‘华龙一号’上，一切的付出都是值得的。”核设备所装卸料机项目负责人李均笑着说。

为了能按节点出图，袁巍还与叶阳春利用自己在建模方面的技术优势，对图纸部分模块的检查采用三维建模的形式完成。“通过三维模型做出来的设计效果更直观，更好看，也更精准。”叶阳春说。

“为了获得试验数据和经验反馈，我们多次到秦山二期调研，进入到放射性机修车间。一次，袁巍的手给砸了。”说到这里，李均示意袁巍给我看看，我看见她的右手食指至今还青紫着。

袁巍接着说：“这不算什么，对于我们不太了解辐射安全的来说最令人担忧的还是核辐射。虽然穿着防护服，但我在测量完成后出来时安检仪器不让过，原来是使用的测量工具和图纸被污染了，只得扔下。

“在参与方家山和海南昌江核电站换料操作时，我们进到换料现场，每人带一个剂量计，如果超过12小时或超过剂量标准了，它就会不停地蜂鸣，搞得人心里挺紧张的。有一次我待了18个小时，出来时浑身是汗。倘若你身上不小心沾上了放射性物质，必须经过清洗才能通过放射性检查。如果不小心遇到内照射，处理起来就很麻烦。”李均补充道。

2015年，方家山核电站1号机组要进行换料操作，设计人员要到现场做装卸料机的保驾技术支持，确保现场问题的及时解决。叶阳春甲状腺功能不太好，完全可以以此为由不下现场，但他没有一声怨言和退缩，毅然决然地进入到换料现场。因为此时，李均外出，袁巍怀孕，能够胜任这项工作的只有他了，他不得不披挂上阵。

"现场表面看似风平浪静，实则是危机四伏，你不知道核辐射会在哪儿不经意地出现。我们的职责就是保证换料正常进行，所以需要待在核岛厂房外侧，随时待命。"叶阳春推了推眼镜说。

不好！从换料现场传来了一个消息，抓具出了问题，燃料组件不能正常从抓具中释放，这可是个大问题！如果不能很好解决，就有可能演变成一次事故。

"怀着忐忑不安的心情，我们上去进行了一系列的排查。"叶阳春说，首先，要在保证燃料组件安全的前提下，通过应急操作的手段，将抓具上的燃料组件放下来；其次，为了排查故障原因，需要将换料水池的带放射性的水排放到压力容器法兰的高度，进行核清洁；再次，对照图纸找原因，并提出解决问题的方案，更换故障设备；这个处理过程需要十几个小时。"当时，燃料组件就在我们身旁，堆芯虽然有临时顶盖，确保安全无虞，但心里恐慌，我感觉心跳加速。排除故障了才如释重负！"

叶阳春的叙述虽平淡无奇，却激起我们心中万丈波澜，他们是在用自己的生命谱写着核电的安全啊！

就这样，"装卸料机创新青年突击队"用短短10个月时间，分析，调研，琢磨……完成了装卸料机的所有图纸设计。

当笔者细问在设计图纸时是否遇到困难时，袁巍感叹道："按照正常程序，应该先提供堆芯水池尺寸参数，然后通过参数设计图纸。但当时总体厂房的标高设计并没有固化，因为'华龙一号'是新的堆型，大家都是第一次接触，都是摸着石头过河，所以只能在实践中不断改进，不断协调。可这就给设计出图造成了影响，因为厂房标高等参数一旦变动，设计数据也就需要不停地调整，但这一调整就不是一两个数据的事，牵连着好多数据都要做调整，甚至还会导致整体结构上的变化。"

“我们团队打的是持久战，从设备的设计、制造厂的调试到现场的安装，我们都会一一跟进，并且对发现的设备问题进行反馈，总结经验，为以后的设备设计提供技术支持。全程的亲力亲为，不但是脑力的战斗，同时也是体力的战斗。”叶阳春表示，“从方家山工程开始，我们就养成了这样的‘好习惯’，在‘华龙一号’设计上，我们会延续这个传统，确保‘华龙一号’首堆安全换料，助力‘华龙一号’走出国门。”

装卸料机的研发，也是一次为了100%国产化的百米冲刺。

“‘华龙一号’的堆芯与之前的堆型相比变化很大，相应地装卸料机起升高度也发生了变化，深了1.2米左右。我们都知道，起升高度越高实现定位难度越大，如抓取深度、运行轨迹方面等都要进行调整。”核设备所副总工唐兴贵说。

“为此，我们完善载荷保护措施，对装卸料机的起升系统作全新的设计研发，以三维建模的形式对深度抓取进行立体模拟，以便调整获取最终的数据；严格抗震设计，使其符合三代核电抗震标准；严格定位精度，将设计指标定位到±3毫米，但最终运行时基本上能达到±1毫米的要求，满足了业界最高要求。”唐兴贵这样介绍此台装卸料研发的整体特征。

在他看来，整体设计高标准是此番改造的难点之一，那么，完成最后的百米冲刺——“100%国产化”就是难点之二。在装卸料机研发中卡住100%国产化“脖子”的就是专用单轨吊（装卸料机辅助起升设备）的国产化。为此，中核工程公司特别设立了专用单轨吊科研课题，以突破这一瓶颈。

“华龙一号”因其堆型的自身特点，使专用单轨吊在装卸料机上的运行空间存在严重限制，如何在设备尺寸及重量均受限制的不利条件下，全面实现各安全和保护机构的设置，成为了课题组要攻克的难题。

笔者还了解到，“华龙一号”专用单轨吊严格遵循了三代核电技术的工艺要求、接口要求以及相关设计准则，已经达到了国际同类产品先进水平，具有完全自主知识产权，可出口海外三代核电市场，全面解决了出口受限的问题，具有良好的核电工程项目应用前景。

作为核电站燃料操作与贮存（RFH）系统的关键设备，装卸料机对核电站换料期间的时间保障和经济效益起着重要作用，为此设计团队的每一个人都付出了辛劳，贡献了自己的智慧和汗水。

叶阳春告知，他们现在只是完成了设计制造和调试支持工作，等到了现场装料阶段还有更大的挑战等着他们。为了确保设计的首台装卸料机成功将177组燃料入堆运行，届时，他们会时刻在现场“备战”，那时才是最累的。

“华龙一号”装卸料机作为机电一体化设备，由机械部分和电控两部分组成，除中核工程公司负责设计外，西安核设备有限公司负责机械制造及总体组装、调试和试验，中核控制系统工程有限公司负责电控系统供货。

业内人熟知，装卸料机是核电站保障燃料组件安全的关键设备之一，它负责把新的燃料装入到反应堆堆芯，并在燃料燃烧完成后进行换料操作，整个过程要求安全、准确、迅速。在此之前，我国核电站的装卸料任务基本依靠手动控制和半自动控制方式来完成。

总设计师邢继说：“这对人员的要求是非常高的，要经过反复的训练，反复的培训，但是人为操作依然可能会带来一些失误，对燃料组件，甚至反应堆的堆芯带来损伤，对反应堆安全运行造成危害。”

人为操作的可控性难度大，加上进口国外核心技术费用庞大，一直是我国核电技术的瓶颈问题。西安核设备有限公司的技术骨干团队，依托我国百万千瓦级核电站关键设备的自主研发成果，历时两年，经过上千次的试验，不断优化各项关键技术指标，终于成功完成了全球首台“华龙一号”全自动装卸料机的制造。这台由我国自主创新、拥有完整自主知识产权的全自动装卸料机，不仅拥有高精度、高可靠性、高自动化程度等优势，成本也远低于国外发达国家。

李均自信地说：“我们也参加了新装卸料机的调试。总体而言，因为有了方家山的经验为基础，后续的研发还挺顺的。”

目前，“华龙一号”全自动装卸料机已被应用到福清核电 5 号机组。同时，“华龙一号”全自动装卸料机作为中国制造的新名片，也将在我国核电技术“走出去”战略中发挥重要作用，目前已与“一带一路”沿线的巴基斯坦、阿根廷、沙特等 20 多个国家达成了合作协议。

邢继表示：“我们还要放眼于世界，带动中国装备走出去，中国的技术和服务走向国际市场去，应该说我们在核电走出去上大有可为。”

12 一举破解核设备"痛点"

当"华龙一号"即将披红挂彩、鸣锣开张之时，核电设备采购部门突传不祥之兆。

一直以来，我国核电应急柴油发电机组电气控制柜（EDG）是阿尔斯通供货，可就在 2015 年前后，该公司被美国通用公司收购。阿尔斯通设计一半的 EDG 电气柜被迫中辍，不得不放弃核电市场，中国急需之货一下子"黄"了。

怎么办？

除了自主研发，别无他途！

"这个设备的研发颇有示范意义，你先弄清它，也就明白设备国产化是怎么回事了。"采访邢继时他建议。

于是，2019 年 4 月初的一天，笔者走进位于武汉的中船重工 719 所，刚刚从三亚飞回的首席专家徐正喜，顾不得鞍马劳顿，愉快地接受了采访。

他说明来由："因为在科技产业化中，我们有做柴油发电机控制系统的良好基础，所以，中核集团在寻寻觅觅的过程中，找到了总成方陕柴重工有限公司（简称"陕柴"），陕柴就推荐了我们。"

福清核电业主要得紧，总承包商中核工程公司催得急，副所长卢兵便找到时任副总工程师兼四室主任的徐正喜，追问："徐工，我们能不能搞出来？”

“要想拓展这一民用市场，这是个突破口，就是再困难，我们也应把它做成！”长期在军工系统“摸爬滚打”的徐正喜回答。

“敢不敢签订责任状？”

“有何不敢！”

于是，白纸黑字，责任状落成。

国外核电历经多年发展，已经形成完备的标准体系和生产制造体系。2015年以前，应急柴油发电机组电气控制柜供货基本为国外厂商垄断。719所要打破国外厂家的垄断，必须掌握应急柴油发电机组核级电气控制柜关键技术，做好技术储备。

徐正喜带领研发团队成员苦练内功，下大力气推动应急柴油发电机组核级电气控制柜的研发，第一步必须吸收消化国外应急柴油发电机组电气控制柜的关键技术，形成具有自主知识产权的设计。

深入调研过后，就是抓紧设计，绘制线路图和逻辑图了。

国外开发这个宝贝，时间周期一般为4年，阿尔斯通已耗去了一半，时间对719所已经够紧的了。

研发这个东西，首先要吃透别人的设计，于是，徐正喜就立马发动全室三四十人争分夺秒地分析、研究，建立自己的元器件库，仅用两天时间就完成了。

接下来是画线路设计图。继任室主任陈涛说：“我们四室90%以上都是硕博生，拥有核心技术，覆盖舰船所有专业，是个能打硬仗的年轻团队。这个项目共有17个小系统，每个是一册图纸。徐总以身示范，主动承担了发电机控制系统部分图纸，共绘了7册线路图。他加班加点地干，中午吃饭带休息也就半个钟头。你说，哪有将军领阵士兵不冲锋的道理！”

“担任副总工后，我有好长时间没动手绘图了。”徐正喜说，“不亲自带头干不行呀。起初中核工程公司和采购方确实有疑虑，担心我们拿不下，当看到我带领兄弟们一个半月就绘制完线路图，悬着的心也就放下了。"

"接着又审改逻辑图。西方弄出原理图和逻辑图得花 2 年时间，我们仅仅花了 5 个月，就通过了中核工程公司的审核。"说这番话时，温和的徐正喜话里透着自豪。

"我们解决的第二大问题，就是吸取日本福岛教训，使提供的装备能承受地震的冲击，仍然能发电。"徐正喜说，福清的地震谱比普通的要大一些，电气控制柜的元器件要经过核级鉴定试验，我们就做了个样机柜，到上海做试验，发现地震谱变大了；反复研究后，我们就更换柜子材料，加固结构梁，不断地修改完善。

在整个过程中，项目团队对项目进行了严谨、完备、详细的策划；相关部门大力协同，确保设计、采购、生产、质量工作稳步开展；技术人员通宵达旦，攻克了核级电气控制柜的技术难点。最终，项目团队总共只用一年的时间，就完成了样机的设计、制造、核级鉴定，并于 2018 年年底保质保量地完成所有产品的交付。

2017 年下半年，在做样机鉴定期间，国家核安全局华北站马向睿副处长带队，两次对该项目进行监督检查。根据检查要求，不但完成了样机整柜的鉴定试验，同时对柜内各元器件也进行了核级试验，此为目前国家核安全局首次见证的最完整的核级试验。目前，国家核安全全局正督促陕柴召开一个 EDG 电气柜国产化的成功经验反馈会，以加快推向市场的步伐。

"持之以恒地推动核级电气控制柜产业化发展，是项目团队的目标。"陈涛信心十足地说："我们一方面积极关注新建核电站和核电站改造项目的相关信息，第一时间与柴油发电机组总成方开展联合投标；一方面通过福清 5 号、6 号应急柴油发电机组核级电气控制柜项目的示范效应与核电站开展技术和成果分享。截至目前，漳州、昌江、大亚湾、岭澳、岭东、宁德等核电站均开启了应急柴油发电机组招标工作，项目团队与相关柴油发电机组总成方完成联合投标，力争未来可达到50%的市场份额。”

采访接近尾声，笔者向谢炜讨教：“这个项目的成功开发，有哪些管理经验可供借鉴？”

他归纳道：“充分发挥了我所的技术和人才优势；预先策划，消除风险，与核安全监管部门定期交流；领导到位，责任到人，成立项目执行专项工作组；定期会晤，加强沟通，构筑多层别协调机制；团结协作，分工明确，实行制度化、精细化的项目管理。”

他又说：“在项目研制过程中，我们积累了大量的管理和设计经验，形成了相对成熟的人才梯队；同时积极组织并参与核安全、项目管理、质量培训，不断提高成员综合素质，培养了一支集项目管理、设计、质量等为一体的实力过硬、敢打硬仗、有勇有谋的项目团队，为后续应急柴油发电机组核级电气控制柜产业化提供了丰富的人才储备。”

中船重工719所积极顺应目前制造设计国产化的潮流，在电气控制柜的国产化上临危受命，不计成本全力以赴，按期出色地完成了看似不可能的任务，体现了国企作为国家支柱的大担当大情怀。

真是高风亮节，功莫大焉！

13 试验验证至为关键

毫无疑问，从前文的叙述表明，核动力院是“华龙一号”设备研发的主力军。

而设备研发的试验验证至关重要，不验证设计可行，后续的设备制造根本无法进行。核动力院二所承担了试验验证这一光荣而又艰巨的任务。

采访二所所长李朋洲时，他告诉笔者，二所作为核动力院的主体所之一，主要从事非涉核的相关科研验证工作，研究核领域基础的核物理、热工水力学、力学等工程问题，1972 年建所至今已经 40 多年历史了。由于核行业的特殊性，国家对核技术的可靠性要求非常高，所有技术都需要经过试验验证才可以使用，所有设计理念也都需要经过试验检验才能最终变为现实。“idea 可以有很多，但是验证起来就非常困难了。”李朋洲说。

针对“华龙一号”研发项目中设计所提出的众多创新点，二所需要开展严格的关键试验验证，包括：

——针对严重事故反应堆堆芯熔融后，确保堆芯熔融物保留在压力容器内的堆腔注水系统性能试验；

——针对全场断电事故后，能够将反应堆余热带出的二次侧能动余热排出系统验证试验；

——针对流体诱发的反应堆堆内构件震动的流致振动研究试验；

——反应堆控制棒驱动线热态性能和检验试验；

——地震事故下能否安全停堆的驱动线地震验证试验……

这些试验大都需要进行全新的设计和验证。

然而，从研究方案到开展设计、采购设备与材料、安装与调试，最后到试验完成，只有 2 年多时间，同时二所还承担着的其他繁重的科研项目也不能停摆。根据以往经验，这几乎是不可能完成的。

比如二次侧非能动系统试验研究、堆腔注水冷却系统试验、控制棒驱动线抗震试验等，从台架设计到建成台架，再到完成试验，给的时间有限，而过去一般在一个五年计划才能完成条件保障建设！

李朋洲面临着一系列问题：在众多项目课题面前，谁来统筹资源配置？资源配置所需要的准确信息由谁提供？二所科办、技术开发部加起来不到 20 人的项目经理团队，能否及时准确应对几百项子课题任务中随时变化的资源配置与协调？在项目课题实施中，谁来关注目标，确保技术、进度、成果、经费、质量、安全等目标不漂移？如何杜绝条块分割下，“责任尽了，事情做了，而目标却没有达成”的尴尬现象发生？

为了解决这些项目管理中难题，必须对传统项目管理的优劣进行系统性再认识，必须打破原有管理模式的条条框框，必须在原有管理机制上予以创新突破，才能解决迫在眉睫的现实困境！

借鉴海尔集团董事长张瑞敏“人单合一”的管理思路，李朋洲在二所提出了“终端指挥过程、终端显示过程”的思路，把传统的金字塔形自上而下的科研管理过程，改为倒金字塔形自下而上的科研管理过程，定名为“课题负责人中心工作制”。简单地说，就是让课题负责人根据课题进度来调配人、财、物等资源，让所机关各管理部门听命于诸多课题负责人。

当时，所里实行月例会制度，每月一次例会上，课题负责人汇报课题进展，安排布置下一步工作。“当时的关键问题在于，课题负责人敢不敢调配？所管理层会不会听调配？所以我每次都要参加月例会，当课题负责人调动不了的情况，我就出面给他们壮胆撑腰，帮他们协调。就是在这样的月例会上，我第一次看到课题负责人坚定的目光。”李朋洲说。

是啊，科研人员终于不用一边拼命烧脑地搞科研，一边求爷爷告奶奶地跑协调了。通过课题负责人中心制，“华龙一号”的众多子课题以超乎寻常的速度完成。

以非能动应急堆芯冷却系统综合试验研究项目为例，核动力院仅用一年半的时间就完成了装置设计、破土建设、设备安装调试，并完成了全部试验任务。整个项目启动时间晚于国内同行项目两年，而项目完成时，国内同行的试验装置尚未具备投入使用条件，创造了“核动力院速度”，得到中核集团、国家核安全局和同行专家的高度评价。

2019 年年初，李朋洲去华为公司总部学习时发现，华为的老总任正非有一句著名的论断:“让身处一线的人直接呼唤炮火”，二所的“课题负责人中心制”管理思路正与任正非的这一论断不谋而合。李朋洲笑着说:“课题负责人以前只负责做科研，如今都学会了调配协调各种资源，所以这个管理方法的一个副产物是为我们培养了一大批项目管理人才！”

管理问题解决了，具体的科研攻关包括哪些内容呢？李朋洲逐一进行了介绍。笔者有幸前往试验台架参观了部分试验。

首先是堆腔注水冷却系统试验。

小知识

堆腔注水冷却系统（简称“CIS 系统”）是“华龙一号”“2+1”安全设计中的 2 套能动安全装置之一，但兼具能动工况模式和非能动工况模式。它是反应堆严重事故缓解措施之一，可以在严重事故条件下将堆芯熔融物滞留在压力容器内，极大地缓解严重事故的进一步发展和恶化，减缓放射性的释放，保证公众安全。

美国三代核电技术 AP1000 的核心特征，就在于非能动安全系统，即利用物质的重力，流体的对流、扩散等天然原理，设计不需要专设动力源驱动的安全系统，以适应在紧急情况下冷却和带走堆芯余热的要求。法国的三代核电技术 EPR 则刚好相反，采用更多的能动技术来保证安全性。

核动力院创造性地将两者结合起来，在华龙一号的设计中提出了“2+1”型安全设计理念，即 2 套能动安全装置加 1 套非能动安全装置，这种“能动+非能动”的安全设计理念充分贯彻了国际上公认的纵深防御的设计原则。按照我国核安全法规，必须对这个与核安全密切相关的系统开展独立验证试验。

位于核动力院华阳总部的这个堆腔注水冷却系统试验台架，目测有五六层楼那么高。课题负责人张震是个年轻干练的小伙子，他介绍了试验的整个过程。

试验人员要选取较极端条件下的热工水力参数开展试验。试验工况的实现需要同时协调改变多个参数，并且在发生壁温飞升时做出迅速而准确的判断和处理，难度很大，对试验人员操作水平和装置性能都提出了较高要求。通过技术人员的艰苦努力，验证试验最终顺利完成，而且试验数据有较好的一致性，参数变化规律合理，数据正确、有效。

“华龙一号”堆腔注水冷却系统的有效性得到了验证，在严重事故预防及缓解试验技术方面取得了重大突破。张震自豪地告诉笔者：“这个试验项目启动时间晚于国内同行项目两年，而当我们这边项目完成时，国内同行的试验装置尚未具备投入使用条件，更别提获取到什么数据了。”

其次是，二次侧非能动余热排出系统试验。

“华龙一号”二次侧非能动余热排出系统（简称“PRS 系统”）试验目的，是验证反应堆全厂断电、同时辅助给水汽动泵失效事故工况下，PRS 系统的运行能力和特性。这个试验曾经获得许多国内外专家赞誉。

前往100多公里外的核动力院老基地实地看了这个著名的试验台架，总共有 60 多米高，17 层，由许多弯弯曲曲的管道和各种仪表构成。近旁有武警站岗，说明此试验台架十分重要。

2013 年，具有世界水平的高位水塔建成了，试验也很快开展起来。

核动力院二所技术人员小骆介绍了台架的基本情况。PRS 系统是“华龙一号”“2+1”安全设计中的“1”，即非能动安全装置，是 ACP1000 最主要的创新设计内容之一。它也和堆腔注水冷却系统一样，必须开展独立验证试验，时间同样非常紧张。

试验人员设计了全新的 ESPRIT 试验装置，并开展了“华龙一号”PRS 试验研究。由于试验设施的地址在老基地，试验人员每次都要坐两个多小时的车程从成都赶到乐山老基地，风雨无阻。老基地是雷区，试验台架很高，虽然是钢筋骨架，但平时风大的时候仍会被风吹得左右摇晃，雷雨天更容易招雷，所以每到夏天试验经常被迫中断。

小骆说，平时做试验时，技术人员都要爬上台架，首先打开 C 型管束入口的大法兰排气，这可是个体力活，因为拆卸和安装法兰的紧固螺栓需要抡大锤，每次都会累得汗流浃背。试验前还要打压查漏，技术人员就戴着安全帽爬上台架，逐层检查每个阀门、每个三通、每个法兰。试验人员从保守和试验具有包络性角度考虑，选取了大阻力试验工况开展了独立验证试验。

试验结果表明，大阻力工况下 PRS 仍能够在无人员干预的条件下安全带出全厂断电事故发生后 72 小时堆芯热量。这就验证了原型事故冷却水箱（水池）和原型应急余热排出冷却器的设计能力，为设计和改进提供了重要的试验数据基础和必要的数据支撑。

这个课题的负责人郗昭是一位年轻的妈妈，2012 年试验最紧张的时候，她的儿子还没上幼儿园，她经常忙于试验，顾不上儿子，如今她儿子已经读小学了，她还添了个可爱的二宝。“时间过得真快，感觉做试验的那一幕幕场景就在昨天一样，不觉已是六七年前了。”小骆感慨地说。

还有一个很重要的试验，是控制棒驱动线抗震试验，据说打破了世界纪录。

控制棒驱动机构（简称“CDRL”）在核电站一回路系统中是除了主泵以外唯一的能动部件，是控制反应堆启停堆和功率调节的关键能动部件，被称为反应堆安全开关的“钥匙”。反应堆在地震中的安全停堆能力主要取决于 CDRL 的抗震性能。“华龙一号”设计指标提出抗震能力要达到 0.3 g，究竟是不是能达到 0.3 g，CDRL 的抗震试验是关键。

尽管这次 CDRL 研发的安全标准更高，试验人员从地震落棒控制程序开发和验证、试验技术研究、装置设计研究、虚拟驱动线抗震试验研究等方面开展了一系列工作，在试验技术上，取得了首次施加垂向激励，更加真实地模拟地震载荷、首次采用绝对位移控制方式、具有非常高的加速度和截止频率、虚拟仿真技术等一系列突破。

最终，试验人员组采用了最大的地震载荷（几乎达到试验设备的能力极限）、最严酷的考核要求、最苛刻的安装条件（人为设置了2.6毫米的误差），形成了世界上最难通过的驱动线抗震试验"考试"。10多米高的"华龙一号"CRDL顺利通过了五次运行基准地震（OBE）和一次安全停堆地震（SSE），证明"华龙一号"控制棒驱动线具有抵抗0.3 g设计基准地震的能力。其热态寿命试验运行步数更是创造压水堆核电站驱动机构的世界纪录，成为目前世界上寿命最长、可靠性最高的驱动机构，达到世界先进技术水平。

还有很多试验子课题的故事，李朋洲来不及一一介绍。笔者可以推测，应该也都非常精彩。回顾"华龙一号"研发过程中的这些试验，李朋洲说得最多的就是"时间紧、任务重"，核电项目从立项到结题，从来没有如此紧迫过。时间紧张是因为中核集团的时间非常有限，试验不完成，安全审查不给路条，所有流程都要卡着，设备生产更不能进行，福清5号机组迟迟开不了工，海外的巴基斯坦核电站也就没法开工。

李朋洲非常感慨："到现在我都记得，那几年我们的试验室经常是灯火通明，变压器轰鸣声彻夜不停，加班甚至通宵都是家常便饭。特别是72小时连续试验时，课题负责人都是绷紧神经毫不懈怠，熬得眼珠通红，再困再累都坚守岗位。有一次我晚上加班后到试验室去看，发现有个女职工，头上贴着退烧贴在加班。我说回去吧，身体要紧。她说没什么，贴了退烧贴烧就会退，那一刻，我真的不知道说什么好了。活儿都是我安排给他们的，他们那么拼，我还能说什么呢！"

14 自主燃料元件倒逼生成

2017年，在高亢嘹亮的院歌声中，核动力院再传捷报！

历经多年研发的我国具有完全自主知识产权的高性能核燃料元件——CF系列燃料组件再获历史性突破：CF2燃料组件完成三个循环辐照考验，自主高性能锆合金品牌N36特征化燃料组件通过4个循环的辐照考验，性能达到国际先进水平；作为CF系列的拳头产品，CF3燃料组件完成2个循环辐照考验，经池边检查性能良好，同时，具备了为“华龙一号”提供首炉燃料的条件……

这一系列振奋人心的成果，使得我国核电发展的核心竞争力进一步提升。

毋庸置疑，核燃料元件是核电站的核心部件，不断提高核燃料技术是改善核电站安全性、可靠性和经济性的有效手段，同时也是我国核电技术国产化、核电“走出去”的关键所在。

为此，近些年来，中核集团全力研发具有自主知识产权的高性能核燃料元件，其间无论是包壳材料、结构设计、试验技术、制造技术，还是辐照考验、池边检查，都开展了大量自主创新工作，“孕育”出的 CF 系列燃料组件，完善了我国压水堆核电站燃料研发体系，创造了“适用于商用压水堆的燃料组件自主知识产权创新设计与工程应用”等多个领域的国内第一。

一直以来，各核电大国在核燃料组件上的改进和品牌创新，从未停止。

概览我国核能发展，由于采用引进技术路线，大部分核电站使用的核燃料组件均为引进国外技术，在国内制造。长期以来，在核心技术、原材料及关键部件供应等方面始终受制于人，严重阻碍了核电“走出去”的步伐。随着我国核电“走出去”战略的实施，研发拥有完全自主知识产权的核燃料元件迫在眉睫。

“如果没有自主研发的核燃料元件，要实现核电强国梦，实现核电‘走出去’战略就是空谈。”中核集团“压水堆燃料元件设计制造技术”重点科技专项时任总指挥李广长说。

2010 年，中核集团实施创新驱动发展战略决策，“压水堆燃料元件设计制造技术”成为首批启动的重点科技专项之一。CF 系列燃料组件承载着自主核能梦，进入全面自主研发阶段——从包壳材料、燃料组件设计技术、燃料组件加工制造技术、燃料组件入堆辐照考验到池边检查等方面全面突围，为“华龙一号”“走出去”汇聚力量。

CF 系列燃料的天然使命，就是保障核电“走出去”战略实施。根据中核集团核电发展战略和“华龙一号”的“走出去”计划，CF3

燃料组件研发的时间表随之倒逼生成——4年完成所有项目规定的自主研发。

显然，这是个不小的挑战。

“我们总结这个项目有重、紧、急、多等特点。重，是责任重大，如果不能按时完成目标，势必影响我国核电‘走出去’战略目标的实现；紧，是人力资源紧、时间进度紧；急，是工程项目需求急、解决问题要求急；多，是任务种类多、单位多、项目接口多、协调工作多。”核动力院的焦拥军被任命为项目总设计师，谈到这个项目时备感压力。

为保障科研工作的顺利开展，中核集团创新组织体系——设立了“两总”，即总指挥与总设计师组织体系和以“项目总指挥和总工程师负责制”为基础、实施“项目–课题”两级管理的专项管理组织机构，以加强项目的全过程管理。

随后，一场跨板块的联合科研攻关战役就此打响——项目由原中国核燃料有限公司简称“燃料公司”负责组织实施，由核动力院负责技术牵头，另外，由中核建中核燃料元件有限公司、中核北方核燃料元件有限公司、中核核电运行管理有限公司、西部新锆核材料科技有限公司等作为参研单位。

4年时间里，研制团队携手攻坚克难，突破了燃料组件结构设计、热工水力分析、堆外性能试验、锆合金管棒材制备、组件制造工艺、锆合金堆外试验、燃料组件辐照后池边检查等7项关键技术瓶颈，建立了设计、模拟组件制造、堆外性能试验等研发体系，形成了知识产权成果包。

2012年6月，N36特征化燃料组件入堆考验；2013年7月，CF2辐照考验组件入堆考验；2014年10月，宣布启动入堆，4组银色组件插入秦山第二核电厂2号机组反应堆堆芯，标志着由集团自主研制的先进核燃料元件 CF3 完成研究、设计、试验、制造等主要研制工作，进入随堆运行考验阶段，对其关键性能指标进行最后验证。

此为我国核燃料技术自主研发进程中又一个重大节点。

"这是国内第一次走完核燃料组件研发全过程，意义重大，为后续核燃料元件持续研发打下了良好的基础。"重点科技专项时任总指挥李广长喜于言表。

当看到不同国家、不同品牌，且为不同型号的核燃料组件时，非专业人士会觉得它们的外形体貌都相差无几。事实也的确如此，核燃料技术发展到今天，主体特征基本相似，只是在一些细节上有所差别。

事实上，核燃料自主研发难度很大，先行者申请了大量技术专利让本就很小的创新空间越发狭窄。如今想再"孕育"新产品，既要避开专利限制，还要找到一个技术上既有创新点还能满足功能要求的方案，难度之大，显而易见。

研发期间，核动力院在消化吸收国外核燃料元件设计的基础上，结合"八五"以来我国 20 余年对核燃料的研究成果，在约一年的时间内开展了大量自主创新设计工作，确保了 CF 系列燃料组件设计方案的最终定型。

在结构设计方面，CF 燃料组件采用了多项自主创新设计——选定"管中管"导向管设计，满足了三代核电技术对核燃料组件的抗震要求；进一步优化了格架外条带，具有了良好的防钩挂性能；采用了"空间曲面"下管座设计，使组件具有了更好的防异物功能。

而要支撑CF系列燃料元件的研发，重要任务之一是必须实现我国核燃料元件穿上自主的“外衣”，即核电锆合金包壳材料自主化生产制造。

包壳材料是核燃料元件的核心之一。国际上，但凡研发出新的核燃料元件，“首秀”就是包壳材料，其性能关乎核电站的安全性和经济性。CF 系列燃料组件研发中，高性能锆合金的研制是重中之重。核动力院凭借多年在锆合金研发领域的技术积累和居于国内领先的技术水平，迅速开展自主品牌N36锆合金的研发。但由于这是我国首次研制满足商用堆燃料元件技术条件的自主品牌锆合金管棒材，没有专业化设施，也没有专业团队，自主研发可谓困难重重。

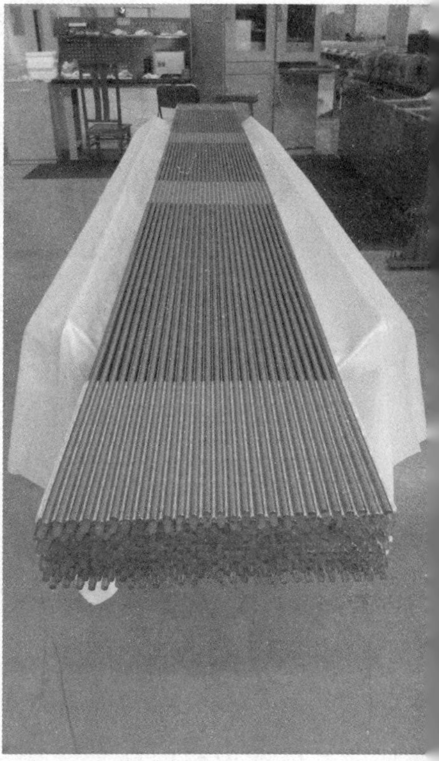

核动力院四所在锆合金材料研制方面是有基础和实力的。从“八五”开始，以周邦新院士、赵文金研究员带领的锆合金研发团队，率先针对我国压水堆燃料元件包壳的腐蚀问题，同时跟踪国际上先进锆合金的发展趋势，提出了开展高性能锆合金的研究，并与西北有色金属研究院、宝鸡有色金属加工厂共同攻关，取得了系列成果。在通过大量探索性及筛选试验、成分优化、工艺研究、显微组织研究、堆外腐蚀性能试验、力学性能试验、吸氢试验等相关研究后，研发团队确定了两种堆外综合性能优于Zr-4的新锆合金。“九五”期间，这两种由核动力院拥有自主知识产权的新锆合金分别被命名为N18和N36锆合金。

多年来始终专注于锆合金研制的该项目副总设计师赵文金虽年逾花甲，为了确保项目的节点进程，他带领团队人员，无论寒冬酷暑，常年深入科研生产第一线，针对研发中的各种问题，不断优化工艺、改进设备。

虽然困难重重，但项目组没有向困难低头。依据当时的技术状态，围绕项目研发的总体目标，项目组制订了“三步走”技术路线，即第一步通过较小量级的铸锭工艺论证及筛选试验，基本打通N36锆合金管棒材研制的主体工艺路线；第二步在此基础上开展稍大规模铸锭的工艺优化试验；第三步在优化工艺路线的基础上，开展更大规模铸锭的特征化组件用N36锆合金管棒材研制。该技术路线既体现了对客观规律的尊重，又考虑了现实的条件基础。

研制之路注定不会一帆风顺。在困难和挫折面前，燃料公司、院所领导、项目两总系统等没有批评指责，而是尊重客观情况，给予了项目组亲切地关怀和鼓励。

4年间，CF系列燃料研发可谓是“过关斩将”，创新研发出的CF系列燃料组件获得了丰硕的成果——获得结构设计、试验设计、制造技术以及N36锆合金成分相关专利88项，形成系统完整的知识产权成果包，完成了国内知识产权布局，使我国形成了具有市场竞争力的、完整的压水堆燃料组件产品供应能力，同时增强了进入国际市场的竞争实力。其中，CF3燃料组件从设计上满足三代核电对核燃料的需求，满足18个月长周期换料的需求等，综合性能与世界先进水平相当，可以满足出口和国内核电站需求。

结果表明，CF3相对于CF2优势明显：随着导向管内径减小以及轴肩螺钉孔长度增加，落棒时间变长；落棒过程中缓冲段内压强最大值增大；控制棒组件对燃料组件上管座冲击力最大值减小；控制棒组件撞击之前控制棒在缓冲段内运动时间变长……

如今，中核集团燃料元件研发仍在不断优化创新、深入推进。2017年8月，CF3改进型先导燃料组件设计评审会在成都召开，评审专家组一致认为，CF3 改进型先导燃料组件满足设计目标要求，符合项目总体目标，标志着 CF3 改进型燃料组件的设计基本完成，将转入先导组件制造阶段。

CF3 改进型燃料组件，在 CF3 燃料组件的基础上进行了局部优化，在定位格架、导向管、上下管座部件、燃料棒上均有优化和创新。设计分析验证结果和各项堆外性能试验结果表明，CF3 改进型燃料组件，在热工水力性能、力学性能、燃耗指标等方面已达到当前国际先进水平，满足第三代核电站对燃料组件安全性和先进性的需求，将为我国“华龙一号”核电站“走出去”提供有力支撑。

本次 CF3 改进型先导燃料组件设计通过审查，是中核集团继 CF2、CF3 燃料组件研制成功后，在燃料元件领域取得了又一重大突破，是我国先进核电燃料元件自主化研发的又一里程碑节点。

另外，堆外综合性能更优的新一代 N45 系列锆合金包壳材料通过了评审，相信在不久的将来，我国先进核燃料技术也将走在世界前列。

15 华龙"心脏"新鲜出炉

有"心脏"之称的反应堆压力容器，是核电站唯一无法更换的主设备，至为关键。

2017年8月20日上午10时许，由核动力院自主设计、中国第一重型机械股份公司承制的，全球首台"华龙一号"暨福清5号机组反应堆压力容器，在当年4月水压试验成功的基础上，顺利完成出厂交付，整装待发。

隶属于"华龙一号"家族的"一号"首台机组——福清5号机组反应堆压力容器（简称"RPV"）的顺利交付，是我国自主研发三代核电技术的一次重大实践，也是我国核电事业的重大突破。从此，我国拥有了自主三代核电品牌，更加坚定了中国技术、中国制造的信念，中国核电人梦想的实现，将御龙于华夏、腾飞于苍穹。

"华龙一号"承载着核动力院人第三次奋斗创业的梦想和使命，RPV的顺利交付具有非凡的意义。它充分吸收国际三代核电的先进设计理念，基于成熟、可靠的技术和工艺，遵照最新的核安全法规、导则和设计标准，具有先进、安全、成熟和可靠性高的特点，可谓是该院集20余年设计、建设和运行经验之技术大成。

它的成功制造，标志着我国已经完全具备了自主设计、自主制造三代核电装备的能力。

安置核反应堆并承受其巨大运行压力的密闭容器，也称反应堆压力壳。核电站所用的反应堆主要有轻水堆（压水堆、沸水堆）、重水堆、气冷堆及快堆等。由于压力容器包容了反应堆的活性区和其他必要设备，其结构形式随不同堆型而异。

反应堆压力容器位于反应堆厂房中心，设计时主要考虑一回路冷却剂的高压和高温，主管道断裂事故和地震等作用。由于压力容器所容纳的反应堆本体放射性极强，故在材质要求、制作、检验及在役检查等方面都比常规压力容器要严格得多。

反应堆压力容器有三大作用：装载着活性区及堆内所有构件，对堆芯具有辐射屏蔽作用，在顶盖上安装着控制棒管座及其驱动机构，承受很大的机械和动载荷；作为承压边界，密封高温高压含放射性的一回路冷却剂并维持其压力，承受动载荷和温度载荷；作为第二道屏障，在燃料元件破损后有防止裂变产物外逸的功能。

与M310家族RPV相比，福清5号RPV具有其独特的魅力：采用一体式控制棒驱动机构（CRDM）密封壳和一体化堆顶结构，设置堆腔注水冷却系统（CIS），消除了因下封头贯穿件发生泄漏导致冷却剂丧失事故和堆芯裸露的可能性，进一步保障了反应堆的安全运行。

全新的方案造型，全新的设计理念，使其不同于以往的兄弟RPV，但也给它的出世带来了更多的困难和挑战。

核动力院人没有在困难面前低头、放弃，披荆斩棘、冲破黎明前的黑暗，迎来了胜利的曙光。他们不仅造就了 RPV 的问世，也为核动力院、为祖国实现了自主创新三代核电的梦想，更引以为豪的是助推了“中华龙”的万里腾飞。

核动力院人对三代核电早就存在“觊觎之心”，在主打产品“二代加”风行之际，就把眼光放在了三代核电，在“二代加”核电工程设计的基础上，研制开发了新一代堆芯结构——“177 堆芯”，即 CNP1000 堆型，自主编制了 RPV 的总体结构方案文件，这就是“华龙一号”的雏形，后来在此基础上研发了 CP1000 设计方案，但没有跳出“二代加”的设计框架。

福岛核事故后，为了更好地保障核反应堆运行安全，取消了 RPV 底封头上的测量贯穿件，将所有测量管座集中在上封头，即形成了目前“华龙一号”设计。采用一体式 CRDM 密封壳、增大筒体与吊篮组件的水隙、60 年设计寿命、长寿期辐照监督等设计方案，成为“华龙一号”家族的独特徽章。

“华龙一号”技术是基于前期积累的传承，更是自主创新的改进。

在传承与改进的过程中，核动力院人的壮志也越来越宏伟。在 RPV 的研制期间，积极推动 RPV 设备和相关部件的国产化，以求自给自足，并进一步将眼光瞄向出口。长期依赖进口的部件，如“C”形密封环、金属保温层、辐照监督管、整体式螺栓拉伸机等，设计方主动与国内具有研制基础的相关厂家联合研制，实现技术与工艺的有机结合，在华龙家族组建的当口，实现了诸多部件的国产，为华龙家族争得了荣誉和尊严，减少了国外技术的掣肘，将来会在“华龙一号”以及后续工程项目压力容器身上，更多地看到“Made in China”的卓越表现。

经过多年深沉的技术累积，抱朴守心，核动力院人终于换来了满园清香。

有 20 年的技术研发底蕴，“华龙一号”堆型也一步一步走向成熟，走向繁荣。这一步步的坚实脚印，渗透着核动力院人丰厚的设计底蕴和自主创新的奋斗精神。

华龙家庭“一号”成员——反应堆压力容器，凝聚着各方的智慧和心血。

作为“华龙一号”的首台RPV，牵动着采购、制造、设计及电厂等多方的心，独享大家的尊崇。设计文件和图纸转到制造厂后，采购方和设计方实行技术服务双重保驾。于是，RPV的制造就有了两位专业负责、认真职守的保姆，一位是采购方监造，负责压力容器的制造进度；另一位就是设计人员，周到地负责制造过程中的质量。

RPV专业组人员是福清5号机组的直属设计，各个项目上的工作安排满满当当，单独抽出人员来进行技术服务，人力方面就会显得极为紧缺。主管组长邱天于是安排轮值，大家尽力安排、处理妥当手头上的工作，抽出一名专业人员来监护。于是，手头工作稍微宽松的设计人员，毅然决然地离开家庭，背起电脑和几件换洗的衣服，来到了制造厂，随时监察压力容器的制造情况。从2014年国庆到2017年盛夏，近三年的日日夜夜，每一次的焊接、检验及流转工序，都全程跟踪。

为了RPV制造的进展，福清项目办主管所长曹锐、总设计师刘昌文组织人员定期进行设计、制造相关的情况考核，听取设计、制造相关人员的进展汇报，监督压力容器的制造质量；专业室罗英主任安排专业组指定专人每天定时清理制造厂关于制造情况的往来函件，确保技术函件的正常回复，以保障其制造进度。

RPV就位后设有保温层，起到保温、减少热量损失的功能。但作为“华龙一号”家族的首台，福清5号RPV的保温层不仅要高端、大气，还要有内涵，有格调，于是乎保温层设计一度进入了福清5号、6号项目设计领域的TOP10，成为各方关注的焦点。

CIS 是"华龙一号"的新设系统，也是一大亮点，但对专业组提出了新的挑战。该系统的设置以及对辐射标准的严格要求，造成了现有结构操作平台的辐射剂量率超标，对保温层的设计及采购产生了直接影响。

2016 年 1 月 28 日，"华龙一号"项目部钟元章副总设计师、蒲小芬副总设计师等负责人，以及二室的余志伟副主任，邱天、周高斌等技术负责人，经过足足 16 个小时的"头脑风暴"，确定了各方认可的初步解决方案。2 月 5 日（腊月二十七）核动力院吴琳副院长就"华龙一号"RPV 保温层后续设计和采购工作主持召开院级讨论会，要求设计所二室必须在春节期间对保温层设计存在的问题进行梳理，积极与潜在供货商进行沟通，充分调研其他三代机组的相关设计，完成详细的汇报材料。

保温层设计紧急任务的突然出现，将设计团队每一位人员周围愈来愈浓的新年气氛瞬间驱散得无影无踪。设计所各级领导、总设计师和技术人员肩上的压力也瞬间增加，同时也倍感责任重大。此时此刻，无暇顾及太多，做好本职工作才是首要的选择。

在各级领导的安排下，RPV 专业组人员放弃了与家人团聚、欢度新春佳节的机会，在短暂的陪伴家人过后，毅然走出温馨的家，开始了春节假期的加班工作。办公桌上一杯清茶的氤氲热气，带来了几分宁静和专注。短短几天，彻底理清屏蔽保温层结构设计面临的技术问题；对其他三代核电项目 RPV 保温层相关要求进行充分调研、分析，与国外保温层相关供货商进行技术交流，反馈自己的方案设计，进行讨论分析。经过几天的奋战，最终形成了详细的交流材料，与总包方完成了技术交流，大大推动了保温层结构的设计定型。

质量，关乎一个工程项目的生命，也关系到 RPV 的运行安全，核动力院人心中是这么想的，也是这么做的。

在福清 5 号 RPV 的制造过程中，关注质量更是贯穿始终。由于“华龙一号”设计标准为新版的 RCC-M 标准，有别于常用的旧版本，设计人员在处理制造厂的技术联系单时，多方位思考，经验结合实际，慎之又慎。制造过程中出现了一个热处理的不符合项，被及时处理，在这一问题上看到了设计人员的严谨和高效。驻扎制造厂的设计人员先期对不符合项及处理方案严格把关，留守核动力院的设计人员加班加点进行分析评价，身处核电现场的设计人员积极与业主沟通答疑解惑，实现了齐齐哈尔、成都、福清三地联动。

从 2013 年锻件投料，到 2017 年 4 月的水压试验一次成功，近 4 年的制造历程，3 年的轮值技术服务，精心铸就的近 420 吨的幸运骄儿，得到多方的重点关注。出厂交付仪式上，国家核安全局、中核集团、中国核电、中核工程公司、核动力院、福清核电、中原公司、中广核、中核能源、当地政府以及中国一重的有关领导和专家，出席仪式并互相庆贺，共同见证了中国核电的这一伟大历史时刻。

2018 年 1 月下旬，压力容器运抵福清。这个由钢铁精心构建的庞然大物，负责承载核反应堆里产生的高温核燃料，也是整个核电站的核心。1 月 28 日 17 时 7 分，经过近八个半小时的作业，5 号机组反应堆压力容器顺利吊装入堆。

它的成功吊装，标志着“华龙一号”核心部位安装全面展开。

16 持续不断的设备研发

除却燃料组件、N36锆合金管棒材、反应堆压力容器等主件外，核动力院在其他核设备研发上也持续发力。

电气贯穿件是安装在核反应堆安全壳上、用于电缆穿越安全壳的核电专用电气设备，可以在正常情况下以及包括地震和失水等事故条件下，维持反应堆安全壳的完整性和电气连续性，防止放射性物质外泄，是核反应堆安全稳定运行的重要保障设备。

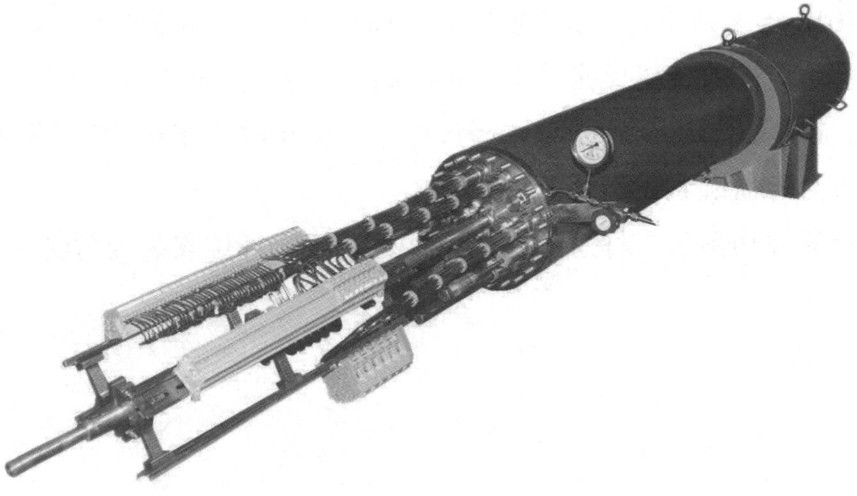

早在2008年，核动力院就通过自主攻关，研发出了电气贯穿件，打破了国外垄断。后又通过5年的夙夜攻坚，成功攻克光前导体组

件、三同轴导体组件、矿物绝缘体导体组件，以及高温高辐射环境下的绝缘、密封等五大关键技术，率先完成了“华龙一号”电气贯穿件的研制，成功入选“四川省重大技术装备国内首台（套）产品”名录。

为此，笔者专门前往二所相关科室，了解了他们电气贯穿件研制的历史，及研制过程中起到举足轻重作用的研发人员——王广金。

2005 年，二所正式启动了核电电气贯穿件研制，此前，核动力院刚刚完成了为九院供货的研究堆用电气贯穿件，有一定技术积累。同年 7 月，王广金从四川大学化工机械专业博士毕业来院，作为“特殊人才引进计划”，加入电气贯穿件研制团队，并被寄予厚望。

他刚来便一头扎在试制试验第一线，反复试验、鉴定、比对，掌握第一手资料，分析每一个技术细节。2007 年年底，以六大自主创新技术为支撑的全系列国产化核电电气贯穿件样机研制完成。

经过严格的鉴定试验，结果表明：满足百万千瓦级核电机组的技术要求，综合性能指标达到并部分超过了同类产品的国际先进水平。法国专家在参与技术交流后，对核动力院自主研发的电气贯穿件竖起了大拇指：“我们再也没有更多更好的建议可供参考了。”

2008 年 11 月 8 日，国产化核电电气贯穿件就在福清核电工程和方家山核电工程中中标，走出了装备国内核电的第一步。这是王广金历时 3 年艰苦攻关，成功破解核电设备国产化难题，在国产化核电设备领域取得的第一个里程碑成果。

随后，王广金带领他的团队完成了核电电气贯穿件的批量生产，供货红沿河 1 号核电机组，并成功与西班牙 TECHNOTOM 公司、韩国 KEPCO 公司、巴基斯坦签订供货合同，成功走出了国门。

10 多年来，王广金始终冲在最前线，扎在最基层，在无经验借鉴、无实物参照、国外技术封锁的情况下，执着攻关，奋战在试验研究、产品研制、市场推广与产业化生产制造等各条战线上，成为核电电气贯穿件产科研“三线”上的一名“金牌”先锋。2017年光荣当选为党的十九大代表并获首届“四川工匠”，获得国家级省部级专利奖、科技进步奖20多项。

核安全级DCS是核电厂的“中枢神经”系统，直接影响核电厂的安全稳定运行，对核安全有重大影响。

对核动力院而言，核仪控系统并非初次开垦的新领域。其实，从1965年建院之初起，设计所仪表控制室就开始从事核反应堆一回路仪控系统设计及设备供货，在几十年的发展中积累了相当的技术和能力。

在核电领域，核动力院从1988年就参与了秦山核电二期工程核岛与一回路的设计，全面开启民用核安全及DCS系统研发序幕，陆续承担了国内许多核电站的DCS系统设计任务。2013年，又根据中核集团“龙腾2020计划”的战略部署，结合核电工程设计经验、数字化仪控装备研发和制造经验，开始研发具有完全自主知识产权的核安全级DCS平台龙鳞TM系统。

启动研发之初，质疑不断。有专家对整个团队的研发基础、能力和实力等进行了综合评估，认为过于冒进。可设计所仪控室的吴志强带领的研发团队并不服气，毕竟他们经过核电仪控系统的多年多项目持续耕耘，虽不能覆盖DCS研发设计、设备制造以及供货服务等全流程，但已完全熟悉DCS的设计标准、法规要求，具备了系统架构的能力等，应该说具有相当的优势和能力。

2014年5月，项目正式立项。研发时间非常紧张，团队领导以身作则，大家就采取“611”工作模式，即一周工作6天，每天工作11个小时……功夫不负有心人，拥有院、所强劲后援支撑的吴志强的队伍发扬核军工人不畏难、不服输的精神，逢山开路、遇水搭桥，攻克一个又一个高地。

2018 年 6 月 21 日，核动力院一试验大厅里贵客云集，国家核安全局、核动力院的领导都齐聚于此。这一日，龙鳞系统将接受地震试验。这是取得国家核安全局颁发许可证前最后一项试验。

一排机柜和装载着核级显示器盘台被绑在地震试验台架上。随着设备强烈的颠簸与晃动，吴志强等人的心也提到了嗓子眼。“这次试验上，设备要是稍有闪失，取证的日子将不知要推迟多久，肯定是难以按照节点目标完成。但是，当试验结束时，设备安然无恙，现场一片欢腾，有的人眼泪下来，有的人在鼓掌拥抱，有的人在跳跃。大家真的是顶着非常大的压力！”负责试验现场指挥的项目副经理马权回忆道。

从 2014 年 10 月至 2018 年 11 月，经过概要方案、原型样机、版本固化、鉴定试验等一系列过程和国家核安全局的审查，核动力院取得了龙鳞系统 DCS 民用核安全设备制造许可证，这仅仅用了 4 年时间。就难免有人称赞这是“奇迹”了。

2015 年 12 月 17 日，中核集团核电设计与分析软件包 NESTOR 在京发布，标志着中核集团已具备了向海外成套转让核电软件等技术的能力。

NESTOR 是基于核工业 60 年的经验积累，近百台试验台架、数千项试验工况数据，30 年来近 30 个核电工程数据，并针对“华龙一号”三代核电的特征定制开发而成的我国首套自主的核电软件包和一体化软件集成平台，涉及物理设计、屏蔽和源项设计、热工水力、安全分析、燃料元件、系统与设备设计、核电厂运行支持，以及工程管理等多个专业领域，涵盖了三代核电机型研发和设计所需的主要软件，以及核电换料、在线检测、应急响应等核电厂运行支持软件。

“可以说，这套软件实现了对核电工程设计、制造、安装调试及运行的一体化全覆盖，是根据‘华龙一号’三代核电的特征量身打造的，将为中国自主核电机型成套出口及技术转让提供有力支撑。”时任核动力院院长罗琦说。

核动力院 NESTOR 研发团队属于设计所九室，组建于 2008 年。作为团队的带头人，NESTOR 项目副总设计师、主任刘东一直聚焦在项目总体方案及关键技术的突破上。

在最艰难的那些日子里，软件开发过程是异常艰辛的，遇到的难题一个接一个，当员工们反复遇到困难失去信心时，刘东总是安慰大家：“不要退缩，大胆干，我们一起努力，有事我顶着，有责任我担着，我相信你们！”他始终和员工一起战斗在第一线，通过群策群力，最终攻破一个个难关，解决了软件总体架构设计、编码测试流程、接口数据处理、集成计算平台框架、三维前后处理等一个又一个的关键问题，为软件研发扫除了重大技术障碍。

历经 5 年的时间，终于在 2015 年 12 月 17 日共同迎来了 NESTOR1.0 的成功发布。收获成果之时，所有曾经的困难与痛苦，都化为了成功的喜悦与美好的记忆，大家早已忘记了平时唇枪舌剑时的面红耳赤，忘记了布满红血丝眼睛的隐隐作痛，甚至是面对家人默默支持的愧疚。然而随之而来的是更多的自豪感与责任感，是努力要在各自平凡岗位上，为 NESTOR 软件包的完善与进一步开发做出更多贡献的自觉要求，这就是设计所九室——冲刺在 NESTOR 软件包开发最前端的战斗队的真实写照。

堆芯测量系统衡芯 TM 是三代核电堆型“华龙一号”的重大改进项之一，也是三代核电堆型的显著特征之一。它取消了压力容器底部开孔，降低了堆芯熔融物泄漏概率，满足三代核电设计要求。其中堆芯冷却监测系统信号处理设备属于核安全（1E 级）电气设备，质量直接影响电厂的安全，是重要的安全相关设备。

小知识

堆芯测量系统（RII）从功能上可分为两个独立的子系统，分别是堆芯冷却监测系统（CCMS）和堆芯中子通量密度测量系统（CNFM）。CCMS 系统执行堆芯温度测量、压力容器水位监测和堆芯过冷裕度监测等功能；CNFM 系统用于在线、连续计算堆芯三维功率分布，监测燃料组件线功率密度（LPD）和偏离泡核沸腾比（DNBR），并为堆外核仪表系统（RNI）提供校准参数，是对反应堆的安全、经济运行有重要作用的专用仪控系统。

相对于二代加核电的该系统，“华龙一号”堆芯测量系统实施了重大改进，实现了更及时高效的测量、更优的设备布置方式、更简化的设备规模，以提升安全性和系统可靠性。

2015 年 5 月，“华龙一号”福清 5 号机组开工 FCD（第一罐混凝土浇灌日）之时，核动力院设计并制造的首个具有完整自主知识产权的三代核电站堆芯测量系统——衡芯 TM 也准备开工制造，这是“华龙一号”的又一个 1E 级关键设备。5 个月后，核动力院的衡芯 TM 又不出意外地获得了巴基斯坦 K2/K3 项目的订单。

同年 12 月，在生产车间鸣锣开工，时任院长罗琦宣告福清 5 号核电机组堆芯测量系统（RII）制造工作正式启动。福清核电公司、中核工程公司等单位领导现场见证。罗院长表示，堆芯测量系统是核动力院向业主提供的一项非常重要的产品，我们一定会在充分运用其他工程经验的基础上，借鉴并整合国外相关先进技术，消化、吸收、创新地完成好这项工作，一定会严格按照设计要求和技术规范，保质保量地按时完成堆芯测量系统的制造任务。

之后的两年里，核动力院的堆芯测量系统衡芯 TM 又获得了漳州 1、2 号机组核电项目和海南昌江 3、4 号机组的订单。

2018 年 4 月，首套衡芯 TM 系统顺利出厂，成功地用于福清 5 号机组，两个月后，又顺利地迈出国门。这充分说明了核动力院核电工程设计的成熟性，又彰显了核动力院在核电设备批量化制造能力上的持续提升……

17 核级设备的合力打造

2018 年 1 月 25 日，“华龙一号”福清 5 号汽轮机首个低压模块，在东方电气集团东方汽轮机有限公司启运，这是继 2017 年 6 月 30 日“华龙一号”福清 5 号汽轮机首个高中压模块盖缸后，达成的又一重大关键性节点。

“华龙一号”福清 5 号汽轮机由一个高中压模块、两个低压模块组成，首个高中压模块和低压模块的成功研制，标志着东方电气已完全具备了“华龙一号”核电常规岛汽轮机的研制能力。

2015 年 4 月 15 日，国务院总理李克强主持召开国务院常务会议，决定核准“华龙一号”三代核电技术示范机组项目——福建福清核电 5、6 号机组的建设。这一“华龙一号”全球首堆示范依托工程的蒸汽发生器、汽轮发电机组等主设备研制任务，历史地落在了东方电气人的肩上。

是年 6 月，李克强总理通过视频连线视察包括东方电气在内的福清核电“华龙一号”示范项目设备制造相关企业，总理勉励大家，你们在铸“国之重器”，为中国发展“强筋壮骨”，大家要抓住发展机遇，不断提升自身竞争力和影响力，不仅在国内要更大规模地发展核电，而且要推动中国核电装备走出去，在世界上树立中国制造、中国装备的新形象。

总理的话激励着东方电气人以“时不我待、舍我其谁”的豪情，投入“华龙一号”相关设备自主研制攻坚战。伴随着一个个关键技术突破、一个个关键节点完成，“华龙一号”在东方电气人的精雕细琢中渐露臻品气魄。

2016 年 3 月 26 日，“华龙一号”首堆——福清 5 号安注箱，提前 7 天从东方电气集团东方锅炉公司发运。2017 年 8 月 28 日，“华龙一号”防城港二期 3 号机组核岛主设备——首台安注箱提前制造完工发运；9 月 15 日，第二台安注箱制造完工发运；9 月 22 日，第三台安注箱制造完工，东方电气以圆满完成防城港 3 台安注箱的实际行动，助力中国核电发展。

2017 年 11 月 6 日，东方电气为福清 5、6 号机组研制的首台具有完全自主知识产权的“华龙一号”半转速汽轮发电机，在东方电气集团东方电机公司成功通过厂内型式试验，标志着“华龙一号”核能汽轮发电机研制取得成功，是我国三代核电设备完全自主设计制造能力的再次跨越。

核能汽轮发电机是大型核电站核心设备，是将核能转化为电能的关键设备之一。为福清核电站 5、6 号机组研制的汽轮发电机，单机容量为 1 200 兆瓦，参数高、容量大、结构复杂，设计制造技术难度高。

基于自主研发平台，东方电气对“华龙一号”核能汽轮发电机在计算方法、结构布置、结构材料、绝缘技术等方面有多项设计创新，采用自主开发的电磁计算程序、新型通风冷却技术、绝缘系统以及静态励磁系统、整体式定子结构等，发电机效率达到99.078%，彰显了“中国智造”的巨大实力。

2017年6月30日，福清5号机组高中压模块汽缸在东方汽轮机顺利完成扣合，标志着“华龙一号”首个汽轮机模块顺利完成自主设计装配验证。

同年12月9日，东方电气自主设计制造的“华龙一号”首根核电低压转子，完成了高速动平衡试验，标志着“华龙一号”核电低压转子研制成功。重达281吨的转子仅仅加了1 200余克的平衡配重，振动值远小于用户要求的考核值，验证了东方电气在自主核电转子焊接、加工、装配以及动平衡试验技术上的过硬本领。

2017年10月17日，“华龙一号”国内首堆首台ZH-65型蒸汽发生器在东方电气出海口基地——东方电气（广州）重型机器有限公司装船发运。两个月后的12月21日，国内首堆首套第三台“华龙一号”ZH-65型蒸汽发生器发运，标志着我国具有完全自主知识产权的三代核电“华龙一号”首堆示范工程机组的蒸汽发生器研制全部完工，为打造“中国核电”品牌、铸“国之重器”又迈出了坚实一步。

截至2017年年底，东方电气“华龙一号”项目除在制的福清核电5、6号机组外，还有防城港核电厂二期、宁德核电厂二期、漳州核电厂、惠州核电厂等10余个主设备的订单，覆盖核岛、常规岛和辅助系统设备。

提到ZH-65型蒸汽发生器，总设计师邢继就来气。他说，我们开始向国外

求购的时候，那种“卡脖子”的滋味非常难受。他们不外乎三种态度：干脆不卖给你；不考虑你的要求，我就这个产品，你爱要不要；出高价令你退避三舍。而当我们研制出来后，对方漫天要价的货，立即降价三分之一。

“只有使用我们自己研发出来的产品，我们才真正地有底气！”邢继感叹。

在核电站核岛主设备中，蒸汽发生器个头最高、体积最大，被形象地称为“核电之肺”。其结构、设计、制造极其复杂，在制造方面代表着当今热交换器技术的最高水平。

小知识

核电蒸汽发生器是核岛内的三大设备之一，是压水堆核电厂一回路、二回路的边界，它将反应堆产生的热量传递给蒸汽发生器二次侧，产生的蒸汽经一、二级汽水分离器干燥后推动汽轮发电机发电。

在5、6号机组建设现场采访的日子里，被访对象——全国劳模、二三公司的鲍建宏带笔者走进核岛，目睹了蒸汽发生器的“芳容”。

为了成功研制这一“重器”，国家核安全局，广东省、广州市和南沙区政府，中核工程公司、核动力院、中核武汉核电运行技术公司，以及业主福清核电公司等单位，给予了大力支持。真是“国之宝”，如众星捧月。

担当设计重任的核动力院，从2010年至2012年，历经3年，在广泛调研了国内外核电站蒸汽发生器的设计、制造、运行经验的基础上，采用国际第三代核电站蒸汽发生器的先进设计理念，连续攻克了ZH-65型蒸汽发生器的结构设计、性能验证、设计软件、关键材料国产化等一道道技术难关，做出多项重大技术改进，完成了10余项专项验证试验，形成了具有完全自主知识产权的核电重大关键设备。

那么，核动力院是如何走上自主研发蒸汽发生器之路的呢？

2010 年，还在日本福岛核事故发生之前，“华龙一号”的前身——CP1000 机组的设计正在核动力院如火如荼地开展，当时核岛其他主设备设计方案均已敲定，除了关键主设备——蒸汽发生器。长期以来，蒸汽发生器的设计技术，只掌握在美国西屋、法国阿海珐等少数国外公司手中，设计新型号的百万千瓦级核电站蒸汽发生器，在国内尚无先例。

两种抉择摆在了核动力院的面前：是购买国外设计技术，继续受制于人；还是狠下决心啃硬骨头，研发设计具有自主知识产权的蒸汽发生器？

核动力院人毫不犹豫地选择了后者，坚定信念——走自主创新的道路。

笔者从研发团队得知，当他们面对着困难重重的蒸汽发生器自主设计攻关任务时，核动力院各层领导给予了极高的重视，从 2010 年10月开始，核动力院就成立了院级“出口核电站项目 SG 自主设计攻关组”，举全院之力，开展蒸汽发生器自主设计研发工作。

“华龙一号”蒸汽发生器研发工作具有涉及面广、技术新、深度深、难度大的特点。研发中需要完成的各类设计文件、报告多达300余份，需完成的设计图纸多达500余张，设计过程还有反复，加上试验工作、部件研制工作、软件研发，工作量可称海量。由于大部分工作属于全新工作，缺少参考，难度极大。

参与自主攻关的人员，同时也在参与其他项目的设计工作，时间紧张、精力有限。为了保证研发进度，他们纷纷利用业余时间、周末和出差时间进行加班和设计构思，甚至家人生病、老人病重都难以请假照顾，新婚燕尔仍战斗在设计一线。

参与自主攻关的人员为了设计研发的顺利推进，个个废寝忘食、夙兴夜寐。攻关组内，加班成为常态，几个主要研发人员的年加班时间达到了1 000多个小时。

苦心人，天不负，这些为国家核电事业而枕戈待旦的核动力人经过两年的艰苦攻关，终于取得了应有的成果——具有完全自主知识产权的新型蒸汽发生器——ZH-65型蒸汽发生器研发终于初战告捷。

2012年3月5日，"'华龙一号'目标工程蒸汽发生器标准设计审查会"在成都召开。经审查，以叶奇蓁院士为首的专家组一致认为，ZH-65型蒸汽发生器的技术性能完全满足国内相关法规标准以及"华龙一号"机组的技术要求，可用于"华龙一号"目标工程。

蒸汽发生器的设计完成之后，就是搭建相应的试验平台和制作试验件，通过试验来验证理论设计。所以试验也是整个蒸汽发生器研发过程中所不可缺的一环。

试验是从2014年开始的，当时因试验场地就在采油区内，也没有条件建设足够好的试验场地，于是所有的试验人员就在搭建的简易工棚内开始了试验，条件相当艰苦。

试验所需要验证的工况很多，所以试验进行的时间比较长。冬季下雪，试验人员裹着厚厚的棉服在凛冽的寒风中依旧进行。某天早上，他们发现试验所用的水源全都冻结成冰，于是就想法加热水源，让冰融化，但维持水一直不结冰的代价实在太大，最后不得不停止试验，一直到开春后才重开试验。夏季，油田气温高达40多摄氏度，但这都不算什么，最让试验人员害怕的就是赶也赶不走的蚊子。就算全身涂满了驱蚊水也不起作用。所有的试验人员就是在这样艰苦的条件下，最终完成了蒸汽发生器局部验证试验的。

2014年7月，汽水分离装置试验完成。验证试验结果表明，ZH-65

型蒸汽发生器的汽水分离器和干燥器设计先进，出口蒸汽湿度远低于0.25%的要求值，可保证蒸汽发生器优良的蒸汽品质。

而局部验证试验完成之后，要进行蒸汽发生器的整体综合性能试验。很快，蒸汽发生器综合性能试验装置建成，并顺利完成了试验，进一步验证了设计的可靠性。由此，核动力院在金堂电厂建成了我国乃至世界最大规模的综合热工试验装置。

蒸汽发生器的研发工作就算是顺利完成了。接下来就是蒸汽发生器的制造与供货了。2014 年 8 月，福清 5、6 号机组蒸汽发生器在东方重机正式开工建造，同月，K2/K3 项目蒸汽发生器在哈电重装正式开工建造。

由于管板材料、厚度、焊接过程清洁控制等原因，“华龙一号”蒸汽发生器管板镍基合金堆焊的难度非常高。为完成此项技术，保证焊接质量，哈电重装公司优化工艺，创新技术，最终保证了产品以优异的质量完成。

哈电重装副总工程师高峰说：“咱们‘华龙一号’正在做的这个，是出口巴基斯坦的，我们的焊接质量经过无损检验没有什么问题，这对我们企业今后的发展是至关重要的。因为‘华龙一号’要是建成了，对我们国家提升自主装备能力是非常有益的。”

在各方全力支持下，承担蒸汽发生器研制任务的东方重机牢记李克强总理“铸绝对安全的国之重器”的嘱托，以“安全第一、质量第一”为己任，坚持“以质量保进度，以进度促质量”，秉持“诚信透明”的核安全文化，以强有力的核质保体系和浓郁的核安全文化建设氛围，为新产品研制提供了可靠的质量保障。先后攻克了水平支承连接板焊接、管子管板胀接、防振条安装、最终焊缝局部热处理中防传热管变形等道道难关，完成了一系列支撑后续蒸汽发生器研制的工艺试验和工艺评定工作。

广东省、广州市和南沙区政府，在支持“华龙一号”核岛主设备研制工作上，体现了“国家级开发区”的响应速度和工作力度，不仅在能源保障、政策支持上给予了东方重机大力支持，在“华龙一号”运输的具体问题上，广东省经信委及南沙区管委会领导先后亲自指导、协调，解决了“华龙一号”的运输难题。

通过首堆首套“华龙一号”ZH-65 型蒸汽发生器的研制，东方电气掌握了具有自主知识产权的第三代核电设备的制造技术，形成了我国核电装备国产化和核电“走出去”的核心竞争力。

“华龙一号”项目设备制造难度大、技术要求高不需赘言，而交货周期紧更是对东方电气人提出了严峻的考验。

以“华龙一号”半转速汽轮发电机为例，为满足现场安装的时间窗口期，东方电气仅用两个月时间，就顺利完成了发电机总装型式试验，并达到定子发运条件，而以往核电设备型式试验装配，一般需要 3 个多月才能装配完成，2017 年 11 月 22 日，发电机定子正式发运，提前于合同交货期 3 个月。

既要与时间赛跑，又要赢得质量，靠的是提前策划、精心组织，靠的是精心制造、一次做好，东方电气人践行了敢于担当、目标坚定、全力以赴的“华龙一号”首堆精神，发扬了听从指挥、密切配合、快速响应的大团队精神，体现了全集团协调有力、资源共享、全力配合的大协作精神。2018 年 1 月 19 日，发电机定子在福清核电站现场顺利吊装就位。

东方电机发电机分厂总装二组组长叶波说:“为做好发电机的总装及型式试验，小组全体成员 19 人全力以赴，相互鼓励，为团队荣誉争气出力。虽然大家连续两个月没有休假，就连国庆节假日也坚守在工作岗位，累！但是看着‘华龙一号’发电机的总装型式试验及发运等一连串纪录在自己手中被打破，我感到兴奋和自豪，累得值得！”

通过 10 余年来的不懈努力，东方电气集团已成为中国唯一一家产品涵盖国内目前所有核电堆型，包括 CPR1000、EPR、AP1000 以及具有自主知识产权的 CAP1400 和“华龙一号”的装备制造集团。目前，集团公司所属企业东方重机正推进快堆、高温汽冷堆、国际热核聚变项目等新一代核电设备的研制。

物有甘苦，尝之者识；道有夷险，履之者知。

此刻回眸，从 2007 年福清 5 号机组汽轮机主机设计工作开始立项研发，2012 年顺利通过国家专家组验收，2015 年项目获得核准，到目前福清 5 号机组核岛、常规岛均已开始设备安装工作。

十年夙夜匪懈，十年朝乾夕惕。其中经历，东方电气人写下来可以书页等身；其中滋味，喜忧甘苦东方电气人乐在其中，他们最看重的是能亲历“华龙一号”制造这一恢弘的伟大工程而体会到的生逢其时，而不久的未来能见证巨龙腾飞，则是东方电气人眼里的至上褒奖。

东方电气集团党组书记、董事长邹磊在接受采访时表示，东方电气将继续加大科技创新力度，着力在三代、四代核电研制等方面形成一批具有自主知识产权的核心技术，多层次全力推动“华龙一号”和 CAP1400 核电技术全球市场的推广，助力中国核电“更广泛地”走出去。

18 “精良武器”的全球采集

任何工程建设无不是采购靠前，以备不时之需，保证建设工期的顺利推进。

我国许多核电站的设备采购，均出自中核工程公司。

2007年12月，在中核集团的大力支持和兄弟单位的全力配合下，依托原核工业第二研究设计院、核工业第五研究设计院的主营业务和主干力量及核工业第四研究设计院从事核电工作及相关专业的技术骨干，重组改制而成立中核工程公司。

中核工程公司，是以核工程研发、设计为龙头的工程总承包单位，集核工程研发、规划、设计、总承包、核电站运行支持服务、工程监理等全功能于一体；是国内最大的综合性核电总体研究设计单位；是国内唯一经历核电技术引进、消化、吸收，完成百万千瓦级核电站自主设计并形成核电“二代加”技术自主品牌的研究设计单位；是国内最强的核化工、核燃料元件工程研究设计单位和核电建造监理、设备监造单位；也是核电行业中承担和完成核电工程设计项目最多的单位。

中核工程公司负责的“华龙一号”的采购设备，共计有6万多个台套，生产、设备、组装涉及上海、四川等28个省市，5 300多家企业、近20万人参与了项目的研制和建设。“华龙一号”的装备国产化率可以达到90%以上，反应堆压力容器、蒸汽发生器、堆内构件等核心装备，代表着我国制造业的先进水平，也保证了“华龙一号”的安全性、先进性、成熟性与经济性。

此次中核工程公司设备成套中心“华龙一号”福清首堆示范工程设备采购的主要亮点，是实施“大宗材料全周期一体化管理”。

“大宗材料全周期一体化管理”，是在福清5、6号机组中为改善前期项目中大宗材料缺失、滞后等常见问题，提前予以管控，并将华龙首堆工程中积累的经验数据准确可靠引用推广至其他同类项目中而采取的专项措施。

“大宗材料全周期一体化管理”以需求计划为导向，从月度滚动需求计划、到货跟踪、拆箱管理、按需领料等多环节进行控制。实现了大宗材料的设计、采购、施工透明化管理，并创建可互补的闭环管理，将设计、采购、仓储、项目管理有机结合、无缝衔接。

其主要创新点有这样几大项——

尽管设备采购太专业太拗口，但我们还是简要罗列如下：建立健全大宗材料设计、采购、施工的一体化管理机制；聚焦工程图纸需求，实现大宗材料全周期需求的信息化管理；急工程之所急，创新大宗材料增补相应及管控机制；战略储备，探索建立模糊需求材料储备机制；有效控制整体成本，实现安装单位按需领料管理机制；经验反馈，创建工程项目大宗材料全周期“数据”；固化协调机制，制定甲乙供分交、材料供货问题例会规章制度……

华龙设备采购具体怎么操作？笔者在现场管理者中寻找答案。

2019年2月的最后一天，中核工程公司设备成套中心项目规划部副主任兼福清5、6号机组采购经理所昊然，在福清项目部接受了采访。

颇有学者风范的所昊然，介绍成套中心繁重的采购任务时，就吓了笔者一跳。

当下，核电建设机组多，在建4台，马上开建2台，前期工作7台，总共13台。不仅任务重，采购周期长，时间跨度还大。项目前期要在开工前两年左右提前介入，选定供货商，实现设计的想法，让设计方与厂家沟通，双方心中有数。

说起"华龙一号"5、6号机组的设备采购，所昊然如数家珍："两台机组的采购费用130亿元左右，涉及300多个供货合同、5.5万多台套设备，要面对的四五千个供货商，分布在世界各地，国产化率占80%～90%。"

谈到管理范围跨度，他说："我们要分别对应制造厂、制造厂分包商、国家核安全管理部门等，比如反应堆冷却泵的制造，先要看材料是否合格；还涉及海关（进口设备）、商检、电网部门等等，都要一一求助、协调。"

交谈中，他说出了两个"秘密"："全国'两会'期间，不能做电机启动试验，因电机主泵启动冲击太大，担心电网负荷不了；大件运输费用昂贵，如汽轮发电机组高达上亿元的运输费。"

不仅运费高，东方电气集团生产的汽轮发电机组设备生产可谓重中之重，光发电机这一块，锭子就有466个。其难度是全新型号，设计、工艺均未得到验证，这事"卡壳"在2017年。

这难不倒东气人！他们将此前类似项目进行工艺分析、对比、论证，并提供人力资源和设备保障，组成"联合党员突击队"，逐一攻关，终告成功。创造了东气集团新型发电机型试验周期最短的纪录！

这么庞大笨重的设备，经陆路运输显然不太现实。

为了抢在枯水期前将众多锭子运到福清现场，他们当年10月装船从岷江出发，走走停停。因为船重吃水深，走一路搁浅了，就到上游水库买水放水，如此反复，经岷江进入金沙江，行川江、峡江、荆江、扬子江，到达上海，一直延宕了半月。在上海换大船后，才运抵现场大件码头。

接下来，所昊然介绍的国外采购情况，令人惊奇。

2010 年，成套中心在欧洲（巴黎）设有监造办公室，所昊然参与了筹建；在美国也常有监造人员常驻。驻欧办最大的问题是要守住“安全”这条红线。大家知道，前些年，欧洲频发恐怖袭击，2018 年又出现“黄马褂运动”，安全风险极大，让人心存余悸。他们 6～8 人，一般是周一前往，周末返国，欧洲几乎跑遍了。

说起国外设备采购，所昊然说“经历了心酸到心欢的过程”。2008 年前，国外厂家不重视中国的设备生产，质量管理不严格，经常拖延工期；近几年大为改观，是因为我们的“四个自信”使我国的国际地位提升了，我们的技术水平也提高了，外国人不敢轻易糊弄了，对中国人也变得客气了。

对外商设备制造的检测数据，需经中方批准；无损检测时，中方应在场监督。所昊然说：“有一次，法国某厂家在检测一个核一级锻件时，使用了短波长，结果当然合格。我们及时指出其错误，令其使用长波长再检，发现有问题，让其坚决报废。再有，老外拿计划时，由中方评估，哪些工序可以并行，哪些应加大投入或缩短工期……我们都了然于胸。这样一来，外方由最初的敷衍、忽悠，渐渐转变为真诚合作了。”

是啊，要想赢得别人的尊重，自己必须更快更好地成长。一个人如此，一个国家亦然。

说起设备采购，总经理部项目副总经理、高级工程师张继心，与所昊然有着类似的经历和感受。

“我们采购之前是‘红人’，采购之中是‘忙人’，采购之后是‘罪人’。”刚见面，张继心就来了几句这样的开场白。

说起西方的技术封锁，张继心与所昊然有同样的无奈。

2008年，张继心被安排去采购部到国外采购蒸汽发生器。此乃核岛内最大的热交换器，很多东西不能实现国产。“这种技术含量很高的设备，被日本、法国等垄断，根本不卖给我们。那个时候，我们被搞得灰头土脸的，心里憋了一肚子气。”张继心说。

怎么办？

此去华山一条路：自己动手！

“我们便联合齐齐哈尔的一重、洛阳的二重和上海的重型机械制造厂，自造核岛主设备的锻件。不可否认，我们国内的技术指标与西方比，确有一定差距。主持设计的核动力院，就三番五次地到几家制造厂仔细观看，分析技术参数，共同探讨解决问题。锻件攻关了两年多，好不容易搞成了。”

“当时交货日期已定，我们就采用‘三边’政策——边研发、边生产、边采购。设备制造中发生了许多问题，我就驻在一重督促监造，几乎每个节日我都在那儿。”张继心介绍。

研发过后必然产品化。一重生产的蒸汽发生器下封头，直径3米多，是工艺难度最高的锻件，制造进度较为缓慢，张继心等得心急如焚。

2009年秋天，在齐齐哈尔召开的项目进度协调会上，一重副总经理王宝忠开玩笑说：“你张继心年轻无牵挂，如果你大年三十赶过来，这个活我给你干了！”

说者无心，听者有意。“结果，我在大年二十九就带人赶过去了。王副总经理一帮人正在吃年饭，很是吃惊。”

“你年都不过了？我那是说着玩的，你还真来了！”王宝忠连忙起身相迎。

王副总经理也真还说话算数，大年初一就安排人把活给干完了。

中核工程公司的采购负责人听说后，十分感叹：“要是大家都像张继心这么干的话，项目再困难，何愁不成功！”

设备监造，说起轻松，实则累人。张继心的同事张智勇，在齐齐哈尔盯了一个月，身体渐渐吃不消了。张继心于心不忍，说：“我换你吧。”张智勇却依然坚持。后来累得急性阑尾炎发作，疼得晕厥过去，被紧急送往医院。

不仅员工“卖命”，领导也亲往督造。为敦促位于德阳的东方锅炉厂赶制的安注箱，时任中核集团总经理钱智民，一个月去了两次。对方抱怨：“你副部级这样大的领导勤促苦逼，还让不让我们活呀！”

正是由于核电人的倾情监造，各个厂家的精心研制，才为日后所有机组的国产化开了个好头。

长年滚在制造厂，使张继心也成了行家。2010 年 9 月的齐齐哈尔进度协调会上，厂方详细列出了某些重要设备的生产进度表，说是两个月保证交货。张继心却泼出一盆冷水：按过往经验数据，你从热处理完成到取样，净加工时间要 117.5 天，你承诺的两个月完成不现实。

对方一听，脸都挂不住了。说：“我们加班加点，挤掉其他时间，集中精力干。”张继心建议修改进度表。结果，3 个多月就完成了。

忘我的工作，出色的表现，张继心终被委以重任，2014 年从采购部调任项目部副总经理，负责物资领域的采购、协调和仓储管理。领导毫不掩饰地说：“没有你在一重的成绩，便不会有你今天的任命。”

2015 年，“华龙一号”上马，设备采购迎来高峰期。但在大宗材料管理上，存在上游设计数据和下游施工数据不准确的问题，造成设备采购的许多障碍。此事常挂于心的中核工程公司总经理刘巍，召集项目部管理人员开会，在吸取以前经验教训的同时，成立“华龙一号”大宗材料管理专项组，由不满 30 岁的“少帅”张继心担纲。

张继心当仁不让。他多次召集上下游开会，商讨出设计、采购、施工等一体化管理流程。用他的话说，即“正向绘图纸，反向核进度”，保证所需东西提前半年就知道。既保证了项目进度，又节约了上亿元的成本。

这一管理创新成果，即为前面总叙的“大宗材料全周期一体化管理”，获得了国防科工委“管理创新二等奖”。

张继心还有一创新成果，获得了中核集团的“管理三等奖”，即仓储信息化管理。

信息化管理特别是采购信息管理化，是公司的“老大难”。基础数据是其“血肉”，需要把前期的数据倒进去，这苦差事，谁都不愿意干。张继心到项目部后，排除干扰，决心啃下这块“硬骨头”。

2014 年年底至 2015 年年初，张继心组织采购、仓储两个部门 25 个骨干力量，连轴转了 5 个月，把福清 3、4 号机组的 3 000 多批到货数据一条条输入系统，实现了采购领域 SAP 系统首次真正投入使用。

这还不算，他又做了两个升级：一是把采购物项和到货清单进行匹配对应，二是引入仓储条码管理系统，给每一到场物项配发“身份证”，你只要扫一下码，即可直接入库。这极大地提高了工作效率。

说起仓储信息化管理系统，张继心颇为自得：“我这套管理系统，不仅核电领域，其他仓储部门都可以效仿。”他热情邀请我们去看看，因采访时间紧，未能如愿。

这套先进的管理系统，引起时任中核集团总经理钱智民的高度关注。他考察后高兴地说：“国内还没有一个核电项目到货像福清项目这样及时到位。”要求管理团队将此打造成中核系统的仓储管理标杆。

“你这样全身心地扑在工作上，成就卓著，有过遗憾吗？”采访接近尾声，笔者试探地发问。

“怎么没有？”张继心毫不避讳地说，“我对不起妻子，和她吵过闹过。”

他清楚地记得，2008年他结婚刚几天，就“抛下”新婚燕尔的爱人，出差去了，一去就是数月。爱人想要孩子，由于聚少离多，直到5年后才如愿以偿。现在依然忙得昏天黑地，回家少；爱人是医院骨干，也忙。家里的事只得老人管，没办法。两口子见面少，交流更少，矛盾积累得多了，一见面就埋怨、吵架，爱人想要二胎，哪来的机会……

“说这些干啥？”沉默了好一会儿的张继心有些自嘲，“类似情况何止自己一人，还有闹到离婚地步的呢！”

他有个同事，事业心和荣誉感也强，老在外奔波。家安在石家庄，大女儿上初中，小女儿上幼儿园，老母亲行动不便，家里的事儿一股脑儿地全压在他上班的妻子身上。三天两头打电话让他辞职回家，矛盾越来越多，两人吵过打过，夫妻关系已近崩溃。

张继心继续说道：“前不久，他妻子给他发来短信，大意是丈夫一直在外忙工作，家里的事根本顾不上，对她也没有足够的尊重和理解；有他没他都一样，你让他回来，我和他离婚算了。”同样有苦难言的张继心，只得一个劲地劝慰、疏导。

“别看我们这些人在外风光体面，只要一回到家就‘装聋作哑，拼命地干活，以补偿亏欠于万一。”张继心道出了长年离家在外的核电人的普遍心态。

首航

19 福清核电的“热身”运动

在北京还是乍暖还寒的时节，我们就迫不及待地飞到了福州长乐机场，又不顾鞍马劳顿，驱车直奔福清核电基地。

穿过巨大的牌坊直行不远，一堵灰色的弧形石墙吸引了笔者，此为福清核电公司大楼前造型各异的浮雕，但更吸引我们的是浮雕背面的《福清核电赋》。品味古韵悠悠而又豪情四溢的此赋，即可大致了解福清核电的壮美与艰辛。

核者，天地之精灵，电者，时代之光明，小小核子裂变巨大能量，滚滚电流照耀万里神州。海峡西岸，浩瀚无涯，福清核电鹏正举，雄姿英发立华夏。潮平两岸阔，风正一帆悬，兴化湾畔举科技之大纛，绘创新蓝图；人生感意气，功名谁复论，石竹山下纳英才于四海，建丰功伟业。

顾看创业大展宏图时，正逢核电发展黄金日。时维冬月，岁在丁亥，海滨蛰龙惊，一啸起风云，开工令出中南海，铁军汇聚大中华。顺天时，得地利，聚人和，地方政府倾襄助；共休戚，同甘苦，齐奋斗，兄弟同心利断金。三山镇前战旗红，岐尾山上征鼓擂。

6台机组连续建设，工程进展势如破竹。“四个一切”精神助工程突飞猛进，“三福”之地破建设多项纪录。

盗火炼狱，逐日天际，十年磨剑，一朝工成。安全壳如丰碑耸立，反应堆叹鬼斧神工，车流如梭，焊弧如虹，塔吊林立气宇轩昂显精神。自然与创造、历史与未来，浑然天成；安全与可靠、环保与经济，完美一体。更有那，群英荟萃砺德行，创业创新壮思飞。领导纵横捭阖兴未艾，英才敬业乐群甘奉献；老同志不坠青云之志，新职工更有出蓝之心。专家学者，人人握灵蛇之珠；名师技工，个个抱荆山之玉。“四个一切”，铭记于心。安全和谐，进取一流。蛟龙入海通天地，骐骥高蹈竞风流！

健儿弄潮，会当水击三千里；鲲鹏展翅，扶摇直上九万重。披荆斩棘，基础已然夯实；壮志凌云，同志仍需努力。看我今日福清核电，上下同心，大业初成，天宽地阔，风光无限。五马山、龙江川，龙马精神再展时代雄风；核电梦，中国梦，梦想满怀走向美好明天。

歌曰：揽沧海兮进怀抱，壮我胸膛；收蓝天兮入眼底，挺我脊梁。思勋业兮以既往，慨当以慷；展宏韬兮以将来，圆我梦想！

需要给业外人士科普一下的是，核电站建设的大致流程即：设计—设备采购或自主研制—土建—安装—调试—运行（并网发电）。

“华龙一号”的设计——设备采购或自主研制，前文已经交代。余下部分土建—安装—调试则是核电站建设的重头戏，涉及负责监造、协调的业主福清核电公司，总承包中核工程公司，建安单位——负责土建的中核二四公司、负责常规岛的中核五公司和负责核岛的中核二三公司，监理单位中核咨询公司，及多家辅助单位。

福清核电的前期工程，无疑是为“华龙一号”的落户“投石问路”。

2006 年 5 月 16 日，由中国核能电力股份有限公司、华电福新能源股份有限公司和福建省投资开发集团有限责任公司，分别以 51%控股、39%和 10%参股共同出资组建，共同设立了福建福清核电有限公司，负责核电项目的开发、建设和运营。

2008 年 11 月 21 日，总投资近千亿元人民币的福建福清核电站开工建设。次年 6 月 17 日，2 号机组比原计划提前 3 个月开工建设。经过 10 年的艰苦鏖战，2017 年 7 月 19 日，福清核电 4 号机组成功并网发电，标志着福清核电一、二期工程 4 台机组全面建成发挥效能。

福清核电站工程规划装机容量为 6 台百万千瓦级压水堆核电机组。一次规划、分期建设。每期工程建设两台百万千瓦级核电机组。

电站厂址位于福清市三山镇前薛村岐尾山前沿，地质构造稳定，地形地貌条件较好，淡水补给便捷，冷却水取水方便。厂址包容性优良，可适应不同堆型建设的需要。厂址半径 80 公里范围内包含福州市、莆田市和泉州市，交通四通八达。厂址条件优越，地处福建省电力负荷中心，是福建省宝贵的核电厂址资源，也是国内不可多得的优越厂址。

福建省作为连接“长三角”和“珠三角”的纽带，是海峡西岸经济区中心，经济发展较快，电力需求强劲，对发展核电的期盼由来已久。建成后的福清核电站将极大地缓解当地电力需求，为海峡西岸经济发展增添新的动力，更好地满足福建和华东地区电力和环保的需求，为福建省和华东地区能源结构调整和经济发展做出新的更大贡献。

核电厂的建设周期长、投资大，将会带动设备制造、人力资源、技术研发等不同领域共同增长，在这条生产链上，需要多少企业作出贡献呢？

中国东方电气集团有限公司（简称“东方电气”）接受任务后，为福清核电开足了马力。

在位于四川地震灾区德阳市的东方汽轮机德阳生产基地内，中核集团与东方电气 2008 年签订了方家山、福清核电项目汽轮发电机组和蒸汽发生器合同。这份合同总价值约 50 亿元，占到方家山和福清核电项目设备总投资的四分之一。这次合作可全力支持东方电气灾后重建，也将促进国家装备制造业发展。

中国第一重型机械集团公司，则摘走了百万千瓦级核反应堆压力容器及蒸汽发生器锻件的供货协议；核动力院自主研发的核电站安全壳关键设备——电气贯穿件通过国家鉴定，将为设备国产化提供新的硬件支撑。

福建当地更对这个项目充满期待。中核集团有关负责人表示，福清核电站的建设及建成后，将对地方经济产生巨大的投资拉动效应——6台机组投资近千亿，预计可拉动当地 GDP 增长近 3 000 亿元，为提高地方税收，解决人员就业做出巨大的贡献。

业内人士预计，核电项目投产后，将带动当地第二、三产业的发展，预期核电、风电等能源产业将成为福州市的又一大工业产业，其所属的福清市也将成为海峡西岸重要的环保清洁、多电型的新兴能源基地。

2007 年 12 月，国家发改委正式同意福清核电站开展前期工作，2008 年 10 月，工程具备开工条件，前后仅 11 个月，一期工程创造了国内核电前期工作最短纪录。

福清核电站不同凡响的标志意义，还在于它首创的 EPC 工程总承包建设模式，实现了我国商用核电站建设“交钥匙”工程的飞跃。福清百万千瓦核电机组是目前中国自主化、国产化程度最高的核电机组，安全性非常可靠。电站首次采用核电工程总承包模式，成为国内第一个“交钥匙”工程；在项目融资和保险策划等方面，充分借助中核的专业优势，积极实施集团化运作、专业化运营、集成式管理，把项目融资和保险管理工作委托给中核财务有限公司，这两大管理创新构成了中国核电建设的“福清模式”。

1987 年开工的我国第一座百万千瓦级大型商用核电站——大亚湾核电站，开启了中国对国际二代核电技术引进的大门。大亚湾核电站以“交钥匙”的形式，由法方承担所有核电设计与设备供货，国产化率仅有1%。

据介绍，福清核电站除采用中核集团自主设计、已实际应用的20项改进项目外，又增加了2项重大技术改进，包括采用“全M5”AFA-3G燃料组件和降低标高布置的汽轮机厂房。

自主创新能力的不断提高，使中国核电事业由“适度发展”转变为“积极推进”，在当前先后开工的一批核电项目中，除了以三代核电技术引进为依托的三门、海阳项目外，包括福清核电站在内的其他核电项目均采用了我国自主设计的“二代加”百万千瓦级压水堆核电技术。

福清核电站一期工程建设的两台百万千瓦级机组，已分别于2014年、2015年建成发电。它可望成为中国核电发展技术水平、管理模式提升的一个符号，也将是中国核电迈入发展快车道的一个缩影。

2017年9月17日，随着168小时连续稳定运行试验完成，福清核电项目4号机组正式具备商业运行条件，标志着福清核电一、二期工程全面建成投产。

福清核电一、二期工程1～4号机组，是我国自主设计、自主制造、自主建设、自主运营的首批百万千瓦级核电机组。随着4号机组顺利实现商运，福清核电总装机容量达到435.6万千瓦，正式进入“四驱时代”。

自1号机组于2014年11月投入商运，福清核电在4年内保持1年投运1台机组的速度“稳健登高”。截至2017年9月，福清核电运行机组累计发电已达到418.84亿千瓦时，相当于少消耗标准煤约1 668万吨，减排二氧化碳约5 449万吨，相当于植树造林约14.6万公顷，为福建省能源结构调整与环境改善做出了积极贡献。

实践证明，大力发展核电，能破解东南能源瓶颈。

为了福建电力供应安全，从长远看，应该把核能作为福建能源供应的一个重要组成部分。福建选择发展核电，是海西发展突破能源、交通、环保瓶颈，提供持久支撑力的上策。

对于能源紧缺的沿海地区来说，福建的核电建设，相对浙江、广东，起步晚了一点。浙江、广东的核电发电已占全省发电量的16%左右，达到世界平均水平。现在，福建正迎头赶上！

福清核电站一期工程，业界评价认为，这是中国政府首次以刺激内需核准的众多核电项目之一，创造了中国核电建设的多项“第一”。

福清核电站开工建设，使福建成为中国大陆在建核电项目最多的省份。它对一直能源缺乏的中国东南沿海实现可持续科学发展、推进节能减排、加快能源结构调整具有重要意义。

在应对2008年全球金融危机的新形势下，福清核电项目的开工，对扩大内需、拉动经济增长，具有重要的现实意义。对缓解东南沿海地区电力和能源运输的压力，拉动核电装备制造业，保障海峡西岸经济区能源供应，也具有十分重要的作用。

福清核电一、二期工程的全面建成，为日后“华龙一号”的落地生根，打下了坚实的基础。

20 构筑核电巨型“堡垒”

2018年3月21日，福清6号机组提前10天实现穹顶吊装，这是中核工程总承包的“华龙一号”示范工程，是我国自主三代核电技术工程建设有序推进的再次见证。

这一天，时任中核工程公司总经理刘巍不在现场。对他来说，这已不是大新闻。就在2017年，采用“华龙一号”的福清5号机组和采用“华龙一号”的海外首堆机组都已先后完成穹顶吊装。对于以设计为龙头的总承包模式，刘巍已经坚持了10年，也自信了10年。

公司成立之初，中核工程公司存在诸多先天不足：总承包管理时间不长、管理人才不足、应对工程中出现的问题经验不足。面对这些，采访时刘巍说，“只能自己给自己动手术。”

指导这场手术的一个核心理念，就是增强整体服务意识。为此，刘巍的“手术”是优化组织结构，让项目部的责权利进一步清晰化，使其对项目的目标和安全、质量、进度和投资的“四大控制”全面负责。同时加强对项目总经理授权，强化以工程项目为核心开展总承包工作，将服务作为影响指标进行执行和考核。

“虽然有很多非难，也付出了代价，但我们要坚定信心。”刘巍说，“没有集团和业主的支持，总承包之路这个对的事情，也不一定做得下去。”

公司组建以来，共承担了 23 台核电机组的总承包工作，投产机组达到 9 台。公司的项目管理模式也得到了迅速提升，项目管理模式和体系通过了柏克德、阿海珐等外部评估和同行评估，积累了全周期的工程总承包经验，培养了项目管理人才队伍，项目管理四大控制能力和信息化水平不断提升，总承包能力得到业主和集团公司的肯定，实现了核电产业链关键环节全覆盖，形成了核能工程总承包核心竞争力。

“改革开放 40 年的发展，带来了核工业 40 年不间断的发展。我们和世界一流还是有差距的，但我们的发展速度是最快的。我们现在已经憋足了劲儿，朝‘一流’进发。”这个在核工业战线上奋斗了近 40 年的“老兵”刘巍如是说。

让我们一同走进中核工程公司的福清总承包现场，去触摸“华龙一号”跳动的“脉搏”。

2015 年 5 月 9 日，在华龙大团队 57 个小时连续奋战下，福清核电 5 号机组 FCD 任务圆满完成。

5 月 7 日，我国自主三代核电“华龙一号”首台示范工程——福清核电 5 号机组正式开工建设。福清核电 5 号机组是核电重启以来我国首个正式落地的国产三代核电技术机组。时任中国核建集团公司党组成员、副总经理、股份公司董事长，现任国家电投董事、党组副书记的祖斌出席了当天的开工动员会。来自福建省、国家能源局、国家核安全局、国防科工局、中核集团、中国核能行业协会，以及阿根廷驻华大使、巴基斯坦原子能委员会官员等出席开工动员会，共同见证了这历史性时刻。

7 日上午 10 时 56 分，国家能源局副局长刘琦在福清核电现场宣布：福清核电站“华龙一号”示范项目正式开工！一串清脆汽笛声后，8 台布料机开始浇注混凝土，正式拉开了“华龙一号”建设的大会战。

此次 FCD 浇注混凝土近万立方米。面对超大体积浇注、连续作战时间长、混凝土难以养护等挑战，中核二四公司 700 余名员工分成“黑白”两班协同作业，依据施工方案有条不紊推进。面对 5 月 9 日不期而至的雨水天气，项目部及时启动应急预案，在两分钟内将雨衣送入现场，并有序组织了排除积水、覆盖薄膜、搭设保温棚等雨中作业。

中国核建对“华龙一号”福清 5 号机组的建设高度重视。在福清核电 5 号机组 FCD 前夕，祖斌专门前往福清核电，详细了解 FCD 前各项工作准备情况，鼓励福清现场员工上下齐心，时刻将安全质量放在工程建设的首位，全力打造“华龙一号”精品工程。

项目部还专门进行了两次浇注演练，为工程的推进提供了扎实的技术保障。

“华龙一号”首堆 FCD 任务完成，再次展现了中国核建员工的“铁军”风采和能打硬仗的优良作风，为推动我国核电发展进入世界“第一阵营”提供了有力支撑。

采访项目部主管核岛工程的副总经理赵宝贵时，他来了这样一句开场白：“等待‘华龙一号’落地福清，我们已经干了 46 个月。但此工程的上马，在 2011 年前后有许多不可预知的偶然性。”

以下是他的叙述——

原来准备上的是 CP1000，已经开始负挖了。但 2011 年 3 月日本福岛核事故一发生，考虑 CP1000 达不到三代核电技术要求，就叫停了。

2013 年“华龙一号”已显雏形，听到这个消息，大伙暗暗高兴：快有自己的拳头产品了！我们施工管理部门即着手干这些事：提升 M310 管理经验，编制程序，做施工准备。“我很幸运，今年下半年公司派我到法国学习项目管理。”

2014 年步伐加快，中核集团、中广核的华龙核心技术融合，并开始“沙盘推演”,“那时别提有多高兴，华龙产品要在我们手中实现了”!

“我记得参与华龙首堆‘沙盘推演’时，刘锦华老前辈代表评估队总结时深情地说：‘作为一个老核工业人，一直梦想着能有真正中国血统的核电站，非常羡慕大家能参与到其中的建设，希望我们的梦想在你们手中实现。’”赵宝贵对此事记忆犹新。

这既是嘱托，又是使命，更是责任。“带着这份使命感，我们华龙团队，要不惧风雨砥砺前行!”

叙述时赵宝贵突然插进回忆——

刘巍曾感叹：“美国西屋的AP1000如果顺利的话，‘华龙一号’就死了，我们是在夹缝中求生存!”

华龙首堆，就像是自己的孩子！5 号机组第一罐混凝土浇注的 5 月 6 日晚上，很多人都回福清了，我们 20 多个兄弟待在工地，守护着初生婴儿的诞生。我们有些不放心，一一检查用电线路、备用柴油发电机、制冷机组等等的准备情况是否完好。我们又在灯火通明的现场转了一圈，心情犹如海风吹得绑在钢筋上的塑料纸哗哗作响一样，激情飞扬!

浇注前 1 小时，时任环境保护部副部长李干杰现场颁发“建造许可证”。本是件令人兴奋的事，我倒显得挺平静。当时想得更多的是责任，因为运混凝土的车马上就要过来了，要做好浇注准备，该干啥就干啥。

当天就浇注了两三千方，三天三夜浇注近 1 万方，土建总共混凝土 78 万方。你说巧不巧，浇注时老天似乎愁眉苦脸要下雨，但就是忍着不下，等浇完了，大雨倾盆而下。这是老天眷顾咱核电人啊!

浇注需要 3 天时间，本来 40 多人安排两班倒，4 个钟头一轮班。我们几个老总都盯在现场，换班时间到了，我们去检查，上班的来了，该下班的却“赖着”，李振云副总经理发话了，“浇注很顺利，大家可以轮班休息”，但赶都赶不走，他们硬要盯着才放心。

第三天，我去看他们是不是吃饭了，可根本没按点吃，只是囫囵吞枣地解决一下；夜里 11 点，大家随时准备方案变更报告单，吃着方便面就睡着了。我平时要求较严，现在看他们累成那样，于心不忍啊！

这个画面老印在脑海里。不几天我对李振云说：“这帮年轻人真不错！”

李振云也有同感：“他们与华龙的情感难以割舍，我们不也一样嘛，它可是我们国家‘生’的宝贝。”

位于海滨的福清市 6 级以上的风速，每年超过三分之一。钢衬里模块吊装，风大了可不行。通过观察，我们发现福清海风的活动规律：早上 5 至 7 点小，其他时间风大。七八十吨的物件，需大件吊装，只能在早间进行。

赵宝贵他们晚上就在现场住下，凌晨三四点起床准备，6 点抓紧干活。华龙机组的模块，是 M310 的 1.7 倍。5、6 号机组我们吊装了 6 次，每次两小时，好不容易见缝插针才把活儿干完，你说累不累人？！

赵宝贵似乎有几分担心，怕这份激情随着工程的推进而有所淡化。但很长时间以来，无论是混凝土浇注，还是钢衬里模块吊装、设备引入，弟兄们都能加班加点，各司其职。拼搏的动力出自对事业的责任，还有对华龙的信心与情感。

这是一支能打硬仗、敢担责、肯吃苦的光荣团队！“与他们一起共事，我感到踏实，既自豪又感激。”说到手下的一帮兄弟，赵宝贵非常郑重地强调，尤其突出句末的“感激”二字。

“三次土建攻坚我印象深刻！”采访主管核岛安全壳土建施工的曹钟引时，他刚见面就抛出这样一句话。

笔者说：“说来听听。”

曹钟引娓娓道来：2016 年 6 月至 9 月，土建刚赶上设备闸门区域，由于设计保守，物项密集，施工难度大。起初没考虑太多，干完第一段，工期就滞后了1个月。咋办，还有6段没干？

时间不等人！我们就立马成立专业攻坚组，十来个人两班倒，昼夜不停地干。有时夜里两三点了监理还去验收，为下一班做准备。就这样持续了两三个月。每段完成的时间我大概记得：第二段20多天，第三段18天……最后一段仅用了12天，工期就这样被“追”回来了。

穹顶吊装焊接完成后，工程又交回土建部门，要覆盖混凝土结构，这可是关键路径上的工作，马虎不得。从45米至70多米高层的浇注，并非轻车熟路，难度很大。这时安全管理最重要。

曹钟引每天必须上高层巡检。爬了一段时间，脚伤了，一走一瘸，但得咬牙坚持。上下午各上去一次，晚上还有一趟，一次得爬10多分钟。冬天特别冷，海边风又大，在高空不要注意自己的安全，也要考虑工人的安全。

还好，事儿挺顺的，6个月就干完了。

接着预应力施工。华龙的预应力水泥要求比普通水泥高好几倍，找了好多家才在东北找到，运费很高。设备也选的最好的，法国货。预应力2017年年底开始施工，尽管准备充分，但还是遇到了许多问题。

负18米做摩擦力试验，一般需要10天，可我们做了两个月，考虑得远远不够。比如钢绞线量大，长度达190多米，比M310长50米，不好穿倒U字形，只好用卷扬机慢慢牵引进去，特费事儿。

我们遇到一个问题解决一个，想方设法向前推进。221束钢绞线全部放进去，张挂着灌水泥，刚开始信心满满，后来竟有些灰心丧气，太难弄了。夜里住在现场，次日早上好开攻坚会，想招破解难题。每班6人早上进去，下午3点上来，人人一身水，根本吃不下饭。24小时轮换着干，经常有人中暑，就赶紧送医院。

这和上战场没什么两样，都拿自己不当回事儿。本来预应力9个月工期，但工期不够，净工期只有5个月，前面4个阶段大家都没把握，但干到最后两个阶段，信心就回来了。这个看似不可攻克的堡垒，居然给拿下了！

看着预应力完美收官，就一个字：爽！

结束采访时，曹钟引感叹地说：“作为一个凡身肉胎，我们有时难免脆弱，但是人在关键时刻一定要都坚持下去，既然选择，那么就算爬也要爬到终点。我的希望很简单，将来有一天，当有人说起‘华龙一号’的时候，我能骄傲地告诉他们，‘我就是一名纯粹的华龙人！’”

一个项目部熟悉和响亮的名字，一个有着俊朗外表，却同样有着坚毅性格的年轻人。像众多青年核电工程人一样，他带着所处年龄层特有的朝气、带着对于奉献祖国核电建设毅然决然的理想，来到了海西兴化湾，来到了福清核电，开始了一段与核电建设不解的“平凡”之旅。

自2013年杨小飞入职福清核电项目，他凭借5年大件吊装施工管理经验，肩负起“华龙一号”5、6号机组大件设备吊装施工组织策划、管理工作。

在核电建造阶段，设备的吊装引入是各个里程碑节点完成的重要标志。“华龙一号”5、6号机组单台机组共计大件吊装设备吊装物项160余台/套，总重量多达20 200吨。众所周知，“华龙一号”较M310在设备方面体积更大，重量更重、安装格外复杂且存在着很大的不确定性。杨小飞他们通过项目前期的经验总结和积累，为5、6号机组各设备吊装节点的顺利实现创造了条件。

说起大件吊装的施工管理，对于参加过岭澳、台山、阳江、昌江核电站建设的杨小飞来说，可谓驾轻就熟。但当谈起“华龙一号”的大件吊装时，他轻松的表情立即严肃认真起来。

他说，核电厂大件吊装是一个系统工程，在实施吊装时，厂房建造进度、设备到货、就位基础条件、吊车占位情况、起吊位置情况、临时建筑/施工器具条件、道路通行条件等，都必须完美匹配，其中任一环节的缺失或不足，都会直接影响吊装工作的正常开展。

杨小飞根据自己多年的施工管理经验和“华龙一号”工程特点深入分析，总结出华龙大件吊装的重点和难点。在管理方面，根据合同内容梳理现场吊装各接口关系及工作流程，提出了线性与矩阵结合的组织管理模式。在组织体系建立、整体策划方面，建立健全了大件设备吊装组织体系、具体管理实施规程，独立编制完成了《福清核电厂5、6号机组大件吊装施工现场整体规划》等多份技术分析报告，给后续工程建设做出了技术、管理指导。

有了这些“指南针”，大件吊装就顺畅起来。

2015年8月16日，中核工程史上首次钢衬里模块吊装就位；

2016年4月10日，“华龙一号”反应堆厂房首台设备——安注箱吊装完成；

……

问起在成绩背后他所起的作用，他略带羞涩地说：“我没起什么大作用，都是我们团队齐心协力的功劳！施工中只要认真、细致、严谨，就没有什么工作是不能完成的。”

杨小飞清楚地记得，“华龙一号”反应堆厂房首台设备安注箱制造进度，受厂家停工整改影响，滞后三级一体化时间，已妨碍核岛土建关键路径RX厂房+0.00层板的施工。

他一直密切跟踪安注箱的到货进度，和同事们按照“横向到边、纵向到点”的精细化管理思路，细抓每个工序的逻辑顺序，合理安排各项施工工艺，提前梳理设备引入前的各项工作；从吊装整体策划、问题梳理、预留设备引入位置，再到大件吊装吊车进厂组装及模拟试验，大家伙儿充分发挥项目大团队的执行与协作能力，将每项工作顺利推进。

在工作部署方面，积极组织参建单位进行各项准备，组织召开"RX厂房安注箱吊装"协调会和评审会等；在技术梳理方面，与施工方对吊装施工逻辑、现场短倒等细节反复进行讨论，充分考虑履带式起重设备的站位点及设备引入对周边施工的影响，会同各方现场勘查，根据实况选定方案并论证，制定详细的吊装引入方案及应对措施，确定最终吊装站位点、起重机的拆组装、载荷试验及周边交叉等施工安排，确保安注箱到场后现场各项准备工作满足吊装引入条件，为首台安注箱吊装提供了技术保障。

这只是一件事的专业叙述，杨小飞经历和负责的事儿远不止这些……

"平凡中孕育卓越，卓越中昭示责任。"纵然日复一日、年复一年的现场忙碌，与钢筋、混凝土为伍，与烈日、风雨抗争，平凡的工作，平凡的生活，这就是杨小飞等一大批华龙核电工程建设的年轻人，所不断重复的一种"平凡"，而恰恰在这种看似平凡无奇的背后，却孕育着一颗缔造"卓越"的心，书写着一段"卓越"的情。

21 双岛“武装”蓄势待发

穹顶吊装被业界誉为核电站建造过程中的“成人礼”。

2017 年 5 月 25 日下午,“华龙一号”首堆示范工程顺利完成穹顶吊装，这意味着首堆即将完成土建，进而转向全面安装阶段。

数以千万计的核电设备,被陆续安装进核岛、常规岛及附属厂房,被核电建设者恰切地称之为“核电厂的‘全副武装’”。

核岛、常规岛的设备“武装”，乃重中之重。

“华龙一号”机组常规岛汽轮机，主要由一个高中压缸和两个低压缸（LP1、LP2）组成，每个低压缸内有一个低压缸转子，合计总重达 349.7 吨。

本次 LP2 转子运抵常规岛后先就位于 9.25 米层的滚轮托架上，之后试就位在低电低低轴承箱上。LP2 转子是汽轮机精密的构件之一，重量大，在运输、开盖及吊装过程中绝不允许有丝毫的刮擦，在防尘及物项保护方面更是要求甚高。

从轴承箱垫铁研磨、灌浆、垫板加工到支持轴承安装轴承箱就位，直至滚轮托架布置、转子就位，每步工序安全保质、精益求精，每个细节无不体现出汽轮机突击队众志成城，团结一致，破冰前行。

一张圆脸，笑意盈盈。项目部副总经理苏郑昌与笔者握手落座，就打开了“话匣子”——

2018年4月的一天，常规岛突发事故，人们便质疑：汽轮机刚开始安装，这个活承包商还能不能干？这可愁坏了常规岛二科科长杨志强。

一般规程，汽轮机组安装得12个月，按此前进程，仔细梳理倒推，2019年6月汽轮机才能扣缸。这不可接受！杨志强排出计划默算，所有零件要全部到位的话，生产厂家供货没有问题；但是比M310大许多的设备，急需新的专用吊装工具。杨志强和设计院、厂家商量并督办，1个月就造出了4种专用工具，做好了后勤保障。

面对新设备，没有经验可循，必须改变传统工法，才能安装到位。杨志强启动攻关小组的“头脑风暴”，倒排工期，顺排方法，组织编制专项议案，并采用三维仿真技术模拟，看是否可行，是否存在安全风险。

对于汽轮机安装，厂家设计人员想得比较理想，但现实却很残酷。核心设备安装的误差仅 0.01 毫米，为头发丝的六分之一，安装难度极大。我们花 1 个月做了两套专用工具才搞定。于此，我们还建议今后要改进钢板的预埋方法。

200 多吨重的发电机转子吊装需要专用工具——吊带，机械工程师王永旭组织核查发现，比 1 号至 4 号机组使用的要小，可设备较以前重了许多，一核算，承载力不够。情况反映到厂家，验算后果真如此，是设计人员计算粗心所致。紧催快赶，1 周后，新的吊带来了。之后，两三天就做完了相关工作。

汽轮机组是一个庞大复杂的、精密的、高速运转的机械，汽轮机扣缸是核电厂建设工程中一个重要的里程碑节点，同时也是一个重要的隐蔽工程。扣缸工作质量的好坏，将直接影响机组的顺利启动和安全稳定运行，这就要求在汽轮机扣缸施工中的人员、材料、机具、组织实施、安全文明、质量管理等各方面做好充分的准备，以确保机组扣缸工作得以安全、顺利、高质量地完成。

苏郑昌说：“为了工程更快推进，我们要求厂家现场办公，并要求设计人员，问题得不到解决，谁也不能吃饭。你别说，这招挺管用，对推进工期贡献不小。”

他还说，他们对现场工人也有详细计划，日计划分 3 段，细化到具体时间，误差到 1 小时。就如同做“满汉全席”一样，列出清单，半小时出一道菜。这样把责任明确到班组、个人，工效就大大提高了。还有，安装到某种程度，验收合格才能往下走，每道关口都得“拎清”。

苏郑昌对部下的工作状态最为清楚，也甚为满意。

2019 年春节是安装高峰，可工人们都放假回家了，他们留在现场的 6 个人，加上厂家派出的 5 个人，组建了“汽轮机扣缸党员突击队”，白天晚上连续干，春节仅休息了 3 天。这几天科长杨志强放弃和家人团聚的机会，白天和张志坚值守，晚上又和王永旭值班。采访杨志强时他对我说：“我见王永旭与远方的孩子视频，孩子说得最多的一句话就是‘爸爸，再见’！我每次听见，心里都酸酸的。”

我说：“你不是也放弃了春节假日吗？”

杨志强回答：“我们赶上了前辈们没有遇上的建设‘国之重器’的好时代，深感幸运和自豪，个人牺牲点值得！”

节后，项目副总经理苏郑昌见部下为华龙这么拼，就对王永旭说：“忙完这趟活，找个机会让你出差，稍微轻松一点。”王永旭却回应：“苏总，还是给个假，让我回去看看孩子吧。好长时间没见了，挺想他的。”

说到核电人的奉献和牺牲，两个细节忽然浮现脑海——

综合管理部的叶松，家住深圳高档小区隔壁，由于他倾心工作长年不在家，爱人背后遭人指指点点。一次他回家休假，爱人老拉着他在小区里面转悠，叶松不明就里，爱人的潜台词是：“你们看看，我是有老公的，不是被人包的二奶。”当他的同事张洁透露时，一下子戳中了笔者心中的软肋，眼眶顿时湿润了。

采访设计队队长刘加志时，他说：“为了弥补我长期不在家的亏欠，今年春节回家虽然只待了两天，但大年三十我一口气做了 18 道菜。”

工作午餐时，我们碰在了一起。笔者明知故问：“你长年在外，想家想孩子吗？”他瞪了我一眼，说：“谁不想”！然后又说，每次和不到两岁的女儿视频，她总是扒拉妈妈的手机，以为爸爸就在手机后面。这话使笔者放下了筷子。

难怪刘巍经常说：“中国核电人，是我们新时代最可爱的人！”

接下来，安装的几个重要节点，也得简略地交代一下。

2018 年 9 月 1 日 17 点 45 分，6 号机组常规岛 80/20 吨主行车就位，标志着福清 6 号机组常规岛安装工作正式开始。

常规岛设一大一小两台主行车，错层布置，大行车起吊重量为 350/60 吨，跨距 47.1 米，就位标高 29.5 米；小型车起吊重量为 80/20 吨，跨距 46 米，就位标高 21.5 米。

7 月的福清现场天气骄阳似火，8 月的天气阴雨绵绵，总承包方提前成立里程碑节点专项协调小组，梳理各项先决条件并编制专项计划；常规岛建安大团队克服恶劣天气等不利条件，顺利实现这一里程碑节点。

“扣缸是件大活，我们为此准备了两年多。可设计的汽轮机比以前重了许多，来了后楼板承受不了。我们召开专题会集思广益，改变了原承载布置图，后续利用 1～4 号机组的吊具，改成托架，架在承载梁上，用于存放内缸，这样，问题就迎刃而解了。”

请看一位核电人对常规岛扣缸的诗意描写：

是日，看海湾山岗，人潮涌动，何处锦旗迎风猎猎？望华龙常规岛里，汽机扣缸，哪家横幅似水妖娆？无花开成海，转子隔板亦沁人心脾、别样芬芳；无古韵渺渺，吊车走位如行云流水、余音绕梁。纵汗流浃背，仍坚持守望，不离不弃；虽堂堂丈夫，犹深情款款，如待娇娘！

上下左右、四方数据，若差之毫厘，则谬以千里！故或砂纸研磨、测纵横扬度；或轴系找中、量中分水平；或通流调整、行悬丝诊脉；终十般武艺、百炼真身，万千数据、锱铢必较，不敢不察也！秉四个凡事、敢于质疑，反复论证、精益求精，欲速则不达！

汝知否，都市三千繁华、流光溢彩，皆一钉一铆，几多汗水苦楚。

且过后，与尔信步闲游，着一缕蓑衣，看闲云野鹤，追梦逐浪，岂不快哉！

时间是2018年1月28日17时7分，地点在5号机组反应堆厂房，一个重要节点诞生。

“我宣布，本次吊装，成功！”一个铿锵有力的声音宣告，“华龙一号”全球首堆压力容器顺利吊装至支撑环。这一刻，国产华龙有“芯”，核电“自主”梦圆，中核人振奋！

当人们沉浸在吊装成功的喜悦中时，在一个不起眼的角落里，几位身着黑色制服的年轻人，正一丝不苟地进行着吊装后的核查工作，有的仔细审阅手中文件，有的紧盯现场收尾工作，有的认真询问进展细节。他们就是“华龙一号”背后的“核安全卫士”，默默守护核安全的环境保护部华东核与辐射安全监督站（简称“华东站”）的监督员。

作为一带一路的“核电名片”，“华龙一号”的首堆压力容器吊装，聚集了全世界的目光。为做好监督工作，监督员们夜以继日、默默工作，白天现场见证关键节点，晚上宿舍查阅技术文件，尽可能发现和排除每一个细小的安全隐患。为了把问题弄通做实，他们用一连串的“为什么”“依据什么”“这样不对”“请整改”等词语，督促施工单位不断完善工作准备，用实际行动践行着“严、真、细、实、快”的工作作风。

仰望核安全之大局、“核电出海”之大业，核安全监督员们不忘初心、牢记使命，用自己的点滴之力汇聚成核安全监督事业的浩瀚海洋，默默守护着核电的安全。

2019 年 1 月 5 日，“华龙一号”全球首堆示范工程福清 5 号机组第三台主泵水力部件引入核岛，至此中核集团福清核电 5 号机组所有主设备均就位核岛，安装工作拉开序幕。

我们先简要回顾一下“主泵入岛”之路：

2018 年 12 月 10 日，5 号机组 1 环主泵水力部件组装通过验收，11 日引入核岛安装；

12 月 12 日，5 号机组 3 环主泵水力部件组装验收合格，22 日引入核岛安装；

12 月 13 日，5 号机组 2 环主泵水力部件组装验收合格……

主泵为核一级设备，其系统复杂，结构特殊，需要以散件的形式发运至现场再进行组装。“华龙一号”主泵部件，密密麻麻共 150 余箱，运至现场后铺满了 7AC 厂房划定的 95 平方米开箱专区，开箱检查工作量巨大。国家核安全局华东核与辐射安全监督站对“华龙一号”主泵开展了全面检查，这是一次“特殊的”“艰难的”“意义重大的”安检工作。

面对如此复杂、烦琐的检查工作，华东站与中核工程公司、哈电动装公司一起对报检部件逐件进行检查、记录、拍照和恢复包装防护等工作。检验过程中，华东站凭借核安全一线守护者的专业和敏锐，外科医生般谨慎和细致地检查着每一个密封部件的表面状态，核查每一个阀门的型号参数。工作人员详细记录问题，谨慎排查疑虑，高质高效地完成了“华龙一号”主泵所有报检部件的安检开箱工作，共形成了原始检验记录 309 页，检验照片 1 061 张。

除了来自华东站的有力监管与组织协调，为确保节点工作安全可控，公司福清项目部会同设备成套中心、福清核电、中核咨询、中核二三以及哈电动装公司对主泵水力部件就位前的各项准备工作进行全面梳理、严格把关、仔细检查，采取全方位监控，确保了主泵水力部件就位工作的顺利完成。

22 双岛“体检”一丝不苟

调试，是核电厂投入运行前的最后一道关口，重要节点有冷试和热试。

何谓调试？即使核电厂已安装完毕的部件和系统试运转并进行各种无核反应和带核反应的试验，以全面检验土建安装的质量，验证核电厂构筑物、系统和设备的性能是否全面达到正常和事故工况下的设计要求的过程。

用员工形象的说法，调试就是为即将建成的核电厂“全面体检”。如果有耐心的读者看到此处的话，觉得实在太过拗口，就想想医生是怎么给人看病的就好理解了。

中核工程公司福清项目调试部共有工程技术队、核岛工艺队、常规岛 BOP 工艺队、机械队、电气队、仪控队和技术支持队 7 个队，加上业主方面总计 300 多人。他们承担着繁重的调试任务。

古语云：“不积跬步无以至千里，不积小流无以成江海。”讲的就是任何巨大而宏伟的事物，都是靠一丝一毫积累而成的！任何壮阔而绚丽的梦想，都是靠一点一滴实践而成的！而福清项目调试部全员就是这一古语的追寻者和践行者，他们用自己的光和亮，点缀着美丽的中国梦。

采访项目部副总经理兼调试部经理刘文杰时，他说：“敢担责任，主动作为，是我们的一贯做法。”

“由于是集团公司领导关注的大节点，为了赶工期，做到主控室可用，我们将要求极高的 DCS 机柜——核电厂的控制系统的所有孔缝堵塞，防止灰尘入内，又刷油漆、设课件……一切布置停当。”

德国西门子高管看后不停地感叹：“这是我待过的项目厂房环境最好的地方！”

调试部工程技术队队长刘光伟，是公司花 100 多万培养出来为数不多的“黄金人”，既有职业操守，又具家国情怀。他总是把所有的事当作自己的活，什么事儿都带头干。他也给我们讲了新近发生的一件事。

“2019 年除夕凌晨 1 点，现场出现电网故障，导致辅助变压器跳闸，全厂失电，设备停运。1 点 40 分得此信息，我们立即组成 7 人应急小分队；2 点从福清出发；3 点赶到。在路上就讨论了应急方案。”

“现场一片漆黑，只得打着手电筒，查看核厂房是否处于安全状态，摸索着一连走了 20 多个地方，发现有些问题。我们一直干到当天 13 点，直到电网恢复。本来头天就干了个通宵，又连夜应急，大伙累得实在不行，但看到故障在自己手中消失，心里也觉畅快。”

如果把“华龙一号”比作一个求证大道的修行者，那么调试工艺队的各个系统小组，就相当于助力“华龙一号”打通“奇经八脉”——MCC、MES、RSI、CSP、CIS 等各类系统的奇珍异手。只有打通了这“奇经八脉”，“华龙一号”才能真正地踏上求证大道的路途。

而“华龙一号”全球首堆核回路冲洗（简称“NCC”），就是要对这“奇经八脉”进行洗经伐髓，好在将来让“华龙一号”这位求证大道的修行者，完美地结成“中国梦”这颗分量十足的金丹。

回想之前的调试工作，3 号机冷态功能试验期间，四天三夜没出主控室、重要厂用水 25 米的泵坑 10 分钟上下 3 次，热态功能试验期间在 160 ℃的环境中穿着防烫服维修仪表，调试工作不就是这样干过来的吗？

一步一个脚印，不畏困难，不喊苦，不喊累，认真把工作做到最好，这就是调试人。

2019 年 2 月 24 日 16 时 16 分，在万众期待下，随着安全注入系统，中压安注箱出口隔离阀的打开，5 号机组的“洗经伐髓”——核回路冲洗正式开启。此乃压水堆核电站核岛安装阶段的一个重要里程碑，是将核回路几大主要系统相关管线进行整体开放式冲洗的过程，而洗伐的就是核岛的“奇经八脉”。

“台上一分钟，台下十年功。”NCC 的顺利开始是简单的，是平凡的，更是伟大的，是所有福清核电人精心准备的成果。宏伟的目标都是由简单而细微的部分组成，不放过任何一个微小的部分，方可促成宏伟目标的实现。

NCC 参与系统之一 RCS，作为核回路主系统，在 NCC 期间担任水源的归宿地。它的正确在线甚是重要。在此期间 RCS 小组成员按照在线要求，需要检查 3 条热段和 3 条冷段的封堵正确完成，他们需要爬进直径不到 1 米的管线内，检查最小直径不到 5 厘米的小孔是否封堵完成。

这微小的空间不到 10 米的路径，黑暗是最大的障碍，内心的强大驱使他们克服黑暗的恐惧，在这微小的空间内，完成这微小的却至关重要的任务。一次不行，他们就进去两次，两次不行，他们就进去 3 次。他们心中只要一个目标“为 NCC 保驾护航”。

项目部总经理助理郝祥伟给笔者讲了一个细节：NCC 冲洗前，由核岛三科牵头，组织调试部、承包商、监理三个部门认真核查做准备，30 多人要做 20 多天。核查不到一半时间，发现了问题：泵本体——中压安注箱有铁屑异物。于是，紧急通知厂家赶到现场，三科科长张怀淦专门盯着协调。由于工期进展任务重，现场环境不具备设备解体条件，空间场地狭小，为了保证节省问题处理工期，保证设备质量与安全，在公司领导的支持下，张怀淦协调调动现场及厂家工作资源，编制方案；同时改善现场施工环境，督促临时搭设防护棚、建立清洁控制区，保证在厂家到场前现场环境具备设备先提条件。在厂家人员到场后，现场根据施工方案，将泵芯抽出检查，解体清除异物，5 天就清理完毕，没有影响后面的带载试运行。

采访期间，正好赶上 NCC 冲洗，虽然不能进入冲洗现场，但能感受到场外热烈的气氛。当这一节点任务完成后，小伙子们自是身心俱疲，可次日早晨脸上又复归自信和笑容。在祝贺他们捷报频传时，笔者也在分享着他们胜利的喜悦。

与 NCC 冲洗差不多同时进行的，是 5、6 号机组 220 千伏辅助电源倒送电。

经过 20 多个小时的连续操作和测试，整组启动试验（含保护校验和变压器并列运行试验）于 2019 年 3 月 2 日凌晨全部完成，进入 24 小时试运行阶段，这标志着福清核电 5、6 号机组 220 千伏辅助电源倒送电顺利完成。

220 千伏辅助厂用电系统，是设备的厂外电源，当发电机和外电网同时中断供电时，对重要安全厂用设备提供电源。倒送电工作，是新建核电厂在机组设备安装和线路架设工作结束后，通过输电线路从电网向厂内进行反向供电，为下一步系统调试，提供大功率电源的重要工程节点。

据了解，本次 220 千伏倒送电工程建安工作共历时 14 个月。为减少因上游制约、配套辅助系统等施工滞后对 220 千伏倒送电施工进度的影响，中核工程公司专门成立 220 千伏倒送电专项协调组，为“华龙一号”后续建设奠定良好基础。

随之而来的是“华龙一号”首堆的又一项重大节点：500 千伏倒

送电。500千伏倒送电一般指电厂在建设过程中主变压器首次接入500千伏系统中，合闸瞬间将在变压器的一侧产生一个数值很大的电流（励磁涌流），这将超出变压器保护动作定值，与此同时，它将产生一个巨大的电动力，这一过程对变压器和继电保护都是一个重大考验。

工程师们是如何检验这两项重要指标的呢？

第一步：健康体检。

两个人要想长久地在一起，没有健康的体魄怎么行。第一步，先来做个“体检”。变压器要经历血常规（油色谱分析）、心电图检查（绕组变形试验）、CT检查（变压器内检）等等项目，全面验证系统的可靠程度。

只有各项“体检”指标全部合格，才有资格进入下一环节。

第二步：比武招亲。

比武招亲环节，考核的重点是变压器是否有一副强壮的筋骨。内容直截了当：先接5掌“降龙十八掌”——只有经受住5次变压器合闸冲击试验才算合格。

变压器首次接入无穷大系统（无穷大系统可简单理解为有无穷大的力），而这个力的大小和合闸时间点有关，通过5次随机试验，验证变压器内部结构的强度。

第三步：考验真心。

刚刚在一起的时候，难免会出现一方对另外一方特别好的情况（励磁涌流），而爱情是相互平等的（差动保护），只有一方的付出是不会长久的。鉴别真爱，光听甜言蜜语是行不通的，需要用真爱因子来衡量。

经过不懈努力，继电保护工程师寻找到不少真爱因子。变压器在合闸瞬间将产生一种叫二次谐波的东西，当它的含量达到一定程度后就可以判定为真爱；另外一个真爱因子就是变压器在合闸瞬间可以通过计算波形的不对称度来判断他们是不是真爱。

目前这两种是最流行的抗励磁涌流的方法。“华龙一号”示范工程也是采用同样的方法，在500千伏倒送电过程的5次合闸冲击中，变压器保护均完美地躲过了励磁涌流。

“华龙一号”5号机组主变500千伏倒送电一次成功，除此之外，本次倒送电还验证了发电机同期相关回路及其他电压回路，各项试验均一次成功，这是“华龙一号”示范工程建设团队共同努力的结果。

2019年4月20日23时51分，伴随着现场“主螺栓全部预紧”的口令反馈，福清5号机组正式完成“龙骨”堆内构件安装、流致振动试验传感器堆内安装、“龙躯”压力容器扣盖、“龙首”一体化堆顶结构就位四大重要安装操作步骤，圆满完成了反应堆冷试前的最后一大关键节点。

“华龙一号”全球首堆反应堆结构设备的正式安装于2018年年初。主设备压力容器于2018年1月17日被正式提升至核岛16.5米平台，并顺利吊装就位。随后，经过半年充分准备，反应堆堆内构件于6月29日成功完成第一次入堆，实现了与“龙躯”压力容器的精密配合，最亲密接触距离只有0.25毫米。

为应对首台国产化整体螺栓拉伸机可能出现的新问题，早在2018年10月中旬，时任扣盖专项副总指挥、项目调试部机械队副队长白新鹏就带领堆芯团队，前往北京雷蒙赛博，参加首台国产压力容器主螺栓整体拉伸机的生产制作与出厂验收。

作为一个从福清1～4号机组堆芯成长过来的“老堆芯”人员，白新鹏凭借着从M310机组总结汲取的经验，鞭辟入里，对首台国产化的整体螺栓拉伸机提出了至当不易的改进意见，最终使得国产化的螺栓整体拉伸机比进口设备自动化程度更高，也更高效。

他们不仅是“华龙一号”机组中整体螺栓拉伸机的使用者，更是首台拉伸机的“锻造者”。这种解决新设备新问题的方法，值得借鉴。

为确保“华龙”能够健康“腾飞”，核反应堆的安全至关重要。反应堆在运行过程中，厚厚的不锈钢躯壳将核裂变反应重重包裹，外界无法看到内部的状态。如何确保堆内构件在冷却剂高速冲击下万无一失，就需以堆内构件流致振动试验的方式，对关键结构部位全面的分析、测量和检查。

在《西游记》中，孙悟空为了给朱紫国国王看病，用了奇妙的“悬丝诊脉”，而堆内构件流致振动试验，就是科研人员利用高科技手段在新时代下对“华龙一号”的“悬丝诊脉”，为完成好这一工作，扣盖团队长期坚守在福清建设现场，青年骨干更是放弃了2019年春节期间与家人团聚的机会，通宵达旦为现场提供技术服务与支持。

为保证流致振动试验，可以在冷试期间进行测试系统的调试，专家组提出冷试、热试期间不开盖的方案，该方案是在堆芯设备上“动刀”，这对于机械队来说更是一项巨大的挑战。

白新鹏紧急组织堆芯相关人员针对该方案进行梳理，整个过程烦琐复杂，将横跨机械、电气、仪控、技术支持、核岛工艺等多部门共计 87 项工作。他们迎难而上，根据上游技术文件，积极与设计单位及安装单位沟通协调，结合实际情况，提前将需进行的工作及时发起设计变更，把问题提前想清，把事情提前做好。

对于压力容器一体化堆顶新结构带来的挑战，白新鹏深入研究新结构图纸，对堆芯结构进行分析计算，对设备转运吊装全程协调，对厂房布置的差异进行细致勘查，对安装调试全程领航，越过了一道道坎，解决了一道道难题。

从开盖功能试验结束至扣盖成功，白新鹏扎根现场，最长时间连续作业 16 小时，仿佛与堆芯融为一体。累了就在堆芯边的椅子上坐一坐，饿了就回 16.5 米处办公室扒拉两口泡面，可就算是回到办公室，他依旧心心念念现场进度……

2019 年 4 月 15 日晚 9 时，堆内构件最后一次吊入压力容器，并顺利完成了对中工作。4 月 18 日晚，堆内构件流致振动试验传感器的安装、布线工作全部完成。4 月 19 日，核岛环吊吊起“龙首”一体化堆顶结构，将压力容器顶盖缓缓降落在压力容器上方。之后，整体式螺栓拉伸机就位，将 60 根粗壮的主螺栓顺次旋入拧紧。20 日 23 时 51 分，扣盖工作宣告成功。

至此，“华龙一号”全球首堆的反应堆结构安装工作暂告一段落，整个反应堆一回路将进入不装核燃料的冷态功能试验阶段，这是对整个反应堆性能的第一次全面考验！

扣盖一周后的27日，“华龙一号”福清5号机组一回路水压试验正式启动。这标志着该机组提前50天启动冷态功能试验，由安装阶段全面转入调试阶段。

冷态功能试验是核电厂大型综合专项调试试验，主要目的是验证一回路系统和设备及其辅助管道在高压下的各项性能，并在各个压力平台下进行主系统和辅助系统的相关试验，是对整个反应堆性能的第一次全面考验。

冷试结束后，适时开始热态性能试验。

2020年9月4日下午，生态环境部在京向中核集团福清核电有限公司颁发福清核电5号机组运行许可证。15时30分，“华龙一号”全球首堆福清核电5号机组首炉燃料装载正式开始，随着第一组燃料组件顺利入堆，标志着该机组进入主系统带核调试阶段，向建成投产迈出了重要一步。

23 现场设计代表不可或缺

福清核电5、6号机组作为“华龙一号”技术方案的全球首堆示范工程，从开工之初，即面临首堆工程皆有的难题，工程设计过程中边科研边设计，没有可参考的系统设计方案，系统力学计算反复进行，设计固化难，主要设备需进行大量首堆设备鉴定试验，设备设计滞后影响设备资料按计划提交等各种问题。

中核工程公司福清项目部设计管理部，深入分析首堆工程可能存在的各类问题及各项设计管理工作所面临的风险及挑战，制定了各项管理程序和规章制度，施行一系列的新举措：建立“华龙一号”设计文件进度跟踪数据库；通过深化管理、优化流程和加强交流，优化设计变更管理；推行开口项管理；设计经验反馈常态化；加强设计板块信息化建设；建立设计经验反馈机制；通过三维模拟加强质量管理；成立现场设计青年突击队；制定设代考核管理办法及工作手册，规范设代管理；以及风险管控等。

为使“华龙一号”设计管理更有针对性、更加有效可靠，在“华龙一号”设计管理过程中，他们开展学习与创新发展思路，以不断提升设计团队的管理水平，提高专业技术人员的专业能力，提高设计技术服务的质量，保障了设计进度和设计质量，推动了现场施工进度稳步向前，确保了“华龙一号”工程FCD、穹顶吊装、主控可用、压力容器进水等关键节点的顺利实现。

“华龙一号”是国家“一带一路”的新名片，福清核电站5、6号机组乃海上丝绸之路起点的示范工程，而作为首堆工程的设计管理者和设计代表们，不仅仅代表着辛苦和劳累，更是代表着诸多的责任和担当。在祖国的东南边陲，他们将奉献和牺牲化作青春的注脚，用自己的实际行动践行着“四个一切”的核工业精神，谱写出“华龙一号”设计团队勇敢、拼搏、奋进的华美乐章。

邰江，作为中核工程公司副总工程师兼项目总工程师，作为设计管理团队的领航人，他承受着来自各方的巨大压力。他组织设计院、项目管理部、施工中心等单位开展了17个工期优化项目科研工作。经过前期大量的研究，目前已经确定开顶法、设备先行引入、外穹顶钢模板机械模块、环吊设计、水池不锈钢敷面先贴法等用于漳州一期，为后续华龙项目工期的继续优化创造条件。

他积极推动设计领域风险管控工作，致力于设计经验反馈工作，积极推进福清1号至4号机组良好经验向5、6号机组进行反馈，并创新了5号机组设计变更（CR、FCR、DEN）向6号机组的经验反馈制度。通过全员动员、程序优化、软件固化、信息系统对接等方面多管齐下，确保5号机组出现的设计问题及时反馈至6号机组，以不断优化6号机组设计、减少6号机组设计变更的产生数量。目前，6号机组变更数量较5号机组同期有了大幅度的降低，为工程带来了极大的经济效益和进度效益。

他把控着现场重大技术方案的决策，如同“华龙一号”设计管理团队的一盏指路明灯，并为此付出全部的心血与精力。记得5号机组内衬安全壳在施工到16.5米时，出现了开口项问题，直接影响穹顶吊装无法按期实现，预计滞后三级计划99天。工程建设，分秒必争，面对如此紧急的问题，邰江亲自上阵，带领设计管理团队并协调设计院迎难而上，加班加点寻找解决方案，多少个伏案工作的白天，多少个冥思苦想的黑夜，最终开口项问题得到成功解决，5 号机组也不负众望提前 14 天实现了穹顶吊装。

筑牢"华龙一号"设计基石的，还有项目部设计管理负责人胡代辉。

2015 年 1 月初的一天早上，室外寒风刺骨，在 CNPE 总部第 7、11、13 会议室内却热气升腾。设计院、项目管理部、采购管理部、施工承包商、设备承包商等在 3 个会议室，分别就"华龙一号"的核岛设计施工、常规岛设计施工、三维设计应用等问题进行深入的沟通。胡代辉作为负责人，奔走于 3 个会议室之间，对所有"华龙一号"的新工艺设计、新设备、新材料可能产生的问题，在深入了解的同时，更是全面地将所有可能对后期建设造成影响的问题摆在桌面上，落实到详细的应对工作计划中。

作为"国之重器"，"华龙一号"承载着太多的历史使命，它是国内三代首堆，新的工艺设计，新的设备选型，新的工程材料，所有问题都要尽量在工程开工前落实到位。胡代辉从 2014 年来到华龙项目团队，就开始了紧张的设计准备工作。图纸储备量管控、建设过程沙盘推演、安全设计审查、重大风险源识别及管控、设计采购施工接口协调……他参与和组织了太多的固化设计方案、交流落实接口、风险梳理应对的工作，所有问题都分析到位，细致严谨地跟进每一条行动进展，出现问题反复沟通，在检查完成情况时，绝不轻易放过，把所有问题落实到位，做到万无一失。

"2015 年 5 月 7 日，福清 5 号机组 FCD，到现在即将进入冷试，整体进展超过了预期。大家看到了伟大工程的光明前景，背后的汗水又有多少人真正清楚？是设计院，是采购部门，是各家施工单位，是整个华龙大团队的在前期洒下无数汗水，筑牢了华龙技术基石，才有了今天的成就。”胡代辉这样对我说。

由于工作性质及流动性较大，核电现场大都是男人的天下，但在福清核电现场却活跃着这样一位女性，她以女性特有的坚韧、耐心和细致，以严谨务实、爱岗敬业的工作作风，凭着骄人的工作业绩多次荣获各种荣誉称号，她就是绽放在福清核电前沿的一朵铿锵玫瑰——刘亚茹。

刘亚茹 2010 年年初来到福清现场，一干就是 10 个年头，可谓福清项目一名“老人”，身为设计管理部的副经理，她工作大胆，勇于创新，积极推动设计管理精细化。

我们通过一个细节来一睹她的巾帼风采。

2016 年 8 月 5 日，中午 12 时 20 分，刘亚茹正在食堂吃午饭，她的手机响了，她从口袋里摸出手机，显示是用友软件公司的王勇打来的。

她马上拿起电话，脸上露出她惯有的微笑：“王总，您好。”

电话那头传来王总的声音：“设计文件内部编码的目录树已按照你们的要求在 IFS3.0 系统中建立，你抽空检查下是否存在问题，最好今晚反馈给我，有问题我马上安排修改。”

“太感谢了，王总，我马上核查。”

刘亚茹挂断电话，她机械式地往嘴里扒拉着饭菜，心思已飞到了半个月前。

她听同事们反馈，施工管理系统中的设计文件是按照 19 位编码进行的分类，特别不方便查询，于是刘亚茹产生了一个想法，既然大家都熟悉文件的内部编码，何不建立一套内部编码的目录树，借此来检索文件不是更方便吗？要想建立一套完整的“华龙一号”设计文件内部编码目录树体系，这可是个精细活，需要确定工作思路，细分设计文件类型，并熟悉不同设计院的内部编码规则。

心动不如行动，刘亚茹利用几个晚上的大块时间，着手策划，精心搭建框架，于是，由邓雪梅、范子坤、刘飞、董林博等5人组成的攻坚小组成立了，他们用了两三周的时间，编制完成了这套文件内部编码分类细则。

想到这，她赶紧收回思绪，三步并作两步，迫不及待地返回二楼的办公室，一边在IFS3.0系统上逐一查看着，一边用笔记录着存在的小问题……

刘亚茹就是这样一位敢于担当的人，即便文件查询系统超出了其部门职责，她还是想方设法地予以优化，提高检索效率。对于设计管理部归口管理的变更模块，她更是做到了精益求精。她要求各单位在使用过程中随时发现问题随时反馈，在一年的时间里，设计管理部就提出优化改进建议20余项，并全部在系统中予以实现。

在“华龙一号”首堆的建设道路上，有许多高山仰止的人物，国家大师，行业领袖，他们为“华龙一号”的建设指引方向，当然，还有一群新时代建设华龙项目最可爱的人，他们远离家庭，孤身一人在现场，默默无闻、脚踏实地，用自己点点滴滴的辛勤汗水，为“华龙一号”的建设添砖加瓦。黄耀就是其中的一员。

作为现场设计代表的主管，在平时的工作中，黄耀没有华丽辞藻，没有高大上的口号，只有踏踏实实的工作，处处亲力亲为，调动每一名现场设计代表的热情，优化提升工作效率。

现场工作，节奏都是非常快的。当天发现的问题，要求当天给出处理结果，是常有的事情。特别是遇到文件梳理、系统排查的工作，经常是白天安排下来几百条信息，当天就要给出核查结果。

为了加快处理速度，黄耀舍弃了午饭、午休时间，在办公室处理问题，饿了就吃块饼干，喝口水。在绝对保证项目安全与质量的前提下，以最快的速度完成每一项工作，处理好每一个问题。

2018年12月，现场陆续发现了几个重要问题，影响NCC（核回路冲洗）、冷试等节点。为了尽快解决问题，黄耀积极协调各部门、各专业，做好设计与现场的接口工作。白天和工程、采购、调试、施工单位等多个部门，对几十份文件、5 000多条清单内容，逐条梳理，开会讨论解决方案、后续行动项。回到办公室，利用晚上和周末的时间，将会上敲定的内容，落实到清单中，第一时间反馈给设计院，与设计敲定解决方案，及时安排后续文件的变更、升版工作。白天再和各部门继续梳理清单内容。

部分设备，因为要不到厂家的最新资料，设计院无法给出后续的修改方案。黄耀就联系施工单位，对已到货、已安装的设备，和施工人员在现场，对设备逐个进行排查，将实际数据反馈给设计院，以确定修改方案。现场情况恶劣，经常需要登高爬低，她就跟着施工人员一起登脚手架、钻管道。

一个设备修改，涉及多个部门多个专业，五六本文件的变更，修改量很大。为了满足节点需要，加速变更文件的出版，黄耀积极协调各单位，从上游到下游，一份提资、一份文件的跟踪，直到全部出完为止。经过努力，很多文件都是提前进度完成出版工作的。

每天电话、RTX、邮件、微信等各种通信工具轮番轰炸。周而复始，高负荷的工作，持续了两三个月。平时一个人在现场，晚上回到宿舍就是和家人视频聊聊天。那段时间，白天工作量大，晚上和家人视频的时候，经常累得聊不到两句，就睡着了。家人和她说，工作差不多就行了，不用太较真。她却说，作为一名设计，责任是第一位的，没有什么差不多。

眼看临近春节放假，家人、同事都在问，“买票了吗？”“什么时候回家？”黄耀的回答永远都是，“还不确定，不知道哪天回去。”因为她的回家日期，不是根据日历上的大年二十九、大年三十，而是考虑文件、变更是否已经出版，是否还有影响节点的问题。一直到所有问题解决完，她才安心买票回家。

正是这些朴素的核电人，用自己辛勤的工作，保障了“华龙一号”项目各项节点的圆满完成。

24 工程管理的“交响曲”

如果说设备采购是“华龙一号”由设计图纸变成现实的第一环节，那么项目建设管理在实现梦想的过程中必须渗透到每一角落。

“现场有数十家单位、5 000 多人同时施工，为了共同的梦想，大家一同携手努力，借用一部电影名称，我们都是‘华龙一号’的《梦想合作人》。”“华龙一号”全球首堆建设一周岁前夕，时任中核工程公司“华龙一号”项目部副总经理李振云，在工地指着不远处的“华龙一号”这样介绍。

他们是怎样有效组织、管理这一大型建设的呢？

印象之一：现场管理与“走路运动”。

绕着“华龙一号”全球首堆施工现场走一圈，大约 7 000 步、6 公里。正常情况下，每天上午走一圈，下午走一圈，有时晚上还要走一圈。“轻轻松松，我在微信好友走路排行榜中就名列前茅。”项目部工程师张殿元举着手机戏称自己每天的基本工作任务就是走路。

“走路运动”是“华龙一号”施工部提倡的一项做法。主要是让工程管理者们能勤下现场、深入工程一线，发现隐患，思考改进项，目的是让工程管理更加标准化、规范化，让“华龙一号”建设施工更加科学有序。

“中核工程公司工程总承包从福清 1 号机组开始。一路走来，项目部始终重视项目管理各领域的管理提升。"曾经在多个核电站工作、2008 年转战到福清核电工程上的李振云很熟悉项目管理对核电站安全、质量、进度、投资四大控制的重要性。

"'走路运动'就是我们为'华龙一号'建设现场特别推出的提升计划之一。"在"华龙一号"全球首堆所在地，在不同的工作区，现场井然有序，工人们穿梭在庞大的核岛结构中忙碌工作。

而让李振云感到更开心的是，在"华龙一号"建设中，项目部特别开展了激励、现场评比等工作，这让各参建单位不仅在日常管理中积极主动开展各种提升，就连很多一线员工的积极性也有了较大提高。

"华龙一号"综合系统总设计师兼设计经理魏峰告诉了我们这样一个细节——

2018 年下半年的一天，"走路运动"中发现 5 号机组的混凝土水箱漏水。这还了得，如建成后核辐射随水渗出，那多危险。紧张中我们不停地查找、分析、检验，多少次也未找出原因；后来用示踪剂检测也未发现有漏水现象。

向邢继总设计师汇报后，他马上从北京飞到现场，提出了查找问题的其他思路。经过一段时间的检测，发现 2 500 立方米水池的容量，每天漏水 200 毫升，水池没水了，但还有水渗出来。最终判定不是水箱本体的问题，仔细查找后，发现是水箱与土建的间隙渗出来的所积雨水。很快，堵住了缝隙，让积累的雨水自然蒸发掉了。

"现在我每天都要围着'华龙一号'走 20 000 步，下一步还要鼓励更多参建单位工程管理者一起走。"张殿元打开微信展示了一下当天自己的走路记录，"这些做法的根本目的是大家一起努力，进一步提高'华龙一号'核电站建造管理水平，从而真正让'华龙一号'全球首堆具备示范效果。"

印象之二：风险管理与“扫地雷”游戏。

首堆项目会存在很多问题，最终都会解决，但都需要时间，恰恰我们缺时间。对于这一点，项目部提出，抓住2015下半年和2016年一年的“华龙一号”建设的黄金期，采用风险管理的办法，技术管理前移，发现项目建设中的“地雷”，及时排除。

“简单说，就是项目部牵头，各领域进行前瞻性风险分析，并综合评估，每月排一个风险TOP10。”按照风险级别，分别由不同层级的责任人负责协调处理各个风险。“这就如同扫雷游戏，需要我们提前把地雷排掉。”目前，纳入风险管理清单有60多项风险项。针对高级别风险，项目成立了专项攻关组，使风险得到了有效缓解。

据李振云介绍，最近排查出来的就存在压力容器安装与保温层到货风险。“华龙一号”压力容器安装与M310不一样，压力容器到场后需要先安装保温层再就位，这样的安装方式与采购计划产生矛盾。经过专项分析，最终找到解决办法，并立即调整了部分计划，为后续安装顺利实现提供了保障。

5、6号机组现场设计代表负责人陈宏涛，讲起总设计师邢继现场“扫雷”来绘声绘色——

邢总每月都到现场一次，详细了解工程进展和现场问题。他对偌大的核岛厂房就像自己家里一样熟悉，根本不需要人带路。主控室在20多米高、百十级台阶上，他“噌噌噌”一路上去，年轻人都爬不过他。

这个身在高处的主控室，笔者有幸爬过一次，直累得气喘吁吁。这的确是个体力活，可见登高如履平地的邢继，是个既注意锻炼身体又经常深入一线的人。后来了解到，有年轻人一样身板的邢继，通常的锻炼方式，也就是见缝插针的“走路运动”。

陈宏涛说，2017年10月的一天早上，土建单位焊接作业时，火花溅落，点燃了厂房之间的保温层，发生了小规模的火灾，但很快就被扑灭了。这事正巧被邢总赶上，虽然火灾与我们设计方无关，但他还是从项目进展的大局出发，叫我们设计代表配合施工单位，从技术角度分析火灾对钢筋性能的影响。

我们经过两三天的性能比对，结果证明钢筋满足建筑规范要求，对工程没有影响。这颗"地雷"排除，他也就放心了。

"近半年时间，我们已经发现并着手消除十几项重大风险。有的风险如果没发现，会延误几个月的工期。"回想这段时间"惊心动魄"的扫地雷游戏，李振云认为很值，"确保'华龙一号'工期，一切有益的管理尝试都值得。"

印象之三：技术管理与最强大脑。

一到周五下午，项目部办公楼总会有一个会议室座无虚席，很多年轻人都慕名而来听会。是什么样的活动有这么大的吸引力？

在楼道里，笔者遇到了一位个子不高、抱着一大摞文件急匆匆前往会议室的女同志，她是施工部技术主管车华。"每周五，我们要和各参建单位集中开施工技术方案评审会。"作为会议的主角之一，车华是项目部专项负责施工技术管理的主任工程师。

据介绍，集中开施工技术方案评估会，也是项目部在工程管理的又一项创新。以前施工技术方案评估和审批，都是各个业务部门的专业工程师在做，然后逐级审批。

"由串联改成并联，这个岗位必须是老把式才能胜任。"李振云介绍，只有熟悉工程、熟悉技术、熟悉计划、熟悉甲乙双方工作流程的"最强大脑"才能胜任。"有多年核电现场和后台工作经验的车华就是一名这样的老把式。"

而施工技术方案评估会更大的亮点还不仅于此。施工技术方案评估，其实更多的是在普及"华龙一号"建造技术。所以项目部要求各单位有时间的年轻工程师都能来听会，让更多人了解‘华龙一号’，让更多人变成‘华龙一号’的最强大脑。”

2019 年春节后的一天，笔者在福清项目部见到了略显富态的主任工程师车华，当问起“最强大脑”的事，她说：“那已是几年前的事，现在比过去更忙了，更多的精力花在现场协调和技术管理上。”

新近发生的一件事足以说明她的忙碌：2019 年 2 月 3 日，也就是农历腊月二十九，别人都放假回家过年了，留在现场的她却发现了装卸料机齿轮盘的生锈问题，如不及时处理，势必影响年后施工。她立马通知厂家从西安赶来，又召集施工单位 10 多人，当天一直处理到下午 4 时多。“别人都回福清市区准备年饭了，我们干完活才乘最后一班车回家。”

已临近下班，采访尚未完毕，可她的手机突然响起。“抱歉，现场有事呼我。”对我说完这句，她风急火燎地走了。

采访中核工程公司福清项目部总经理赵加雪未能如愿，他实在太忙了。据综合管理办公室的叶松、张洁说，赵总接任的时间不长，但到任后很快发现现场存在不少安全风险，就赶紧统一班子的思想，在工地迅速推行了安全网格化区域管理，将安全管理的触角伸到每一个角落，效果十分明显。

2017 年 1 月，国务院发布《安全生产“十三五”规划》：明确提出推进信息技术与安全生产的深度融合，统一安全生产信息化标准，全面提升基层安全生产监管的精细化、信息化和社会化水平；同时提出充分发挥第三方安全生产专业技术服务机构在参与支持安全生产网格建设、安全生产评估以及协助指导安全生产经营单位安全隐患整改等工作中的任务。设立安全生产智能装备、在线监测监控、隐患自查自改自报等安全管理信息系统。

作为长期从事工程管理的赵加雪，对中央的这一精神自然是了然于胸。

让我们来看这样一个场景——

2019年1月17日上午9时10分，赵加雪正组织春节前现场安全网格化全面交叉检查。他要求各执行小组长在安全网格化交叉检查中，打破各自一亩三分地的局限，深入其他同事的网格化区域，检查发现问题，并学习其他网格化区域的优点，做到取长补短。

随后，各执行小组长在工程管理部经理王希余组织下，对5、6号机组核岛、常规岛、BOP区域及生产临建区进行了全面认真的交叉检查。

检查结束后，经检查人员评估，本次发现安全隐患253项，较上周检查有所增加。对较大的安全隐患，赵加雪要求责任单位及时整改，切切实实地促进现场的安全生产工作，做到以安全促生产，警钟长鸣。

网格化安全巡视，工程管理部经理王希余带头执行。他这样对笔者说：“刘巍总跟我们反复强调：不要‘带血’的华龙！这句话我们时时铭刻在心。只要有施工就有安全员在，白天施工晚上加班做到无缝对接，责任到人。还有检查、监督制度做保障。”

他们逐渐形成的一种可追根溯源的“闭环管理”，可以观察管理人员是否尽职尽责，这就避免了麻痹松懈。每周每月都有安全例会、安全检查，还经常参加承包商的早班会，强调安全责任，增强风险意识，防范风险隐患。

工程管理部在项目总经理赵加雪的领导统筹规划下，从2019年一开始就继续保持现场安全严格管控的态势，巩固安全管理成效，将HSE知识技能考核成果运用到实践中，从源头抓起，以技术为支撑，绷紧安全管理的神经，提高安全意识，守住了现场施工的安全大闸门。

印象之四：信息管理与数字化。

核电行业数字化变革是行业发展的必然选择。核电工程建设数字化变革的时机已趋于成熟。

早在2016年7月28日，中核工程公司在“华龙一号”开工建设基地福建福清，举办项目管理信息化助力“华龙一号”首堆示范工程建设宣讲活动，首次集中全面发布“四柱一面”核电项目管理信息化体系。

中核工程公司“四柱一面”核电项目管理信息化体系，以设计、采购、安装、调试四大板块系统为支持，以项目管理信息平台为统领，即由“四条腿”支撑一个桌面的“四柱一面”管理体系。

其中，被称之为“一面”的项目管理信息平台，是中核工程公司与各项目部、项目部与各业务板块，及业务板块之间进行信息交互沟通的主要平台，可最终实现从单项目到多项目的多层次、多维度的集中管控，是标准化、精细化项目管理的重要手段。

项目管理部副主任葛育勤介绍了该平台功能的实现方式。该平台为项目参与各方提供了一个统一、标准的SSC（核电厂构筑物、系统和部件）结构，用于定义各自的工作，从而实现了以 SSC 视角展现各板块工作成果，提高工程管理效率。通过平台与 P6 项目管理软件的接口，实现以电厂分解结构的维度查看统计设计、采购、施工和调试进度状态的功能；将设计、采购所形成的用于施工的成果文件收集到平台中，方便工程管理人员的查阅；将施工过程中形成的施工方案、质量计划、现场变更等重要资料在实施过程中收集到平台中，实现各级工程管理人员在平台中方便查看当前施工作业的依据性文件，为全寿期管理进行了系统构架和数据准备。

目前在“华龙一号”福清 5、6 号机组项目上，该平台已连接了设计、采购、施工和 P6 系统，能够以电厂分解结构的维度查看各板块的工作进展情况，所有的设计文件均通过项目管理信息平台进行系统间的收取与分发，平台具备了整体反映“华龙一号”首堆工程总体进展情况的能力，正在项目中全面推进应用。

核电工程项目的设计、采购、施工、调试四大业务系统是核电厂建设的支柱，也是“四柱一面”核电项目管理信息化体系中的四条桌腿，共同为项目管理平台提供数据支撑，是核电厂全生命周期管理的重要环节。

中核工程公司四大业务系统的信息化建设已历经多年打磨，自2010年启动项目管理领域信息化建设以来，设计信息管理系统、采购管理系统、施工管理系统、调试管理系统进行了阶段性的优化升级，并在“华龙一号”首堆示范工程建设中生效。

如施工管理系统覆盖了工程项目建设过程中建安、质保、质控、安全、设计、进度、综合管理等多个模块下的多个业务，各业务管理中均涵盖了包括业主、监理、工程公司、各承包商在内的多家参建单位下的众多用户。为项目参建各方搭建了统一的平台，实现了各参建单位对工程施工的统一、多角度管理。

目前，该系统文件管理模块已管理“华龙一号”相关文件77 572份，实现了移动端实时查看安全隐患，根据机组、承包商、13个月滚动、隐患类别、隐患TOP10等维度的统计分析。

同时，整个系统正在规划中英双语版及移动版开发，为海外项目提供标准工作包及知识库，为技术输出奠定基础，助力“华龙一号”真正走出去。

项目管理信息化建设的多年发展，为核电工程建设数字化变革奠定了坚实基础。时任总经理刘巍表示，“多年来，公司一直在进行项目管理信息化体系的构建和数字化变革的准备，今天在‘华龙一号’建设上，时机终于趋于成熟。”“在‘十三五’期间，‘华龙一号’核电项目将实现从科研开始，以设计数据为基础，通过施工、建设、调试等工程建设，以及运行维护，退役等过程的积累，构建一个完整的数字化核电站，作为新的核电项目科研的基础，形成核电发展的良性循环。”信息文档部主任高福春也说。

同时，高福春给出了数字化核电站的定义，即以数字化方式表示工厂中的系统、设备、构筑物中的各类对象，形成基于数字化的虚拟工厂，可以动态、实时模拟仿真、推理预测工厂的各项工作。数字化核电厂是以电厂数据为核心，具有电厂运行逻辑，涵盖核岛、常规岛、BOP、环境。涉及燃料、系统、总体地质、建筑、结构、水电气、仪控、辐射防护、安全分析、工程建造、系统调试等众多专业。

“数字化核电站的建设，既是实现核电建设质量、工期、成本、安全四大控制的有效手段，也是“华龙一号”实现批量化、型谱化建设的必然要求。”刘巍说。

“华龙一号”数字化电站的构建，将在建成一座实体核电站的同时，建成一座覆盖核电站全寿命周期的虚拟电厂，给未来核电站运维管理及批量化建设提供了无限可能。正如刘巍所言，数字化革命给核电行业带来了思维与理念的转变，也包括业务模式、发展战略与经营管理的重构。

聚力

25 土建先锋 旗开得胜

中国核工业二四建设有限公司（简称“中核二四公司”），成立于1958年，是我国组建最早的从事核工程及国防工程建设的军工建筑企业；是国内唯一一家承建过各种核反应堆型和所有试验、科研堆型的核建企业；承建过我国第一套、第二套核武器研制基地和902、903、909、821、816、814等一大批三线重点工程以及国家“863”计划重点工程，为共和国“两弹一艇”的成功研制和我国国防科技工业及国民经济建设做出了历史性贡献，为我国核电建设和人类清洁能源事业发展取得了新的功绩，是我国核事业、国防事业、经济建设的国家队和主力军。

“华龙一号”是承载着我国30余年核电建设运营成熟经验、世界先进设计理念的三代核电自主创新成果，作为其示范工程的土建总承包商，自福清核电5号机组浇注第一罐混凝土开始，中核二四公司就将最优效的管理模式，最领先的数字化建造技术等应用到工程建造中，与此同时，以党建为引领和保障，充分发挥党员的先锋模范作用，开拓进取，变革创新，创造了多项建设奇迹。当然，参建者强烈的荣誉感和使命感也是很重要的。

此行，笔者采访了中核二四公司福清核电项目部的三位员工。首先是项目部副总经理、总工程师邵克军。

在项目建设中，为更好地对不统计组的进度和资源进行统一管理，我们采取了“事业部+专业化”的核电管理模式，针对群堆管理中的不同机组、不同区域间进度匹配和资源匹配，通过事业部平台将不同机组的数据进行整合，达到了有效整合资源，针对不同机组进行有效实施的效果。

“互联网+”下的“数字化电站”，对于核电建设者来说，是体现核电建造技术前沿性和高端性的重要标志，而“如何让数字化与‘华龙一号’建造配合得完美无缺？”这不仅是我们重要的思考方向，也是其义不容辞的责任。在建造过程中，我们一直致力于李克强总理所倡导的“互联网+”数字化核电站打造，致力于核电建造标准体系和数字虚拟技术的整体输出，将核电站建造经验与数字建造技术进行了深度完美的融合。

在“华龙一号”建设现场，大多数机器代替人工作业已成常态。

尤其在“华龙一号”穹顶吊装前期，我们采用数字三维建模技术对穹顶制作、拼装进行模拟建造，形象直观地展现了穹顶模块整体布局，精确模拟了拼装构件空间位置与逻辑安排，实现了穹顶模块化施工虚拟建造。在吊装阶段，采用了数字模拟技术对吊装全过程进行模拟施工，攻克精确就位难关，排查风险隐患，确保吊装成功。

在建造过程中，我们有多项建造关键技术获得突破。如 9 000 立方米超大体积混凝土连续浇注，“华龙一号”反应堆厂房筏基底板一次整体混凝土浇注方量 9 147 立方米，是 M310 核电堆型的 1.95 倍，一次浇注量之大世界核电罕有，我们 700 余人“白+黑”三班交替作业，连续 57 小时，圆满完成了混凝土的浇注工作。

再比如双层安全壳施工优化。安全壳是核安全的最后一道屏障。混凝土施工的重点和难点之一是模板的支设，根据安全壳的结构特点，内壳外壁、外壳的内壁和外壁模板均采用定型悬臂模板体系，贯穿件等特殊部位加工特殊模板支设。另一施工难点为非能动外挂水箱施工，水箱结构内部设计为不锈钢水箱，位于+38.85米标高，悬挑宽度3.90米，共3层结构。为解决此超大悬挂结构施工难题，公司运用BIM三维建模技术，并积极主动与设计及管理单位沟通，优化设计与施工。

公司党委书记、董事长张仕兵曾说：“关键时刻党性的作用是非凡的，尤其在‘华龙一号’建设中，在党建的引领和保障作用是不可或缺的。”为此，公司福清核电项目部党委在项目建设中实行党委班子与经营班子“双向进入、交叉任职”，技术或管理骨干中2/3以上都是党员，超过80%的党支部书记、委员兼任现场管理职务。

此外，公司党委围绕项目建设，坚持“支部建在项目上、身份亮在岗位上，党旗飘在工地上”，在建造一线搭建“党支部+施工队”二位一体构架，确保关键环节都有党组织覆盖，重点关口、重要岗位都有党员参战，党员“进班组、查问题、助解决、帮提升”，进而形成了党建引领在前、建造火热朝天、助力华龙加速腾飞的生动局面。

现场紧张而繁忙，焊接、浇注、重塔安拆……很多工序重复、简单、枯燥，克服这些，需要每名建设者始终以最饱满的精神状态投入工作，就算拧一根绑丝也要把每一根钢筋绑扎到最好，这就是中核二四人始终秉承的党性修养和工匠精神。强党建，就是要激发出中核二四人建设“华龙一号”的荣誉感和为国争光的澎湃的斗志，让工匠精神贯穿在工程建设的每一个环节。

关键时刻站得出来，紧急关头豁得出去，这一直是中核二四公司党员的承诺与担当，通过全体党员干部群众的共同努力，中核二四公司福清核电项目部在公司的领导下，党委的党建工作在公司考核中排名第一，项目部连续三年获得了福建省工人先锋号、五一劳动奖状，项目部团委荣获集团公司红旗团委，核岛队党支部荣获四川省先进党支部称号等等。项目部还培养出来了一批核电工匠，其中五名工人获得福建省“金牌工人”称号。

在福清现场流传着“顺道领个结婚证”的故事，一对小夫妻，因时刻坚守在现场，没有时间去结婚，只能趁着出差的机会顺道领了。福清的夏天，灼热的阳光肆虐地笼罩着每个人，而现场的人们却只是用衣袖擦一擦顺着额头流下的汗水，便一头又扎进工作中……这样的情景在福清核电现场已经上演多次，“两弹一星”精神、“四个一切”核工业精神在这里得到了非常好的传承，在这一方土地，时刻发挥着二四铁军精神，能打硬仗、善打胜仗，把建设好“华龙一号”当作自己的事业，只要任务需要，大家都没有二话，愿意坚守，愿意付出，无怨无悔！

了解了整体情况后，邵克军就力推坐在身旁的王虎林接受采访。

一张圆脸上架着一副眼镜的项目部总经理助理王虎林，被誉为福清核电建设中的一把“尖刀”。

王虎林 2010 年参加工作，在仅仅不到 10 年的时间里，他从核岛一名施工员、副队长、队长一直干到总经理助理。有趣的是，他每到一个新岗位，总能碰到急需攻克的难关，他仿佛就是一个为了迎接挑战而生的人，而他每一次的挑战和经历在福清项目部颇具传奇色彩。

2012 年，由于工期紧迫，还在跟随着师傅学习管理 1 号机组预应力施工的他，独立担负起 2 号机组的预应力施工。核岛预应力系统是核岛安全的保护伞，其施工过程中的每一项工作都属于高风险施工。为了确保安全，他直接将办公室搬到了施工现场，每时每刻全程监控，长达8个月之久。最终，2号机组预应力施工在他的管控下，以提前进度计划和零事故的骄人成绩圆满收官。

王虎林说起了他记忆之中最难忘的一件事——

“我清楚地记得，2018年6月21日凌晨刚刚5时，我被一阵急促的电话铃声叫醒了。他们说6号电气厂房–12.5米的水控制不了了，让我马上去现场看一下。当我赶到现场时，由于前一天夜里暴雨，6号机组室外已经成为‘汪洋一片’。我虽然提前安排了在室内清理积水的人，但是整个6号电气厂房–12.5米层依然积存了30厘米左右的水，这些水马上将会浸没电气厂房内的各种设备。如果发生这种情况，将会造成巨大损失。”

“面对危情，我紧急调动应急抽水设备和人员实施抢险。为保证设备的绝对安全，果断决定将积水排进廊道，情况虽然得到一定缓解，但水位还在缓慢上升。我意识到，这不仅仅是通过楼梯间漏下来的水，更可能是室外流进来的水。通过分析图纸和将近7个小时在厂房内来回排查，最终确定了主要水源来自电气厂房外壳混凝土浇注预留管口。”

“弄清楚主因后，我马上组织人员到室外进行封堵。由于洞口上方积水距离洞口达到3米，且洞口外密布了墙体钢筋等，漏水根本无法完全堵住。我决定双管齐下，厂房内外同时封堵。在室内进行封堵，必须要经过电气厂房的双壳间。双壳间仅有70厘米宽，且搭设着密集脚手架，狭小空间积水深度已接近1.2米；同时因为漏水问题已经停止供电，双壳间一片漆黑，而漏水点距离双壳间入口也有50多米的距离。”

“由于环境恶劣，我和郝文强队长拒绝了其他人主动请缨进去封堵的要求。我们两个人一只手扛着封堵材料，一只手扶着脚手架，用嘴咬住手电筒，在水已没到胸口的昏暗空间内，一步步摸索着前进。

这短短的 50 米距离，我们走了将近 20 分钟才到达漏水点。在找到漏水点后，我们俩多次潜入浑浊的积水中进行封堵。最终在夜里 11 点左右才将这个预留洞口完全堵住。”

……

“整整 18 个小时的抢险，王队长凭借着过硬的专业知识、冷静果敢的应变能力和身先士卒的勇气，完美化解了危机。”坐在他一旁的王瑞涛赞叹道。

是啊，年仅 32 岁的王虎林，凭借着骄人的工作成绩受到了公司的认可。有人说他是凭借着优秀的工作能力，有人说他是凭借着党员的责任心和使命感。他自己则说，他是因为热爱，他热爱这份工作，热爱这个公司，热爱祖国的核电事业。或许正是这份初心一直激励他走到今天。

王虎林，就像核电建造事业中的一把“尖刀”，入鞘时洗尽铅华，沉默坚守岗位，出鞘时锋芒毕露，斩尽一切荆棘！

笔者注意到，王虎林讲述时，语速逐渐加快，好像是谁和他抢进度似的。看着笔者有些疑惑的目光，他解释道：“我这人从小就梦想当将军，所以干什么事都当作打仗，一直往前冲。后来没当成兵，但经常当队长也不赖，有如调配资源的将军，打胜了特别自豪！”

他的自信、担当，让人刮目相看。笔者问他家里的情况，他说：“家里的事都还好，参加工作 9 年了，就结婚那一年请了几天假，其余全是满勤，有 4 个年在这儿过的。”他给我的感觉是，除了工程和核电，是个心无旁骛的人。

接下来，是个头敦实、面色红润的福建省金牌焊工王瑞涛的叙说——

10 年前到福清项目部参加工作，刚开始负责龙门架的工艺评定。

这事儿特重要，只有工艺评定通过了，才能进行龙门架的焊接。当时的压力还是挺大的，我和技术员相互沟通，来确定每一个焊接位置的电流参数，平、立、横、仰 4 个焊接位置去做。对接缝、角接焊缝厚薄板的几十个试件，我都找个废料把电流提前试验一遍，然后才在试件上进行焊接，没浪费一块试件，全部一次性通过各种试验。

紧接着就是龙门架车间制作的工作。柱脚是龙门架的基础，工长把这个焊接重要任务交给了我，是对我的信任，我一定要把这个活儿干好。柱脚最后的板是 200 毫米厚的，焊前正反面都要加热到 200 ℃左右才能焊接。焊接中我仔细焊接、打磨，把控层间温度，焊后保温等，柱脚的焊接圆满完成，超声波检测全部一次性合格。

2011 年参与不锈钢水池的焊接，乏池是不锈钢水池中最重要的一个，因为它是用来放核燃料的，我是第一次参与这种焊接。焊缝要百分之百地拍片，对清洁度，贴合度要求很高，在焊接中我找老师傅请教，先观察他们的焊接方法，然后取长补短结合自己的手法施焊。再认真打磨清理，用丙酮一一擦拭焊缝。结果，焊缝拍片合格率特别高，因此获得该年度的“技术能手”称号。

2011 年到 2014 年，我一直负责不锈钢水池的安装焊接。当年公司举行焊接比赛，我获得手工焊和氩弧焊两个第二名。我并不满足这个成绩，对标第一名，找到自己的不足。我把这股劲用在工作中，又在乏池焊接中拍片合格率达到百分之百，再获年度“技术能手”称号。

2015 年“华龙一号”开工，我被调到工地进行模块安装的焊接。模块吊装下去之后，周边全是钢筋，能操作的空间很小，钢筋离模块只有十来厘米，焊缝离地面也是十几厘米，焊工的操作空间也就三十几厘米，非常狭窄，在里面半蹲半坐地焊接，天气也十分炎热，当时有好几次出现头晕的迹象。

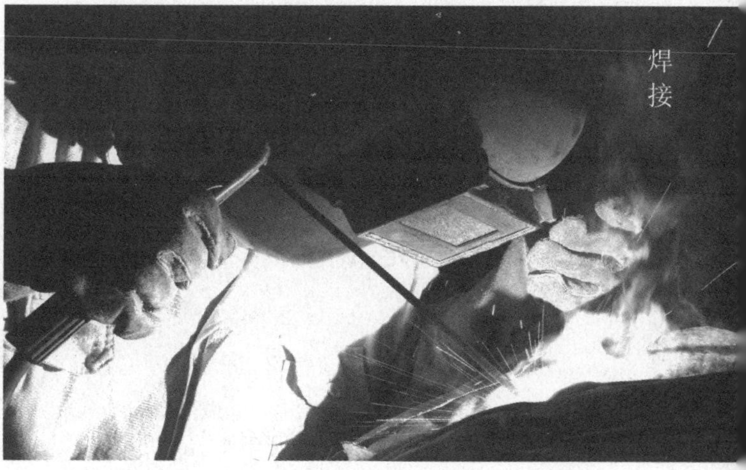

王瑞涛平静地述说着过往。

好多焊工都说这儿活儿不好干，拍片肯定不好通过。当时班长问我有问题吗，感觉怎么样，我说没问题。有人嘲笑我，说这么难干还说没问题，我当时也只是笑笑没说话。后来拍片结果就我的是百分之百地合格了。我认为只要用心去做，就没有做不成的。

2016年，我负责焊接5号岛的筒体、穹顶，6号岛的模块、筒体等，合格率始终都是特别高的。中国技能大赛，四川职业技能大赛，公司经过选拔，派我去参加比赛，各地的选手有30多个，经过两天的角逐，我获得第二名。

2017年，我负责5号岛不锈钢水池的焊接。“华龙一号”的水池比以前要求更高，焊接量是以前的几倍，全部都是拍片焊缝。只靠人工是不行，公司采用新科技自动焊，我是首批自动焊焊接人员，感觉压力很大。自动焊操作过程复杂，但成型美观。

我和技术员认真探讨，经过长时间的反复焊接试验，对焊接中出现的问题，都一一解决，对自动焊出现的问题也能提前预防和处理。假如焊缝未融合，只要把焊缝根部控制在6毫米以上，破口外侧12毫米以内，就能解决这个问题。

王瑞涛的讲述，一如他人一样朴实无华。他只是一个普普通通的工人，但始终把自己置于工程建设主人公的位置，遇事不推诿，有难顶着上，实干加巧干，终于干成了焊接行业的“状元”。

26 华龙铁军 攻坚克难

“攻坚克难，华龙铁军！”

鲜艳的锦旗迎风招展，耀人眼目。

2019 年 3 月 26 日 20 时 17 分，“华龙一号”5 号机组汽轮机三缸扣缸完满收官。现场人声鼎沸，热闹异常。

在扣缸团队和业主、总承包、建安单位、监理单位的领导共计 150 多人的见证下，在山呼海啸般的欢呼声中，时任福清核电公司总经理陈国才将一面“攻坚克难，华龙铁军”的锦旗，授予中核五公司项目部总经理徐付奎。陈国才高兴地说：“在这个光荣的时刻，我们来为中核五公司站台，为你们鼓劲，感谢你们克服重重困难，出色地完成扣缸任务，为华龙建设的顺利推进做出了重大贡献……”

接过锦旗后，徐付奎激动地表示：“感谢业主对我们的肯定和鼓励，更要感谢为三缸扣缸付出艰辛劳动的工人师傅们……这只是我们华龙建设的重要一步，后面还有更加艰巨的任务，我们要继续努力，再立新功！”

2019 年 4 月 8 日，离开福清前方工地后，笔者辗转来到位于上海金山的中核五公司总部继续采访，刚好回家休假的福晴项目部机械队副经理范永光，绘声绘色地讲起了这次授旗的火热场面。

“华龙铁军”这至高无上的荣誉，来之不易！

中核五公司有着发展曲折、战果辉煌的历史。

该公司组建于1964年，1984年7月16日注册为“上海石化安装检修工程公司”，2006年11月1日更名并注册为“中国核工业第五建设公司”。

公司自组建以来，先后承担了核工程、石油化工、电力等国家各类重大工程项目的安装和检修，是我国第一家同时具有核电站核岛、常规岛全场安装施工业绩的企业，连续三十余年不间断从事核电站建设工作。先后承担秦山核电、福清核电、三门核电、海阳核电、巴基斯坦恰希玛核电、卡拉奇核电等国内外11台核岛，14台常规岛机组的建设。

作为国家核电建设的主力军，公司承担了中国出口巴基斯坦全部6台核电机组的建设安装任务；率先以建安施工总承包模式成功完成了全球首堆AP1000三代核电建造任务，为国家实现AP1000三代核电技术引进和自主化目标作出重要贡献；承担了“华龙一号”全球首堆福清项目、“华龙一号”海外首堆巴基斯坦卡拉奇项目的建设，成为世界上首个同时进行“华龙一号”核岛、常规岛安装施工的企业。

公司先后荣获中国建筑工程鲁班奖，国家优质工程金奖、银奖，中国安装之星等省部级以上优质工程奖110余项。先后29年被评为上海市优秀公司。

2016年1月19日，中核五公司收到中核工程公司中标通知书，顺利中标福清5、6号机组常规岛安装工程。中标的范围为5、6号机组常规岛主厂房等16个子项的安装与系统调试工程，主工期46.5个月。

此次中标是继福清1～4号机组M310堆型合作的基础上，五公司与中核工程公司在华龙堆型上的新一轮合作，确立了五公司在常规岛建造市场上的地位。

然而，“华龙一号”的建设并非一帆风顺。

时间进至 2018 年春，前期工程拖期，安全风险增大……一连串的问题压得五公司喘不过气来。工人们情绪低落，项目部似乎也对如期完工失去了信心。

“要坚定信念和信心，相信‘没有过不去的火焰山’!”

2018 年 6 月 5 日，刚刚履职的公司党委书记、董事长徐永强来到福清项目部，检查施工情况后，在给大伙加油打气时，提出了震撼人心的口号。

“在如山的困难面前，你给前方鼓劲后，公司采取了哪些措施？”采访徐书记时问他。

“在提高政治站位和‘计划是龙头，技术是基础，质保是纲要，管理是核心’的管理理念的指导下，我们抓了四个方面。”徐书记说，一是党委高度重视，实行“穿透式”管理：机关总部+核电事业部+福清项目部。项目部每周向总经理部报周报，每月向公司党委专题汇报，及时发现和解决问题。我每月都去参加业主和总承包商主持的“总经理协调会”，掌握前方动态，进行工作督导。二是合理调配资源，从人力、物力上向福清华龙倾斜。三是狠抓技术进步与创新，聚焦三缸扣缸、二回路和倒送电三个节点。四是积极参加“党建联合委员会”活动，让党员的模范作用覆盖每一个班组。

一系列的强化措施之后，是项目部全员的知难而进，奋勇赶超。

这里，我们只撷取这样一组镜头——

2019 年 3 月 10 日 12 点 30 分，五公司承建的“华龙一号”常规岛汽轮机第一块高中压缸下部隔板正式起吊，标志着全球首堆汽轮机三缸扣缸重大节点施工开始。

3 月 11 日 7 时 10 分，5 号机组常规岛 9.25 米平台上，随着起重指挥一声清脆的哨响，重达近 120 吨的紫粉色汽轮机高中压缸外缸上半部，缓缓地与下半部紧密扣合在一起。这是该机组常规岛建设的关键性节点，其完成为三缸扣合鸣锣开道。

3月26日20时17分，5号机组常规岛LP1低压外缸上半稳稳扣下，标志着“华龙一号”全球首堆汽轮机三缸扣缸重大节点圆满完成，为后续机组热试奠定了坚实的基石。

“千呼万唤始出来”，三缸扣缸的圆满完成让所有参建人员都松了一口气。“为了拿下这一任务，我们自去年7月25日开始安装，到现在已经过去近8个月了。特别是近期以来，我们通宵达旦连轴转，合理安排人员24小时连续作业，才啃下了这块硬骨头。”三缸扣缸五公司总指挥张洁云终于眉开眼笑。

此前，“华龙一号”示范工程建设团队，曾高质量地完成了福清核电1～4号机组汽轮机的安装工作。

“不同于先前建造的30万、60万千瓦机组，福清核电常规岛采用的是百万千瓦级半转速核电汽轮机。这在公司内部乃至中国核建集团范围内均属首堆，所以，没有成熟的安装经验可供借鉴。”张洁云解释了百万千瓦级机组安装给公司带来的巨大挑战。

面对挑战，这群人从来都是迎难而上。常规岛安装的核心，是大型设备的吊装和汽轮机、发电机的安装。由于机组功率提高，许多设备外形尺寸、重量都提高到原先的2～3倍，如何在土建预留前提下，将这些设备吊装到位考验着项目团队。

2011年底，一期工程常规岛最大的设备发电机定子准备吊装。重达371吨的定子，如果采用常规吊车吊装方法对土建预留要求特别高。“一定有更合适的吊装方案！”张洁云相信。

于是，整个春节期间，他带领团队对工程现场进行了严谨的调研分析，并与公司领导和技术部门进行了反复讨论验证，最终决定自制工装，采用液压提升吊装技术吊装定子。事实证明，该技术吊装平稳，安全系数高，且对土建预留要求低，该技术还获得上海市安装行业协会科技创新奖。

“就是要深入钻研，不断提出新方案，试验、改进，再试验、再改进，无论设备再大、再重，现场施工条件再苛刻，只要结合实际，科学研判，我们就能想办法解决。”张洁云话语间有着永不服输的干劲。也正是因此，项目团队顺利解决了设备吊装过程中的种种挑战，并取得了“凝汽器壳体吊装平衡梁”等技术的国家专利。

为攻克汽轮机安装这一难题，汽轮机班、起重班等开启了长达15天的攻关。设备部件起吊、安装、测量、修磨部件，不合格，再起吊、安装、测量、修磨部件……如此反复，多达100多次，直至达到技术要求。

“这是首台机组汽轮机安装，没有经验可循，我们边安装边探索，全力使各项技术指标都达到设计要求。”监理单位中核工程咨询公司福清项目监理部副总监田保臣说。

范永光感慨：“仅高压缸找中，我们一周7天就找了6次，连天连夜地干，每个人都掉了好几斤肉；我每天有十五六个小时在现场，即使睡梦中也在找中，一个星期瘦了整整6公斤，到最后人都打飘了。”

“长年的一线破解难题，使范永光已成为常规岛建设的专家了！”核电事业部的党委书记薛连峰十分赞许这位成功找中的爱将。

据了解，“华龙一号”汽轮机每一次部件的吊装安装、测量、拆卸、核验数据，都是执行下一道工序的基础。此次安装共涉及近300道工序，上千项作业条目，收集数据近5万项。作为汽轮机安装具体执行单位，五公司安装、拆卸，再安装，再拆卸……反反复复已经不下百余次。

为确保“华龙一号”示范工程按期投产，由业主、总承包方、监理方、施工方等6家单位成立专班进行督导。各方如此重视，对于监理而言，更是要精益求精，坚决不放过任何一个疑点，对每一项存在质疑的数据，他们都要进行试验确认，不然就不放行。各方协同对每道工序进行细致分析，确保合格，力争达到厂家设计的优秀标准。

如今，“华龙一号”汽轮机高中压缸顺利扣缸，各方人员都露出了久违的笑容。激发大家伙时刻坚守在现场的动力，是参与“华龙一号”全球首堆建设的荣誉感、责任感与使命感。“我们是在为荣誉而战，为中国核电而战，为国家名片而战。” 他们表示。

在“华龙一号”首堆现场，面对全新的汽轮机，安装队伍与业主、总包、监理等仅用 10 个月的时间就完成了安装工作。除了全体人员兢兢业业之外，还与多套工器具的发明不无关系。即便是创新改进拧螺丝工具这样看似细微的举动，也足以成为保证工期不可或缺的手段。

创新，一直是他们破解难题的法宝。中核五公司近年再增两项实用新型专利。

2018 年 12 月，五公司收到了由国家知识产权局颁发的两项专利授权证书。一项是由福清调试队电气调试班组研发的中间继电器调试系统，另一项是由福清调试队仪表调试班组研发的液位开关调试系统。这两项专利在“华龙一号”调试过程中得到了良好应用，已成功解决多项调试难题。

调试队仪表调试班是“华龙一号”“金牌班长”刘学所在的班组，通过短暂的采访，我们便知道这群人是工艺、工法的创新能手。采访中，刘学给用手机给我们展示了他的《电仪队刘学之党员先进班组交流会暨安全警示月学习》PPT。他说“我们一季一次这样的‘圆桌会’，经验交流和安全教育从不间断”。我们想，一个经常用时尚教学手段的人，他一定有花样翻新的本领。

让我们去触摸一个鲜活的个体——华龙技术路上的先锋华观福。

华观福来自江西，是中核五公司“华龙一号”全球首堆常规岛机械技术负责人。别看他只有 31 岁，却是具有 4 台常规岛核电建设经验的技术“老兵”了。

2015 年，公司顺利签下 5 号机组常规岛的建设合同，华观福带领的技术团队迎来了新一轮的挑战。面对首堆出图滞后、土建结构复杂、设备外形重量增大、吊装难度增大等系列难题，他们又将如何摸索前行？

“华龙一号”发电机定子净重 455 吨，比 M310 堆型重 84 吨，是常规岛最重的设备。由于受外形尺寸和重量增加以及厂房土建结构的影响，导致前期机组的液压提升装置不能满足“华龙一号”发电机定子吊装要求。

为破解这一难题，华观福翻阅大量资料，对比履带吊屋顶直接吊装法、双行车抬吊法、液压提升装置吊装法，最终选择了最合适最经济的方法——引进液压顶升装置吊装发电机定子。该液压顶升装置具有结构简单、拆装便利、顶升重量大、能适用多种厂房和多机型定子。“华龙一号”发电机定子从埋件开始安装到吊装就位仅仅用了 15 天，创造了福清核电用时最短的记录，成了“华龙一号”常规岛安装“开门红”。

凝汽器壳体吊装，一直以来也是常规岛安装的一大难题。“华龙一号”凝汽器壳体重 150 吨，相比 M310 重量加大，导致前期机组的吊装平衡梁无法使用，需重新设计制作一套吊装平衡梁及相应的吊索具，且吊装过程中 80 吨行车不能超载，难度相比 M310 有所加大。

面对这一困难，华观福带领他的技术团队反复核算吊耳数量及空间位置，最终确定采用 1 000 吨履带吊、300 吨汽车吊、350 吨行车、80 吨行车共同作业连接新平衡梁，在空中换钩 16 次，顺利完成吊装任务。

在“华龙一号”的建设中，华观福组织参与设计发明了专用吊具及工装有20多项，组织重大施工方案报送外部专家评审17份，为现场重大方案的实施提供了有效的技术保障。

2018年，华观福在审核转子吊装带图纸时，发现图纸中没有显示吊装带载荷是多少吨，于是打电话向厂家咨询，厂家的设计反馈说是70吨。后来华观福查阅1～4号机组转子吊装带的相关资料，核实为是80吨，如果5号机组还继续使用70吨的吊装带，将存在风险。

他再次要求厂家设计进行核实，最后，经过厂家内部仔细核算，确认原选型的70吨吊带有误，重新选型使用90吨吊带。华观福对工作质疑的态度，消除了施工现场一项重大安全隐患。

汽轮机是精密的重型机械，“华龙一号”汽轮机具有外形大、重量重等特点，低压转子末级叶片直径达6.7米，为世界上叶片直径最大的转子，然而与隔板动静径向间隙最小只有50丝，精度按丝来计算（1根头发直径为7丝）。如何避免现场频繁吊装调整转子，而不会发生动静碰撞是个难题。

面对成千上万个数据，他寝食难安，计算公式反复算了一遍又一遍，因为他知道，成千上万个数据，万一算错其中一个就可能造成重大质量事故，对他对公司来说都是无法承受的。干过4个机组的他，虽然现在处理这些数据已经轻车熟路了，但他依然不放过任何一个细节，并反复对汽轮机技术员强调：“干汽轮机，态度一定要严谨再严谨。”

在5号机组常规岛汽轮机安装进程中，经华观福模拟的数据已达上万多个。不大的厂房内，吊装行车竟然已经累计行走了800多公里，累计吊装大件上百次。这800公里是福清核电现场到上海的距离，这吊装钩的一起一落，代表的是中核五公司人在华龙建设中的豪气。在核电建设中，有无数像华观福一样的技术人员，以青春作笔，用信仰着墨，在图纸上勾勒起核电站的宏伟蓝图。

常规岛建设不“常规”，只要核工业每条战线上的人员都持续发力，强化精品意识、创新意识、责任意识，奉献出自己的智慧和力量，涓涓细流必将汇聚成强大动力，我国成为核强国将不再遥远。

请看一位名叫周斌的员工，用《江城子·福核颂》表达奉献华龙的豪情壮志：

一腔热血付草莽，挺脊梁，功名藏；
灰衣劳保，泪汗洒海疆。
唯记少年宏愿梦，辞爹娘，赴山岗。

赳赳福核好儿郎，苦断肠，勇担当；
深山无悔，白发献国邦。
华龙腾起天下望，行四海，荡八方。

27 攻占“核岛” 一次做好

中核二三公司，多次被党和国家领导人誉为“国家队”。

它创立于 1958 年，是中国规模最大的核工程综合安装企业，是国际上唯一一家连续30余年不间断从事核电站核岛安装的大型企业。

趟过核工业六十多年历史的长河，中核二三公司犹如浪花不息奔涌，又在日新月异间卷起波涛，作为承担了中国大陆包括“两弹一艇”建设任务在内的全部核军工，以及绝大部分核电站核岛、核科研安装工程任务的企业，在军工工程、核工程、石油化工、航空航天、环保、建材、汽车、火电、轻工纺织、电子、新能源等领域均创造出多项优良纪录，先后六次荣获中国建筑行业工程质量最高奖——鲁班奖，一百余次荣获省部级奖项，带着厚重沉淀的积累昂扬步入了崭新的时代。

在中国核电发展辉煌跃进的十年间，中核二三福清项目部始终秉承“一个团队、一个目标”的工作理念，协同攻坚、稳中求进，圆满收官福清核电一期 4 台 M310 机组，顺利拉开了“华龙一号”示范工程建设的序幕。

十年的光荣成就，由项目部全体职工三千六百五十个日夜的艰苦奋斗和顽强拼搏而来，是由前后来自五湖四海一万一千多名参建人员挥洒的辛勤汗水凝聚而成。十年间，项目部职工以勇当国任的使命感和惟专惟精的进取精神出色完成了一项项生产任务，实现了一个个重大关键里程碑节点，取得了M310机组建设的阶段性胜利，赢得了福清核电公司、中核工程公司以及各参建单位的一致好评。

项目部高度重视"华龙一号"全球首堆示范工程建设，提出"以匠心铸华龙"的口号。在具体工作实施中，提出规范行为、遵章守纪的具体要求，强调"一次把工作做好"，而不仅仅是"做了"，更组织开展"工匠精神"授书和征文活动，动员全体职工深入解读工匠精神，结合日常工作对工匠精神进行深度思考，并精心汇编成《福清匠心》，为华龙工程的建设打造坚实的思想之基。"匠心铸梦，绝非朝夕。传承二字，源远流长。"

"华龙一号"的建设任务对项目部的技术能力、资源配置、施工组织等各个方面都提出了更加严苛的要求，但项目部也早已做好了充分的准备，并依此开展了多项管理革新工作。如调整项目部组织机构，提升项目管控能力；推动土建、安装一体化；推行工程师负责制；全面推行项目风险TOP10管理，提高问题解决的前瞻性；采用赢得值方法，实现进度、成本统筹兼顾；成立创新领导小组，规范技术革新管理机制，积极开展创新创效工作等。项目部对管理措施的探索不仅如此，还有许许多多关键、有力的亮点，管理革新，任重道远。

时间回溯到2015年5月，华龙首堆第一罐混凝土浇注以来，项目部全体职工以高昂饱满的工作热情投身到如火如荼的工程建设当中，用无私的奉献精神诠释着对责任与使命的深刻理解。围绕着华龙首堆建设，制定专项节点计划、整合内外部资源、建立设计、采购、土建、安装、调试一体联动的专项工作组，按照三级计划逐级稳步地推动工程进展。四年间，从一体化三级计划出发，全员参与，深度开展基础技术梳理工作，进行堆型差异化分析；制定华龙首堆建设风险清单，依据清单全面开展风险管理；深入开展班组建设，不断提升铁军的战斗力……凭借自身核建硬实力获得各方称赞。

四年的光阴凝聚了项目部全体职工为华龙建设流下的辛勤汗水和感动的泪水，二三人众志成城，点亮了建设征程上的一盏盏灯火，明亮且暖心。

首先接受采访的是全国劳模鲍建宏。

并不健硕的身材，一脸谦和的微笑，这是他给我们最初的印象。但公司能够把他作为采访对象推荐，这背后一定藏有故事。可无论笔者怎样提问，他的回答不是“轻描淡写”就是“平淡无奇”。无奈之下只能从公司后来提供的材料中“觅珍”，结果发现了他的一篇演讲稿——

“我是1989年参加工作的，在工作的20余年间，我先后有幸参加了秦山一期核电站、福清炼油厂、上海急救中心、秦山三期核电站、浙江宁波台塑化工、秦山二期扩建项目等众多国家、省市重点工程的建设。在平凡的岗位上，我踏实工作，甘于奉献，曾在项目建设中多次立功受奖，被评为先进个人、河北国防科工系统劳模等。

现将本人20余年来的工作历程向各位作一个简要的汇报。

……

工作这么多年了，取得了一些成绩，我感到更多的是对家人深深的愧疚。曾偶然听到班里的一些年轻工友说：“我最佩服咱们鲍班长的就是，一年四季总见他坚守在工作岗位，从来不曾请过什么假。”

是啊，我也是一个上有老下有小的中年汉子，我何尝不想与家人共享天伦之乐啊！试想，谁能没个大事小情，就算家里没事，可人吃五谷杂粮，总有生病的时候，还有家中孩子的教育、家长会等等，但多年来因为工作我从未缺过勤、请过假。其实我自己清楚，所有的这些说出来，并不是我的荣耀，更多体现出我对家的一种愧疚之心。

2009 年二扩项目部正值“大干 100 天”，现场施工如火如荼，而恰在这时我的母亲又生病住院了，作为家中独子的我，多么想能日日陪伴在母亲的病床前啊。可是身为施工班长，自己也深知赶工阶段自己肩上的重担，我一旦请假，整个班就群龙无首了，赶工计划肯定难以实现。

思量再三，我对谁也没有提母亲住院的事儿，只是匆匆将家中之事托付给了妻子，就又转身继续投入到工作第一线去了，心中虽然牵挂着母亲的病情，可我必须全身心投入到现场施工中……

经过继续深入了解，得知鲍建宏自从 2010 年 6 月来到福清项目施工，不管是做管工班长，还是管道分队长，再到如今的生产部副主任，他始终都是一步一个脚印，踏踏实实地一路走来。

2019 年春节，因“华龙一号”福清核电 5 号机组面临“NCC 进水”和“冷试”两个重要节点，他主动选择了值守在施工现场，伴着厂房里设备轰鸣声度过这个难忘的春节。

因工程节点的需要，为了更好地协调管道班组配合工程部门完成“华龙一号”5 号机组的 RSI（安全注入系统）泵和 RCV（化学和容积控制系统）泵的试车工作，鲍建宏不仅自己毅然决然地选择了留守福清，还进行积极动员、号召更多的人留下来。

在现场开工前，鲍建宏总是对班组人员再三详细交代配合试车工作的各项注意步骤，并带着大家一遍又一遍详细检查进出口管线、支架、法兰、阀门、特殊部件的安装紧固情况、泵排水临时管的架设布置路线等情况，用自己多年来养成的严细、认真、周到、耐心的工作态度，去消除有可能出现的各种缺陷，并与年轻同志们一起通宵达旦鏖战在一线，用出色的成绩保证了重要系统在线泵试车的顺利完成，让大家再一次看到了全国劳模普通而不平凡的工作画面，为职工做出了带头作用。

当5号机组16台核级泵全部一次性试车通过后，鲍建宏那泛起血丝的双眼闪烁着激动而兴奋的喜悦，他对班组小伙子们说道“大家辛苦了，你们可以回去好好休息了”，而他自己，却又迈着疲惫的脚步，再次走向厂房，因为在他心里，还放不下奋战在现场的其他班组的兄弟们，作为党员、全国劳模、生产部副主任，他要和他的兄弟们在一起，他要和他的团队在一起！

作为一名共产党员，鲍建宏始终严格要求自己，积极参加“党员联系班组”活动，帮助班组及时解决问题。每天的早班会上，都可以看见他的身影，他在会上为大家讲解公司和项目部对安全、质量的各项要求及程序，并以生动翔实的案例来做经验反馈，提示大家做好个人安全防护；施工中牢记“两个零容忍”“三条质量管理红线”“安全施工三铁六律”等，让这些规定与要求印刻在班组成员的脑海里，筑牢安全质量的防线。

第二个接受采访的叫王金平，只见他温和的双眼盛满笑意，给人一种憨厚、朴实的感觉。

王金平，一个看似普通得不能再普通的人，却有着不平凡的经历和精彩、拼搏的人生。三十出头的他，已经是身怀绝技的“金牌”焊接师傅了。

初来福清项目，他还只是一个刚刚出炉的焊工，技艺平平，但他勤奋好学，不怕苦、不怕累、不嫌脏、不躲懒。平时他和大家在一起说说笑笑打成一片，但对待工作没有丝毫马虎，特别细心谨慎，遇到问题不急不躁，善于思考，当工作出现问题时，他总是从开始的第一个环节进行梳理，逐步排查、分析、总结、处理，再大的问题只要经过他的手就不是问题了，所以他的焊接技能比其他人提高得快，时间不长，就顺理成章地成为项目焊接专业的中流砥柱。

王金平凭着一股对自己的狠劲、对焊接的钻劲，他和焊枪、焊机、焊条形影不离，摸爬滚打在施工一线，更把在技能比武中取得的经验，合理地运用到现场施工中去，做到了理论结合实际。

在二回路系统主给水和主蒸汽管道的焊接施工中，对于每道焊口，王金平和他的焊接搭档，都是认真对待，严细操作，右手握焊枪，左手续焊丝，在焊口的焊缝之间一点点缓慢打底，一层层将焊肉慢慢填满，保证每层焊肉间的融合连贯，以轻柔到位的焊接动作，精细无误的操作步骤，为所有焊口的完美焊接提供了有力保证。二回路焊接工作对焊工的个人技能、相互密切配合来说都是一项巨大的挑战，如果中间任何一个人、一个环节出了差错的话，将会出现焊缝夹渣、未熔合、气孔、裂纹等缺陷，从而导致二回路管道的焊接合格率不达标。但是，王金平和焊接团队的小伙伴们用自身过硬的技能和专业技术，圆满完成了整个二回路管口的焊接工作。

接下来因施工工期恰逢春节，焊工班组休假人员较多，加上需要施工焊接的贯穿件位于密闭空间，无法使用正常的角向磨光机打磨焊缝，对贯穿件的焊接打磨造成了不利影响。为了克服这个问题，项目部及时从兄弟单位借来了一台碳弧气刨机。对王金平来说，碳弧气刨机的操作又是一项新设备和新工艺的运用，为了不延误工期，他在专业师傅的悉心指导下，快速掌握了气刨机的使用技巧，先后克服了施工部位位置特殊、密闭空间不透风等不利因素，带领他的团队顶住各种压力，加班加点，顺利完成了贯穿件施工任务，确保了“华龙一号”5NCC 压力容器进水节点的顺利实现。

同事们说，工作中王金平任劳任怨，从不计较个人得失，别的同志不喜欢去干的工作，领导安排他去，他一点怨言都没有，只是一个字“好”，并且总能做到圆满、做到极致。他自始至终把焊接当作终身事业，并赋予足够的创造与激情，而这份信仰给予人的是一种无与伦比的精神力量，正是这种动力与知足常乐的心态成就了王金平熠熠闪光的人生。

这些年来，王金平获奖无数。先后夺得 2011 年建设公司技能竞赛水平固定加障碍全氩弧焊个人第一名、全能第三名，2013 年建设公司技能竞赛全能第一名，2014 年“嘉克杯”国际焊接技能大赛获“优秀选手”称号，2014 年中国核工业建设集团公司焊接技能大赛二等奖，2015 年“中央企业青年岗位能手”称号，2016 年第一届民用核安全设备焊工技能竞赛三等奖，2016 年第一届民用核安全设备焊工技能竞赛三等奖，2016 年第一届民用核安全设备焊工技能竞赛二等奖，2017 年全国电力行业焊接技能竞赛中荣获“优秀技能选手”称号，2017 年第六届“河北省能工巧匠”荣誉称号，2018 年中国技能大赛中获得第二名。因为出色的成绩，他还获得了“中央企业技术能手”荣誉。

可那些含金量颇重的证书，如今早已落满了灰尘或者压在箱底。王金平认为，始终着眼当下，才能够拼搏未来。

采访中，笔者问他最近一次获奖有什么感想。他谦虚地说道，最近一次可真是长见识了，这么多焊接高手齐聚嘉峪关，可以切磋技艺，交流进步，实在是难得的机会与荣幸。

但是坚毅的核电建设者，拥有的不仅仅是鲍建宏、王金平等人得到的荣誉与成绩，也有如最后接受采访的管道队工程师杨春宏一样，充满着心酸和痛楚。

杨春宏的家在遥远的浙江海盐，由于长年在外参与核电建设，他一年回家的次数屈指可数，家里的大小事全靠同样忙碌当教师的妻子撑着。

正说着，杨春宏的手机突然响起，出于礼貌，他马上掐断了，可不到两分钟，他的手机再次强势振响。笔者说没关系的，你接吧，可能是家里人打的，他出去接听电话再进来时，表情有所变化，笔者关切地问："是不是家里有急事？""没什么。"一句轻描淡写，他给搪塞过去了。

杨春宏后面又匆忙赶去现场，笔者便和负责安排采访的项目部党委书记赵付生聊了起来。

他说："我们核电人，长年在外打拼，谁家里没有个急难事、烦心事。可你鞭长莫及，能怎么着？时间长了，得有意让自己不去想，要去承受这一切，你要使自己内心强大起来。"

他又说，工期这么紧，建好"华龙一号"责任重大，工作就是生活，生活也就是工作，没有任何条件和理由去讲。职工们对人从不言说家中困境，看到对方的总是阳光向上的一面，可以说，"我们核电人，是努力拼搏的一代，励志、勤勉，奋斗正青春"!

28 福清业主“舞龙头”

走进位于核电站背面的福清核电公司恢宏气派的办公大楼，一排通栏标语——“同一事业、同一项目、同一团队、同一目标、同一文化、同一行动”格外醒目。这是福清核电人全力推进“华龙一号”示范工程建设的“六同”创新理念，这一理念所聚合的精彩纷呈的故事，让世人实实在在感受到了三代核电中国造的魅力。

从“华龙一号”首堆示范工程落地开工建设起，肩负着国家使命，福清核电人以核工业精神和中国核电卓越文化为根基，以中华优秀传统文化为源泉，在“六同”理念的特色文化道路上砥砺前行，与华龙大团队谱写着核电从国之光荣到国家名片的交响曲。

自福清核电 1 号机组 2008 年 11 月开工，至 2017 年 9 月 4 号机组建成，福清核电人 10 年间参与了建设的全过程，并积累了丰富的运行、管理经验，为“华龙一号”新型机组落地奠定了雄厚的技术、管理基础，文化特质基因已然生成。

文化恰似香茗佳酿，历久弥香，随着时间变化不断发酵孕育。“六同”理念不仅是时间的馈赠，更是福清核电 10 多年来传承和发扬“四个一切”核工业精神，追求卓越、超越自我，不断锤炼和孕育的结果。

如何在“集团化运作、专业化管理”发展战略的指引下，转变以往角色定位，充分发挥我国核电 30 多年的技术、管理、人才、经验优势，不断优化“华龙一号”项目管理模式，探索培育出新时代具有福清核电特质的文化基因？

早在福清核电公司创建初期，就曾提出“家文化”的概念。借助“家文化”主题活动载体，形成牢固纽带和庞大情感网络，对内，激发干部、员工的活力和主动性，促进团队建设和聚合力的形成；对外，提升公司知名度和美誉度。

公司有“家”之和，不分彼此，共同担负，相互包容；公司有“家”之序，秩序与制度，提供组织制度保障，建立长效管理机制，统筹规划并推动公司发展；公司有“家”之责，强调责任与奉献，每位成员需要共同承担“大家庭”的责任，为“家”做出奉献。

伴随着“华龙一号”示范工程落地福清核电，提炼升华具有新时期感召力、张弛力和支撑力的企业文化理念成为发展所需，时代所需。在新的核电发展形势下，为大力推进“华龙一号”工程建设，福清核电不断优化项目管理模式，充分发挥业主组织管控能力、中核工程公司总承包管理合力、中核咨询监理能力以及施工单位——中核二四公司、中核五公司、中核二三公司的建设技术实力，形成了“同一事业、同一项目、同一团队、同一目标、同一文化、同一行动”的“六同”理念。“六同”理念建立在福清核电10多年发展的经验总结和目标愿景之上，一经提出便得到广大干部职工的广泛认同，成为福清核电企业文化重要的核心理念。

福清核电公司党委书记、董事长徐利根，自然是“六同”理念的倡导者。他先后参与秦山、田湾、巴基斯坦恰希玛、秦山重水堆和福清核电站等项目工程建设和生产管理等工作，主持多项重大运行维修技术改进和核电项目工程管理。因政绩卓然，享有国务院特殊津贴。

时任公司党委副书记、总经理陈国才和董事长徐利根都是“六同”理念的积极践行者。陈国才对华龙建设可谓尽心竭力，他不仅总抓协调，还经常参加调试部门的日例会，及时了解现场工况，协调解决问题。每月的总经理协调会雷打不动，以前是与总承包商轮流坐庄，而现在是每月亲自主导会议，其他各单位也均由主要领导出席会议，不再出现出席会议授权的情况，各单位以问题为导向提出问题并商讨解决问题。

以“六同”理念为引领，各参建单位同向、同路、同心、同行，着力在“华龙一号”示范工程建设进程中优化管理措施、创新施工技术。

一直陪同采访的福清核电工作人员，跟笔者历数了他们的工程管理的7大创新成果：谋局度势，“精细化”项目管理引导项目管理能力再上新台阶；创新求效，“全过程”投资管理创造同类型机组最优；敏捷规范，“零事故”管理实现进度管控领先水平；管理前移，“合署式”办公管理增添工程总包新活力；久久为功，“全预警”风险管理促进项目建设稳中求进；团结协作，“专业化”重点管理助力项目团队攻坚克难；精耕细作，“集约化”调试管理刷新调试最短工期记录。

由于内容太多，不可能一一展开，只择其一叙述之。

为实现华龙示范工程建设的科学、规范管理，明确业主负责下工程总承包管理模式下项目管理目标、责任和要求，保证5、6号机组工程建设各项项目管理目标顺利实现，在保障安全和质量的基础上实现工期目标。2015年11月业主总经理部充分调研、周密策划，主持编制了一份引领“华龙一号”示范工程建设的纲领性文件——项目管理大纲。

为进一步强化对紧急、重要问题的管控，推动高、优先级工程重大风险事项和重点问题及时解决，福清核电建立起了全周期、全范围、关键问题导向和关键责任到人的TOP10分级联动管理机制，在项目各层级应用TOP10方法，建立了上下联动的TOP10管理制度、形成项目共用的项目 TOP10 清单。

他们在国内首次运用“大数据”“沙盘推演”的方法，对华龙首堆的建设进行模拟推演，全盘掌控工程建造发展趋势。在开展设计工作的同时，中核集团充分利用设计信息平台高效便捷的特点，将示范工程建设中遇到的技术问题及时汇总形成设计领域的大数据，不仅向设备制造方和工程建设方反馈，还传递给了后续的核电项目。这为“华龙一号”核电项目标准化设计、批量化建设奠定了技术基础，提升了建设与运行的经济性。

首堆建设中，建设团队在国内首次运用沙盘推演工具进行模拟演练。比如，采购领域对全厂仪控系统、主泵、环吊等 110 项三新设备（新设计、新设备、新厂家）进行沙盘推演。通过总结归纳基础事实，测试管理团队管理知识、经验和解决问题的能力，分析预测项目阶段性的发展趋势，可达到事前管理、风险管控的目标。

“业主单位一定要履行好‘监督、介入、干预’的职能。”采访项目控制处处长肖波时，他在明确自己的职责时，给笔者讲了执行 TOP10 管理制度的两个案例。

2016 年 1 月，我们发现核岛钢衬里 16.5 米以上设计方面有很多开口项，导致钢衬里内筒体无法连续施工。就先与总承包商商议，又请来邢继总设计师察看。邢总非常上心、重视，他亲自组织、协调设计院，投入了 300 多名设计人员，连续加班半年，终于解决了难题。

在当年 11 月北京召开的“关于 16.5 米以上开口项专题协调会上，主持会议的时任中核集团总经理钱智民十分满意地说：“这个问题已得到有效解决，可以降级跟踪。”

除总承包商外，福清核电公司还与建安单位多有交集。土建到了一定阶段，便进入安装，2018 年 9 月，安装达到高峰状态。可跟踪检查发现，要求每月需完成的 30 万点值，施工单位跟不上。便及时与中核二三公司商量：怎么办？

态度决定行动。中核二三公司意识到事情的紧迫，立马调配资源，从公司调来 1 300 多名工程人员，很快推动了安装进展，点值也扶摇直上。

看来，只要有干事业的决心，总能想到解决问题的办法！

调试管理处副处长龚智明，也向我们陈述了他的监督故事：2019 年年初，我们发现 5 号机组调试系统配电盘负荷端接与设计文件不一致，这必然带来安全隐患，就立即下发了“停工令”。10 多天后，问题圆满解决。这一紧急举措，督促承包商加强了安全质量管理，收到了明显效果。

除了项目管理上的优化和创新，在施工技术上，示范工程也有不少创新举措，比如“华龙一号”反应堆厂房筏基底板浇注量大，为国内罕有，福清核电施工现场先后多次组织方案评审，在保证质量的前提下创造了核电大体积混凝土的浇注速度。

“党建工作要发挥引领作用，实现与公司业务的目标同向、无缝对接、同频共振，真正把党组织把方向、管大局、保落实作用落到实处，各级党组织要充分发挥作用，将党建工作做实、做优、做强，确保公司年度目标的顺利实现，为‘华龙一号’示范工程顺利建设保驾护航……”党委书记徐利根多次在党建工作会上强调“党建催化剂”的作用。

在“华龙一号”建设全过程中，党组织始终坚持“融入工程抓党建，抓好党建促工程”的思路，以提高业主的管控能力、主导能力为立足点，以解决工程建设过程中的重点、难点、热点和关键问题为着力点，以促进“华龙一号”示范工程四大控制，建设精品工程、廉洁工程为落脚点，以“六同”理念为指导，把党建工作贯穿于项目建设全过程，使党建工作与示范工程建设有机融合、相互促进。

在“华龙一号”示范工程领域，开展“关键靠党员”主题活动，确保了“关键任务有党员引领、关键路径有党员盯守、关键问题有党员攻关、关键时刻有党员冲锋”。

福清核电公司共有党员 881 名，占职工总数的 47%。党员先锋模范作用的有效发挥，是推动示范工程顺利建设的宝贵资源。他们通过开展“党员先锋岗”“公司优秀党员”评选等主题活动，寻找具有卓越追求和感召力的先进人物。在他们身上，可以品味到一份浓浓的华龙情怀。

福清核电项目控制处李庭，精心组织编制“华龙一号”进度计划和关键路径网络图，为示范工程按期开工和顺利建设贡献力量。工程管理处许炎，坚守 6 号机组核岛筏基浇注工作现场，克服浇注方量大、施工任务紧等困难，保质保量，用 56 个小时提前完成浇注任务。设备采购处于新娜，常年奔波在设备建造一线，严把质量关，绝不让设备“带病”出厂。设计管理处王志强，加班加点编制“华龙一号”节能评估报告，在参建中寻求成就感，与华龙一起成长。

2019 年 4 月 26 日，“传承五四，决胜华龙”福清核电基地青年誓师大会在“华龙一号”示范工程现场举行。福清核电公司党委副书记、党建联合委员会委员朱鸿伟出席并讲话，福清核电、工程公司和几家建安单位的 80 多名青年代表参加了活动。

朱鸿伟寄语青年代表：希望大家弘扬五四精神和核工业精神，在建设“国之重器”的伟大使命中，放飞青春的理想和智慧。

“雄关漫道真如铁，而今迈步从头越。”有了党的建设和党员骨干的引领，“华龙一号”示范工程建设团队用敢于拼搏的精神和忘我的工作态度，在铸“国之重器”的过程中演绎着别样的精彩！

福清核电以“六同”理念引领，以党建为抓手，组织开展践行社会主义核心价值观等主题活动，大力营造工程氛围，提升华龙大团队凝聚力和战斗力。还积极做好工程对标学习，开展传统文化教育、道德教育和文明礼仪教育宣传，大力倡导崇尚文明、讲究礼仪、弘扬正气的道德风尚，持续提升公司文明水平和全员文明素质。

在福清核电发展进程中，企业文化的精神理念日益发挥出巨大的实际效用。

在福清业主“舞龙头”的一系列主打活动中，公司党委将党的建设进一步有效延伸，党建联建的创新活动最具特色……

29 打造助力“华龙”的红色引擎

安全隐患问题暴露，各参建单位短期利益诉求不一致，施工队伍人员流动大，党员身份意识和作用发挥不明显，部分管理人员出现“心理疲惫”……

2017 年以来，随着“华龙一号”示范工程进入攻坚期，上述诸多问题逐一暴露出来。

为了破解上述难题，“华龙一号”示范工程党建工作联合委员会（简称“联合委员会”）应运而生。

2018 年 9 月，丹桂飘香，5、6 号机组正处安装高峰阶段。19 日下午，现场组织各参建单位基层党组织召开“华龙一号”示范工程党建联建工作动员会，并宣布成立联合委员会，共同围绕“华龙一号”示范工程建设开展现场党建联建工作，这是福清核电公司落实中核集团党组加强党的建设和对重点工程领导要求的重要举措，标志着“华龙一号”示范工程项目发挥国有企业党建优势，助力工程建设迈出探索性的重要一步，吹响了参建单位党员带头冲锋、协同建设安全、优质、精品“华龙一号”示范工程的新号角。

示范工程党建联建工作这一创新模式，即在党的领导下，最大限度地整合跨领域、跨行业、跨地区的各方党组织资源、行政资源、社会资源，充分动员、组织广大党员和职工群众，通过将示范工程现场各单位党的工作体系与工程建设管理体系有机融合，实现了工程建设各主体在价值导向上的同心同向、在行动上的协调一致，为确保示范工程顺利推进提供了强有力的组织保证。

联合委员会由“华龙一号”示范工程现场各参建单位的基层党组织组成，主要包括福清核电公司、中核工程公司、中核二三公司、中核二四公司、中核五公司、中核咨询公司6家隶属于中核集团的参建单位和华东站1家政府监督机构。

事实上，成立联合委员会，既是积极探索党的基层组织作用发挥的新模式，也是进一步将国有企业党建工作的独特优势，推动党建工作与示范工程建设深度融合的新举措。联合委员会坚持项目导向、问题导向、需求导向，以加强党对重大工程项目的领导、增强基层组织组织力和政治功能为主线，以实现示范工程建设和党的建设“双丰收”“双示范”为目标，以项目推进为出发点和落脚点，以有效发挥基层党组织战斗堡垒作用和党员先锋模范作用为着力点，将党的建设与中心工作深度融合，引领实现示范工程安全、高质、高速推进。

采访的近10天期间，笔者接触了10多家单位和数十人，绝大多数被访者都对这一新型党建工作联合体赞赏有加。工作人员透露：“整个建设工地有1万多名员工、340个班组、660多名党员，每个一线班组都至少有1名党员进驻，实现了党员全覆盖。”

为了保证示范现场党建联建工作的落地实施和有效运作，联合委员会创新工作思路，形成了党建联建工作“一二三四五”工作机制：一个组织，“华龙一号”示范工程党建工作联合委员会；两个确保，确保示范工程项目按计划顺利推进、确保项目现场基层党组织战斗堡垒作用和党员先锋模范作用充分发挥；三不影响，联合委员会不影响现场各参建单位现有党组织的隶属关系、不影响现场各参建单位现有党组织的内部事务、不影响工程现场的决策体系；四个聚焦，聚焦工程安全质量、聚焦工程重大节点推进、聚焦项目团队建设、聚焦品牌建设；五项机制，会议机制、汇报机制、评价激励机制、经费保障机制、制度保障机制，最大限度地凝聚全体参建人员，最大限度地发挥党组织和党员的两大作用。

联合委员会以提升班组凝聚力和战斗力为切入点，聚焦工程一线，组织开展"委员进支部、党员进班组"工作，通过委员、党员深入支部和班组一线，将党员的力量注入工程现场的每一个细节。

福清核电工程管理处党支部，组建5号机组汽轮机安装党员先锋队和党员示范点，将党建与业务工作深度融合，坚持安全第一、质量第一的方针，通过定期观察指导、网格化监督以及日常质量监督检查等方式，充分发挥党员先锋带头作用和业主的主人翁意识，全力保障扣缸过程的安全质量。从高中压缸高压1号、2级隔板下半吊装就位到高中压缸扣缸工作顺利实现，三缸扣缸全部完成，为后续发电机穿转子及汽轮机盘车创造了有利条件。

中核工程公司福清项目部党员、管道工程师刘朝军，主要负责5、6号机组常规岛区域管道施工管理、二回路水压试验专项管理、安全网格化巡检等工作。作为二回路专项组副组长，为确保5号机组二回路水压试验工作顺利推进，他积极协调各方解决上游设计、供货等问题，优化现场施工逻辑，推动管道施工实体进展；还推进二回路水压试验专项日例会、周例会，跟踪会议行动项进展，优化施工顺序，每天现场查看施工进度，协调解决施工重难点和制约问题，有力保证了二回路水压试验工作的顺利开展。

中核二三公司福清项目部电气队党支部党员黄杰，联系电气队仪表安装专业的王兴锋班组。自与该班组结对以来，黄杰在调试工作繁忙的情况下，仍积极与王兴锋班组沟通和交流，并协助班组长加强班组建设和管理。在班组的施工过程中，提出多项班组安全、质量、进度等方面的意见及建议，帮助班组管理提升；对于班组新成员较多，专业知识及技能底子薄的情况，通过组织开展班组“师带徒，传帮带”的结对方式，帮助新员工成长，为示范工程建设做好人才培养。先后配合班组完成了5号机组化学和容积控制系统两台电动机相关仪表的投用及回路冲洗试压，为5号机组核回路冲洗节点的实现打下坚实基础。

5号机组非能动热量导出水池，为整个核岛冷却循环系统的关键水箱，存在施工难度大、工期紧、任务重等特点。中核二四公司福清项目部党员许松年面对关键节点，耐心地对员工进行二级安全教育培训讲解，深入现场积极推动现场施工生产，着力解决施工过程中遇到的问题，促进了“冷热试”不锈钢关键节点各项工作正常有序进行。

常规岛汽轮机扣缸期间，中核五公司福清项目部党员孙立琦，协调现场涉及扣缸工作80多个人员的后勤保障工作。从2018年汽轮机安装工作开始，他每天负责协调现场每天倒班人员接送车辆、加班餐、宵夜等。出于理解倒班人员每天工时长、黑白颠倒的情况，为保证倒班人员吃好吃饱，他不定期地和班组沟通，了解倒班人员爱吃什么，积极与食堂工作人员沟通，协调每天的宵夜在10分钟以内送到倒班人员手中，让倒班人员在深夜吃到可口的宵夜。每天早上5点50分，他都会准时关心倒班人员的车辆安排。孙立琦始终认为每个人只要做好自己的本职工作，圆满完成每一次的后勤保障任务，就是在为“华龙一号”建设添砖加瓦。

5号机组二回路联合冲洗节点的实现，离不开中核咨询管道安装部的党员。其中，党员段鹏飞为了保证二回路冲洗的顺利开展，提前梳理参与冲洗的各系统安装进度，跟踪尾项的进展，核实冲洗的边界状态，积极协调处理施工中的问题，采取有效合理的管理措施，积极推动冲洗的先决条件检查，保障了二回路冲洗的正常开展。

作为党建联建活动中的一名普通党员，中核工程公司福清项目部工程管理部核岛一科党员曹钟引有幸以这样的身份真真切切地参与其间，和一线班组一起奋斗、拼搏，一起共进退，同一线王满盆班组共为华龙创造精彩。

王满盆，一个精瘦的汉子，笑起来满口白牙；走路一阵风，说话办事干净利落，是“王满盆预应力班组”的领头人。

在示范工程现场，以班长的姓名命名班组是一种特色做法。不仅因为现场班组流动人员太大，作业班组根据任务不同时常发生变化，更是为了增加班组带头人的荣誉感和责任感，增加团队凝聚力。王满盆班组共有 15 人，个顶个都是预应力技术过硬的“老师傅”。

联合委员会实行党员进班组后，曹钟引和这个团队又多了一道纽带。在这段岁月中，他见证了这个团队在预应力舞台上的适应和成长，见证了他们辛苦的付出和精彩的表演。

王满盆班组有着丰富的预应力施工经验，是整个预应力团队的中坚。在预应力正式工程即将具备施工条件时，大家信心满满，摩拳擦掌，恐怕没人会想到接下来他们将会遇到怎样的压力和困难。

第一束钢束作为预应力试验钢束，在编束时一切都还是风平浪静。但当需要牵引时，大伙傻眼了：牵引头太大无法进入孔眼，导致装置无法确定、卷扬机拖拽不动重达 10 吨的钢束。一个个的问题接踵而来。

在技术团队将这些难题一一攻克后，在正式牵引中又出现了新一轮麻烦：断丝、置换失败等等。真是一步一难题，一步一陷阱。大家的信心和心态也悄然变化，工人们的急躁情绪在不知不觉中产生。

当预应力施工举步维艰时，现场及时成立了以党员为核心的专项组，将班组长纳入每天的碰头会，让一线工人第一时间知悉问题解决的进展，同时专项组贴近一线了解问题的发生和处理的更多方向和维度。此外，充分调动党员的示范表率作用，和大家一起直面困难，以稳定队伍。

作为进班组的党员，那段时间曹钟引几乎天天和班组待在一起，参加早班会，给大伙加油鼓劲，在廊道里一进一出便是一昼夜。为了让班组人员的技能、协作得到有效的提升，他建议举办技能大赛，通过这样的活动形式，重树大家的信心；同时，提升大家对新设备、新技术的熟练程度；又根据各个工序的不同及工人掌握程度进行专业分组，形成编束组、牵引组、张拉组等；每周一次的设备和技能培训，也为工人们提供了极大的业务指导。

事实证明，通过这些行之有效的措施，班组的工作效率得到了很大的提升，从原来安装一台千斤顶需要 3 小时，到后来仅花不到 30 分钟。这些离不开工人的全身心投入，也离不开党员进班组“接地气”的落实。

还是让数据来说话吧。截至目前，现场 388 个作业班组党员进驻率达到 100%，党员进班组活动超过 7 000 人次；联合委员会研究部署的行动 200 多项，已全部进行落实推进；已评选出 300 名月度“优秀党员”，42 名季度“优秀党员”，42 名半年度“优秀党员”；“先进班组”和“优秀农民工”不断涌现……

李党，是中核二四公司第五劳务队的一位木工班长，主要负责 5RS 内部结构、5RB/RC 安全壳模板支拆工作。他的班组自成立 3 年多时间里，始终把安全生产作为班组工作的核心，在项目部领导的指导下，先后圆满完成了 5RS 内部结构、5RC 内穹顶、5RB 外挂水箱等重大节点。也因为这些重要指标的完成，多次被上游单位评为“6S 先进班组”。

任敬阳班组主要负责“华龙一号”施工现场泵送混凝土浇注工作，从浇注第一罐混凝土开始到 2019 年 7 月 14 日 5 号机组核岛外壳穹顶封顶浇注完工，任敬阳带领班组奋战了 1 258 个日日夜夜，累计完成混凝土浇注近百万方，大家称他为福清核电现场的“铁人王进喜”。

史耀明，来自甘肃的农村党员，主要负责“华龙一号”5、6 号机组土建测量工作。参加工作 11 年来，他始终秉承着工作第一的原则，一心扑在平凡的岗位上，默默奉献，凭借精湛的操作技能和爱岗敬业的奉献精神，他在众多测放工中脱颖而出，曾先后获得“福清核电项目部年度技能操作能手”“公司技能操作能手”“华龙杯劳动立功竞赛标兵”“福建省金牌工人”等多项荣誉称号。

还有“优秀农民工”何新民、谢炳向、翟端奇、张治斌等，他们参与华龙建设的事迹可圈可点，平凡感人。采访中问及他们有什么要求时，他们的回答几乎如出一辙：作为农民工，能够参与华龙示范工程建设，我们感到无上荣光！参建过程中，公司的工资福利待遇不错，安全也有保障。我们没有其他要求，只是华龙建成发电时，能发给我们一个荣誉证书，证明我们曾经参加过这项伟大工程建设就够了！

说到主要成效，时任福清核电党委副书记、总经理陈国才这样告诉笔者：党建联建的实施，破解了工程建设各方利益诉求差异难题，增加了整体实力；破解了党的建设与中心工作“两张皮”的难题，确保了工程建设安全质量与进度；破解了党员作用发挥难题，打通了服务职工群众“最后一公里”；有效引导青年党员创先争优，激发了一线员工的积极性；弘扬了“四个一切”的核工业精神，促进了文化融合和品牌建设。

福清核电董事长徐利根则深刻道出了党建联建的经验启示：党的建设融入中心工作，必须提高政治站位，强化政治引领，坚决做到“两个维护”；必须坚决服从服务于中核集团改革发展的中心任务；必须坚持问题导向，健全完善党建工作体系与工程管理体系有机融合的工作机制；必须沉下心俯下身，深入一线服务动员组织群众；必须树立党的一切工作到支部的鲜明导向，发挥好基层党组织的战斗堡垒作用。

2019 年 4 月，中核集团对华龙示范现场的党建联建活动进行了专题调研。采访调研组负责人——中核集团党群工作部主任罗长森时，他赞许有加：“从调研情况来看，示范工程党建联建工作，深入贯彻习近平总书记关于党的建设的重要论述和国务院国资委‘中央企业党建推进年’的工作部署，以党的政治建设统领，传承‘支部建在连上’的光荣传统，坚持围绕中心，服务大局，坚持‘融入工程抓党建，抓好党建促工程’，坚持项目、问题和需求导向，以加强党对重大工程项目的领导、增强基层组织组织力和政治功能为主线，以实现示范工程建设和党的建设‘双丰收’‘双示范’为目标，以项目推进为出发点和落脚点，以有效发挥基层党组织战斗堡垒作用和党员先锋模范作用为着力点，将党的建设与中心工作深度融合，引领实现了示范工程的安全、高质、高速推进。”

他进一步说道：“这一经验做法，是有效发挥党的政治、组织和群众工作优势，增强基层党建整体效应的创新实践，是新形势下更好地将党的领导和党的建设融入公司治理，破解国企党建工作与中心工作‘两张皮’难题的成功范例，具有典型意义和借鉴推广价值。”

30 众人拾柴火焰高

面朝大海，春暖花开。

短暂的采访时间，使笔者对美丽的海滨城市——福清有了流连忘返的感觉。就在返程前夕，陪同采访的史凌霄突然对笔者说：“除了总包、分包商外，这里还有不可或缺的工程监理单位，你们要不要去看看？”

既然近在咫尺，何不去探访一番？

见到中核工程咨询有限公司（简称“中核咨询”）福清项目部的总监胡立辉时，高额红脸的他快人快语，在简单介绍本公司及项目部的情况后，他热情建议道：“既然你们写华龙建设，这可是个大兵团作战，除了已采访的主角外，一些配角也很重要。如从事混凝土配送的，大件设备转运和吊装的等等，没有他们的助力，恐怕……”

于是，在离开福清的前一天，笔者采访了以下面几家单位。

首先是中核混凝土股份有限公司（简称“中核混凝土公司”）。

在印象中，核电站核岛、常规岛基座和筒体浇注的混凝土，以为是建安单位比如中核二四公司所配备，其实大错特错。因为核电站建设质量要求非常高，所需的也必须是超过一般建筑所用的材料，比如高标号、高质量的水泥和别样的沙子、石头等。那么，这一重要任务就得由专业单位——中核混凝土公司承担。

在位于海边的中核混凝土公司福清分公司，我们看到了混凝土厂房和设备一字排开时，好像在对来访者说，5、6 号机组浇注的活儿我们已经漂亮地干完了，正闭目打盹、养精蓄锐呢！

不足半小时的采访中，中核混凝土公司福清分公司总经理胡德华说："自 2014 年至今，我们共为'华龙一号'核电工程出具了 52 套（包括备用配合比 15 套）满足混凝土强度和耐久性指标要求的混凝土配合比，现常用的有效配合比一共 34 套，覆盖了所有工程建设需要的混凝土标号。"

具体来说，作为专业化混凝土公司，全力以赴，在严守质量和安全的同时确保了施工进度，截至目前我们共计为"华龙一号"生产了各类混凝土 70 多万立方米，混凝土质量合格率保持 100%。分公司在公司总部年度考核上连年被评为"先进集体"，2015 年获得上游公司嘉奖，被评为"优秀合作伙伴"。

胡德华特别提到他的关键之战：2015 年 5 月 7 日 10 时 58 分，"华龙一号"5 号机组 FCD 的正式开工，为保障混凝土浇注顺利完成，从原材料采购、设备维护保养、人员组织等方面精心规划，经过全体员工 57 个小时的昼夜奋战，顺利完成了"华龙一号"5 号机组 FCD 节点的 9147 立方米混凝土浇注任务。

在此次 FCD 工作中，分公司做到了事前有计划、事中有控制、事后有总结，全体员工凝心聚力，保质保量完成了任务，受到业主和相关方的一致肯定，具有重要里程碑意义。

此后"华龙一号"顺利开工，工程建设有序开展，分公司在 5、6 号机组的核岛、常规岛等重大 FCD 节点，都依旧如开工 FCD 节点一般，保质保量地完成了混凝土浇注任务，为"华龙一号"建设了提供优质服务。

叙述是简短的，数字是冰冷的，但其间包含着中核混凝人的多少心血和艰辛！

2019年清明节前，我们来到位于武汉蔡甸区的中核混凝土公司，总经理杜国伟接受了采访。

他说，中核建材有限公司成立于2014年1月，下属控股子公司一家，为中核混凝土公司。目前主营业务为混凝土生产与销售、建材贸易。

公司自成立以来，紧跟集团公司改革发展的战略步伐，紧扣瞬息万变的混凝土市场脉搏，专注于打造核电混凝土品牌，已供应核电混凝土超过1 000万立方米，达到了优质安全可靠，在国内核岛混凝土市场占绝对主导地位，占有率达95%以上，累计服务全国核电项目20余个；在常规岛、BOP等充分竞争领域，具有一定的竞争力。确立了核电混凝土领域的第一品牌，在砥砺前行中实现了健康安全可持续发展。

回顾公司的发展历程时，杜国伟感慨万千："我国核电发展初期，我们就一直在做混凝土服务；中途核电发展陷入低潮，中核领导高瞻远瞩，没有解散这支队伍，而是去搞西部开发，使之保存下来；恢复核电发展后，我们应召迅速回归，才有了现在的发展壮大。"

说起中核混凝土公司参与"华龙一号"建设，杜国伟称有三大贡献：消化了我国第三代核电技术；发展并独创了不少混凝土新工艺；实现混凝土设备国产化率90%以上。

召开座谈会时，我们向工程师童小明、李建章、王星请教："华龙核电建设混凝土不同于一般，你们的混凝土供应链骨料来源如何？"

他们的回答让笔者大开眼界：

水泥：源于安徽芜湖。供货方技术要求高，管理体系严，保障供应能力强。有专线运输和专缸储存。

沙子：选取闽江中段的黑沙。入海口虽取沙方便，但因有海水倒灌入侵而不能用。

石头：产于辽宁辽阳。该地石头硬度比重大，具有防辐射性能。

外加剂：采集于浙江德清的高效碱水剂。全国生产外加剂的企业上万家，符合核电要求的仅有山东、江苏、山西、浙江等四五家。

核电混凝土不同于民用混凝土，条件苛刻，出厂温度高了低了都不行，不允许返工，到现场不合格就报废了。所以，南方要用冷水机械、北方要用热水锅炉加以保护。副总工童小明说，“我们在提供核岛内外壳 C60 高强混凝土时下了很大工夫”。此种混凝土要求非常高，此前的胶凝材料，水泥中粉煤灰只占 10%的比重，但所形成的混凝土泵出比较困难，经过反复添加试验，将比重提高到 15%后，化解了这一难题。

事实上，胡德华领导的分公司在整个 FCD 期间，混凝土出机温度稳定控制在 17～23 ℃，坍落度保持在 180 毫米左右，业主方评价：“混凝土和易性良好，不泌水、不分层、不离析，骨料包裹性良好。”得到了施工现场工程公司、监理公司的表扬，都称赞中核混凝土股份公司是“华龙一号”FCD 圆满成功的“幕后英雄”!

3 月 5 日，正是学习雷锋第 56 个纪念日。这天午后下班前，正下着瓢泼大雨，我们顶风冒雨走访了第二家：大件码头转运商——中国外运股份有限公司（简称“中国外运”）。除长途运输外，核电站的超大设备都是他们从海边转运上岸的。

来到海边的大件码头简易的办公室。当说明来意后，福清项目部主管庞卫玺打开电脑，通过视频给我演示了超大件的转运过程。

画面显示，超大件的转运是由一辆威猛力大的自行式液压模块运输车（SPMT）完成。

SPMT 是一种高端的模块化重型运载工具，也是目前陆地上最强大的运载工具，最大载重可达 15 000 吨。

庞卫玺颇为自豪地说："为了运转华龙大件，我们公司不断升级技术装备，购买了诸如 SPMT 等不少新的运载工具。"

看的虽是视频，但移动画面还是令人瞠目结舌。核电设备大都是零件现场组装，最重零件也仅几百吨，用 SPMT 转运，自然不用吹灰之力了。

因没有转运任务，所以我在现场未能看到 SPMT 这个"巨无霸"的发威。但是，庞卫玺还是通过视频，帮我弥补了这个遗憾。

视频新闻的标题是：中国外运核电物流又完成一幅大作！

2018 年 1 月 17 日，元旦伊始，福清项目部迎来新年第一台大件设备——全球首堆"华龙一号"首台反应堆压力容器，10.8×7×6.6 米，重达 340 余吨，作为三代核电反应堆压力容器，承担着重要的安全屏障作用，压力容器有着制造技术高、难度大、周期长、造价高等特点，并将设计寿命由 40 年延长到 60 年，安全性能也得到了提升。

"华龙一号"，是我国目前唯一实现"走出去"的自主三代核电技术，一举一动引世人瞩目，当天，中央电视台、新华社等知名媒体来到现场，在他们的播报见证下，项目部运输工作有条不紊：安全技术交底、查验作业安全分析、工机具点检、开启质量计划、开启高风险控制程序等一系列既定的流程。

通过视频，我看见了 SPMT 转运过程的一个个精彩瞬间：

——压力容器装车过程中；

——等待起运指令；

——SPMT 稳定爬坡；

——SPMT 正常运行中；

——SPMT 承载着压力容器一路经过了商运的 4 台机组，即将抵达自己的"家"；

——蓝色是今天的主色调，蓝天、塔吊、龙门吊、设备鞍座、运输车辆融为一体；

——抵达5号机组龙门吊；

——送君千里，终须一别。经过1小时运输，终于安全送到“家门口”。

核电大件设备抵达现场，还必须由大型吊机进行吊装，这些“宝贝疙瘩”才能各就各位、各司其职。这就是中核机械工程有限公司（简称“中核机械”）的作用和功劳了。

中核机械是中核集团旗下的一家大型专业化公司，于2013年12月26日在浙江海盐组建成立，是国内从事工程吊装的龙头企业，也是我国工程建设领域具有吊装、运输、设计、制造、技术咨询一体化能力的整体服务提供商。连续4年在全球起重机峰会暨中国吊装百强大会上，被评为“中国最强起重企业第一名”。

在核电建设领域，中核机械具备包括“华龙一号”、高温气冷堆等我国所有堆型核电站的大件吊装工程施工能力，参与了秦山、大亚湾、田湾、台山、福清、三门、海阳、红沿河核电等国内绝大多数核电大件吊装工程和巴基斯坦核电建设；还在国家重点工程领域和风电建设领域大展拳脚。

据公开报道，中核机械福清项目部1天内完成核电设备三连吊，持续助力核电建设！

2018年12月1日，中核机械核电分公司圆满完成福清核电6号机组汽轮机厂房（6MX）除氧器左段、中段、右段共3段设备的吊装。

3段除氧器的重量分别为左段88.3吨、中段79吨、右段89.1吨，吊装时中核机械福清项目部采用1 000吨起重机HJDB工况，设备就位于6号核岛2D塔吊东侧区域，就位半径最远达45米。

此次吊装难点是左段设备吊装时主臂与2D塔吊距离较近，最近的直线距离仅为6米，因此需要吊车司机和起重指挥细致确认和精密配合。项目部精心组织，在吊装前仔细开展各项检查，3 段除氧器设备于 12 月 1 日上午 7 时 30 分起吊，经过起升、回转、变幅等步骤于当日下午 6 时全部顺利吊装就位。

3 段除氧器的圆满就位，为福清核电后续施工建设打下坚实基础。

再有，2019 年 1 月 25 日，中核机械圆满完成 5 号机组电气厂房（5LX）大气排放阀消音器吊装。

当然，中核机械也有“力不能逮”的时候，必须借助外力才能完成特殊的吊装任务。

2018 年 3 月 21 日 9 时 21 分，6 号机组提前 10 天实现穹顶吊装。

这是继 2017 年 5 月 25 日，5 号机组提前 15 天实现穹顶吊装之后，中核集团再次提前实现国内“华龙一号”核电机组穹顶吊装重大里程碑节点。

6 号机组穹顶吊装提前完成，是工程建设按计划有序推进的良好见证，再次向世界各国展示了我国在核电科研设计和工程建设领域的强大实力，标志着中国核电技术已走到世界前列，为“一带一路”倡议深入实施和核电“走出去”提供了强大支撑。

21 日 6 时 30 分，直径 46.8 米、高 23.4 米、重 530 余吨的带肋半球壳体被凌空吊起，其吊装规模与 5 号机组基本一致，是我国所有核电堆型中轮廓尺寸最大、薄壁结构重量最重的钢结构穹顶。

3 200 吨履带吊车缓缓将穹顶吊离地面，完成变幅、升钩、行走平移等一系列高精度动作后，9 时 21 分穹顶平稳落钩就位在反应堆厂房安全壳上，标志着此次穹顶吊装任务圆满成功。

参建单位中核机械公司、中核二三公司、中核二四公司等，结合 5 号机组吊装经验数据，经过专家团队论证，以数字化建造技术进一步优化了穹顶体积大、焊接工艺复杂、迎风面积大、吊装就位高度高和对接精度高等工程难题解决方案，优化了吊车的行径路线及吊装过程组织控制，再次实现了穹顶吊装一次性精准就位。

需要提及的是，执行这次“成人礼”及吊装再度发力重任的，是国内机械制造行业的领导者中联重科。

据介绍，超大吨位履带式起重机 ZCC3200NP 最大起重量 3 200 吨，是名副其实的“巨无霸”。

中联重科“巨无霸”屡建奇功。

这已经不是中联重科超大吨位履带起重机 ZCC3200NP，第一次为中国核电事业效力了。

2014 年 12 月 20 日，ZCC3200NP 参与田湾核电二期工程 3 号机组穹顶整体吊装，此次穹顶吊装作业是日本大地震后全球核电行业的第一个穹顶吊装。

2015 年 9 月 26 日，ZCC3200NP 再度亮相江苏田湾核电站，现场发力成功起吊 4 号机组穹顶。

2016 年 3 月 20 日，ZCC3200NP 在石岛湾核电站，成功完成全球首座第四代核电站高温气冷堆关键设备压力容器的吊装。

作为核电站建设的幕后英雄，中联重科 ZCC3200NP 可谓“大国重器”，拥有相关自主知识产权 50 余项，其中，《动力单元及其控制方法》曾获 2012 年度国家发明专利金奖。其系列相关核心技术，在突破了国产重型履带吊车设计瓶颈的同时，更有力推动了行业技术的发展，也因此荣获“2011 年中国工程机械年度产品 TOP50 技术创新奖”。

据介绍，履带起重机是一种广泛应用于港口、水电、铁路、核电及石油化工等大型工程项目中的移动式起重机械。

在 2009 年之前，国产履带起重机虽已有所发展，但大吨位起重机尤其是 3 000 吨级以上、能够实现第三代核电关键吊装的履带式起重机则完全依赖于进口。

国外企业在超大吨位履带式起重机领域筑起了坚实的知识产权

壁垒，形成全面的技术封锁。国外专业生产履带起重机的厂家主要集中在美国、德国和日本三个工业发达的国家，最具代表性的企业为美国的马尼托瓦格、德国的利渤海尔和德马格。

难道中国的核电事业在关键部位的吊装上必须依赖于国外机械吗？

当然不能！

为彻底摆脱核电站建设装备受制于人的现状，突破技术瓶颈，2008 年，中联重科就针对超大吨位履带式起重机开展了大量市场调研，第二年，中联重科开始立项研发 3 200 吨履带式起重机。

中联重科对超大吨位履带式起重机项目可谓全力以赴。

该项目组汇集了全公司包括所属两个国家级研究机构的顶级专家，组成了研发、制造、管理人员在内的 100 多人专项课题组，如此“豪华”的研发阵容，只为打造中国自己的“大国重器”。

2011 年 5 月，超大吨位履带式起重机 ZCC3200NP 全配置下线，并一次性起臂成功；2013 年 4 月，该产品首获 3 000 吨级起重机制造许可。

超大吨位履带式起重机 ZCC3200NP 的诞生成功，冲破国外企业的技术封锁，增加了国内工程机械企业在世界履带式起重机领域的话语权。再次刷新了国产履带式起重机的最大起重质量纪录，打破了国外对于 3 000 吨级履带起重机的垄断地位。

中联重科 ZCC3200NP 是“中国智造”的最好诠释，也是“工匠精神”的极致体现。

“走马观花”地采访完胡立辉所推介的华龙建设“幕后英雄”后，也把笔触转回他所在的单位——中核咨询。

中核咨询，肩负着“打造中核集团全行业、全过程工程项目咨询支持平台”的重要任务，旨在全面提升集团公司工程建设管理水平，为中核集团各类工程项目提供贯穿建设项目全过程、全专业的咨询、监理和项目管理服务。

作为中核集团工程咨询平台和我国首批从事工程监理、设备监理业务的专业化企业，中核咨询持有核工业系统唯一一份工程监理综合资质证书、设备监理甲级资质证书。经过多年发展，中核咨询逐步成为涉及核电、核化工、核燃料、核工程设备监造、运营核电站检修监理、项目可研等诸多领域的成熟运转企业，并已累计监理 36 台核电机组，在业内享有良好声誉。

自成立以来，中核咨询确定了“人才固本、科技强身、服务集团、开拓市场”四大发展战略，明确了“专业化、区域化”的经营管理思路。目前，公司主要业务包括项目评估审查、工程造价咨询、项目监督检查、工程监理、设备监理、项目后评价、电站技术服务、技术咨询等八大领域，贯穿工程项目建设的全过程。

这里权且选取一个故事——“华龙一号”全球首堆汽轮机安装。

2019 年 3 月 11 日 7 时 10 分，经过一天一夜的连续奋战，5 号机组汽轮机高中压缸上半平稳扣合在下半上，随着指挥官最后一声指令落下，汽轮机高中压缸扣缸宣告完成，为“华龙一号”全球首堆汽轮机安装工作奠定了坚实的基础。

鲜有人知，在大家喜悦的背后，有这样一群人，为保证机组日后安全可靠运行，在安装阶段日夜坚守，对每一工序严格要求、逐项监督检查，坚决不放过任何一项可疑数据，严把质量安全关，为“华龙一号”的建设保驾护航。他们就是福清核电项目监理部监理人。

无本可参，轴系找中是第一个“老大难”。

在汽轮机安装开始前，项目监理部汽轮机专业监理工程师刘冰、周建宇，认真翻阅厂家设计文件，分析新机组的差异化，逐一落实新机组的技术要求，并结合国家电力建设验收规范及自身安装经验，对施工单位编制的施工方案、质量计划、施工记录等进行认真细致的审查，他们深知本质安全就是技术安全，充分的技术准备才是落实质量意识的最根本途径。只有通过充足的技术准备，才能为后续现场汽轮机安装工作的开展，打下良好的基础。

汽轮机安装精度要求高，在轴系找中过程中体现得更加明显：要将每根重达285吨的转子调整到以丝为单位的范围内，难度可想而知。

在轴系找中开始阶段，调整工作迟迟进行不下去。每次调整测量后均存在较大偏差，为了达到设计要求，监理工程师反复对数据进行复核，逐一排除对轴系数据可能产生影响的因数，同时积极与厂家、施工单位、业主公司专业工程师进行分析讨论。

一次又一次地调整，一次又一次地重新安装，使得大家都很疲惫。最后经过反复论证，在保证轴系找中的精度要求的前提下，排查掉转子大轴弯曲和转子瓢偏、晃度等各影响因数外，现场确定通过配合顶轴油系统可直接进行精找中。

至此，持续了将近5个月的汽轮机找中终于有了进展，将找中调整到要求范围内的那一刻，大家心里一直憋着的那股气，终于松了一口。

攻克了汽轮机找中的“拦路虎”后，紧接着便是扣缸前一周的准备工作了。

恰逢全国“两会”期间，现场吊装作业众多，监理工程师几乎全天坚守在常规岛，严格保证现场施工安全。

而为了保证通流部件的安装质量、数据测量的准确性，监理工程师刘冰、周建宇，更是中午加班，晚上轮流值守，对每道工序进行严格控制，对于有质量风险的地方，提出检查要求；在关键节点上，对达不到质量要求的更敢于说不，顶着压力也要保证质量和安全。

在隔板压铅丝数据测量和滚胶布验证时，出结果一般都是凌晨一两点，在睡梦中被叫醒，然后立刻去现场检查验证结果更是家常便饭。

对可疑数据复测，对不合格数据讨论分析，明确下一步怎么调整，最终结论出来，天都亮了，回到办公室在简易床上再抓紧时间休息一会儿，又立马精神抖擞地开始着手其他的工作项了。

与此同时，为保证扣缸工作的顺利开展，扣缸前项监部副总监田保臣组织福清业主公司、工程公司、中核五公司等多家公司开展经验反馈学习活动，着重学习 1 号至 4 号机组汽轮机安装、扣缸及后期调试运行期间发现问题的经验反馈，并强调务必做好扣缸期间防异物管控措施，对于隐蔽部位则一定要借助内窥镜等检查手段，以保证防异物工作的有效开展。

经过各方的不懈努力，在完成对高中压缸近百份施工记录的复核与确认，确保各项参数均达到要求后，刘冰、周建宇、赵永健立即着手对先决条件的各项检查，随着安全技术交底检查合格，及扣缸工前会完成，高中压缸扣缸质量计划正式开启，这意味着现场终于可以开始进行扣缸工作了。

2019 年 3 月 10 日 12 点 30 分，随着扣缸总指挥一声令下，汽轮机高中压缸下半第一块隔板开始起吊，汽轮机扣缸节点正式开始！

在扣缸过程中，监理工程师会同相关单位持续对每一部件进行吊装前清洁度检查，就位后再次进行清洁度确认，重点针对死角、螺纹孔等隐蔽部位，以防铁屑等异物残留，严格落实好防异物管控。

3 月 10 日 19 点，周建宇会同各单位安装人员采用内窥镜对隔板隐蔽部位进行检查时，发现高压第五级隔板下半内存在异物，后及时取出一（长约 16 厘米、宽约 15 毫米、厚约 1～6 毫米）金属异物，避免了重大安全事故的发生。

之后，工程师们更是在小处下功夫，于细微处显精神，通过一一核对螺栓编号，精确测量安装高度，反复检验螺栓力矩等工作，确保全部安装工作均达到要求，充分发挥了华龙建设中核咨询的重要监理作用。

3月11日7时10分，随着汽轮机高中压缸扣缸完成，田保臣、刘冰、周建宇等人的脸上终于露出了久违的笑容。

行文至此，福清核电"华龙一号"的故事暂且告一段落，然而笔者觉得意犹未尽。在翻阅《福清核电工程》报时，意外发现核电员工李秋月写的一首《华龙赋》，似乎诗情画意地表达了福清核电人和笔者的共同心声。现摘录于此，以飨读者。

东海之滨兮，海西玉融。倚鼓山之凛冽，聆闽江之清奇。蓝天白云兮飞鸟悦，碧浪海涛兮鱼儿欢。抱清流入衣襟，左手热血；揽芬芳怀胸臆，右手豪情。攘土而出兮福核，嘉名以华龙。鸷鸟展翅而翔，鸣响云霄；华龙腾空而起，横穿苍穹。骐骥疾驰而骋，暾透平川；华龙呼啸而奋，纵跃碧蓝。

思绪过，忆往昔兮。昨夕秦核筚路蓝缕，艰苦卓绝；昔时大亚湾核电勤求索，承上启下。风雨沧桑，积核精神以涓流；日月居诸，攀核峻岭以前进。岁忽忽而汩涓流，兢兢业业兮开发；年逝逝而韶华去，夜以继日兮探索。清风拂，今时追兮。今夕福核求索不倦，继往开来，集往昔之成。钻研兮攻坚克难，实践兮自主创新。融技术之精粹兮以琢先进，强保障之坚牢兮以固安全。大风起兮云飞扬，威加四海兮盛誉传，抒华龙之创举。

龙一跃，波澜壮阔。朝气蓬勃，波滔滔兮浩荡；豪情壮志，云容容兮卷舒。华龙一路前行，引吭以高歌。思过往，念福核创业之折兮。初始步，以蓬勃之朝气创速度；摸索中，前行路途不平陷困境；积经验，自省沉思图改进；沉淀里，改革创新辟新径；奋进中，华龙辉煌立闽清！困难如猛虎，阻路挡道；挫折如大石，坚硬难移。华龙以其责任，使猛虎化为风；以其担当，使大石化为雨。

闲云潭影兮日悠悠，物换星移兮几度秋。吾闻鹏若翱翔万里，必先曝鬐于碣石；凤如翥九天，需先绝云霓负杳冥。又闻将降大任于斯人也，必先苦其心志，劳其筋骨，饿其体肤，空乏其身。漂泊洗礼，彩虹现之于苍穹，千锤百炼，凤凰涅槃重生。使命卓然，华龙将以矫健之姿，翱翔于四海兮！

试飞

31 核电缔结中巴友谊

世人无不知晓，巴基斯坦于中国有“巴铁”之称。

中国和巴基斯坦是山水相依的友好邻邦，两国人民有着悠久的传统友谊。中巴两国自 1951 年建交以来，双方高层领导人交往频繁，边境贸易互利互惠，两国在各个领域的合作不断发展，两国人民的友好情谊不断加深。

“巴铁”，来源于中国网络军事论坛，“巴铁”一词也是中国与巴基斯坦友好的见证。

“秦山”裂变所形成的“蝴蝶效应”，不仅仅局限于中国本土的自我繁衍，还将核电的种子播撒到海外。对中国充分信任的巴基斯坦，首先伸出了“橄榄枝”。

“你若盛开，清风自来。”就在秦山核电站发电并网成功仅 15 天后，中国就收到了好兄弟“巴铁”的一个大订单——巴基斯坦与中方正式签约，照搬秦山 30 万千瓦核电站，在巴基斯坦再建一座。

中国一举成为世界上第 8 个出口核电站的国家。巴基斯坦也成为中国出口核电的第一个国家，这为日后“华龙一号”再度落户开了先河。

巴基斯坦地处南亚内陆地区，煤炭资源缺乏，仅靠水力发电，由于水资源到 20 世纪末已经基本开发完了，又没有其他替代资源，于是，就把目光投向了核能，投向了核电。

1989 年 11 月，时任国务院总理李鹏访问巴基斯坦时，与该国总理共同向新闻界破天荒地发布了中巴两国在巴基斯坦合作建造核电站的消息。

当时很多人并不看好这次合作。

就在李鹏结束访问不到一个月后，时任中国核工业总公司副总经理的赵宏便在秦山现场热情接待了前来参观考察的巴方代表团。

随着中巴在合作项目上的深入了解，在巴基斯坦建设核电站面临的诸多问题也逐步显现出来。

首先，巴基斯坦恰希玛核电站参照的是中国秦山 30 万千瓦核电站，而当时秦山核电站还在调试中，并未建成发电，中国自己能不能建成还是未知数，但两国政府都不失耐心地等待着。

其次，中巴两国的国情和国际环境也不同。尽管两国都是发展中国家，但国际社会承认中国是有核国家，中国于 1992 年 3 月加入了《不扩散核武器条约》，中国建造核电站可以向第三国购买设备和技术，而巴基斯坦则不行，没有参加这个条约，不接受国际原子能机构的监督。从各自的利益出发，西方 27 个国家对巴基斯坦在政治、经济和技术等各方面采取限制措施，这给我们开展核电站合作项目带来了很大困难。

对中国人、中国政府和中国核工业总公司来说，这是一条充满荆棘与坎坷的道路，一条通向成功或者走向失败的道路。

走，还是不走？

赵宏说："我们还有选择的余地吗？"巴基斯坦恰希玛核电站建设是两国总理向全世界宣布的，是两个国家的合作项目，这已经不是一个简单的经济项目，而是一项政治任务。对中央领导的决策，有再多的困难，我们都要坚决执行。

考察、谈判很快有了结果。1991年12月31日，中巴两国政府在北京人民大会堂举行合作建造30万千瓦核电站签字仪式，李鹏总理出席并重申：这是和平利用核能的项目，接受国际原子能机构的监督。

有了在秦山核电站建设中积累的经验，赵宏在秦山核电站的调试过程中，抽出时间为恰希玛项目在组织、技术、施工、人才等方面，做了大量的准备工作。

赵宏始终保持着清醒的认识："我们是承包商不是业主，业主是人家。中核总作为承包商，建好核电站给人家交钥匙。按照合同规定，巴方是业主，负责运行；中方搞建设，全面负责设计、设备采购、施工、调试、培训人员。既有质量上的要求，还要负责通过国际原子能机构的审评；既有进度上的要求，还要对投资负责。

1992年2月25日合同生效后，中国最先派出的是中核华兴公司，他们探路清场，为大队人马安营扎寨做准备。炎天暑热的6月，赵宏带着陈曝之赶到巴基斯坦现场。一条运河展现在他们面前，南面是一片开阔的草地，草地中央插着一根标杆，陪同人员说，那里就是核岛。

两周后，赵宏完成了此行的任务，把陈曝之留在了施工现场，担任首任现场经理，自己回国筹备国内事宜。

陈曝之是一位长期从事核电工程建设的老专家。他早年参加过四〇四厂的工程建设，当过基建科科长。后来秦山核电站筹建时，他被选中前去创业，从项目选址、艰难起步一直到建设成功并网发电，他浸润其间，积累了丰富的经验。他对核电工程建设管理、设备采购、安装、系统工艺流程都了如指掌，被誉为"核电工程的活字典"。

他奉命从秦山核电站一期抽身支援巴基斯坦核电站建设，担任前方总经理虽然时间不长，但同样功不可没。

不久，恰希玛项目划归中国中原对外工程公司，公司副总经理石群前来助阵，担任陈曝之的副手。项目总负责赵宏特别叮嘱："这是一项国际工程，一定要干好，要如期建成，要保证质量，要保证安全，要比秦山一期建得还要好！”

在恰希玛施工现场，石群作为助手和陈曝之总经理朝夕相处，工作上配合默契，他非常高兴的是自己有这样一位好“班长”。而陈曝之也很赏识这位年轻人的谦虚和才华。一个虚心讨教，一个悉心传授，两人相得益彰。

陈曝之遇到事情当机立断、处理问题毫不拖沓的作风对石群影响很大。在土建施工时，就遇到了严峻考验。恰希玛核电工程的地质水文状况和国内秦山、大亚湾等核电工程的地质条件有很大的差异。国内核电工程的地基大多建筑在坚硬的岩石上，地下水位也较低。而恰希玛核电工程的地基全是沙质土壤，地下水位高。当工程施工挖到地下 8 米深时就出水了，而工程设计要挖到 22 米才行。怎么办？陈曝之请设计院的专家和地质水文专家到现场观察研究。专家们发现，这里的地质沙层特别厚，而且非常均匀。这在国内没有见过。这也是水位高、渗漏系数大的主要原因。根据实际情况，陈曝之他们修改了原来的施工方案。

为保证工程正常进行，陈曝之果断决定：再增加排水泵，加大排水量，同时落实好备用电源——柴油发电机，并保持良好状态。一旦遇到大暴雨或万一停电时，柴油发电机马上补接上去，确保施工运转。

石群完全支持陈总的决定，立即按决议要求在国内购置了大流量、大扬程的地下排水系统，迅速运到恰希玛工地派上用场。

做国外工程的土建施工，这对分包商来说也是第一次。陈曝之很理解他们的难处。当他们遇到困难时，作为总经理，他便主动帮助协商解决。这一切，石群都看在眼里，记在心上。

在施工过程中，陈曝之发现：分包单位在分配报酬时，是按工作量多少来分配的。在工程开始时，土方工作量很好完成，这样，工人的收入就多。可是，随着工程的进展，后来要打板墙，做模板、立柱等，工程技术难度大了，工序多了，工作复杂了。工人每天要花很多时间，但工作量却不多。因此，工人得到的报酬就少了。在这种情况下，工人的积极性就不高了，直接影响施工进度。

陈曝之凭着多年的工作经验，主动与分包商协商，指出他们分配方式的不足，并提出修改建议，要求施工单位再去采购模板，以加大工作量，增加工人的收入。为减轻分包商的负担，陈曝之让后来增加的采购费用由总承包商承担支出。这件事的处理，让石群看到在总合同框架允许的范围内，为保证工程顺利进行，做出适当的让步，以妥善解决遇到的难题，这是必要的上策。陈曝之的大局观和处理问题的灵活方式，使石群敬佩不已。

恰希玛核电站一期工程，在中国称之为 C1 项目。该项目从工程准备到并网发电，作为总负责的赵宏，先后去了 30 多次，时间最长的一次住了 3 个月。每次去，他一个一个工地跑，处理具体问题，而且对上对下非常好，人家都说他不简单！

在巴基斯坦建造核电站不比在秦山，困难更多，难度更大。

巴基斯坦地处热带及亚热带内陆气候，气候炎热，施工现场气温 3 月 30 ℃、4 月 40 ℃、5 月高于 40 ℃，6 月接近 50 ℃，最高 52 ℃，中方人员开始很不适应。土建初期，施工人员露天作业，挖了基坑，热量都包在里面出不来，人在里面工作就像被放在火炉上烤一样。安装钢结构时，只要手一碰到钢板，就会烫出水泡来。焊接时，工人穿上防护鞋，踏着木板，都感到脚底发烫。

高温，热度；友好，热情，有人戏称恰希玛核电项目是巴基斯坦人民伸出的“滚烫的橄榄枝”。

恰希玛核电站厂址地质条件与秦山等地质结构有很大差别，它有两大基本特征：沙土地基，地震烈度较高。沙土地基建造核电站，国际上都少见。核岛厂房总重量约 20 万吨，如果在沙土上产生过量倾斜性沉降，对核电厂安全是一个重大隐患。

厂址的特殊性决定了恰希玛不可能是秦山核电工程的翻版，必须重新设计。为减少不均匀沉降的影响，赵宏、陈曝之、石群要求新设计必须把反应堆厂房、辅助厂房、电气厂房和核燃料贮存厂房构成一个整体核岛建筑群，坐落在同一个近正方形的底板上，反应堆厂房位于核岛中央位置，尽可能使核岛重心与底板几何中心重合，使底板受载均匀。在建造过程中，定期监测沉降量。

巴基斯坦工业基础薄弱，有些产品在中国很容易买到，在巴基斯坦就没有，钢筋都要由国内运去。所以大量的材料、设备、零部件都要从中国运过去。路途遥远，海运至少 20 天至 1 个月。从海上运达巴基斯坦卡拉奇海港后，再通过 1 300 公里的陆路运到施工现场。那时，巴基斯坦道路交通和通信设施落后，路上的困难无法预测，大设备、大拖车像蜗牛似地爬行，日晒雨淋让人真受不了……

这些难以想象的困难，极大地考验着中国人的智慧、胆魄和毅力。

还有，承建国际工程项目，与外方业主打交道，实际上是一种国际交往，一言一行，代表着国家和民族。这对年轻的石群来说，是个新的课题和考验。

“我是幸运的，”石群说，“在这方面，不仅在陈总身上受益不少，还从赵宏同志那儿学到了很多。赵宏同志那严格的外事工作原则，严谨的外事工作作风，为我树立了学习的榜样。”

有一天，巴方业主约见石群，说是关于设计文件——工艺管道防腐涂层修改的事，要与中方对话。

那是石群单独主持工作处理的第一件大事，也是对他的第一次考验。

难就难在石群不是专家，但作为主持工作的副总经理他必须认真对待这件事。他马上约请设计院和质保等相关方面的专家，仔细分析研究，做好充分的应对准备。

第二天，石群和中方专家准时赴约，业主也请来了十几位有关方面的专家。会谈开始，气氛很严肃。巴方业主不客气地说："中方对设计文件做重大变更，没经业主同意，这是不符合合同规定的。"

石群实事求是地说："这不是重大变更。对大口径工艺管道防腐层的设计修改，是因为现场使用管道的钢板加厚了，质量、性能都比原来的提高了。因此，在确保质量的前提下，对设计文件做了一般性的修改。这是符合我们国家标准规定的，也是符合工程建设质保大纲要求的。我们的做法也是按质保大纲的程序进行的。"接着，石群当面拿出了我国的相关标准、质保大纲等文件的英文本，指出这些文件早已送给了巴方，请他们审读相关规定。

接下来巴方十几位专家的提问，石群都一一耐心解答，说得巴方专家们面面相觑，哑口无言。

几天后，巴方业主又来找石群，还是旧事重提。不过，这次来，业主完全改变了态度。业主有些为难地说："石总，那天的讨论，虽然你们修改设计文件符合国家规定，可我们的十几位专家都来了，弄得挺没面子。你能不能给点面子，让一步，也给我一个台阶下呀？"

石群马上笑言："既然业主这样说，我会认真考虑的。不过，要等两天，等我们陈总经理回来再答复你。"

回到现场的陈曝之听了石群的汇报，高兴地肯定了石群的做法："你处理得很好！既按照总合同的原则，维护了国家利益，又顾全大局，灵活机动地给对方一个台阶下。"

陈曝之出面答复了业主的请求：中方做出让步，对管道的内外都增加了一道防腐层，双方握手言和，皆大欢喜。

在国外工作多年，说起国际交往的事，石群感触颇深。他说："在和外国人打交道时，办任何一件事，无论事情大小，都要严肃对待，认真把它做好。因为，你的一言一行，都代表着国家的利益，一举一动，都关系到民族的形象。”

1995 年，巴方业主找到石群说，巴基斯坦总理贝·布托要参观恰希玛核电站，希望中方帮助他们打马道，做引桥，购置红地毯等物品迎接总理。石群心知肚明，业主既要办事体面，又不愿花钱。他当即答应了对方：“请放心，我们可以做到。”

石群认为，这件事表面看来不算什么大事，只不过我们花点钱，做些礼仪性的工作。但是，这是一个主权国家的政府总理来现场参观，国际影响大，我们宁肯花点钱，付出些辛苦，也要认真办好。

贝·布托参观那天，不少政府的高级官员陪同。他们兴高采烈地参观了这座现代化的高科技能源企业，看到了文明整洁的建筑工地，看到了清新幽雅的厂区被鲜花和彩旗装饰得更加美丽。业主看到中方按他们的要求，将这次迎接活动搞得体面而又隆重，连连称谢。

石群说，还有一件事情让他刻骨铭心。恰希玛工地，两周才有一次休息日，施工单位的有些员工心血来潮，到附近去搞什么野炊，事先也没向工地领导和保卫部门报告。结果，到了那里以后，被持枪匪徒绑架了。匪徒对他们逐个搜身，稍不顺从就打人。把他们的钱、饰品、报话机、手表等贵重物品全抢走了。匪徒还开了枪，但没打死人，看再无油水可捞，就放他们回来了。

石群接到报告后，立即通知巴方业主，并作为刑事案件向当地司法部门提起公诉。当地政府很重视这个案件，在各方的大力配合下，破获了案件。不久，法院对这个罪犯按他们国家的法律判了刑。

当中方接到判决通知后，知道按巴基斯坦法律要对罪犯实施剁手的刑法。心地善良、虑及他人的石群想，这虽然符合法律规定，但这个人将来就成了残疾人，生活失去了自理能力。于是，他作为原告，向巴方法院提出请求，希望在判决量刑时从宽，最好不剁手，给罪犯留条生路。

中方宽厚仁慈的做法，受到当地政府和老百姓的称许。

时光荏苒，不知不觉中 1995 年春节到了，已到退休年龄、劳苦功高的陈曝之请辞了总经理职务，由经过 3 年实践锻炼、能胜任核电工程组织管理的石群接掌帅印。

有这样一个细节必须记录在此，它足可传递友爱，温暖人心。

在 1 000 多个日日夜夜里，石群与陈曝之建立了深厚的友谊。眼下，看到上级的任免文件，他心里很矛盾：觉得陈总几十年来奔波在核工业工程建设第一线，实在是太辛苦太劳累了，应该好好休息、颐养天年了。但是，他与陈总在工作、生活上，协调配合，情同手足，他实在舍不得陈曝之走，他离不开这位受人尊敬的师长。于是，他和现场经理部成员共同挽留，又向上级打申请报告，还把陈曝之的夫人也接到了巴基斯坦。大家盛情难却，陈曝之又在恰希玛和大家朝夕相处、摸爬滚打了半年，将新领导层“扶上马又送一程”，才依依不舍离开工作岗位回国。

1996 年末到次年初，恰希玛工程建设的设备安装到了关键时刻，几个主要设备还没到位，大家都很着急。这当口，石群亲自出马回国催办设备。他冒着隆冬的严寒，一头扎进了沈阳水泵厂，一蹲就是一个多月。

理顺了沈阳水泵厂的工作关系，也消除了巴方业主对设备的担心，石群又匆匆赶往哈尔滨电机厂，他要亲自落实电机的验收和发运工作。

来到车间查看时，地面上的一点油迹，引起了他的警觉：“这油迹从何而来？是哪一台电机曾停放在这儿？”

石群努力说服厂方：“我们的电机是核 A 级设备，技术要求非常严格。因为将来核电站运行后，如果这台电机渗油，哪怕只滴下一点，就可能造成严重后果，那是不堪设想的。”

在他的坚持下，厂方找到了那台渗油的电机，结果发现是一个胶垫破损。换上新垫重装验收合格后，才封装发运。

石群又迅速南下上海阀门厂，这里正在试验从西班牙进口的阀门产品。在试验中，也发现有的达不到要求。于是，就地加工打磨，直到完全达标后，才准许发运到现场。

马不停蹄地奔波，一丝不苟地督办，不辞辛劳的石群终于使一些主设备先后运到了恰希玛现场，这样就有力地保证了安装和调试的顺利进行。

有人说，恰希玛工程施工现场，是一个没有硝烟的战场，这里需要的是能够指挥千军万马冲锋陷阵，并且能运筹帷幄、决胜千里的将军。而石群就类似于这样的统帅。

石群认为，一个好的现场管理者，首先必须有前瞻性。做这样大的工程项目不可能不出问题。但是，要预见到可能出现的问题，不仅是核电站建造过程中出现的问题，还要考虑以后核电站运营中可能出现的问题。遇到问题不能慌，要拿出解决问题的办法、方案和措施。要集思广益，充分发挥所有人的智慧。要妥善协调各方面的关系，包括上级、下级、横向、纵向的关系，共同营造一个和谐融洽的工作环境。一个人的知识、管理能力毕竟有限，这并不是什么缺憾，更重要的是应该具备良好的共事能力。一个团队有共识、协调、友爱的共事基础，遇到问题时，大家出点子想办法，就什么困难都好克服了。

话虽朴实，却道出了工程管理的真谛。

32 核电“粮草”筹措在前

在中国人面前，似乎没有克服不了的困难。

恰希玛核电厂筹措、初建阶段，前方是陈曝之、石群现场指挥，国内则是总负责赵宏遥控，并组织主要设备的遴选、采购。

1993 年 8 月 1 日，巴基斯坦恰希玛核电站核岛厂房浇注第一罐混凝土，巴基斯坦原子能委员会主席伊斯法克出席开工仪式并剪彩。

这天特别热，中巴两国的工程技术人员更是兴高采烈，从主合同生效到浇注第一罐混凝土，仅用了 17 个月的时间，工程进展很顺利。但赵宏的心里却是沉甸甸的，更多的困难、更大的考验还在后面，他已做好充分的思想准备。他对大家说：“开弓没有回头箭，我们做任何事情都必须全力以赴，绝不退缩！”

在核电站项目的建设中，设备采购工作非常重要。一般来说，一个核电机组，有 3 万多台套的设备，设备采购费占据着整个项目的半壁江山。它事关项目进度、项目资金以及项目质量的大局，它是实现项目建设三大控制的重要基础，是保证核电站顺利和安全运行的基石。

因为恰希玛是一个高科技的出口项目，为保证工程质量，部分关键设备、机电仪器设备的零部件、特种材料等需从国外进口，而且，项目的周期长，施工难度大，涉及出口以及进口单位、设备制造企业

200 余家，造成了设备生产协调和进口安排十分繁复的状况。

核电站设备的采购和出口本身是一项挑战性极高的工作，设备采购出口任务包含着众多的方面，涵盖面极广。它有着极高的技术含量，例如核电站主设备的制造，设备、材料的验收；它有着商务方面的极高要求，例如订货合同文件的制定；它还涉及法律法规的诸多方面，例如繁杂的出口许可手续和报关通关业务。

凡此种种，都让恰希玛核电站工程建设遇到了极大的困难。

“我国部分核电设备还是技不如人，还得有求于人啊！”在整个采购过程中，赵宏和中方采购人员感到切肤之痛。

说起核设备采购，离不开一个关键人物，他就是中原对外工程公司总经理毛晓明。

此前，他是中核总五二四厂的副总工程师兼技术处处长，后被任命为五二四厂秦山核电一期设备研制技术负责人。历经 6 载风风雨雨、2 100 个日日夜夜的艰辛努力后，毛晓明率队保质保量地完成了他们承接的核岛系统、核岛辅助系统、核燃料工艺运输及储存系统共计 76 项、2 265 台/件的核电设备研制任务，总产值达 1 882 万多元，为我国第一座核电站的建设立下大功。

1992 年，他调任上海核电器材公司副总经理，由于对核设备业务精熟，经验丰富，又受命担负起恰希玛核电站的设备采购工作。

作为一名甘于为核电事业奉献一切的核工业人，毛晓明不畏困难，他只是感到了一种沉甸甸的责任，感到了肩负的是又一次“国之光荣”的重担。

毛晓明精通核电机械设备制造技术，对于设备的采购工作也比较熟悉，这些构成了他的极大优势。将果断决策和细致审慎结合得恰到好处是他的特点，还有他的清晰思路，都为他取得成功形成了必要的铺垫。

设备的采购出口工作千头万绪：货比三家，择优选择，出口进口，成败得失，集于毛晓明一身。国内的"多国采购"和国际的诸多限制的确给工程带来了很多问题：标准规范上的问题，接口问题，设计和制造技术问题，进出口许可问题，不一而足。压缩成本也是非常关键的一步。一切都需要协调和把握，协调把握好了，是成功，否则，就失败了。毛晓明和他的团队，有惊无险地渡过了一个个难关。

突发事件时时会遇到。中方原本向国外订购的蒸汽发生器和稳压器锻件突然"卡壳"，做出来的锻件核电站用不上。这样，一切都要重来，工程进度直接受到了影响。

如何把影响缩减到最小，毛晓明立即进入紧急状态，经请示和研究，决定另选厂家，重新制造。

由于毛晓明时刻关注行业中的国内外情况，很快选定了新的厂家。新设备的调试在国内进行，毛晓明即刻派人驻厂，协调工作。他的心时刻悬在锻件试验上，以至于寝食难安。锻件的试验最终顺利通过。工期虽然不可避免地延迟了，但他们最大限度地抢回了时间。

这样的大风大浪，在海外核电站的建设中，毛晓明经历了不止一次。

恰希玛核电站反应堆压力容器是国内首次研制，出现了技术质量问题。其关键部件——接管段由于技术要求高，制造难度大，工厂没有经验，造成锻件两次落锤试验未通过。按照技术标准要求，第 3 次试验如果还不能通过，该锻件就将报废。

业内人士都知道，反应堆压力容器是核电站最重要的设备之一，而接管段又是压力容器中的关键件。一旦报废，则将给工程工期造成巨大影响。

这又是一次重大事件，毛晓明心中万分焦急。严峻的形势不允许有任何差错，也不能再承受任何拖延。毛晓明已被逼到"悬崖"上。

他带领相关人员，到制造厂蹲点，一蹲就是半年。他组织工厂的技术人员反复研究，不断试验，几乎穷尽了所有办法。由于采取了有效的技术工艺措施，锻件终于成功通过第 3 次试验，保证了压力容器顺利出厂。

凡同毛晓明打过交道的人都愿意与他共事，这不仅是因为他的随和与大度，还因为他善于解决问题，无论遇到什么难关，他总能化难为易，成功涉险。因此，经常受到人们的交口称赞。

反应堆压力容器在恰希玛现场安装时，48 号主螺栓孔损坏了。如不能及时修复，势必影响工程进度，但修复难度极大。

为解决这一难题，赵宏亲自点将，要毛晓明尽快赶往现场，与相关人员共同处理。他赶到现场了解情况后，组织制造厂技术人员反复研究，制定修复技术方案。经过一系列的工艺试验，圆满解决了问题。

出口巴基斯坦核电站，巴当地企业参与核电站设备制造是工程建设的重要工作之一。巴基斯坦不仅需要中国帮其建设核电站，而且希望中国帮他们尽快实行核电站设备制造国产化。巴基斯坦当地制造核电设备，既是经济需要，同时也是政治任务。但由于巴基斯坦当地设备制造能力有限，再加上核电设备的制造要求高，因此，虽然中巴双方签订的合同在 1992 年 2 月 25 日就生效了，但巴方从没拿到设备制造订单。尽管中方为此也派遣代表团进行过数次考察和调研，但一直未能获得结果。对此，巴方非常着急。

1993 年，毛晓明受命率团赴巴就当地设备制造进行技术和商务谈判。他根据自己的专业知识和工作经验，果断拍板，同巴方签订了第一批当地制造设备的合同，共计 20 项，38 万美元，打开了突破口，得到了巴基斯坦原委会和中核总领导的好评。这件事给当时的巴原委会主席巴特留下了极为深刻的印象。

毛晓明有他的工作秘诀：以身作则，严于律己。他从不以领导者自居，总是待人以诚，晓人以理。他善于思考，博采众长，有过硬的专业技能和出色的组织能力。无论工作遇到什么困难，他总能迎难而上，并尽可能做到更好。永不言败，争创第一，乃其典型的行事风格。

分管公司计划工作时，针对恰希玛工程中的 39 项重点设备，他建立专项计划，制定工作图表，绘制进度和质量状况曲线。工作虽然千头万绪，他总能抓住重点和要害，保证设备制造和采购的进度。

分管科研工作中，他组织有关科研院所和工厂完成了恰希玛工程 40 余项科研攻关任务，使核电站的重要设备——反应堆压力容器、环吊、主泵电机、主泵泵壳和电机、堆芯中子测量装置、生产过程仪表等，首次在国内研制成功，填补了国内制造业的空白，实现了国产化。

恰希玛是我国出口的第一座核电站，这个设备成套出口项目为我国取得了良好的社会效益和经济效益，为中方带来了核电设备供需的有益调整，为中国机电产品、材料、劳务的成套出口，创汇 4 亿多美元，为中国核电设备国产化打下了坚实的基础，与此同时，推进了巴基斯坦核电发展的进程。

毛晓明不仅是商务谈判、设备采购的专家，还是解决设备运行难题的高手。

2004 年 5 月，恰希玛核电站反应堆压力容器在役检验中发现问题。此时，由于压力容器已经运行 5 年，本身已带有强烈的放射性，如果真有严重问题，就必须停堆，且无法修复，整个核电站就会长期停运。这个问题立即引起了轩然大波。

如何处理此难题成为中巴双方共同关注的焦点。如果不能及时、正确处理，不仅影响恰希玛核电站的正常运行，还将会影响该电站二期工程项目合同生效。事关两个项目，事关两个国家的利益，事关国际影响，责任太重大了。

这一次，毛晓明又站在了风口浪尖上。

中核集团立即成立了一个 6 人专家组处理这个问题，毛晓明临危受命为专家组组长。他们带着巨大的压力赶赴巴基斯坦现场。

他们迅速展开全面调查和仔细检查，掌握了第一手材料。在此基础上，他们查阅了大量资料，进行反复的分析论证。最后，果决大胆、准确负责地向巴方提交了专家组的意见：这个问题不影响反应堆的正常运行。

拿出这个审慎而又明确的意见，需要多么大的勇气！而在勇气的背后，是他们精湛的专业技能和高度的责任心。

他们的工作获得了巴方的认可，巴方接受了这一意见，同年 7 月核电站继续运行。毛晓明率队化险为夷，圆满地处理了这个震惊上下、惊动国内外的大问题。此后核电站经过 3 年的运行，再次进行在役检查，检查结果证明专家组的意见是完全正确的。

毛晓明用他的才智和斗志，在中国出口核电站的建设中，就这样又绘下了浓墨重彩的一笔。这位在国内外核电工程建设中摔打成长的一代中坚，面对胜利所露出的从容淡定的笑容中，透出的是对祖国的忠诚和对事业的炽热！

33 “猛虎”下山逞英豪

话分两头，就在巴基斯坦恰希玛核电站建设先行准备阶段，走来了一位重要人物，他几乎参与了这个友谊电站建设的全过程。此人就是大名鼎鼎的丁虎。

20 世纪 60 年代，学习核反应堆工程专业的丁虎，跨出中国科技大学的校门，作为新中国培养的首批核工程技术人才，怀着满腔豪情和抱负投身核工业建设战线。

1970 年，由核工业部牵头，组成我国核电站核反应堆堆型论证组，当时在核二院从事核反应堆设计的丁虎，有幸入选。

秦山核电站建设时期，丁虎时任核工业部核电局工程处处长，自然就处在这场战斗的前沿。他经历了从科研、设计、选址、重大设备研制、施工、人员培训到调试的每一阶段。他有时是执行者，有时又是指挥员，但不论以什么身份出现，敬业、求实、不怕困难、勇往直前的精神始终在丁虎身上体现出来。

1984 年，二机部周秩副部长率首个中国核电代表团赴日本考察核电，丁虎作为成员在日本开阔了眼界，学到了不少东西。他认为，自力更生并不排斥借鉴国外先进经验。

随着秦山核电工程建设的进展，丁虎身上的担子又加码，从工程处调到运行处任处长，负责运行人员培训、调试及生产准备。

二三十年的核电实践，历练出了丁虎的胆魄和智谋。

秦山核电站调试准备工作一开始就困难重重：调试项目和试验方法如何确定？调试顺序如何安排？调试文件和运行规程如何编写？需要哪些调试工具和临时设施……没有人说得清楚，也查不到相关资料。如果依靠自己的努力寻本求源，把问题都搞清楚再调试，从时间、条件上看是行不通的。必须借鉴国际经验。

被逼无奈的丁虎，先请求国际原子能机构提供压水堆核电厂调试和运行规程蓝本，可却得到“当头棒喝”：这些属于电力公司的财产，本机构无法提供！

丁虎不是轻易放弃努力的人。他查资料发现，日本原子力株式会社有一座叫敦贺二号的百万千瓦级压水堆核电站正在调试。于是，他立马给日本公司写信，请求接受调试培训。虽然以前没有联系，丁虎却意外地收到了答复：愿意会谈。

很快，日方派日本原子力的代表到北京谈判，他一见面就说：“丁虎先生，我非常佩服你的智慧和勇气，日本原子力愿意与你方合作。”谈判很成功，日方同意中方派 3 人，长期在敦贺厂跟踪学习调试，并且调试中的重要试验可分批派人去观摩学习。

通过实地观摩学习，中方搞清楚了调试的全过程，更为可贵的是，得到了敦贺二号全套的调试文件和运行规程，为秦山核电站的调试准备和调试成功，也为实现秦山核电站的建成赢得了宝贵时间。

1989 年 12 月，巴基斯坦原子能委员会代表团来到中国，与中核总会谈落实两国政府的决定，丁虎参加了这次会谈。随即，他被指定为中核总巴基斯坦项目筹备组负责人，离开秦山核电站调试前线，去开辟中国核电出口的新战场。

丁虎觉得很欣慰，总是面临着新的挑战。他性格中的乐观和刚毅使之总是欣然面对，因为，他心底充满对祖国的热望。

丁虎从各单位借调了十几名专业人员把筹备组建立起来，用一年时间，完成了大量工作，组织编制了包括技术建议、合作模式、进度建议、费用估算、质量保证、商务条款等内容的项目建议书。

在北京，同巴方进行项目建议书的讨论非常顺利。两次讨论，双方在总体和大的方面就达成一致。正式合同谈判的条件已经成熟。问题是中巴两国总理是口头宣布两国同意合作在巴建设核电站的，找不到正式文件。开展合同准备和合同谈判没有文字的依据。国际上常用的办法是在双方基本达成一致时，先签一个意向书，之后 3～6 个月双方正式签订合同。可是巴方不同意签意向书，理由是双方政府决定的项目不需再签意向书。

为了打破僵局，丁虎向巴方提出一个试探性的建议，他直接用英语对巴方团长说：如果你们认为项目建议书基本可行，建议巴原委会邀请中核总常务副总经理陈肇博访巴，双方签订关于合作建设 30 万千瓦压水堆核电厂的协议书，之后双方立即转入合同谈判。

第二天会谈一开始，巴代表团团长对丁虎说：昨晚我已和原委会主席通了电话，主席正式邀请陈肇博先生访巴。在机场送别巴代表团时，巴方团长把丁虎拉到一边说：巴原委会愿意与中核总就 30 万千瓦核电厂项目签订一个协议书，请你方来巴时把协议草本带来。

丁虎立即将这一情况向时任中核总副总经理陈肇博报告。陈副总随即召开会议进行研究。大家一致认为：访巴并签订协议书对推动巴基斯坦项目进展十分及时，十分重要，建议迅速成行。陈副总当即决定致函巴方接受邀请，同时要求筹备组协同外事局草拟协议书文本。

1990 年 8 月，陈肇博率中核总代表团访问巴基斯坦，刚到目的地就把协议书草本提交巴方。巴原委会为代表团的到访做了高规格、热情周到的安排，陈肇博们如沐春风一样地感受到兄弟般的情谊。

但让代表团困惑的是，在日程中单单没有双方讨论协议书的安排。访问过半，代表团中许多人沉不住气了，要求询问巴方。在一次会上，陈肇博委婉地对原委会主席说：“主席先生，这次我来巴基斯坦是经过中国政府总理批准的，主要目的是谈核电的合作，我回去要有一个交代。”

“这……”对方怔了一会儿故意岔开了话题，临近访巴结束仍然避而不答协议问题。

“你是怎么搞的？签不成协议，回去怎么交代！”陈副总狠狠批评了丁虎，“何况‘外事无小事’，完不成任务，这影响多不好啊！”

真是“峰回路转”，在将要回国的头一天，巴委会总部举行了巴委会与中核总之间的原子能科学技术年度合作项目协议的签字仪式。这是个好兆头！

仪式结束后，巴主席单独请陈肇博到他办公室谈事。巴主席十分诚恳地说：“非常抱歉一直没有对协议问题做出响应。巴原委会非常希望签这个协议，也完全同意中方提出的协议草本，但要签这个协议必须事先得到总理的同意。由于最近巴基斯坦政府发生变化（指原总理贝·布托下台），我先前没有与看守内阁总理联系上。现在总理已经批准原委会签这个协议，在你们回国前我们双方一定把这个协议签掉。”

此时，代表团成员悬在心中的石头倏然落地了。

就在代表团登机回国前的一刻，巴原委会主席与陈肇博，在巴原委会和中核总《关于合作在巴基斯坦建设 30 万千瓦压水堆核电厂的协议书》签了字。

送别代表团回到驻地，筹备组的同事们听到访巴情况，都为丁虎捏了一把汗。大家开玩笑说，如果协议签不成，那丁虎的罪就大了。丁虎一笑：“要是先考虑个人得失，就什么也不能干了。”

项目前进的道路打通了，经过谈判，1991 年底在北京正式签约。

合同的签订成为中巴友谊一个新的里程碑，成为全世界瞩目的事件。由于核电厂所在的地名叫 CHASHMA，丁虎把它翻译成恰希玛，此后该项目就被称为恰希玛项目。

巴基斯坦项目筹备组完成使命，人员都回原单位。丁虎调任新成立的恰希玛项目经理部副总经理。其后随恰希玛项目划归中国中原对外工程公司，丁虎担任该公司总工程师兼恰希玛项目部副总经理，主管设计和技术。

作为主管设计、技术和调试项目的领导，丁虎又一次以务实而严谨的作风投入了战斗。

当恰希玛项目进入困难的安装阶段时，丁虎于 1996 年 9 月又被派往恰希玛核电站，担任现场总经理。作为项目现场总指挥，一干就是 4 年，直到大功告成。

赴现场前，主管项目的时任中核总副总经理赵宏向丁虎交代，到现场后首先多听、多看。心领神会的丁虎一到现场，就深入施工队、班组了解情况，对症下药，根据新阶段的任务，制定了一套技术和管理上的奖惩措施。丁虎在工程建设的良好开局中，充分显示了自己的管理能力和工作魄力。

如前所述，在巴基斯坦建核电厂的最大困难是，一些核大国联合对巴实行核技术和核设备出口限制，给恰希玛工程进展带来极大影响。面对重重困难，丁虎沉着应对，果断决策。

有一次，应急柴油机发生故障了，无法启动，压缩空气打开后震动很大，哗哗地叫。操作人员不知咋回事。这时最简单的办法，就是请外国人来修理，丁虎不用承担半点责任。可是，请一个外国人一天就要支付 1 200 美元，一星期就要上万美元，还不知道多长时间才能修好。

“我们自己修，相信一定能搞定！”紧急磋商中，丁虎拍板。随后，又补了一句：“如有问题，我承担责任！”

丁虎的决心，鼓舞了众人士气。丁虎带领大家查阅资料、分析故障原因、制定修理方案，同时对维修过程中可能的突发事件拟定应急预案。结果，只用了3天时间就排除了故障。当柴油发电机又重新安全启动时，大家松了一口气。

可不是所有的问题都能现场自己解决，这时候，丁虎总是以最快、最直接的方式求得外援，力争最迅速地化解。

汽轮发电机组轴系是汽轮发电机组安装的关键之一。安装公司在轴系调整中发现汽轮机和发电机联轴器间隙不均匀，盘车时测得的联轴器径向跳动超标。如不消除偏差，一开机就可能损坏汽轮机和发电机。

汽轮机厂驻现场代表坚持把发电机转子送回国修理。在临近核电厂调试的关口，却要把发电机的转子，甚至连同汽轮机的整个叶轮送回国检修，这连想都不敢想。正当大家一筹莫展时，丁虎想到向上海电机厂总工程师、中国工程院院士汪耕求教。

电话打到上海电机厂，丁虎几经辗转找到汪院士。汪院士听到话筒的对方是巴基斯坦的恰希玛现场，惊奇不已。他判断联轴器上反映出来的偏差是由于发电机转子和汽轮机叶轮长期放置在存放架上，引起轴临时变形带来的，通过一段时间的盘车就会恢复。现场立即有计划地加大盘车和测量的频度，超差果然很快消失了。

常有人问丁虎抓工程的经验，得到的回答是：“我是个笨人，只会笨办法，就是到处去跑。”简单的几个字很普通，但不是人人都能懂得其中包含着事业心、责任感、知识、技能、经验等丰富内涵的。

项目进入调试阶段，丁虎又给自己规定，每天凌晨一两点钟，都要驾车去现场，到主控室及有关部位看一看，向值班人员了解系统及设备的运行状况。这样，他心里感到踏实。

有一次突发事件。一天即将下班时，突然刮起了大风，风卷着沙尘，使天空一下子如同黑夜。险象发生了，有人喊：“快看烟囱！”大家向上望去，只见100米高的钢制烟囱在大风中大幅度摇晃。巡查于此的丁虎说：“不好，要出事！烟囱的支撑附近可能要开裂。”

这时，天已经黑了，狂风依旧，人们只能回到驻地。丁虎在宿舍听着狂风呼啸，惦记着烟囱，一夜未曾入睡。天蒙蒙亮，风势也小了，他立即驱车去现场，爬上烟囱逐段检查。结果发现，在接近60米高的最上一个支撑部位产生了裂纹。

丁虎立即通知现场设计队和施工单位负责人到烟囱下召开紧急会议，他要求设计队当天拿出烟囱加固方案，施工单位不分昼夜实施。第二天，上海核工院又制定出能保证烟囱长期安全的整治方案。这又是一场险象环生的战斗……

处事果断，雷厉风行，是丁虎突出的工作特点。但在与巴方共同处理问题时，他的作风又是灵活变通的。

丁虎并非事事克难破险、顺心遂意，也有困惑的时候。

1999年年初，安装工程即将完成，恰希玛核电厂进入向巴基斯坦核安全管理当局申领装料许可证的阶段，根据巴核安全管理局的要求，国际原子能机构派预运行安全评价组对恰希玛核电厂进行安全检查。未曾料到的是，评价组对厂房内的清洁状况提出了尖锐的批评。

此时丁虎正在国内开完工作会议休假。对于评价组的压力，现场领导顶不住了，打电话向丁虎报告。丁虎即刻赶回现场，决心抓住安全评价的东风，让恰希玛核电厂的环境状况和工人们的思想认识产生一个质的飞跃。

一场环境大战打响了。现场各单位利用各种场合宣传文明施工与工程质量的关系、环境和质量与核电厂安全的关系，并进一步建立、修改和完善相关的规章制度。同时，以施工单位为主力军，全现场参与，主要领导分片负责，对整个核电厂内部进行彻底的清洁大整治。中核中原总经理负责带领清洁核燃料厂房，他问丁虎，核燃料厂房的清洁度标准是什么？丁虎回答：“照五星级宾馆，一尘不染！”

经过整整一周的奋战和严格的验收，效果显著。整个现场每天有成百上千人进入厂房，当时在巴市场上买不到鞋套，为了应急，丁虎叫人买来一批塑料袋，不论何人进厂房，警卫人员都发放两个，并监督套在脚上，出厂房时必须解下交还。这个办法花钱不多，效果很好，一时成为恰希玛现场的一道风景。

国际原子能机构的预运行安全评价组一月后回访恰希玛，一进厂房就被眼前整洁漂亮的景象惊呆了。他们跑遍核电厂的每个厂房、每个角落，用洁白的手套到处触摸，希望“鸡蛋里挑骨头”。

众所周知，国际原子能机构每年都要对世界各国的核电厂进行类似的检查，他们的认真、挑剔是出了名的。评价组在最终的评价报告中，对恰希玛核电厂的建设状况给予很高评价。评价组组长阿尔博特先生说：“真是不可思议，我们简直就像到了两个完全不同的核电厂。”评价组一位阿根廷专家还特地对参与评审活动的巴原委会官员说：“我为你们高兴，恰希玛电厂的设计、设备和建设都很好，价钱不贵。阿根廷以后如果要买核电站，我就建议买中国的。”国际原子能机构的评价结论，对后来恰希玛项目顺利取得装料许可证起了积极作用。

之后，在巴基斯坦流传着一个说法：中国人只要想做，就会创造奇迹！

在恰希玛项目的实施过程中，丁虎以他的勤奋与真诚，还有他破解难题的能力，赢得了巴方的尊敬、信任和友谊。巴基斯坦原委会主席伊斯法克博士称丁虎为“我的兄弟”，有的巴方管理人员称丁虎为老师，更多人称他朋友，就连一些巴方临时工老远看见他就喊“达拉波司（大老板）”。

从核电厂安全着想，丁虎的“顶牛”较真，也是出了名的。

临近反应堆临界日期，由巴方负责施工的某些放射性系统核厂房的通风系统严重拖期。时值中核总总经理访巴。为了特殊的目的，伊斯法克博士以原委会主席和核安全监管机构主席的双重身份，要求现场进行短期的“临时临界”。丁虎则以中方现场总经理的身份，说明这样做不但没有任何好处，还会对运行人员造成伤害及对以后的运行带来很多问题，国际上也找不到“临时临界”的先例，拒绝解决所谓临时临界。

一个坚持，一个反对，两人在巴基斯坦首都伊斯兰堡发展到激烈的争执。在场的中核总总经理和巴原委会核电委员都惊呆了。在确凿的事实和有说服力的理由面前，主席终于放弃了“临时临界”的要求。

丁虎从伊斯兰堡赶回现场，第一件事是要求安装公司现场总经理王明亮立即组织力量，以最短的时间，无偿帮助巴方完成通风系统的施工，临界的条件很快就具备了。伊斯法克主席拉着丁虎的手深情地说：“丁先生，你是我的兄弟！”

核电厂的调试进行得很顺利。巴方由于没有经验，总觉得试验进行得太快，怕运行的时间不够，要求在 75%功率连续运行一个月。考虑到总工期，巴方的要求已超出合同，以及业主、核安全监管机构和总承包关于调试监管项目的协议，中方不同意巴方的要求。

一天半夜，电话铃声叫醒了丁虎。主控制室值班值长报告，反应堆功率达到 75%，巴方主控制室值班人员擅自集体撤到控制室外面，经做工作仍不回到岗位上来，请示怎么办。

“这个事件一定是恰希玛核电厂巴方预谋，并经巴项目总经理同意的，其目的是迫使中方在 75%功率水平上运行。”暗自思忖的丁虎立即下令停堆。

值长又报告：已达到热停堆状态，巴方人员还是不肯回到控制室。

丁虎清楚，没有巴方项目总经理的命令，巴方操作员是不可能回来的。于是，命令继续冷停堆。

巴方运行人员懂得，在冷停堆状态下如果不能及时开堆，慢慢把反应堆功率提起来，一旦掉入碘坑，要经过相当长一段时间才能把反应堆重新开起来。果真如此，娄子可就捅大了。

巴原委会得知情况，核电委员巴特立即打电话给丁虎，质问：“你为何下令停堆？”进而要求：“立即开堆，提升功率。”

丁虎理直气壮地回答：“你方擅自撤走主控制运行人员，已对核电厂的安全造成严重威胁，不得不停堆。”他要求原委会严肃处理该事件。

剑拔弩张的气氛中，知情者担心事态向恶性方面发展。谁知第二天巴特一赶到丁虎的办公室，就满含歉意地说道：“丁虎先生，让我们忘掉昨天的事吧！请立即把堆开起来。”

“巴特先生，我可以命令把反应堆开起来，但你必须答应两个条件：第一，原委会必须严肃处理事件的策划和指挥者；第二，必须保证今后不再发生类似事件。”丁虎不卑不亢地回应。

巴特当即表示，完全答应丁虎提出的两个条件。反应堆又重新开起来了。

在“斗争”中求团结，于负责中增友谊。在丁虎完成任务即将回国前，巴方举办了一个送别宴会。巴方的领导们都热情赞扬丁虎的出色工作和做出的突出贡献，表达了依依惜别之情。

恰希玛二期工程上马时，退休赋闲的丁虎又奉命出任总工程师，开始了新一轮奋战。

2000 年 6 月 13 日，恰希玛核电站首次并网成功；9 月 26 日移交巴方管理运行。恰希玛核电站的建成，实现了我国核电从原型堆核电站开发到商用堆核电站开发的历史性转变。

在恰希玛核电厂国家验收的隆重仪式上，巴原委会主席高度赞扬和真诚感谢中国核工业总公司在核电厂项目上与巴的合作和对巴的帮助。并深情地说："像赵宏先生和丁虎先生这样许多为恰希玛项目做出重要贡献的中国朋友，我们是永远不会忘记的！"

34 白手起家的总工程师

也许，中核五公司原总工程师杨钟元自己都没有想到，这辈子还能与核电和恰希玛扯上关系。

1962 年从天津大学化工机械专业毕业后，杨钟元就一直在中核五公司工作。从当年只有编号的军工企业，到后来的中核五公司，杨钟元离山东老家的距离慢慢拉大，随着多次迁移，他从西北偏僻的山区，辗转来到了上海。

虽然工作单位一直没有变动，但杨钟元的工作却变动不小，军工产品，机械安装，化工装置施工，还曾和原子弹、氢弹搭上过那么一点关系……勤奋好学的杨钟元，秉持着一丝不苟的工作态度，从技术员做起，一步一个脚印地评上了研究员级高级工程师。再后来，凭着多年历练积攒的经验和优秀的品格，杨钟元成了中核五公司当之无愧的总工程师。

1991 年，对于中核五公司，或者对于杨钟元本人来说，都是一个需要铭记的年份。作为当时国内最大的涉外建设项目，巴基斯坦恰希玛核电工程需要一支精干、出色的工程队伍。一天，公司领导找到了杨钟元，给他带去了一个好消息和一道选择题。

原来，上级有意将恰希玛工程交给具备一定资质和实力的中核五公司，但这对中核五公司来说，既是一次机会，更是一次挑战。接受？

还是不接受？谁都不敢轻易下这个决定。

“怎么样？我们要不要吃下这个工程？”这样一个简单的问句，出现在杨钟元面前。

几乎没有过多考虑，杨钟元当即一拍大腿，兴奋地叫起来：“接，当然要接！”

正如很多人所认为，有很大的风险，也蕴含着机遇。

其实，杨钟元和中核五公司的很多人都想到了，公司在技术能力、施工管理、质量管理、国际工程管理等许多方面，会有新的突破。如果能成功地啃下核电站这块“硬骨头”，那么中核五公司的综合管理能力无疑会再上一个台阶，在未来的市场竞争中，核电工程可能成为五公司新的利润增长点。何况，对于杨钟元和他的同事们来说，每一个项目，都是一次成就自己的机会，更何况是如此规模的核电项目。

当年12月26日，恰希玛工程的“委任状”摆在了中核五公司的面前，而一纸任命也很快放上了杨钟元的办公桌——项目总负责。

工程是接下了，喜悦的心情还没平复，接踵而来的烦恼与日俱增。

因从未涉及过核电工业领域，大家都一无所知，包括总负责杨钟元在内。当时，核电技术还属于“高新科技”，再加上核技术又可能涉及国家机密，所以，当时国外的核电事业已处于发展期，但国内相关的资料和书籍并不多。

可是，要想把一个核电站建起来，不弄明白核电是什么，又从何入手？所以，刚刚接下工程的中核五公司，突然没有了以往的自信和坦然。直到现在，杨钟元还是会用“毫无头绪”来形容当时的状态，因为对于还只安装过6 000千瓦汽轮发电机组的中核五公司来说，30万千瓦的恰希玛核电机组，其技术难度和要求无疑跳了几个台阶。

然而，既然决定“吃”下这个工程，就等于签下了军令状，临上阵再打退堂鼓，当然不允许，也绝不可能。何况，对于这些意气风发的工程建设者来说，眼前可供选择的路，只有一条：明知山有虎，偏向虎山行。

也是机缘巧合，一次回山东老家，杨钟元偶然听到，山东电力建设公司正在安装一套 20 万千瓦的火电机组。这个消息让杨钟元看到了可能：火电虽然和核电不同，但这么大功率的火电机组，正好让五公司的人开开眼界。

于是，杨钟元把老家的很多亲朋好友都发动起来，几经周折，终于把恰希玛工程项目组的人拉到了山东潍坊，来到施工现场实习。不管是技术干部，还是普通工人，都直接跟班上岗，亲眼看见了 20 万千瓦的发电机组是怎样的一个庞然大物。

然而，火电毕竟还不是核电。杨钟元很清楚，要想把恰希玛工程干好，首先就得明白他们要干什么。

很快，一套培训计划出炉了，一些研究过核电、接触过核电的老师被陆续请进了项目组。然而，几次课下来，杨钟元们仅仅了解了核电的发电原理，对于要亲手建造核电工程的人来说，这一点点的了解，犹如“望梅止渴”。

杨钟元想到了秦山核电站。1991 年底，秦山一期正式并网发电。一打听，人家还真有技术总结在那里，但要想知道核电的“秘密”，代价是很高昂的。

20 世纪 90 年代初，昂贵的技术转让费是一笔不菲的开支。“买，再贵也要。”杨钟元最后还是“爽快”地拍板决定，用高昂的价格，从秦山捧回了那本宝贵的技术总结。

杨钟元说：“只有解决了要干什么这个首要问题，我们才能继续下去，或者说，我们才知道怎么继续下去。”很快，相关核电概念性问题的解决，也让他们从最初的“毫无头绪”，变成了之后的头绪太多……

即使到现在，核电工程仍然属于高端技术，关键设备动辄几十米高、几百吨重，连接管道又粗又厚，这种种因素都给设备的起吊、焊接、安装等增加了难度。核电站对于施工要求的精密，几乎到了苛刻的程度。

正因为这样，施工准备就进行了3年。技术、工具、材料、人员，需要一项项落实，与巴方沟通，还需要人翻译，所有的工程文件都必须是中英文版，所以英语学习班就办了两三期，哪怕是杨钟元这样的元老，还得抽空到学习班里“死记硬背”。

杨钟元说：“七分准备三分干。只有准备得再精细一些，工程建设的顺利才能再多一分保障。”那时候，杨钟元的脑子里，整天盘算的都是“恰希玛”，太多头绪需要这个项目总负责来理顺。

核电站对于质量安全的严格要求，使准备工作成了无数次的会议。那时，各种各样的会场，成了杨钟元最常出现的地方。作为总负责，他需要从各个方面了解准备工作的进展情况，需要从各方面把握恰希玛工程。

在无数次的讨论、修改和完善之后，施工计划、管理程序、工作程序、施工方案、质量计划、工作计划等等一一变成了文字，确认在案。也许，对于中核五公司这支“核电新兵”来说，施工技术，仅仅只是一个困难，这些包括工程方案、质量手册等内容的文件体系，也成了横亘在他们面前的一道坎。

“现在，国家的核安全法规，已经确认了很多文件资料的格式文本，可在当时，谁都没见过这些文字的东西，都不知道怎么写。”在杨钟元的印象里，连恰希玛工程文件资料体系的确立，也算得上是中核五公司的一大“创举”。

其实，在整个工程建设的准备阶段，这样的经历绝不止于此。为了保证正式施工阶段的顺利推进，杨钟元和他的同事们毫不吝惜地倾情付出，要出国施工，他们不能不提前把事情想得更周到些……

核岛的压力容器，是个重达200多吨的大家伙，要想吊装这么一个笨重的大家伙，需要一套高承载力的索具。可是，到哪里找滑轮和钢缆？“就是找不到那么粗的钢丝绳，很多钢缆厂都直接回答没有。”为此，几个负责材料采购的技术人员几乎跑遍了所知的厂家，愣是没找着符合要求的，最后还是在贵州一家军工厂里找到了。

别看是钢缆、螺丝这样不起眼的小东西，在当时工业水平尚显落后的国内，这些小东西却着实让杨钟元伤透了脑筋。

拿压力容器来说，高60米，直径近40米，要把它平稳地架在地面上，可不是一件容易的事。为此，吊装环形吊车自然必不可少。于是，安装环形吊车的钢轨道，成为恰希玛核电工程的第一道难题。按照施工精度要求，要使轨道保持在同一个水平面，就需要先确定一个中心点，然后按照等高等距的要求确定其轮廓位置，以便为圆环状的轨道安装支架。仅这一项工程，就是一两千个点的数据测量。

杨钟元知道利器善事的道理，要提高施工质量和效率，离不开先进施工工具和设备的帮忙。除了设备准备组四处打听，他甚至特地从测绘学院招聘了几个“专业对口”的大学生，配合项目组“寻找”就手的工具。

好不容易，一套测量仪器从德国远道而来，技术人员的不断学习和摸索，终于让轨道和吊装设备，平稳准确地摆开了架势。而这一次设备引进，不仅使恰希玛工程的这一工程环节大大缩短了工期，也使中核五公司的测量技术前进了一大步。

主管道的焊接，也同样是摆在杨钟元面前的一道难题，72.5毫米厚的管壁，焊接要求又高，控制变形和收缩量是关键，这样的活放在谁手里，谁都得捏把汗。可杨钟元更知道，要是这个焊接活吃不下来，恰希玛工程也就吃不下来。

焊工是一项讲究技术和经验的活，为了让这些技术工人对主管道的焊接“胸有成竹”，杨钟元又多方努力到人家的施工现场，弄了些全进口的厚壁管道，让焊工们实际练习。同时，一场超大规模的“选秀”活动，很快在杨钟元的安排下，在焊工队伍中开始了。

经过一轮的培训、考试、淘汰，原本 300 多人的选拔队伍，最后只剩下了近 100 人。而这 100 个焊工中的“精英分子”，将再经过培训，确定人员后派遣到巴基斯坦工地上。

所以，很多年以后，杨钟元总觉得自己在恰希玛工程中，做得最多最大最重要的事情，就是“准备”这两个字——技术的准备，材料的准备，人员的准备……从接手工程的 1992 年，到开始大面积安装施工的 1995 年，杨钟元整整准备了 3 年。杨钟元就是这样一个具有细致性、计划性、系统性的人。在他看来，准备总是不尽如人意，而没有完美的时候。

1995 年 9 月，当巴基斯坦建设工地的安装工作大面积展开时，杨钟元启程奔赴远方，开始了他长达 3 年的异国生活。

即使是最热的时候，人们仍然会在工地上看到杨钟元，穿着被汗湿透的工作服，眯着眼睛在工地上东看看、西摸摸。不久，很多人都记住了这个项目经理。

那时的杨钟元，大概很少会像现在这样，整天和颜悦色的样子。他说，对于一个工程来说，质量是关键，就得有人严抓。所以，我不得不严厉，有时候毕竟要脸沉得下去，才管得起来。

有一次，一批用作水循环管道的卷焊管刚刚从国内运到工地，它是由整张钢板经过专门机器卷曲，再将两边焊接在一起形成管道，有一定的焊接难度。检验中，这批管道的焊接被发现不符合要求，可是，施工现场又急等米下锅，谁都不想延误工期，怎么办？杨钟元没有犹豫，当即下令返工。

“在工程质量上，一点放松不得。”陈清军说，这是在跟杨钟元的几年里，理解得最透彻的一句话。

所以直到现在，陈清军还记得杨钟元的一次发火。那一天，一个青年焊工正在仰脸焊接时没有戴面罩，正好被路过的杨钟元逮了个正着。正是这件小事，让陈清军清楚地知道，在杨钟元面前，你别有一点儿马虎，普通工作是这样，在严密的核电工程里，更是这样。

杨钟元好几次开玩笑说，如果哪一个核电站废弃停用，若干年后，那些考古学家再来发掘时，完全可能把它当成造纸厂。哪怕只是工程建设时的文件资料，就能堆满整个核电站。

核电工程的这些特性，让杨钟元不得不更加小心在意，他总是不厌其烦地告诫自己，告诫所有人，质量是任何一个工程的基石。

1997 年，杨钟元在巴基斯坦度过了自己的 60 岁生日，正式踏入退休的行列。

是该歇歇了，可恰希玛工程还在紧张的施工阶段，即使是杨钟元现在就走他也实在舍不得。于是，杨钟元的退休生活足足推迟了一年。

1998 年，杨钟元从完成施工的恰希玛核电站“撤离”，正式办理退休手续。然而，作为中核五公司有过核电经历的第一代人，回到上海后不久，杨钟元又开始投入新的核电项目的准备了。

杨钟元说，一位外国工程师说过，人一辈子只够干一个核电工程。他已经参与过一个恰希玛，够了，也值了！

是啊，杨钟元的核电建设之路也许已经画上了句号，但人这一辈子，能和“恰希玛”这样一个特别的名词联系在一起，够了，也值了！

35 大国形象中核人

调试，是核电站建设最后竣工前的一道必经阶段，是一项大型的、复杂的系统工程。

1998 年 5 月 25 日，范永富坐上了飞往巴基斯坦伊斯兰堡的巴航飞机，去恰希玛核电站正式就任调试和试运行的总经理，加盟胜利在望的“丁虎团队”。

此时的范永富虽已年过花甲，但精气神仍不减当年。本该是颐养天年的时候了，但祖国的召唤就是自己的天职。飞行途中，历历往事浮现在这位已在核工业战线上的 101 重水堆、核潜艇陆上模式堆、秦山核电反应堆 3 个反应堆打了 40 多年交道的核电人的眼前。浮想联翩的他，此时无心去欣赏万里高空俯瞰壮丽河山的美景，也无暇顾及长时间旅途的疲劳，在他心头盘桓的却是如何把人生征途上的第 4 个核反应堆调试项目拿下来，不辱使命，为中国核电争光，为中巴友谊增辉！

选择范永富担此重任当之无愧！

整个调试工艺系统复杂、技术难度大、安全要求高、调试周期长、涉及单位多。它不仅是检验核电站设计水平、设备建造和建设安装质量的关键手段，也是培养运行、检修、生产管理、设备管理和调试试验人员的最好课堂。同时也是验证运行规程和管理制度的最佳时机。

国际上核电站的调试工作，通常由工程建设单位来完成，即所谓的交钥匙工程。而秦山核电站是我国第一座核电站，无论是设计、建造经验，还是调试、运行经验，都非常缺乏。从国内现状看，设计、建造或运行单位，都没有能力独立完成这样繁复的任务。

针对这一特殊情况，秦山一期的调试模式采用运行和设计单位组成联合调试队，下设调试管理组、调试技术组和调试办公室，范永富任调试管理组副组长，处在联合调试队的中枢位置。加之组长因病休假，调试管理组繁重的工作就自然落在了他的肩上。

单就编制出 251 个项目的调试大纲、调试细则以及管理规程等众多的技术文件，就可看出他们的辛劳程度。范永富还得协调调试过程中出现的各种问题。毕竟是年过半百的人了，他常常感到力不从心。但为了中国自己的核电站，再苦再累也得挺住，即便豁出性命也得完成调试任务。有时刚下班回家尚未端起饭碗，就接到现场电话，他马上调集人马，匆匆前往解决问题。有时夜晚刚刚入睡，又被电话铃声叫起，他立马披星戴月地赶往工地……

调试的实践，艰苦的磨砺，使范永富对核电站的主要设备、调试项目、调试地点、调试进度十分熟悉，被秦山的同行们称为调试"活地图"，可见他对调试工作的掌控程度。

范永富到达恰希玛现场后，很快发现调试进度不尽如人意。其主要原因，是一些西方发达国家故意刁难捣乱，甚至寻找借口对一些关键设备实行禁运，致使安装交工不及时。这直接影响调试工作按照网络计划的正常开展，也威胁着该项目的竣工验收。

政治敏感、胸有大局的范永富心想：如果消极等待，一切按部就班，等安装公司把设备和系统安装好了再交到调试人员的手上进行调试，这个责任虽然不在调试，但势必影响合同规定的竣工期限。不仅带来巨大的经济损失，更重要的是造成不好的国际影响。一旦出现这样糟糕的结局，所有的中国人脸上都不光彩，而且中国的核电事业也会因此而蒙羞。

基于此，为确保总合同的如期兑现，老成干练的范永富，以过人的智慧和丰富的经验，调动起麾下的精兵强将，千方百计，追赶进度，进行了 5 个方面的艰难努力。

1999 年 8 月 28 日，恰希玛核电站一回路水压试验一次成功！也许是渴盼已久的硕果，也许是精诚合作的甘甜，所有调试者喜上眉梢，互道祝贺。正是这样的齐心协力，原定的水压调试时间，不仅没有被推迟，而且比原计划还提前了 3 天！

当范永富他们在调试现场施展拳脚之时，从国内又飞来一得力干将。秦山核电公司调派具有丰富调试经验的研究员高工、总经理助理兼核安全监督处处长，额头敞亮、文质彬彬的吴观星，任巴项目经理部副总经理，主管核安全和质量保证，并协助总经理与巴方沟通对话。

同巴方对话协调谈何容易！

巴基斯坦有核电站比我国还早，20 世纪 70 年代，加拿大就在卡拉奇帮巴基斯坦建造了一个 12 万千瓦的重水堆核电站。他们接触核电比我们早，对核电站的法规非常熟悉，所以在沟通和对话中对中方要求比较高。

在调试大规模开展前，巴方就对秦山现场经理部进行了 10 个方面全面深入的质保监察，除了进行详尽对话，还查阅了大量调试和试运行文件，仔细检查现场……通过长时间和严格的监察活动，使中方对质保大纲的实施及其有效性增强了信心，也对监察提出的缺陷采取了有效的纠正措施，从而完善并加强了我们的质保体系。

但挑剔的巴方仍不放心，提出中方的主操纵员必须经过巴方核安全当局的考试，取得巴方的操纵员执照方能上岗。本来，中方赴巴参加调试的主控操纵员，此前都经过系统培训和严格考试，取得了中国核安全局颁发的在有限期内的 RO（操纵员）和 SRO（高级操作员）执照。但巴方强调恰希玛核电站有别于秦山核电站，坚持要求考照。

“简直是门缝里瞧人——把人看扁了！”开始调试人员都有一些抵触情绪。现场经理部研究后认为，巴方的要求有一定的合理性，毕竟恰希玛核电站在秦山的基础上，做了不少改进。于是给主控人员耐心解释，打气鼓劲。“咱中国人就不信这个邪！‘是骡子是马，牵出来遛遛’！”主控人员憋足了一股劲。

中巴双方几经协商，采取了两种办法：认真组织内部的理论考试；利用巴方模拟机室的空当，组织主控人员分批演练，并接受考试。结果全部通过，在装料前取得了巴方签发的操纵员和值长执照。

当然，在对话过程中也遇到对方一些不合理的要求，使双方的合作煞费周章。

如铜离子的分析试验，巴方有人质疑中方的试验方法，甚至连我们带去的分析试验仪器都不放心。我们反复解释、协调，由双方有关人员在场监视下演示，结果情况正常，真实可信。但巴方仍有个别人固执己见，纠缠不休，为此发生了激烈争论，一争就争到半夜。争得连丁虎总经理都看不下去了，他批评了对方，将其挡了回去。

后来，中方才了解他们怀疑的意图，是想早点熟悉和掌握中方的设备。但他们太急了，用“发难”的方式欠妥。因为这种仪器比较精密，价格昂贵，在国外损坏了无法补充，所以中方不敢马虎。

不过，这一事例透露出一个重要讯息：巴方急于掌握独立操作的技能。而我们呢，人员也有在后期有序撤退的想法。这正好是中巴双方加强培训的重要思想基础，对工作、对双方都有利。于是，我们就因势利导，开展对巴方值班人员的培训。

吴观星带着总结的口吻说：“这一培训过程概括起来就是三步：第一步，影子形式，先让他们看我们操作；第二步，基本熟悉设备、工艺流程和操作规程之后，在我们的监护下操作；第三步，经过我们的考核确认后，放手让他们独立操作。”这一招还真灵，由于巴方运行人员逐步能够独立操作，为中方逐渐减少试运行人员和后期快速撤离创造了良好的前提条件。

调试过程中最具有戏剧性的事件，要数LAEA对恰希玛核电站进行的Pre-OSART检查。原定检查巴方为主，中方人员作为技术后援，扮演幕后角色。然而待LAEA评审团到达现场后发现，恰希玛核电站是中方以交钥匙的方式负责调试和运行，于是就坚持要直接评审中方。

这对中方太突然了，一时被动至极。但平静下来，觉得LAEA评审团也是有道理的。既然如此，就下定决心面对，尽快完成由技术后援到前台接受审查的角色转换。

对吴观星来说，应对Pre-OSART和OSART的检查已不是第一次了，当年在秦山就直面应对过。这次虽说时间紧了些，但信心还是挺足的。于是迅速组织8个方面颇有经验的专业人士，并结合秦山Pre-OSART和OSART检查的经验反馈，在进行了紧张的补习和积极准备后，就接受了Pre-OSART的严格审查。意料之中的是，除有的问题按评审团的意见整改外，总的评价是好的。通过评审，也进一步促进了中方的调试和运行工作。

恰希玛调试中最值得称道的，是2000年8月23日的满功率甩厂外负荷试验。

这一天，主控制室内，人们都在有条不紊地忙碌着，但空气却异常凝重，尤其是秦山调试队的人员，心中忐忑，躁动不安。这倒不是因为满功率甩负荷试验多么重大，也不是因为它是238项调试中接近尾声的一个项目，而是因为以前的满功率甩负荷到厂用电试验很难取得一次成功。大概这就是心有余悸吧。

试验在严密的策划和精心的准备之下，特别是在汲取了秦山的调试经验，有针对性地做好预防后蓄势待发。“试验开始！”值长一声令下，主控电操作人员沉着地断开了输电闸门，显示器上的数字飞快地下降到厂用电水平，就这样维持了两分钟，没有引起停堆停机，试验取得了圆满成功。

主控制室内，汽轮机厂房，中巴两国参试人员鼓掌欢呼，互致祝贺。随后进行的电站性能试验和可靠性示范试验也完美收官，至此，为时近 4 年的恰希玛核电站调试工作宣告结束。

在恰希玛调试的最后时日里，吴观星还就转让调试仪器仪表和向巴方派遣运行顾问两个事项与巴方进行了沟通和谈判，签订了两个合同。他深为感慨地作结：“所谓对话，就是沟通，在双方的意见中寻找共同点，以理服人，最终协商解决问题，妥协代替了争论。”

中方调试人员的优秀成绩和出色表现，是以奉献、牺牲为代价的。

巴基斯坦，是位于南亚次内地西北部的伊斯兰国家，属亚热带草原和沙漠气候，多数地区雨水稀少。没有去过那儿的人，对它的印象可能不错，因为“巴基斯坦”在乌尔都语中就是“清真之国”，95% 以上的居民信奉伊斯兰教。但从它“四季繁花开不败，半年酷暑人难耐”的民歌来看，是一个既有鲜花长开的诱惑，又有烈日灼人的所在，恰希玛还是一个“三惊”之地。中方人员初来乍到，要经受“三惊”的考验：一是蜥蜴惊心，所谓蜥蜴，即四脚蛇，在中国很难见到，而在恰希玛，房间里到处都是，有时还冷不丁从屋顶掉到你睡觉的床上，挺瘆人的。二是地震惊魂，刚进恰希玛不到一周，就连续发生了两次地震，凌晨两三点，慌乱地跑到室外避难；三是豺叫惊梦，深更半夜常常被豺狼凄厉的惨叫惊醒，豺的叫声就像小孩在痛苦中的啼哭，不胜凄凉。

恰希玛核电站的中方建设者，不仅要战胜工程中艰难险阻，还要适应那儿恶劣的环境气候，更要克服精神上的孤独、寂寞和恐惧。

一次设备调试与巴方的“卡壳”事件中，体恤下属的赵宏审时度势，做了一个以逸待劳的英明决定：现场各单位除留少数人看摊子外，其余回国休假。

范永富十分理解和感谢赵宏部长的决定，连忙召集调试方方面面的负责人落实，把秦山在现场辛辛苦苦好几年的200来号人，除留下十几人守摊子外，其余分期分批撤回国内。留下的人中，当然包括范永富自己。

其实，此时的范永富何尝不想回国呢？且不说他已年过六旬，心脏也不是很好，一直在服药维持。尤其是在生活上，对这里的饮食很不习惯，慢慢就患上了肠胃炎，稍不留意就闹肚子，身心均需调养。再说了，他的夫人虽退休在家，可心脏也不好，自然多了几份牵挂。

更让范永富愧对的是他已经病故的老母亲。来巴基斯坦前，其母身染沉疴——肺部严重积水，靠不停地抽水以维持生命。因恰希玛调试工作急需他尽早赴巴，在忠孝难以两全的无奈之下，他挥泪告别了生命垂危的老母亲，义无反顾地启程。

1999年春节，赵宏考虑到范家的实情，特批范永富回国探视母亲，以聊尽孝心。“谁言寸草心，报得三春晖。”回家后的范永富一直恭候在老母亲的病榻前，熬药喂汤，无微不至。眨眼间，假期已满。唉！范永富深感做人的难处，但思绪很快又回归常理：一个老共产党员，一个老核电人，怎么着也不能为了小家而舍弃大局啊！

可就在范永富充满歉疚、准备再次告别病重的母亲返回恰希玛时，老人家在春寒料峭的正月十七撒手人寰。悲痛中的他草草料理了母亲的后事，在忌日的第3天就踏上了归途。或许是慈母感天，让游子免受牵挂；或许是孝子动地，为老母祈来长眠！当下调试因故停顿，大家有机会回国休假，范永富也真的想回去，站在老母的遗像前，深深地三鞠躬。

但看到跟随他转战国外的部下，他们也有父母、妻儿、恋人，更应该回国休假探亲。以一己之坚守和孤寂，换取众人的团聚和欢乐，是作为领导、作为长者应有的襟怀啊！他在回忆这段经历时，对笔者感慨万分："别人都可以走，唯独我不能走！"在他的妥善安排下，能走的都走了，"中国村"一下子失去了往日的热闹。

不过，在这遥远的"中国村"里，清早仍可见到范永富晨练的身影，这是他几十年养成的习惯，也因此使之能承载如此繁重的工作。深夜亦可见他寝室里的灯光，孜孜不倦学习的他，正在思索下一步的调试该如何博弈？

范永富的不辞辛劳、无私奉献，只是众多国内外核电人忘我奋战的一个缩影。正是他们的众手擎天，中国的核电事业才从无到有、蒸蒸日上！

正是中国人的智慧、汗水、友谊和牺牲，使恰希玛核电厂的建造非常成功。2000 年整个电站的利用率达到 97.5%，几乎在不停地使用，巴方很满意。在 2005—2006 年两次换料之间的运行周期内，核电厂的负荷因子达到 96.4%的先进水平。恰希玛核电厂的建成和良好的运行记录在巴基斯坦产生了很好的经济效益和社会效益，在国际上也形成了良好的影响。国际原子能机构全面检查后给予高度评价："恰希玛核电厂是先进的、可靠的、安全的核电厂！"

赵宏感慨万千："同样的机组，在秦山发电，是 31 万千瓦，在巴基斯坦发电，却是 32.5 万千瓦。由于恰希玛核电站一期工程效果良好，中巴双方于 2004 年又开始二期工程建设。二期工程合同谈判，中方由我负责。他们现在想要 4 个 30 万千瓦，再要两个 100 万千瓦，这让我感到非常高兴。我们不仅锻炼了队伍，提高了水平，也增加了收入，扩大了中国的国际影响。"

在巴基斯坦经济社会发展最需要的时候，我们帮助了朋友，当我们在工程建设中遇到困难时，巴方也伸出援助之手。

巴方给中方的贷款支付方式是现金，全部按时付款，很讲信用。但由于西方国家制裁，巴基斯坦经济非常困难，巴基斯坦政府只好采取外汇冻结措施，但给恰希玛核电工程产生了很大影响，银行存款冻结，中国人拿不到钱了，人心不稳。巴基斯坦原子能委员会主席想了很多办法，甚至想拿卢比到黑市上换美元给中国人。最后找到他们的财政部，找到总理，才把核电项目的银行存款解冻了。

巴基斯坦原子能委员会邀请当时的陆军参谋长、后为总统的穆沙拉夫到现场参观。中方负责人一边汇报工程进展，一边说资金无法运转工程难以为继，问他怎么办？穆沙拉夫将军临走时掷地有声地说："你们放心，我就是把我的坦克卖了也要付钱给你们！"

在恰希玛核电站建设中，中巴两国工程技术人员平等、互利、友好、合作，齐心协力，共渡难关，终于取得了丰硕的成果。中核总克服难以想象的困难，采用国际上先进的核电工程的AE公司管理模式，不仅出色地完成了任务，也与巴基斯坦建立了浓厚的感情。

朱镕基总理盛赞："恰希玛核电站的建成，是中巴两国核电建设者聪明才智和辛勤劳动的结晶，恰希玛核电站作为两国人民传统友好关系的象征，作为发展中国家之间'南南合作'的成功典范将载入史册！"

腾跃

36 技术创新无处不在

2018 年隆冬的一天，笔者走进北京天文馆附近巴基斯坦恰希玛、卡拉奇核电站的承建者——中国中原对外工程有限公司（简称“中核中原”）。在现代时尚的展览大厅，一幅“中核中原，引领中国核能走向世界”的标语立即吸引了笔者。

笔者走进时任董事长杨朝东办公室说明来意后，他不假思索地这样概括：

没有改革开放，就没有中国核工业走向世界舞台；没有改革开放，就没有中核中原。海外建成项目的稳定运行、在建项目的顺利推进，让全世界看到了和平利用核能的“中国方案”；与美、法、日、韩、俄等国同台竞技，让全世界见证了中国核能技术的迅猛发展，见证了中国制造的竞争力和影响力。

杨朝东

历史的车轮滚滚向前。改革开放 40 多年来，核工业作为中国工业的一支劲旅，其发展历程与国家战略息息相关。作为核工业走出去“代表人物”的中核中原，时刻牢记使命，持续开拓进取，为中国核工业走向世界舞台贡献着一份力量。

1983 年，为执行中国与阿尔及利亚两国政府签订的《关于和平利用核能合作议定书》，中核中原应运而生。中核中原的使命，就是中核集团对外合作的窗口和渠道，是实施集团国际化战略，为集团打造海外品牌，创造新的经济增长点。

37 年来，中核中原牢记使命，开创了中国核工业走向世界的多个里程碑：

成为我国第一个在国外建设大型核设施、第一个将 30 万千瓦核电机组带出国门、第一个将百万千瓦核电机组出口海外的公司。在海外建成 1 座核研究中心，投产 4 台 30 万千瓦核电机组，均按照或提前合同工期完工，运行良好；正在建设 2 台百万千瓦核电机组，进展顺利；创造了项目管理的良好业绩。新签署了 1 台百万千瓦核电机组合同，开发跟踪国家近 60 个……

更重要的是，我们不仅打造了一支国际化的核电建设队伍，还铸就了“实事求是，海纳百川，主动作为，持续创新，国际视野”的“中原经验”。

的确如此。杨朝东的概述，让我们回想起巴基斯坦恰希玛核电站的采访。中核中原海外核电的成功建设，树立了“南南合作”的优秀典范！

如今，又是在“巴铁”，中核中原践行国家“一带一路”倡议的重要工程、我国自主三代核电技术“华龙一号”海外示范工程——卡拉奇核电 K2/K3 项目，经过近 4 年的建设，正式进入土建、安装双高峰，朝着“2021 年建成”的目标全力迈进。

为支撑“华龙一号”在海外的首堆工程和中核中原的建造，中核工程公司派出了最强大的“设计梦之队”。这支队伍由“华龙一号”

总设计师邢继领衔，时任设计院"华龙一号"型号总设计师荆春宁，卡拉奇项目设计经理魏峰、李广慧，设计院"华龙一号"专业总设计师袁霞、王彦君、王宏杰、李玉民，设计管理团队和各个专业设计者等共同组成。

这支"设计梦之队"常驻巴基斯坦卡拉奇市。卡拉奇是巴基斯坦第一大城市，距首都伊斯兰堡 1 500 公里，位于巴基斯坦南部海岸、印度河三角洲西北部，南濒临阿拉伯海、居莱里河与玛利尔河之间的平原上。卡拉奇地处荒漠，当地常年高温，夏季温度高达 50 ℃。海外华龙首堆建设的背后凝结着"梦之队"每一位工程师与建设者的智慧与汗水。正是他们的坚守，奠定了华龙项目平稳推进的基石，为核事业的发展提供着不竭的动力。

核电站的建设如从程序和流程上来讲，无非是设计、采购、土建、安装、调试、运行管理；若论建设过程的管理，那就是进度、成本、质量、安全四大控制。海外"华龙一号"首堆卡拉奇 K2/K3 核电机组与国内首堆福清 5、6 号机组，建设的流程和管理大同小异。

牛顿曾经说过：如果说我看得比别人更远些，那是因为我站在巨人的肩膀上。从秦山核电到卡拉奇核电，中国核电事业一路走来，从国内到国外，历经三十余载，学习、实践、自主创新，中国的核电走出不同寻常之路，演绎着非凡的精彩。

中国核电的发展也正像牛顿所说一样，经过几代核电人的不懈努力，艰苦奋斗，勇于创新，消化吸收并总结了法国、美国、俄罗斯、加拿大等国的核电技术，在此基础上研究出了独立自主知识产权的三代核电"华龙一号"HPR1000。同样，中核中原则总结了国内中核、广核、国核的诸多项目部施工经验，分析研究，大胆论证，取长补短，进行了一系列的技术创新。

让我们走进异国他乡，你一定有别样的感受。

2018 年 11 月的卡拉奇，平均气温在 35 ℃上下，但却是一年中最凉爽的季节，其他时间更加酷热难耐。

在卡拉奇市西部天堂角附近的阿拉伯海岸老鹰湾畔，“华龙一号”首次走出国门的项目 K2/K3 正如火如荼地建设着，两个反应堆厂房都已经封顶，远远望去，像两个巨人巍峨地矗立在海滨。

尽管地处异国他乡，物资匮乏、环境恶劣，但却有一批永不言败、锐意进取、勇于创新的中核人，克服了比国内同类核电站建设复杂得多的困难，使海外华龙的建设有条不紊地进行，不仅按计划完成了 42 个二级里程碑节点，还实现了自开工建设以来连续 1 710 天安全生产无事故的行业内一流业绩。

在海外建设华龙，条件跟国内简直没法比，只能因地制宜，重新趟出一条路来。在中核中原项目部那里，墨守成规从来不是首选方案。

项目现场虽然紧邻大海，但周边却是一片荒漠，打井到 100 米都出不来淡水，必须每天从城里运来 7 000 吨淡水才能保障现场需要；电力就更加缺乏，连号称类似中国上海的卡拉奇市区，也并没有灯火通明的大都市繁华感；道路甚至比不上国内的农村，崎岖颠簸，现场离卡拉奇市虽只有 30 公里，却需要 90 分钟。相隔仅 5 米的车队，飞扬的沙土使得后方车辆里的人连前车的车牌号都看不清楚。

尽管比国内“华龙一号”延迟了 4 个月开工，但由于间隔时间不长，国内的华龙建设尚难给海外建设反馈有效经验，再加上地质、气候、物资、人力、设备等各方面和国内的巨大差异，设计图纸常常需要根据现场实际进行调整，给建设单位带来各种挑战。

设备采购及其他物资需要长途海运，时间难控。受条件的限制，海外华龙设备需要全部从国内运输到现场，从中国上海起运，绕经东海、南海、阿拉伯海，至少两三个月才能抵达。

“好多问题在国内的华龙现场，根本就不是事儿，即便遇到问题，也能够迅速召集专家、厂商解决；但是到了卡拉奇，处处都可能遇到关卡。”有着20多年丰富建设经验，从国内华龙现场转战到巴基斯坦的中核中原卡拉奇项目副总经理毕宏达感慨。

在现场，承担核岛土建任务的中国核工业华兴建设有限公司（简称“中核华兴”）和承担核岛安装任务的中核五公司，在核电建设领域已是身经百战。但是，即便这样的“老革命”，也经常遇到新问题。

巴基斯坦的外部环境并不乐观，严谨勤勉的中式管理文化和当地风俗习惯的冲突和融合，配套资源的不完善和明确的工程节点要求，无一不在考验中原卡拉奇项目部的管理能力。

“来时像部长，住村像牢房；早晚风沙舞，烈日炎炎长。”参建人员现场创作的打油诗，就是现场生活的生动写照。

采访远在巴基斯坦的总承包方负责人宋丰伟着实不易，笔者先通过中核中原公司了解他的过往。

1985年，宋丰伟江苏科技大学毕业后，从事工程质量监督工作；1990年到中广核工程部做质量监督和设备管理；两年后在秦山二期工程处走上领导岗位，科长、副处长一路干下来；2001年调任三门核电站工程处处长；2007年到国核技参与引进国外先进核电技术的谈判后，调任上海国核工程有限公司总经理助理，后任海阳项目中方总经理；回到上海后又兼任湖北咸宁、江西彭泽项目总经理；2012年调任中核工程公司总经理助理兼田湾项目3、4号机组总经理；次年调任中核中原副总经理；2015年被委以重任，远赴海外全权负责卡拉奇K2/K3项目。

之所以不厌其烦地叙述宋丰伟的经历，是想说明长期的工程建设和一线锤炼，为其夯实了雄厚的技术基础，接下来发生的一切就好理解了。

“作为总承包商，我们十分注重海外项目‘华龙一号’的经济效益，而提高经济性最有效的手段，就是缩短工期。工期缩短了，经济性指标提高了，效益也就出来了。而缩短工期最好的捷径就是技术创新，创新又必须抓住关键路径这个‘牛鼻子’。”后来采访时，宋丰伟这样开宗明义。

通常来讲，在核电项目中，设计单位负责设计创新；建设单位负责执行设计方案；总承包方负责监督管理，确保进度。但由于各种现实条件的限制，以及工期不等人的巨大压力，中核中原卡拉奇项目部作为总承包方，必须跃上前台，主导现场的技术创新。

创新是不盲目蛮干，更不是由着性子来。如何缩短工期，是宋丰伟长久思考的问题。

2012 年，还在国内建设田湾核电站 3、4 号机组时，主回路主管道的安装、焊接，就占用了七八个月时间，整得宋丰伟有些窝火。怎样缩短工期，将压力容器等重要设备先弄进来？这个问题一直在他心头盘旋萦绕。“找专家商量讨论，他们对新生事物本能地抵触，后来就没办法弄成，当时真是遗憾。”宋丰伟说。

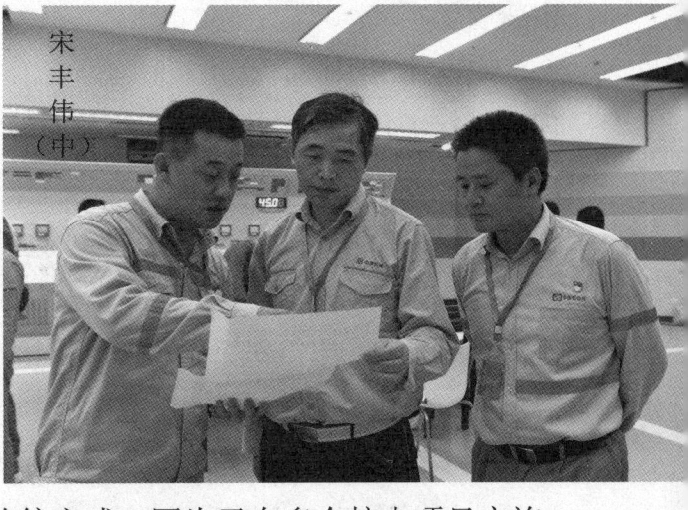
宋丰伟（中）

机会再次降临，卡拉奇项目由他主政。思考成熟之后，他适时抛出了意在缩短工期的“主设备预引入”法，具体操作方法即先安装主设备后进行穹顶吊装。

常人的一般思维：按照先穹顶吊装后安装主设备的传统方式，因为已在多个核电项目实施，基本不存在风险，而对于新的方式，却有未知的困难，这么重要的设备，一旦出了问题，谁来负责任？谁能负得起责任？

核电项目建设是一项逻辑严密的系统工程，牵一发而动全身，一个变化会造成设计、土建、设备等多个领域随之调整。当时 K2/K3 核电项目已经按照传统工法设计并确定建造计划，大家都对创新可能带来的风险心存隐忧。

创新自然有风险，担心不无道理。但墨守成规、按部就班似乎成了中国人的惯性，复制以前的技术，沿袭过去的套路，四平八稳，当然保险。但问题是缩短工期、增进效益不就遥遥无期了吗？！

“几十年工程建设积累的经验告诉我，创新，其实最重要的是破除框框，解放思想，更新观念，统一认识。不然，推行起来困难重重。”宋丰伟深有感触地说。

如何让各方接受这个新方法、新思想？成了首要解决的问题。

创新既需要大胆的想象，更需要科学严密的论证。创新团队既需要充分了解现场实际，又需要以科学的态度和担当的精神，将设想逐步变成现实。

宋丰伟组织协调设计、采购、施工单位进行不断的技术讨论，在现场进行了几十次模拟试验，掌握了翔实可靠的数据。又请专业院所进行验算分析，邀请院士等一流核电专家对施工技术方案进行评审、优化，最终达成一致意见，认为风险可控，建议采用“主设备预引入”法。

说到这里，宋丰伟笑了：“试验固然重要，但德高望重的专家‘站台’才有说服力。”

对于项目部形成的建议，中核中原总部领导非常重视。经多轮探讨、分析、论证和设备厂商调研，时任中核中原董事长杨朝东拍板：停止一切争议，同意 K2/K3 项目采取“主设备预引入”法，公司上下形成合力，按照计划全力实施。

采用“预引入方案”施工，好处不言而喻：施工场地开阔，易于操作，避免了重型设备在反应堆厂房（NB）内部翻转、空间狭小的弊端；机械化程度高，提前了主设备的安装工期；有利使用大型吊装设备（3 000 吨吊车），有利土建、安装在计划安排、吊车使用、成品保护等方面密切协作；主设备提前就位后，为其他工作提前创造了工作面，主系统和辅助系统的安装工作可以提前展开。采用“预引入方案”后，主设备施工关键路径将不再受到环吊的限制，将流水施工的工序改为平行施工工序，从而节省了工期。

“早期我经常和中核中原的项目部吵得脸红脖子粗。没干过的事情，我们心里没底。但吵归吵，只要他们说得有道理，又具备操作性，我们也愿意配合。毕竟，大团队的目标是一致的。”中核华兴 K2/K3 项目总经理王鑫证实。

刚开始听说“预引入”这一专业名词，一头雾水。采访卡拉奇 K2/K3 项目部副总经理陈霄领时，他通俗易懂的比喻，让笔者一下子恍然大悟。

他说，“预引入”就好比做房子，通常的方法是，先做好高大紧凑的房子，安好门窗，然后一一搬进新买的家电。可有时硕大的物件比如钢琴、大冰柜等，由于门太小进不了，搞不好砸了门窗弄进去，费时费工不说，还得破坏房子；而“预引入”就是所盖的房子，不要急着上梁、封顶，先把大物件从上面吊装进去，然后再盖上面的房顶。这矛盾不就很好地解决了嘛！

参与国际市场竞争，除了安全性，经济性至关重要，宋丰伟反复强调“建造工期长短是经济性的主要影响因素之一”。采用“主设备预引入”法，理想情况下可以提前 8 个月实施主管道焊接，显著缩短项目建设关键路径工期。

从想法到做，从做到做成，从做成到做好，首先是谋定而后动，组织好团队，做好技术攻关，做好风险预防，做好细致方案……

宋丰伟实言相告：“那段时间，我晚上经常做噩梦，梦见这个支架倒了，那个设备砸了，成天紧绷着神经，一心想着‘预引入’的每个细节。”

思索中，宋丰伟决定成立“主设备预引入小组”，采用“头脑风暴”和“攻关型小组”，有效地完成此项重要课题。新组建的“主设备预引入小组”包括陈友谊、严洪成、袁中华、任阿琦、杨阳、郭有和、陈刚、唐宏伟、罗非9人，明确了工作机制，以迎接新的挑战。

俗话说，细节决定成败。每个细节把控不当都可能成为制约施工进展的风险，对于“主设备预引入”，首先要解决施工逻辑和施工工期的问题。白天上班时间要处理日常的工作，宋丰伟和大家就利用下班休息时间，在生活区进行“头脑风暴”会议，梳理“设备预引入”的工期，大家根据自己的经验，各抒己见，最终优化出比较完美的方案。

“主设备预引入”的第一焦点，便是设备的到货情况和土建施工的先决条件。“巧妇难为无米之炊”，设备到货和土建条件解决了，也就解决了米和锅的问题。

环吊的工期和技术问题也成了下一步工作的重点。环吊必须在指定的时间，保证安全和质量的前提下，顺利地安全就位。对于环吊的拼装，水平度要求极高，同时要考虑牛腿、穹顶内喷淋管道和支架的耦合问题。由于卡拉奇昼夜温差变化，经过多次试验和测量，最后确定了焊接拼装时间，将变形量控制到了最小。

蒸汽发生器和压力容器的翻转是工作中的难点，也是设备“预引入”最重要的工作，尤其是蒸汽发生器较长，翻转过程中垂直度要求高，翻转难度大，宋丰伟亲自画图并安排人员制作模型，通过模型给大家演示翻转工序和注意事项。

在“预引入”创新活动中，大家积极探索，认真研究，团结协作，掌握了一个个工序细节的同时，也消除了存在的风险，为“主设备预引入”成功实施奠定了坚实的基础。

“责任到人，计划到天”，宋丰伟反复强调这句话，是指导攻关小组把事情做细，也成为“主设备预引入”的制胜法宝之一。

说到“主设备预引入”小组和任务的落实到位，不得不提及组长陈友谊。

由于 K2/K3 项目所在地工业基础薄弱、资源匮乏，项目开工没多久就因为当地砂石产能不足等客观原因而产生了较大的进度风险。风险中蕴含机遇，创新势必带来挑战，好的思路还需要有力地执行，而“主设备预引入”工作小组组长的人选尤为关键。

面对挑战，共产党员陈友谊迎难而上，毫不犹豫地接下了这个沉甸甸的担子。

K2 机组“主设备预引入”工作拉开帷幕，陈友谊带领小组成员全力以赴，每日工作至深夜，和承包商深入讨论 WBS 分解及交叉施工方案，逐渐打消他们的疑虑，统一思想。每天散会后，陈友谊依然不敢睡下，而是梳理当天的成果，思考下一步怎么办。

由于工地的板房不隔音，有一天，住在陈友谊隔壁的孙经理问他：“你怎么说梦话还在讨论‘主设备预引入’，而且声音还那么大？”

“经常第二天一上班，陈组长就到办公室来找我们讨论他的最新想法”，小组成员在回顾 K2 机组“主设备预引入”工作时如是说。

在陈友谊的启发下，大家的思路逐渐变得活跃起来，积极献计献策，承包商的激情也被激发出来，整个大团队朝气蓬勃，克难奋进。

制定专项计划只是第一步，后续的施工过程中有太多的难题需要解决，然而这并没有难倒 K2 机组“主设备预引入”团队。他们在整个“预引入”过程中实现了环梁、环轨整体吊装、环吊大车整体吊装、压力容器水平垫板一次加工等多项技术创新。既保证了工程质量，又降低了安全风险，且大大加快了工程进度。更重要的是锻炼了一支能干敢拼的队伍，也大大提高了施工单位的能力，为后续的“华龙一号”项目建设攒下了宝贵的财富。

不管是月夜，还是烈日下，在重要的施工环节上，小组成员都无怨无悔地盯在施工现场，不敢有丝毫懈怠。

第一台蒸汽发生器吊装完成后，负责蒸汽发生器的员工脸都晒得红彤彤的。有同事说：“你们预引入组的人真拼！”“我来现场两个月，陈组长的头发由一头黑发中间夹着几根白发变成了一头白发中间夹着几根黑发，跟着这样的领导干活，你不拼会良心不安。”一来现场就加入小组的小张说出了每一名组员的心声。

“人就要活出使命感，一旦有了使命感，再大的压力也压不垮你，你也不会觉得累，有的只是专注与充实。”这便是陈友谊的豪情与感悟。

2017 年 10 月 13 日，海外首堆 K2 机组成功实现穹顶吊装；次年 9 月 29 日，K3 机组成功实现穹顶吊装。

“主设备预引入”工法的成功实施，预计可创造 14 亿元的经济效益。创新大战告捷，士气大涨。此后，新的创新实践接连涌现。

第一次创新路径打通之后，创新氛围自然形成，后续的技术创新就变成了一种越战越勇、攻无不克的持续战斗力。有困难，突破！此路不通，绕道！工期紧，缩短关键路径时间！

2017 年，项目部在 K2 核岛实施了堆腔水池不锈钢模块化施工、环吊环轨及环梁整体吊装等施工创新，并成功实现 K2 核岛 4 台主设备的“预引入”；2018 年，项目部又进一步拓展工程创新实践的范畴，自主设计并运用“e 型翻转支架”，在 K3 核岛继续采用上述施工方案，创造了 6 天成功吊装 3 台蒸汽发生器的世界核电建造纪录。

“e 型翻转支架”创新又是咋回事呢？

2018 年 8 月中下旬，K2/K3 核电项目上首次使用“e 型翻转支架”，这是继去年在 K2 机组首创“主设备预引入”法并成功运用之后的又一次重大创新。

核电站主系统设备安装一直占据核电站建造的主关键路径。2017 年中核 K2/K3 项目部通过堆腔水池模块化、环形吊车轨道梁、大梁整体拼装、“主设备预引入”等系列创新，将主路管道的焊接时间提前了 7 个月，主系统设备安装从此不再是核电站进度的关键路径。

在取得巨大成功之后，中核中原没有停下创新的脚步。在 K2 机组“主设备预引入”期间，他们意外发现将设备由运输状态的水平位置，翻转为竖立位置的原有技术烦琐，有很大的改进提升空间。

由于使用固定支架方式，需要事先预埋锚固件，如果在反应堆厂房内部锚固件需要贯穿楼板，在厂房外则需要埋设 250 吨以上的钢筋混凝土作为锚固基础。翻转支架安装后需要精确调整，左右支架的水平度误差不超过 1 毫米。设备还需要安装转抱环，相当于穿上一件厚厚的“夹袄”。翻转过程中需要精确地调整设备位置和水平度，误差均在 1～2 毫米之内，对于重量达到 388 吨，长度 21.05 米，相当于七八层楼高的核级设备来说难度可想而知，调整过程中工人们苦不堪言，因此存在诸多安全隐患。

针对这种情况，宋丰伟组织进行了激烈的讨论，有人认为应该持续改进，提高工作效率，降低安全风险；也有人认为开展创新过程中万一出问题，可是要承担很大的责任，很不划算。

争论的结果自然不言而喻。说干就干，这是项目部一贯的作风。大家围绕改进目标、改进方法群策群力，各显神通。

2018 年 6 月，宋丰伟大胆提出“e 型翻转支架”的设想，并亲自绘制了原理图。项目部随即成立技术攻关组，“e 型架”的研制工作自此拉开序幕。

不同于传统的翻转抱环加固定支架的方式，“e 型架”巧妙地利用了重力和杠杆原理，在翻转过程中，支架对蒸汽发生器各承托点的作用力实现动态平衡，无需绑扎固定，设备和支架始终处于贴合状态，操作过程简单、安全。

在项目部的组织下，先后有 8 家单位参与了研制过程，分别负责模型制作、模型试验、应力计算、加工图设计、实体加工、翻转方案设计等。谈及这一创新时，宋丰伟当着我特别强调：“为确保方案可行，我们将翻转支架，从小到大依次缩成不同比例，最大达到 1:5 进行试验。”经过无数个日日夜夜，最后通过专家论证正式确定了方案。

“e 型支架”制作简单，公差精度要求低，可在施工现场用普通型钢加工制作而成，加工成本低廉，不到原方案专用工具制作成本的 1/30。“e 型支架”结构合理，具有自锁的特性，设备在翻转的过程中，各个承托点动态分配承托力，力矩均衡保证设备和翻转装置之间始终贴合，不依赖绑扎紧固，更加稳定安全，无倾覆的风险。工人们形象地称原方案是骑“自行车”，采用“e 型支架”像是坐“吉普车”。

再有，翻转场地上无需预埋锚固件或锚固块，只需任意选择一块能承重的平整场地，或者准备符合承重要求的路基板即可，无需特殊准备，方便吊装总平面布置。翻转步骤也很简单，可快速完成设备的翻转竖立。将处于水平状态如蒸汽发生器的设备放置在本翻转装置上，不需要精确调整方位和精度，无需固定连接，用吊车提起设备的一端，本装置与设备即可实现同步翻转，简单快捷，能实现多台设备翻转竖立流水作业。

根据项目的总结，在优化工序后，可以实现每天引入一台主系统设备，为在气候条件恶劣的场址实施“主设备预引入”法创造了条件。

“总承包方主导创新虽然冒一定风险，但经过科学论证后再付诸实践，确实对推动后续工程进展作用显著。”负责核岛安装的中核五公司 K2/K3 项目总经理黄新亮，对创新带来的积极影响深有体会。

持续的创新实践，使 K2/K3 核岛主管道焊接这一关键路径上的工作分别被提前 7 个月和 8 个月，整体缩短了“华龙一号”核电站的建造工期，提高了工程安全性和经济性，增强了“华龙一号”的国际竞争力。

笔者注意到，中核中原作为一家管理公司，设计和研发能力相对不足，但在 K2/K3 项目上的创新方面却起到主导作用，这是了不起的贡献！

归纳起来，其一般做法是：关键人员提出设想，在充分讨论后确认对项目有价值且具备可行性后，即成立临时专门的技术攻关组织，并协调设计院、施工单位协同攻关，以及充分利用社会资源和专家力量，开创了“总包驱动、多方合作”的创新模式。

“创新的想法可以发端于个人的灵感火花，但付诸实践却离不开团队的集体智慧。总承包方创新驱动模式可以立足全局，进行顶层设计，推动力度更大，这是一种新的机制。”宋丰伟将其主导创新的成功实践定义为个人灵感和团队合作的有机统一。

这种创新机制很值得后续借鉴，而且立竿见影。

宋丰伟告知，“大约是去年，时任中核集团总经理助理李晓明视察卡拉奇工程时，大加赞赏我们的一系列技术创新。说国内福清项目已部分采用了我们的成果，即将开工的漳州‘华龙一号’还将全部采用我们的创新技术。”

新生事物的生命力是强大的。宋丰伟觉得意犹未尽，又补充道："新的技术一旦确立并被同行认可，你想回到原先的路径，都回不去了。关键路径上有贡献的，是思考创新的核心所在，创新是规避风险最好的办法。先进的科技就是生产力，我们的多次创新，再次说明了这一深刻道理。"

海外华龙建设进展如何，国际社会极为关注。

2019 年 2 月 1 日，国际原子能机构（IAEA）专家组对海外"华龙一号"进行了多方面检查。专家组成员与中方专家就一些技术事宜和项目的总体进展进行了友好而专业的讨论，并且对中核中原的工作表达了高度赞赏。

专家组称许道，中国人民的勤劳举世闻名，且中国在核电站建设方面经验丰富、技术领先，"华龙一号"更是中国具有自主知识产权的三代核电技术的代表。在中核中原的率领下，现在"华龙一号"的施工进度优于其他国家同类项目，且在保证安全的前提下实现了进度的提升，这是很了不起的成就。国际原子能机构对中核中原取得的成就表示祝贺，并希望再接再厉，为中国乃至世界核能的发展添砖加瓦。

大约半年后，笔者如约而至。十分繁忙的宋丰伟简短地接受现场采访后，让项目副总经理毕宏达接待了笔者。

年过半百、长期在海外打拼的毕总也不多说，拉着笔者直奔他们建立不久的"创新园"。

"创新园"位于"中国村"西南方向"五角大楼"宿舍区的草坪上，十几件比例不一、大小不等的技术创新的试验品，静卧在绿草丛中。随着毕总绘声绘色的讲解，那些斑斑锈迹的试验品似乎也在述说着过往的艰辛与不凡。

技术创新完成后，原准备将这些物件废弃。宋丰伟却说："扔了可惜，找一块空闲之地，将它们归置起来物尽其用，一来给大伙留个念想，二来可以作为一个创新教育基地，让创造者温故而知新，后来者从中受到启迪。”于是，这个“创新园”被“炮制出笼”。

试想：这一看似闲笔的举措，难道不是一文化创新和创新文化吗？！

创新无所不在，创新促进发展。继全球首堆福清“华龙一号”5号机组开始装料后，当地时间（2020年）9月4日，“华龙一号”海外首堆巴基斯坦卡拉奇核电K2机组完成一回路降温降压，标志着该机组热试圆满结束，为后续机组装料、并网发电等重大节点奠定了坚实的基础，进一步增强了“一带一路”沿线国家对“华龙一号”的信心。

37 中原规矩海外立威

数千人的规模，各自的区域，不同的方（圆）阵，统一的工装，一色的安全帽，震天的口号，昂扬的斗志……

8月19日，我们飞越万里，从北京来到巴基斯坦的卡拉奇市。顾不上鞍马劳顿，负责接待的刘明辉和杨艳强，在当地时间6点（北京时间9时），就急不可耐地拉着笔者来到卡拉奇“华龙一号”K2/K3项目中核华兴公司施工现场。还未缓过神来，定睛一看，我们就被眼前这上工有序、威武雄壮的巴方施工“军团”给镇住了！

因为是同一时间不同的工场，一双眼睛根本顾不过来，还有其他建安单位——中核五公司、江苏电建三公司、陕西建工安装集团有限公司等操练的早班队伍无缘目睹，只听得阵阵呐喊声不时从远处传来。

“没有规矩不成方圆。”这是每天上工例行的“早班会”，大约持续一刻钟左右，我们亲眼见证了全过程。

首先是全体巴工双手合一，表情肃穆，虔诚地诵读《古兰经》，向真主祷告祈福……

其次是喃喃自语，手指、口诵安全警示语：安全帽保护头部，安全带保护身体……

再次是班长下达指令，“三交三查”：交任务、交安全、交技术，查衣着、查劳保、查精神状态……

最后是山呼海啸般的口号：安全责任重于泰山！中巴友谊万岁……

新奇，震撼，感动……在一连串的情感表达之后，还有必须牢记的“10条安全生产红线”，我们随意抽查了两名巴工，只见他们用当地的乌尔都语流畅地背诵出来。翻译说“一字不落”，我们连连点赞！

天啊！这哪里是普通百姓的巴方员工，简直就是训练有素的“正规军”！

而这支“正规军”的新兵操练，却历时长达8个月，可急煞了这支庞大军团的幕后总指挥——时任中核中原 K2/K3 项目部安全保卫部负责人朱潜。

很难想象，当初，仅仅为了推行“穿戴安全帽和工作服”这一项在国内最基本不过的安全措施，以朱潜为首的K2/K3项目安全管理团队，打了一场极为艰辛的持久战。

笔者先后采访过从事安全管理的数十人，发现一个不成文的规定：大凡晚上九十点钟之后，没有紧急、重大事情，下属不可给上司打电话。朱潜也不例外，“如若此时电话打来，那将又是一夜无眠”。可见此类人员每天神经都高度紧张，唯恐出事。

众所周知，巴基斯坦是伊斯兰国家，国民普遍信仰伊斯兰教。我们中国人十分敬畏生命，强调以人为本。撇开别的不论，单就员工服装和工作状态，就令中方管理人员头疼不已。巴基斯坦人民的民族习性本无可厚非，但在核电工地，海边渔民出身的巴方员工生活随意，一律披大袍、穿拖鞋，安全隐患极大；且工作不紧不慢，闲适散漫，无不影响工程进展。

作为项目安全管理的负责人，朱潜初看这混乱情况、这糟糕阵势，头都大了！

怎么和中方各承包商共同管理这支“纪律松散”的“杂牌军”？让朱潜颇费周章。

且看冥思苦想的他如何动作？

第一招：统一工装。

但难度极大。

这话传到中方承包商耳里，他们就“炸开了锅”：我们从1991年到现在，都20多年了，恰希玛项目就是这么干的，当时我们也想统一工装，但层层受阻，未能实现。你们照样也干不成！

实行成本核算的承包商还有一条不便明说的借口：发放工装，等于无形中增加自己的开支。

承包商抵制不说，巴方员工则干脆拒绝：工装紧小束身，不如巴袍穿着舒服；再说宗教要求不能穿异族服装。甚至巴方项目管理高层也为己方“站台”。

窗前的灯光明了又暗，暗了又明。朱潜思忖：必须和承包商结成“同盟军”，此事才能向前推进。

事情汇报到中核中原副总经理兼卡拉奇K2/K3项目部总经理宋丰伟那里，早已胸有成竹的他立马指示道：“我们海外核电项目建设，不仅涉及公司利益，还关乎国家声誉，一定要安全至上。公司在国内已有一整套成熟的工程安保方面的规章制度，比如统一工装、设置门禁和监控系统等等，可以选择性地移植过来。”

当朱潜得令正要离去时，宋丰伟又叮嘱说：“因为国情不同，这对巴方来讲是新生事物，一定要注意沟通说服，实施中把握好分寸。”

笔者满以为干工程的宋丰伟一定是虎背熊腰，一脸威严，但不期在北京公司总部初见时，他却修长俊朗，和善可亲。宋丰伟高瞻远瞩地果断决策，得益于他长期的工程建设历练和经验积累。

1985年，宋丰伟江苏科技大学毕业后，从事工程质量监督工作；

1990 年到中广核工程部做质量监督和设备管理；两年后在秦山二期工程处走上领导岗位，科长、副处长一路干下来；2001 年调任三门核电站工程处处长；2007 年到国核技参与引进国外先进核电技术的谈判后，调任上海国核工程有限公司总经理助理，为三门、海阳核电项目总包，后任海阳项目中方总经理；回到上海后又兼任湖北咸宁、江西彭泽项目总经理；2012 年调任中核工程公司总经理助理兼田湾项目 3、4 号机组总经理；次年调任中核中原副总经理；2015 年被委以重任，远赴海外全权负责卡拉奇 K2/K3 项目。

如此丰厚的阅历，才使他在独担大任中管理有方。

有了老总的鼎力支持，朱潜便拿出“杀手锏”：我的各位项目经理，你们看看合同，明明有“统一工装”这一条，你们怎能忽略不管？违反了合同，可要罚款的哟！

“一方诸侯”的承包商们顿时傻眼了，当初签合同时没太留意，更以为执行起来不会较真。

第二招：如若拒不执行合同，就停发安全生产专项费用和工程进度款！

这招更狠。

当然，私下里，心细如发的朱潜也发挥中国特色的思想政治工作优势，少不了上门说服沟通：按合同规定，统一工装是你们的责任、义务使然；项目要做成精品，绝对不能出事故，你们必须配合；穿工装是国内通行做法，已实施多年，必须照做……

“久经沙场”的承包商们自然也是通情达理之人，为了严格执行合同，更为了生产安全，最终他们和朱潜站在了同一战线。

剩下来就是如何说服巴方高层和员工，配合安全管理了。

除了起初的安全培训，介绍中国先进的管理办法外，重要的是晓之以理——工装有利人身安全；衣服不用花钱，节约归己；中方尊重你们民族不穿异服的习俗，但《古兰经》也说过：在特殊场合因工作需要，也是可以着装的，像你们的军队、警察不都这样嘛！你们可以把这里当成特殊的战场，不就自然而然了吗？

有巴方员工担忧：穿奇装异服成为异类，在当地容易被暴打！

朱潜笑言：你不穿工装能入场吗？下了班你可以换装走人，不就OK了嘛！

柳暗花明。一场决然的抵制终于被化解。

核心工区先行一步，随之全面铺开。久而久之，巴方员工习以为常，更以着工装为傲。

说来有趣，巴方工程高管还找到中方，索要漂亮整洁的工装，作为身份、荣誉的象征，以示参加核电建设的纪念。

后来，巴方高管、外交总领事和国内参访团来参观身着工装、阵容严整的巴方队伍后，深受震撼，连呼“不容易”“不简单”！

确保安全的第二招，是加强安全检查与电子防护。作为一个周期长、工种多的大型项目，除了中方参建公司的6 000多名中国工人，现场总计10 000多人都是巴方员工。

工程伊始，巴方员工进场就遇到障碍。进入核电现场工作需要经过严格的政审流程，对巴方人员安保采用的是传统的人工对照纸质花名册的方式，一页一页地翻到名字才允许进场。早上6点上班，到了8点，大量的巴方员工还被堵在门口无法进场，手忙脚乱的军方安保人员忙得满头大汗。

不仅如此，持续不稳定的出勤率也是令管理者头疼的问题。崇尚伊斯兰教的巴基斯坦有很多特定的风俗习惯和节日，员工需要按时祷告，经常过节，甚至时不时地自行放假。

“每次发完工资之后，巴方员工的出勤率就会明显下降。他们习惯于有钱后先享受生活，没钱的时候再出来挣钱。”分管安全的项目部副总经理毕宏达介绍。

工期不等人，对于一个需要高度协作、节点密集的核电项目，手工的登记和统计方式，给现场的人员配置和绩效考核带来了巨大的挑战。

为此，项目部经过调研，并根据现场的实际情况，决定启用入场信息化管理系统，经过安保政审后录入唯一编号的门卡，巴方员工进出现场只需刷卡即可，免去了繁琐的人工核对信息的时间，同时门卡会有效记录入场、离场时间，记录巴方员工的实际出勤情况。这一方式不仅可以提高工作效率，而且还可通过对出勤数据进行统计后，对出勤率高的巴方员工进行有效激励，能大大提高出勤率，确保工程建设进度。

事情传到巴军方，可没见过这新鲜玩意儿的他们不太理解，认为发放门卡有伤自尊，有损威严。

中方耐心解释后，又放映幻灯片，用中国核电站的例子让对方眼见为实。

经过翻译，巴方大概明白了，管理工程的巴基斯坦原子能委员会（PAEC）表示可以理解，但负责安保的巴基斯坦战略规划局（SPD）认为，管理员工可以，唯军方例外。

思虑片刻，宋丰伟作出适当让步，双方达成妥协：SPD人员、车辆免检，但车辆场内不能超速；军方人员闲时也不能穿长袍场内行走，免得有损形象、有碍观瞻。

刷卡管理的好处显而易见。不久，巴方请求给他们有高大围墙的入口处也照此法安装。

电子防护系统是确保安全管理的重要手段，国内已使用多年，但在卡拉奇也遇到了“红灯”。

巴方提出：“核电基地是高度机密的地方，如此泄密风险大，不能安装！能够控制全场的只有巴军方拥有权力。”

朱潜解释说服：这是我们保证安全的重要手段；可以留下影像记录，处理事故更有说服力；重要场所实施电子防护，在中国已形成规矩，就跟卡拉奇市区豪华酒店内设置的视频遥控一样。

朱潜又给对方观看示范视频：“你们看看，每人身上都有不易觉察的工号，谁有错，放大视频会看得一清二楚。一旦发现，管理者用对讲机呼叫，现场安全员及时上前制止、纠正，可以立即消除安全隐患。”

为了促进安全管理，现场有很多安全规定，但也难免有人会违规。“第一位员工被值班员进行远程警示的时候，当时是蒙的。他不知道自己在黑暗当中，想翻个栏杆、抄个近道的动作是怎么被发现的。”毕宏达从旁证实。

OK！“事实”面前，对方终于点头承认。

3 个月后，电子防护系统全覆盖无死角。

上百个摄像头、15 块小屏幕组成的超大屏幕，24 小时不间断地扫视现场，中巴双方值班员共同值守。在项目部办公楼的主控制室里，可以看到整个项目现场出入口、施工工地、道路、餐厅、活动区、生活区的情况。超高清、智能化的电子防护系统，不仅能够进行全景遥控，而且可以抓取细节，及时发现、警示和纠正不安全行为。

巴军方仔细观察后极为震撼：太棒了，不得了！马上向总部报告这一“先进手段”，请求允许在他们管辖的范围内全部安装。

“信息化手段的使用在国内很常见，但由于发展水平的差异，在巴国并不普遍。这种方式给我们带来极大便利，也逐渐形成了现场的中原‘规矩’。”宋丰伟如是说。

3 年来，朱潜不但是安全管理的实践者，他还将这些管理办法上升为理论。他带领团队熬更守夜编写了《卡拉奇 K2/K3 项目 HSE 管理经验汇编》（上册：程序文件篇；下册：现场管理篇）和《卡拉奇K2/K3项目HSE管理对错图集》，厚厚3大本，还编了一本便于员工携带的中巴文（乌尔都语）双语版《安全手册》，可谓硕果累累。

出乎意料的是，当巴方新办公大楼落成时，中方准备送份贺礼。巴方却说，“我们什么都不要，就要你们的安全管理规章制度。”

当他们得到那些耗费朱潜心血的书册、课件、图片时，似乎捞了个大宝贝。图片、规章满处张贴，整个大楼布置得如同进入中国办公区域一样。

在讲述这些天方夜谭又生动有趣的故事时，身材壮实、面容刚毅的朱潜语速极快，且富有激情。我试问“你是军人出身吧”？

他嘿嘿一笑：“好多人都这么问。”

“我从小有过当兵的梦想，上初中时因个子太小征兵的不要，可我的家族中不少是军人；参加工作后，在中铁公司干过7年，那都是铁道兵转业脱下军装的员工，他们身上那种干练、果敢、担当的作风潜移默化了我，所以我似乎具有军人的风骨。”说这番话时，朱潜一脸的骄傲。

采访朱潜的顶头上司宋丰伟时，他说：“朱潜调走后，他曾经带过的团队表现依然如故，优良传统得以发扬，全员有作为、敢担当，主动性、执行力强。虽然他离开岗位已经一年了，但项目部还是给了他一个安全创新奖，以表彰他3年来的突出贡献。”

“中原规矩”，巴方员工经过了从接受到遵从的曲折；对于来自国内的建安单位，“中原规矩”更是悬在他们头顶的一把“利剑”。

2015年2月13日下午，项目部安全管理人员与施工部人员现场检查时发现，一家单位在K2核岛3号塔吊东侧基坑进行平衡臂倒运工作时，有以下违章行为：未设置警戒线；起重臂下方有非起重作业人员停留；吊物上堆放零星重物，导致吊物重量不明确；违规带载变幅，汽车吊整体倾斜，导致司机急速落钩，钢丝绳反弹，汽车吊车身剧烈晃动。

事件发生后，这家单位可能认为工程刚刚开始，而且是临时建筑施工，也没有造成损失，没有从思想上高度重视，想隐瞒过去，未主动及时上报。

对此，总经理宋丰伟高度重视，特别指示安保部发函要求这家单位严格按照“四不放过”原则，调查处理此次违章行为，并要求于2月18日前反馈调查处理报告和整改情况。可这家单位在回函时，轻描淡写地反馈了处理情况，缺乏详细的事件原因分析和相关责任人的查处。

就此，项目部毫不客气地退回信函，要求重新详细分析、认真查处。

这还不算，项目部决定加重惩处砝码，以会议形式公开处理。

3月2日，宋丰伟主持召开了K2/K3项目2015年第一次安全生产委员会暨汽车吊严重违章行为调查、处理、总结、经验反馈专题会议。要求这家单位项目经理从违章行为的补充介绍、直接原因和间接原因分析、整改措施及纠正行动等方面作了详细的汇报。中核中原项目部从人员管理方面、机具管理方面、环境和制度管理方面，对现场的安全隐患进行了总结，各承包商针对现场的安全情况进行了表态发言。最后，宋总作了长达一个小时的总结发言，强调全员安全管理，并提出可视化安全管理、本质安全管理等要求，为项目安全管理开了一个好头。

这些，巴方高管和员工都看在眼里，记在心上，并化为安全生产的自觉行动。

此次“以儆效尤”的效果非常明显，严格的安全管理从此变成各建安单位、各职能部门的自觉行动。“从项目开工到现在，没有出现一起重伤及以上安全事故，实现安全生产 2 000 多天，创了历史纪录。”给我们讲述这个故事的 K2/K3 项目施工部原副经理卜富财补充说。

“核安全高于一切”“工作无止境，严细定成败”“人人都是一道屏障”“强调一次把事情做对”“强调共因事件为零”……在公司提供的《卓越核安全文化十大原则》上，在公司办公大楼和卡拉奇工地，这些安全警示语无数次地撞击我们的眼帘，我们仿佛洞悉到中核中原和宋丰伟、朱潜他们狠抓安全管理的真正动因。

在安全保卫部的牵头抓总下，在施工部、综合部等其他部门的通力协作下，如今的 K2/K3 项目现场，施工文明规范、工作井然有序、防护安全有效……“注重本质安全”的安全管理体系、“安全第一，以人为本，全员参与安全管理”的安全文化业已形成。

K2/K3 项目的安全管理，很好地融合了国内先进管理方法和巴基斯坦当地文化。在引入先进管理方法方面，中核中原借鉴国内企业做法，建立了中资企业海外首家安全体验馆，通过体验的方式，形象直观地进行安全宣教，使安全教育培训效果得到进一步增强，也为在巴中资企业树立了典范，使公司在巴影响力得到进一步提升。

参观安全体验馆时，我们也饶有兴致地体验了一把。

在文化融合方面，K2/K3 项目部特意结合《古兰经》及伊斯兰教先知的话制作“安全文明宣讲片”，在门卫入口、主要通道口及其他人员密集处通过电视循环播放；用中、英、乌尔都语三种文字规范现场标志、标牌、横幅、展板；聘用了数名巴籍员工作为安全管理团队的重要补充；安全教育更好地与当地宗教习俗相结合，使管理效果得到了大幅提升。

“华龙一号”作为中国自主三代核电主要堆型肩负众望，海外首堆安全顺利实施的重要意义更是不遑多让。作为 K2/K3 项目总包方，自 2014 年 3 月 14 日现场破土动工以来，中核中原在建设中始终牢记

“核安全是核工业的生命线”的工作方针，秉持“任何事故都是可能发生的，一切事故都是可以预防的”的安全理念，从思想、组织、制度、投入等方面多管齐下，因地制宜，在安全管理领域进行了一连串的创新、一连串的率先、一连串的探索，打造了具有中核中原特色的海外工程安全管理模式，形成了一套适合巴国国情的安全生产管理理念和管理方法，保障了核电项目的建设安全。

发展源于共赢，尊重基于分享。中核中原的安全生产管理理念和方式能够获得巴籍员工认可，不是一蹴而就的，是深耕近 30 年的结果。

从宏观方面说，出口并建设的恰希玛核电站 4 台机组目前已经全部投产，可输送功率为 1 230 兆瓦的电力。对于电力资源短缺的巴基斯坦，这是非常重要的支持。从微观层面看，中核中原在巴建设核电站的同时，还向其输入了理念、技术等。这也是中巴两国文化交流的良好平台。如前文提到的关于巴籍员工穿戴劳保服的转变，就是中核中原安全生产管理对巴方产生的积极影响。

中核中原 K2/K3 核电项目部在充分尊重当地文化的基础上，与巴方有关部门交流时，将中国先进的安全管理理念和安全管理方法传授给巴基斯坦的管理层，将良好的安全文化及管理理念带到了巴基斯坦。项目部始终秉承“安全第一、质量第一”的理念，组织开展安全管理培训，从安全知识、安全文化、安全思想三个方面入手，为巴方培养了一批批安全管理人员，从管理上充分保障了现场巴籍工人的施工安全。

海外“华龙”在核安全文化领域一跃成为巴国业界翘楚，乃至在国际相关行业都首屈一指。中核集团主要领导曾在视察时大加赞赏地表示：K2/K3 项目现场完全可以作为向国际业界推介“华龙一号”的“样板”！

“我希望项目完成时，不只留下有形的核电站，更重要的是中方的创新思维、管理手段、安全文化、人才培养方式影响到巴方，以工程建设加深中巴友谊，这才是‘走出去’真正的意义。”宋丰伟说。

宋丰伟、朱潜等人巴工管理的成功实践，给我们以深刻的启迪：

一个国家走向世界，在双方经济文化交流中必然有很多输出，技术设备的输出更为普遍，也相对容易，但思想理念的输出则更加困难，也更具意义。在“华龙一号”海外首堆——卡拉奇核电项目，中方不仅做到了大量设备、技术和劳务的输出，也做到了管理思想、管理理念的输出。中方的安全管理理念和方式，让巴方从开始的抗议、拒绝，到后来的适应和接受，再到主动学习，由此带动巴方对中方其他管理方式的全面认可，实现了中方管理理念的有效输出。

更为难得的是，巴方对这个项目先进管理方式的认可，不仅仅认为是该项目团队的优秀，更是归于中国的日益进步与强大，认为该项目的先进管理，只是国家先进的一个缩影，这个在本项目建设中于巴方无形中树立起来的国家光辉而伟大的形象，更为可贵。

38 播撒火种授人以渔

宋丰伟、朱潜们的精彩故事还在跌宕起伏地延续。

大凡业内人士都知道，一个核电项目的建设周期长达五六年甚至更长，员工多达几千上万人，项目部安全员的标配编制大都三四十人。可中核中原卡拉奇项目人员配置整体都要少很多，给朱潜配备的安全员，连他自己仅有 11 人。

国内早期工程建设，安全管理不被看重。朱潜告诉我们，国内大学 2000 年前后才开设安全工程专业，此类人才稀缺，这也是造成国内工程建设安全队伍紧俏的原因。

安全管理队伍的人员紧缺，后果难以预料：卡拉奇项目安全有保障吗？能打造成精品工程吗？

山重水复疑无路。难题又一次摆在了朱潜面前，怎么办？怎么办？

向国内申请，不但“远水解不了近渴”，且几无增加的可能；本地招聘，饱受争议：此前无先例；且本地又无核电专业的人员可招，即便招进，由于民族习性的差异，难免闹摩擦起冲突，实在令人担忧。

思前想后，愁肠百结。朱潜的韧劲又上来了：招，就招本地大学生！

问题汇报到宋丰伟那儿，他再次表现出总经理的担当：同意！我们就做“第一个吃螃蟹的人”。安全管理的素质必须高于巴籍工人，我知道这里有卡拉奇大学孔子学院，就从他们中招聘相关专业又懂中文的大学生。

二人一拍即合，朱潜立马行动。

经过报名申请、精挑细选，先后招来十多个人。

此前担心招不到、留不住安全员的朱潜喜上眉梢：这些人都是高材生，英语棒；对核电充满好奇，感到新鲜神秘，工作热情高、干劲大。他们全是计算机、金融、法律专业的，大学所学根本与工程管理不沾边，但经过短暂的两三个月的培训、跟班，由于环境熟、本地通，很快就上手了。而且对安全管理兴趣浓厚，非常敬业。

大家知道，凡工程，安全员都是像中国消防员的红色工装配备，在其他五花八门的工装中特别抢眼。管理监督他人的巴籍安全员觉得自己像警察一样，特别风光、特别牛。这份荣耀还吸引了不少人前来应聘。

毕宏达实言相告：相比中国员工，巴籍安全员严格遵章守纪，工作特别较真。不仅把本国员工管得服服帖帖，中方员工也对他们敬畏三分。

消息传开，迅即产生“蝴蝶效应”：其他部门和承包商也扯起大旗，招来了本地管理员。好处显而易见：招聘方便到位快，人工成本低，管理本籍员工有优势。

花开满枝，朱潜喜不自禁。

正当朱潜“大获全胜、陶醉春风”的时候，糟糕，出事了！

承包国外工程大都这样：本国工区整理好后都移交给承包方使用。一天上午，朱潜偶然发现巴方一块新移交的生活零件场地到处散落着垃圾，有碍观瞻不说，还影响卫生健康。朱潜不忍，上前捡了起来，中方安全员自然跟着头儿上。为加快进度，朱潜叫人喊来了巴籍安全员一块儿捡，他们似乎犹豫了一会儿，也动起手来。这还不算，朱潜又让巴籍安全员喊来巴方清洁工一起帮忙。人多力量大嘛！

本来是清洁环境的“学雷锋，做好事”，这下可麻烦了！

捡完后一切“风平浪静”，但中午却“暴风骤起”。

巴籍安全员“纠集”在一起，将朱潜团团围住，要给个说法。其理由是：捡垃圾是下等人（清洁工）干的活，岂能让我们这些上等人和清洁工这样的下等人一块儿干？这无疑是对我们的不尊重和极大侮辱！这还不算，还让我们坐垃圾车（一种皮卡工勤车，好心顺带了一点垃圾），把我们视为垃圾，实在可恶！

朱潜听了，好笑好气又无奈。

这伙人不仅大声嚷嚷，还要一定给个说法。

朱潜暗自盘算，这群人得逐一说服。于是说道：“你们这样围住也不是个事儿，先散了吧，一个一个到我办公室谈。”

哦，得先说一“插曲”：巴籍安全员中有兄弟俩，其父是卡拉奇大学伊斯兰学院院长，喜爱中国文化，给兄弟俩起了个中文名字，老大韩诚，老二韩信，希望他们做个诚实守信的人。韩诚先被招聘，后又介绍来了弟弟韩信。

韩诚为人不错，与朱潜熟络，在巴籍员工中很有威信。韩信可是个“调皮鬼”，经了解，这事就是他“闹着玩似的”挑起的。

朱潜将韩诚请到办公室，柔中带刚地说道：“由于我们不清楚你们民族的习俗，按你们的说法我们做错了，特向你们表示歉意；下不为例，今后即使捡垃圾，只是我们自己捡，再不会让你们干；咱们往后有问题有矛盾要事先沟通并及时化解；你们作为我方招聘的员工，也得遵守我国的法律和工地规定，不得借故闹事，这在中国要以群体性事件论处……你觉得是不是这么个理？”

韩诚不吱声。

“你们兄弟俩出身高贵的家庭，你们的父亲希望你们做个诚实守信的人，你觉得你们这样闹合适吗？”朱潜追问。

韩诚当然是明白人，态度立即软了下来。

朱潜仍不动声色道：“你如果觉得有辱你们的习俗和人格，干不来，可以辞职！”

韩诚一听慌了，他哪里舍得这份难得又体面的工作，即刻向朱潜认错表示歉意，说愿意继续干下去，还答应配合做其他巴籍安全员的说服工作。

于是，朱潜和韩诚一一“分化瓦解”，一场“群体性事件”很快平息下来。

可“调皮鬼”韩信仍然不依不饶，坚持讨要说法，连他哥哥的劝说也听不进去。

朱潜只得委婉地辞退了韩信。

不久，韩信来到他仰慕已久的中国（北京交通大学）留学，其兄委托回国休假的朱潜给他带来了《古兰经》。通过对《古兰经》和中国文化的深入学习，他感到自己以前的行为十分鲁莽。当朱潜宴请他时，他真诚地道歉致谢，希望朱潜不计前嫌，能交个朋友。朱潜真为他的转变、进步高兴。

韩信学成回国后，又找到朱潜，央求他给自己介绍工作，说还是想回卡拉奇核电工地。朱潜愉快应承，不久就把他推荐到另一部门上班。

真是“不打不相识”，相识成知己！

顺便交代一下，韩信兄长韩诚十分热爱这份工作，竟然放弃了赴美国、意大利读博的机会，认真学习安全生产管理知识，安全管理一直干到现在，且十分出色。其父也为两个儿子的选择而自豪。

另外，经过“捡垃圾事件”，巴工的卫生环保意识和安全管理意识也逐渐增强。我们在巴工营地参观采访时，那儿的卫生状况可圈可点。尤其让人称道的是，巴工的精神面貌发生了很大变化。我们曾暗自将巴工和卡拉奇市区的打工者两相比较，前者服饰齐整，精神饱满，犹如随时冲锋陷阵的战士。

中核集团领导视察卡拉奇工地，当听完韩诚滔滔不绝、条理分明的安全管理介绍后，笑逐颜开地伸出大拇指为其点赞。

一切出乎意料，皆大欢喜！

这只是创新海外用工模式的一个典型案例。其实，中核中原的做法早已“开枝散叶”：中核五公司、中核华兴和江苏电建三公司等建安单位，都相继摸索出了大同小异的海外用工管理办法，归纳起来有如下几方面——

严格巴工招聘流程，制度规范先行。让巴工一开始就接受严格的培训教育，认可中方管理制度后方能进场。他们先后实施了《巴工薪酬管理办法》《巴工考勤管理制度》《巴工劳保管理制度》《工作生活行为规范》等，以规范巴工日常行为，使之服从工作安排，听从指挥，实现了中巴紧密携手。

打造巴工产业工人队伍。通过手指口述强化巴工安全意识；通过现场质量安全流程图、对错图识别，提高巴工识别质量安全风险能力；通过中方人员“一拖一、一拖二”手把手帮教，提高巴工技能，实现“以中带巴”；坚持每周开展一个新的技能专项培训，提升质量安全基础知识和专业技术水平；随着双方工作技能的提升，逐渐过渡到“一拖三、一拖四”管理，实现“以中管巴”模式；通过技术比武和劳动竞赛选拔优秀巴工，担任班长助理、副班长、班长，激发巴工主动提升劳动技能，逐渐实现向“以中管巴”和“以巴管巴”相结合的产业模式。

开办巴工双语培训班。免费（提供晚餐、颁发学员奖等）向巴工授课，教会巴工简单汉语，培养高素质人才，推荐担当安全员、副班长或班长，培养“以巴管巴”人才，授人以渔。此举极大地调动了巴工学汉语的热情，为未来巴工参与核电建设或在“一带一路”中方企业谋生提供了优越条件。

做好人文关怀，用文化感染巴工。修建巴工生活营地，统一提供食堂、安装防盗窗、新建独立浴室、修建祈祷场所，增开通风设施、植树绿化营地，安装净化水、制冷水装置等；在核岛现场办公区，为巴工修建了整齐划一的午休工棚区等。还开展“优秀巴工之星”“最佳中巴搭档”“优秀资料员”等评选活动，集中颁奖，优秀员工奖励中方工作服，举办巴工图片展等，提升巴工荣誉感与归属感，以激发其工作热情。

强化树人，硕果累累。自项目开工以来，累计培养了两万多名技能熟练、能够独立上岗的优秀巴工，为海外“华龙一号”工程建设和优化利用当地劳工市场作出极大贡献，携手谱写了中巴友谊新篇章。

短暂的国外采访期间，我们还是见缝插针地走访了中核华兴和中核五公司项目部，他们分别向我们推荐了一个巴工成长的典型。拉姆让（英文名字：MRAVZAN）来自巴国恰希玛，在当地曾经是一名钢结构安装工人。由于恰希玛核电站建设需要巴工人力资源，拉姆让积极应聘，自 1996 年起应聘于中核华兴公司，先后积极投身于恰希玛 C1、C2、C3、C4 和卡拉奇 K2/K3 核电建设，从事过木工、钢筋工、钢结构安装工、塔吊指挥、塔吊司机等工作。他于 2014 年 11 月应聘于中核华兴 K2/K3 项目部，一直从事综合队塔吊运行班长岗位。4 年多来，他勤奋敬业，积极上进，钻研技能，工作表现突出，是项目部最优秀的巴工代表之一，曾多次获得过项目部安全先进个人、优秀巴工、设备操作红旗手等荣誉称号。

2014 年 11 月，当拉姆让听说他在 C2 核电站的中国师傅——塔吊工长张奎来到卡拉奇后，就从两千里之外的恰希玛来到了卡拉奇核电现场，成为中核华兴 K2/K3 核电项目部第一名正式巴方员工。经过项目部培训、考核、授权及录用，他正式成为一名塔吊司机，并承担起现场所有塔吊司机的招聘与培养工作。他先向亲戚朋友、向村邻友舍介绍工作，前前后后一共推荐了具有一定基础、从事过特殊工种工作的 126 名巴工，其中塔吊司机 46 名、塔吊指挥 80 名。

众所周知，中核华兴 K2/K3 项目塔吊操作运行，有一个不同于国内的显著特点，即所有塔吊司机及指挥均为巴工，语言沟通是一大障碍。工长/班长每日利用班前会，要把当天群塔作业安全风险、安全十条红线、操作注意事项、违章操作危害、内外部安全事件/事故经验反馈学习等，精准传达到每一位巴工，使巴工深刻知晓与领会。而拉姆让每天充当起同声翻译角色，凭借自己扎实的翻译功底，将中方工长/班长所讲的相关信息精准翻译成乌尔都语传递到每位巴工。他的中乌同声翻译准确无误、清晰流利，通过每天早班会的安全宣传，使每位巴工能时刻牢记安全责任，警钟长鸣，筑起安全长城，为 K2/K3 现场垂直运输提供了优质服务和强有力的安全保障。

拉姆让从 C2 起开始介入特殊工种职业，通过在 C2、C3、C4 和 K2/K3 项目部系统化的理论及实操培训，很快成为独当一面的操作能手，通过考核授权，先后从事起重指挥和塔吊司机工作。经过十几年来的历练，积累了宝贵经验，熟练掌握了机械设备安全操作规程、十不吊准则，并能对机械设备日常维护、常见故障的判断分析与排除，做到十拿九稳。特别是对塔机启停按钮、平稳起落钩等操作准确到位，对起吊周围障碍物避让技能，群吊作业塔臂、钢丝绳及挂钩的协调能力、判断能力及与地面指挥人员配合非常默契。每逢巴国开斋节、宰牲节、穆罕默德诞辰等巴国重大节日期间，部分巴工回家休假，造成人员紧张，他都身先士卒，亲自上塔机操作，非常娴熟老练地掌控着塔吊的三要素（稳、准、快），使现场垂直运输丝毫不受影响。

为加强对特殊工种人员的培养，不断提升巴工的技能水平，综合队技术组坚持每月 15 日、30 日采用投影幻灯形式，集中对特殊工种巴工司机和指挥进行理论培训，培训内容涉及安全知识、操作技能、典型违章案例分析等，并采用图文并茂的形式增强培训效果。参与培训的拉姆让也将其在现场发现的违章图片、吊索具检查不细致、对设备日常维护不到位及亮点照片等一一展示，使在场巴工认真聆听，深刻领会。通过集中培训，使得巴工理论水平不断提升，有效减少或杜绝了安全事件的发生。

2019 年 6 月 16 日，中核华兴 K2/K3 项目部举办了一场“手指口述”演示比赛，拉姆让带着他的团队给大家生动地展示了一个班前会全过程。在演示过程中，巴工个个精神昂扬，声音高亢洪亮，动作规范标准、整齐划一。特别是当他用流利的中文领着巴工说出“十不吊”

和“安全十条红线”，最后齐声高喊“我要安全，我不违章”时，现场演示比赛氛围被推向了高潮，赢得了现场领导、评委及观众阵阵掌声和喝彩。经过激烈比拼，最终他带领塔吊运行班以最高分摘获第一名，中核华兴 K2/K3 项目部党委书记刘鹤龄亲自对拉姆让团队进行了表扬及颁奖。

拉姆让由衷感谢中核华兴的培养，他已成为巴工的典范。4 年多来他一共进行了 10 余次班组演讲，惠及 360 多名巴工。通过他身上的闪光点，使巴工看到了拉姆让不断追求进步、不断超越自我的远大志向，大家纷纷表示要以他为榜样，立足岗位，努力工作，奋发有为。目前已有 470 名巴工成为技能骨干，分布在各个特殊岗位上独立工作。

拉姆让深有体会地说：“近 20 年来，华兴公司使我学到了诸多技能，成就了我的个人发展和就业之路，更使我从贫困走向富裕，有着稳定的高收入，现在家里盖了新房子，购买了良田。家乡家族长老们对我相当感激，说我带领村里人走出偏远的小山区，使家乡得到了较大改变和发展。我要感恩华兴，服务华兴，努力工作，积极作为，做好中巴友谊的桥梁纽带。”

他正用他的行动兑现着他的诺言。4 年多来，他带着他的团队，面对卡拉奇黄沙遍地、高温酷暑的恶劣环境，他积极挑战，不断前行，创下了塔吊安全运行无事故纪录，使 17 台擎天力士在巴国尽显神威，为 K2/K3 项目主关键线路和重大里程碑顺利实现起到了至关重要的安全保障作用，为“一带一路”和海外“华龙一号”建设发挥了不可替代的核心骨干作用。

在中核五公司项目部采访时，我们问及“华龙一号”给巴工带来最大的收获是什么时，中核五公司项目总经理黄新亮给我们讲了这样一个令人印象深刻的故事。

我认识一位名叫“小拉登”的巴方员工，他从2014年至2017年期间参加了恰希玛C3、C4核电站建设，并网发电后来到卡拉奇核电项目。5年的时间里，他一直从事起重吊装工作，从一个初出茅庐的小伙，历练为一个技术娴熟的起重工。

“小拉登”在工作中学会了一口流利的中文，能在班组担任“翻译”，给他的中方班组长减轻不少言语沟通的压力。由于工作努力、上进，他家里的生活条件也得到了很好的改善。年前他重新建造了一座新房，最近他又筹划着将新房进行装修。

他多次对中方员工和自己的同胞这样说道：

在我的内心，是非常认同“中巴友谊”的，感激中国人民不只给我们的国家带来核电技术，解决用电问题，也为我个人提供了就业岗位，让我有了学习成长的机会，提高了家庭生活水平。等K2/K3项目建成后，我还要跟着中核五公司继续参加其他核电建设。

我们并不满足他们的介绍，想亲密接触一下巴工，聆听他们的心声。在我们的要求下，项目部为我们主持了一场“我和华龙共同成长·中巴员工座谈会”。

中国核电人的故事已叙述不少，下面摘录几名巴工用汉语作的流畅发言：

我是穆罕默德·拉蒂夫，来自米安瓦利市。20世纪90年代加入恰希玛建核电站的中核五公司团队，后又跋山涉水转战卡拉奇现场。在中国师傅手把手帮助下，我从一个“不学无术”的社会小青年，成长为具备高级资质的电工班长，积累了较为丰富的管理经验，现在正指导着一批批新员工完成电缆敷设、电缆端接、线路检查、电力维修保障等任务，为海外华龙首堆建设保驾护航。今年中国春节期间，中核五公司还授予我安全生产的"特别贡献奖"。

我每月都可拿到可观的收入，一家人和和美美地生活在卡拉奇市区，大儿子考上了大学，女儿已经出嫁。我经常对中国 boss 们说，是中核五公司给我带来了谋生的技能，给我们带来了幸福生活。我会一如既往地跟他们干下去。

我叫贾巴，来自米安瓦利市巴布朗小镇，与穆罕默德·拉蒂夫同期进入中国核电团队。先是跟中国老师学会了电工，后因为年龄的原因，项目部出于人性化的考虑，让我在"南泥湾"蔬菜基地工作。我把在恰希玛学到的种植技术带到了卡拉奇，每天带着十几个人为改善中国兄弟的饮食生活而忙碌着。

我以前家庭贫困，没有稳定的工作，就一直没能娶妻生子。恰希玛一期完工后，我赚到了第一桶金，不仅在老家盖起了房子，也娶到了漂亮的妻子，还添了两个孩子，一家人其乐融融。我始终对中核五公司满怀感激之情，经常对电仪队长季明力说："boss 去哪儿，我就去哪儿，不管有多远，因为我们是好兄弟！"

我是阿根，今年 46 岁，恰希玛人。1993 年从家乡核电站跟中核华兴公司干起，至今已 27 个年头。我先是做泥工活，后来在中国师傅的帮助下，学会了开车和汉语。我现在的工作，除了开车就是做翻译，工资收入从最初的每天 35 卢比到如今的每月六七万卢比。

我一人做工养活全家。我 1997 年结婚，2000 年盖了三间砖瓦房，2013 年又买了新房，日子一天比一天好。

我喜欢华兴公司，是华兴培养了我，20 多年处出了感情。有几家公司高薪挖我，我都不为所动。我想跟着华兴一直干到干不动为止。

如今，我也动员儿子到华兴当上了安全员，老乡们都戏称我俩是一对“父子兵”。

我叫漠森，名字是江苏电建三公司焊培中心负责人给取的。之所以取名漠森，寓意只要努力奋斗，巴基斯坦卡拉奇的盐碱荒漠终能变成一片绿色森林。

2017 年 1 月 1 日，是我人生中最值得铭记的日子。在这个新年之日，我误打误撞地被招进了“华龙一号”K2/K3 核电现场。当时我并不懂得核电是什么，也不懂得 K2/K3 核电工程的重大意义。在焊培招工面试时，我表现出了异于其他应聘巴工慵懒松散的精气神，那双饱含渴望的眼神令人印象深刻。试用期间，我的勤快吃苦精神打动了负责人，被正式录用了。

天赋不够，努力来凑。也正是我的勤奋好学深深打动了项目部焊培中心的领导，他们为我制定了专门的培养方案……焊培中心还不断引导我树立梦想，敢于筑梦、逐梦。他们告诉我：“虽然你现在称中国人为 boss，虽然我们给你发工资，但你并不是为我们工作，你是在为你的国家、你的民族、你的父母兄弟和你将来的妻儿以及美好生活工作，你在为他们、为你们的未来修建电厂，建造光明，你才是我们这些中国人的 boss。电厂竣工，中国人将离开这里，只留下沉甸甸的中巴情谊。两三年后，你的同胞会在你今天的汗水努力中充分享受电力带来的万家灯火辉煌、夏日空调凉爽，再也不必忧心停电。”

通过一系列的培训，我很快进步成长起来，升职为“中巴焊工班”副班长，协助部门管理巴工。而在这过程中我们的巴工队伍逐渐壮大起来，从起初的两三名发展到现在的五六十人。如今，我所在的中巴焊工班已经俨然成为项目部纪律最严明、最具战斗力的力量。

事实正是如此，在巴基斯坦，在“一带一路”沿线，拉姆让、阿根们正用自己的青春激情，用自己练就的过硬本领，在这个大展拳脚、共建共荣的舞台，去点亮自己不凡的人生，点亮自己和美的家庭，点亮自己亲爱的祖国，点亮这个蓝色星球充满希望的世界！

在本文即将杀青之时，忽然收到中核集团新闻中心的一则消息——《来自巴基斯坦“老铁”的心声：“华龙一号”是我们的第二个家》。

12 月 16 日，首都北京，大雪纷飞。9 名优秀巴籍安全员结束了他们在中国的培训，带着学到的新知识，带着对中国的热爱和中核集团对他们的期望，回到“华龙一号”海外示范工程巴基斯坦卡拉奇 K2/K3 项目现场，他们将以更大的热情投入到安全工作中，为海外华龙的安全管理贡献一份力量。

这9名学员是由现场各个主要参建单位通过层层选拔挑选出的优秀员工，大多直接从事一线安全管理工作，有的参与了恰希玛核电项目的建设，现在又到了卡拉奇核电站；有的在中国留过学，还有的为了工作在当地孔子学院专门学习过汉语，对中国的文化及中核中原的管理理念有较深的认同。

Ali Raza 在现场身兼翻译和安全员两项工作，他的中文名字叫马哲。

马哲在孔子学院学习了一年半。刚开始他看不懂中国字，还哭鼻子。在老师的鼓励下，他坚持每天学汉字，一个字一笔一画写十遍，最后成功通过了汉语四级考试。学校本想给他奖学金，鼓励他来中国继续学习。由于家庭负担重，他选择了直接工作。

但是他一直很想来中国，这次能来中国参加培训，他开心极了，“我的家人都为我高兴，尤其是我姐姐。”马哲非常喜欢中国文化，能清唱《月亮代表我的心》和《世上只有妈妈好》。培训结束后，他用中文手写了一封信，表达自己的感受和感激。

马哲父母早逝，他很重视家人，这也直接影响了他的安全观念：“如果一个工人没有安全意识，出了事故，他的爸爸妈妈妻子儿女就没有幸福生活了。”

Waseem Ahmad 在第一天的开班仪式上就吸引了大家的目光，因为他有一个超级闪亮的中文名——刘德华！他很骄傲地说，刘德华和他一样帅。

刘德华在巴基斯坦 Bahauddin Zakariya University 新闻学专业毕业后，在一家报社做记者，但是媒体的工资实在太低了。从报社辞职后他在当地一家美国医疗公司，为小儿麻痹患者做康复培训师，几年后这家公司结束了在巴业务，刘德华考取了安全证书，并被朋友推荐到了卡拉奇核电站工作。

他的汉语讲得没有英语流利，但是工作起来很认真，多次被评为优秀安全员。

这次被选拔来中国参加安全培训，也是他第一次来中国，中国的发展和中国人的友好给他留下了很深刻的印象。“北京的路、桥，太漂亮了。”坐了地铁后，他直呼“amazing”！

29 岁的 Ali Murtaza 高高瘦瘦，有一个梦幻的中文名字——王子。

王子曾在中国湖北荆州的长江大学读了4年书，专业是电气工程。毕业后他回到自己的国家，去了卡拉奇核电现场做安全巡视员。每天他身穿安全服，拿着相机在现场检查，发现危险后就拍照，然后按照程序上报、监督整改。

这是王子第 5 次来北京，距离上次隔了 5 年。培训间隙，他去了天安门、鸟巢、三里屯，“北京的变化太大了！”“中国人还是那么友好！”他不停地感叹。

Dildar Arif 中文名叫迪路，24 岁，是这次 9 名安全员中年龄最小的。

迪路在自己的国家上了大学，学习商科相关的专业，但是毕业后听说在核电站工作很好，他和朋友刘德华一起学习了一年多并通过了安全考试，拿到了证书。来到海外华龙首堆工作，他很开心，"K2/K3在巴基斯坦是很大的项目，能在这里工作太好了。"这次来北京在核安全馆、核科技馆培训，他学习很认真，并自信满满地说："学会了带回我的祖国。"

"卡拉奇核电站安全运行 2 000 多天的业绩，与你们的努力分不开。希望你们将这次学到的安全管理方法和规范操作，为电站的安全管理工作做出更大贡献；也希望你们把安全生产的思想、理念传播给在巴的朋友、同事，使他们更加支持你们的工作，使现场人人为安全、人人是安全员的氛围更浓厚。"中核中原期待巴方安全员成为中国核电安全理念的中巴传递桥梁。

听完这些曲折新奇的故事，我们得出这样的启示：《淮南子·说林训》曰："授人以鱼，不如授人以渔。"给发展中国家建设各类电站和基础设施，固然重要，但不如培养当地工人，传授建造技术。世界一流企业拓展国际市场，员工本地化是必然趋势。本地化的员工不仅节约大量成本，且对本国国情、社情及本地员工的风俗习惯、理念思维等更为熟悉和了解，故在管理当地劳工方面，有着不可替代的优势。

卡拉奇核电项目巴籍安全员和大量普通巴工的成功运用，不仅在项目安全管理当中发挥了重要的补充作用，且对于中原员工本地化探索了一条切实可行的道路，也对未来中国核电大批量走出去积累了宝贵的实践经验。

当然，给我们的启示是，走出国门开拓市场，一定要快而多地了解所在国的宗教文化、民族习俗，真正做到交流融通，文明互鉴，共赢共进。

39 铁血友谊兄弟情深

“……衷心感谢K2/K3项目部所有领导同事，感谢亲爱的‘巴铁兄弟’，让我们全家感受到雪中送炭的温暖。预祝大家身体健康万事如意，海外‘华龙一号’早日腾飞！”

鸿雁传书。近日，一封毛笔书写的感谢信从安徽淮南辗转到北京，再从首都机场被带到了巴基斯坦卡拉奇K2/K3核电项目部。

这封满含谢意的信件，讲述了中核中原K2/K3项目部在远离祖国的巴基斯坦，协调各方、紧急救治中方生病员工的故事。

2019年7月24日，现场施工管理部的安全接口工程师张明磊，早晨起来突然感觉肚子疼，医护室的巴方医生康宝检查后，初步判断为急性阑尾炎，建议他先回宿舍吃药并休息。当天下午，康宝再次为他检查，确认是急性阑尾炎，立刻建议他赶快去项目部在卡拉奇的合作医院阿拉汗医院接受手术治疗！

平时身强力壮的张明磊一下子紧张起来，由于不了解阿拉汗医院的水平，他和家人在电话沟通后，想要先进行消炎，然后回国做手术。但康宝劝他，时间来不及，最好赶快住院。

在卡拉奇现场，安保工作是十分严格的，中方员工出行必须有SPD的巴方安全保卫人员陪同，否则无法外出，出行也要经过审批，所以去外面的医院就医并非轻而易举。

得知张明磊的情况后，项目部立即启动紧急预案，一方面办理手续、协调安保资源将其送往阿拉汗医院，一方面和医院的对接人联系，为张明磊开启绿色就医通道。医务室处置用药一个多小时后，张明磊在同事和康宝医生及巴方安保人员的陪同下抵达阿拉汗医院。

就在医院准备安排住院及手术时，他们遇到了住院费用不足的问题。原来，急性阑尾炎在国内是个小手术，但是在巴基斯坦却是比较严重的，要进行大手术，费用在当地也是很高的，需要先缴纳 30 万卢比（将近 1.5 万元人民币）押金。这样一来，他们来时带的 6 万卢比根本不够用。

病情不等人。项目部与康宝紧急和阿拉汗医院对接人沟通，并出具了中核中原的担保函。鉴于中核中原在巴基斯坦多年建设的工程项目和双方长期的互信，巴方急中方之所急，对接人协调了医院的财务部和高层，同意在押金不足的情况下为张明磊安排手术。

6 名医护人员对张明磊进行了全身麻醉，并做了一个半小时的手术。“真是没想到还要全麻，国内也就是局麻。手术后两三天，我一直都是迷迷糊糊的。同事们一直陪着我，医院条件也不好，他们就在走廊的长板凳上凑合着。”想起当时的情景，张明磊对康宝医生，对同事和阿拉汗医院充满了感谢。

重病中更需人性的温暖。5 天后，张明磊出院回到项目部。当天晚上 8 点，他正在宿舍休息，门开了，宋总进来了。原来，项目总经理宋丰伟一直惦记着他的病情，听说他出院回来了，这天工作刚一结束就带着肖洪涛、刘明辉、赵一非等负责人来看他。宋总仔细询问了他的手术情况和康复情况，告诉他要“好好休养，完全康复了再回去工作”，还安排食堂为他这个病号准备“爱心餐”。

而在遥远的国内安徽老家，惦记着张明磊身体的家人已经得知他出院的消息了。了解到项目部及时安排他就医治疗、领导同事的关心帮助和“巴铁兄弟”的友谊后，张明磊的老父亲激动地找出过年时写对联的大红纸，用毛笔字写了一封感谢信，表达他们全家对“恩人们”的感谢和祝福。恰好有同事要从国内赴巴基斯坦现场，这封感谢信就这样从安徽淮南到了北京，又来到了万里之外的卡拉奇现场。

现在，张明磊已经完全康复，回到工作岗位了。“真的无法用语言表达自己的感激之情，只有努力工作，继续为‘华龙一号’海外首堆添砖加瓦！”采访结束时，张明磊对我们说。

说起巴方浓眉大眼、高挑睿智的康宝医生，凡受惠于他的中方员工无不对我竖起大拇指。

康宝，信德省人，27 岁。2015 年毕业于湖北（咸宁）科技学院临床医学专业，回国后被聘为卡拉奇核电站专职医生兼翻译。现以他为首的 15 名医护人员及翻译，为 1 万多名中巴员工提供医疗服务。

在项目部办公室杨艳强的陪同下，我们顶着烈日来到了工地医院，只见为数不少的病人在接受医护人员的精心诊治。我们有意放轻脚步，生怕惊扰了医院的安宁。

见到医生兼翻译康宝时，他的热情爽朗立即感染了我们。在再三要求下，似乎有些羞涩的他才给我们讲了一个病例。

2016 年盛夏的一天，一位华兴员工突然中暑，被送到医务室时已经休克。医务人员立马为其挂水输液，补充营养；紧接着又送往市医院救护，直到病人康复……

这样的事例太多太多。我们问康宝“为何对中国情有独钟？为何对中方员工这样关怀备至？”

他说：我在中国留学 5 年，深感远离祖国和家人的孤独，是科技学院的一位教师接纳了我，经常请我吃饭，教我中文、下棋，使我备感慰藉。我想，你们中国人在帮助建设我们国家，远离亲人，尤其在生病时特别需要温暖；我要尽我所能，做得更好一些，也算是回报中国兄弟的恩情。

杨艳强还告诉我这样一件事：中方员工比较相信中医，起初对巴基斯坦当地的医治比较抵触。康宝就不厌其烦地讲道理：“你们的中药是好，但疗效慢，不妨试服我国的西药看看。”他不仅仅是给中方员工看病，还对中方员工进行心理疏导和矛盾化解。渐渐地，中方员工生病了，都愿意到现场医务室看病、开西药；现在回国时，还时常带些疗效好的西药给家人用。

采访康宝时，他不时起身接电话处理医务翻译的事情。见他太忙，我们便告辞，并表达了中国作家对他的谢忱和敬意。

中国核电人在巴国的贡献，巴基斯坦人看在眼里，记在心里，也给予了中国人崇高的礼遇和极大的尊敬。作为一个初到核电现场的新人，巴籍员工都会送上友善的微笑，并用汉语道一声“你好！”当遇到困难时，他们都会主动地帮助。卡拉奇核电工地戒备森严，为安全起见，中方员工只能工作、生活在“高墙”内。不少中方员工对我们说：“如果是必需的物品，巴工都乐意到市区代购。”

中巴两国人民的“铁血”友谊和兄弟般的情意，的确令世人称道。

说起中巴友谊，宋丰伟讲的一个故事匪夷所思：一次，中核华兴公司有众多员工入境巴国卡拉奇，带队者集中管理着护照。可在边检时，此人因有“贩卖人口”的嫌疑被关进类似国内的拘留所。

所内的一间羁押室关有一帮巴国犯有各种罪行的案犯，见一中国人被关进来，众犯突然肃然起敬起来，并将室中唯一的一个坐凳让给这个中国人坐。还纷纷安慰他：别怕，中国兄弟是我们的好朋友；你的问题很快会弄清的。

身在异国他乡，这位带队者以为进去之后，会像影视剧中旧犯人暴打新犯人一样，心中惶恐不安，没想到却被待为“上宾”，感动得不知说什么才好。

笔者也深有体会。今年 8 月 20 日当地时间零时，同机抵达卡拉奇机场的中国海外核电建设者有 60 人之众。由于巴国安全形势严峻，我们乘坐的庞大车队，有 7 辆警车 35 名安保人员全副武装护卫，享受了超级别的待遇。

面对这一从未见过的阵势，加之周遭一片漆黑，我们不免有些紧张。在等待出发、神情恍惚的时刻，忽见停在我们前面的警车上，跳下一名安保人员，快速向我们走来，坐在副驾驶的我下意识地向后靠了靠。

他敲开车窗玻璃后，嘴里快速地说着什么。由于外面噪声大，我们一时没听清，忙问身后的同伴听清没有，他们也摇摇头。来者并不灰心，仍然不停地说着，脸上还笑意盈盈。好一会儿我们才听清，他一个劲地在说“How are you！How are you！”原来是在热情欢迎和问候来自中国的客人。“Thank you！Thank you！”我们也不停地向对方表示友好。

中巴的这种传统友谊说是用鲜血凝成，一点也不为过。

2018 年 11 月 23 日上午，中国驻卡拉奇总领馆遭到恐怖组织袭击，在这次恐袭中，负责中国领事馆安全保卫的两位巴基斯坦警察阿什拉夫·达乌德和阿什拉夫·汗在与恐怖分子交火过程中不幸牺牲。据了解，其中一位有两个孩子，家里需要照顾；另一位已经是家中第三个殉职的警察，他有四个孩子。

巴基斯坦《黎明报》称，虽然巴基斯坦警察为了守卫卡拉奇领事馆的中国工作人员而牺牲了生命，但中国人民并没有忘记巴基斯坦朋友的牺牲和损失，在当地华人社区、中国企业和中国国内，发起了为两位牺牲警察家属募捐的倡议。

几乎同时，中国驻巴基斯坦大使馆赵立坚也将中国人为巴基斯坦警察捐款的事发布到了推特上。

他写道：“中国和巴基斯坦是铁兄弟。这是人民之间的情谊。除政府嘉奖以外，中国人自愿向为保护中国驻卡拉奇总领馆牺牲的两名警察和一名保安的家人捐款。”

此事立即得到了巴基斯坦《国际新闻》网站的关注。报道转引了赵立坚的推特。报道还说，中国人民在中国驻卡拉奇总领馆遭袭击后所做的一切，是中巴友谊最好的见证，更赞美“中巴友谊比喜马拉雅山脉还要高”。

当地华人汤天如说：“恐怖分子袭击我们总领馆相当于袭击我们的国土。巴国警员因为保护我们而牺牲，我希望在这里生活的中国公民有所作为，尽自己的力量帮助他们和他们的家人，不能让帮助我们的人生活在困难之中。”

募捐倡议得到了当地华人、中企职工以及国内各界人士的积极响应。中国留巴学生联谊会也在留学生中发起募捐，不仅留学生捐款踊跃，国内一些大学的师生也纷纷通过他们捐款。联谊会相关负责人马斌说：叮叮咚咚的微信收款声接连不断，每一声都仿佛是爱的凝聚，如水滴一样正从四面八方积聚而来。中巴友谊从来都不是空谈，已经深深地印在中巴人民的心里。

中核中原北京总部、在巴有关项目部——卡拉奇项目部、恰希玛项目部、驻伊斯兰堡代表处，各参建单位迅速响应，积极行动，为不幸殉职的警察捐款。

据不完全统计，短短 10 天，共收到捐款约 298 万卢比，折合人民币超过 16.1 万元。上述捐款已全部送达中国驻卡拉奇总领事馆，由其代为转交殉职警察家属。

中核中原 K2/K3 项目部在现场发出捐款倡议，获得了中核华兴公司、中核五公司、中核深圳凯利集团、中核机械工程公司等各参建单位项目部的热烈响应，并分别组织捐款。

中核海外建设者众口一词：“我们将永远铭记为保卫我们安全而牺牲的巴基斯坦兄弟，希望可以尽自己的力量帮助他们和他们的家人。”

此外，伊斯兰堡代表处还代表中核中原参加了中国驻巴使馆支持的在伊斯兰堡举行的捐助活动，驻巴大使馆赵立坚公参、巴新闻部部长、巴铁道部 CEO、巴水电部以及中外 40 多家媒体参加了本次活动。

这一事件在中国人中引起强烈反响，纷纷向殉职警察捐款，表达敬意。此次捐款活动已经超出了在巴企业和个人，国内北京、上海、香港等多个城市也发起了善举，另还有一些捐款者生活在德国、土耳其等国家。

刚到卡拉奇核电现场时，项目部就多次提到“巴工营地”。在探访之前，有必要交代一下它的来龙去脉。

2014 年在卡拉奇核电站建设初期，巴基斯坦战略规划局（SPD）对现场人员的进场控制极其严格，所谓的政审，需要检查上下三代人及近亲的信息，作为巴方一个安全级别较高的组织，其下设 6 个情报机构会对相关材料进行审查。

卡拉奇是一个大城市，就业机会很多，这严格的审查制度很快就被阻挡在门外没能进场的巴工中传播开来，于是乎现场的进人非常困难。“华龙一号”是一个复杂的大工程，需要的人力众多。由于海外因素，中方人员仅仅是国内的三分之一，所以招聘巴工补充人力资源迫在眉睫。

中核中原与现场PAEC、SPD进行协调，最后通过高层领导与SPD在伊斯兰堡总部的负责人沟通，希望对卡拉奇核电站这个两国亲密合作的重大工程特事特办，之后的人员进场状况略有成效。

时间辗转到了2015年，中核中原恰希玛核电站C3、C4机组，面临收尾阶段，一旦工程结束，将有数万名巴工面临失业的风险。考虑到这些巴工都是通过政审，即将无工作且具有多年合作经验的巴工，他们很多人从C项目开始，和中核中原合作多年，对公司有着深厚的感情。于是中核中原K项目积极与C项目沟通，让他们把公司在卡拉奇建设核电站的消息传播出去，结果一呼百应，后续有数千名巴工从恰希玛跟着来到卡拉奇。

但是现场巴工流失率比较高，其中一个原因是很多巴工来自外地或市区偏远地点，距离现场太远，自己租房子又是一笔开销。于是中核中原决定，建立巴工住宿区，免费提供住宿，给这些远道而来的巴工提供安身之所。

首先，中核中原与PAEC协调提供一块合同之外的临时用地，用于巴工宿舍的建设，此举得到了PAEC的高度支持，夸赞中方的人性化思考。对内中核中原协调各家分包商，让他们提交需求。由中核中原项目部统一进行场地规划，提供费用。后续，为加大吸引力，巴方的超市、水果摊、裁缝也陆续引进现场，在卡拉奇核电厂旁边，有着一个非常有特色的巴工营地。这大大提高了现场的吸引力。

那天，参观中核五公司项目部开发的“南泥湾”时，我们也就近参观了容纳万余人的巴工营房，营地井然有序，干净整洁。不少巴工说："这儿的居住条件，比自己家里还好！"

在中核华兴公司项目部采访时，办公室负责人宋朝会讲的一件事，让巴工真真切切感受到了中国人民的热情、善良和友好。

因巴工营地巴工众多，生活污水若不予以治理，将会极大影响巴工的生活环境和身体健康。为此，总经理宋丰伟早在巴工营地设计建造之初，就提出了在巴工营地也要像在中国村一样，修建污水处理站确保污水达标排放，并使用中水对蔬菜、绿植进行灌溉的设想，并最终于 2018 年完成了营地污水处理站的修建。

可是，巴工却误认为他们使用的水是经处理的生活污水，喝了拉肚子，还嫌洗澡水太热烫伤了皮肤……于是罢工抗议。

为迅速化解这一矛盾，中核中原 K2/K3 项目部副总经理毕宏达当着抗议巴工的面，从巴工营地水龙头接了一杯水一饮而尽，然后组织华兴公司等承包商让巴方派出代表，循着日常生活用水的管线查看，当巴工代表看到原来巴方和中方所使用的生活用水管线均来源于一处时，误会才得以消除。巴工喜欢喝冷饮，中方就趁此添置了几十台冷水机，还在主管道上安上了多个净水机……这样一来，巴工就皆大欢喜了。

中核中原以人为本、尊重生命的作为赢得了巴方的赞誉。采访的几位巴籍员工都表示："中国越来越强大了，中国在国际上地位越来越高了；我们十分乐意与中国兄弟相处。"他们都以在中资企业工作为荣。

正如巴基斯坦小学的一篇课文标题"A Dream Come True"（美梦成真）一样，2019 年新年之初，载着中巴钢铁般的友谊，载着孩子们对知识的渴望，中核中原成功举办了面向巴基斯坦恰希玛地区贫困学生的捐赠仪式，受到了巴政府代表和当地师生的广泛赞誉。

如阿拉伯海的波涛一样，目前，这种慈善活动正在向卡拉奇核电站周边地区"辐射"。

金秋送爽，丹桂飘香。8 月 12 日，是伊斯兰国家的传统节日——

古尔邦节。又称宰牲节，与开斋节、圣纪节并列为伊斯兰教三大宗教节日。在古尔邦节这天，穆斯林们要穿新衣，屠宰牲口，肉食不仅留给自己家，而且要分送给穷人，确保所有的穆斯林都要有一份肉食，欢乐情景如同中国人过年一样。

在每年的穆斯林传统节日“古尔邦节”来临之际，为关心关爱巴方员工，传播中巴友好情谊，展现中巴团结一家亲的良好氛围，中核中原及其建安单位都充分利用节假日，开展“送温暖”融情实践活动。

活动开展时，主办方都要向中方员工介绍古尔邦节的来历，以及穆斯林朋友过古尔邦节的习俗等相关知识，中巴员工进行《卡拉奇的热情》等歌舞表演庆祝古尔邦节，中方还送来了馓子、水果、矿泉水等，和巴工一起分享古尔邦节的快乐。不少巴工说：“中国朋友待我们比自己的兄弟还亲！”

类似发生在“一带一路”沿线国家这样的友谊故事数不胜数……

习近平主席在谈“一带一路”倡议时，多次强调要秉持“亲、诚、惠、容”的周边外交理念，表达了中国外交的最高价值诉求。

在世界格局趋于多元化的今天，“亲、诚、惠、容”外交理念阐述了中国外交的核心信仰，传递了中国声音。

要论中国的“铁杆”朋友和友好近邻，被中国网友亲切称为“巴铁”的巴基斯坦当之无愧。中国与巴基斯坦的传统友谊，正是中国外交理念的最佳体现。除了网友们津津乐道的地缘战略和人道主义援助，两国经济合作其实相当广泛，特别是在能源领域。

2013 年 5 月，李克强总理在接受巴基斯坦媒体联合书面采访时表示，在中国人民心中，巴基斯坦始终是可以信赖的“铁杆”朋友，网民称为“巴铁”，这是中巴友谊的真实写照。

为什么能源合作成为排头兵？这就不得不提到巴基斯坦的

现状。

长年受反恐、地区安全等压力的掣肘，巴基斯坦政府如今当务之急是快速发展经济。然而，巴基斯坦面临严重能源短缺，其中最大挑战就是电力短缺，夏季用电缺口有时可达 5 000 兆瓦，不仅生产用电不能满足，居民生活用电也时常难以保障。

尤其在夏季用电高峰期间，首都伊斯兰堡每天停电时间可达 12 个小时；在大部分农村，每天停电可达 18 个小时以上。要知道，巴基斯坦大部分地区夏季气温高达 40～50 摄氏度。为此，发电机成为巴基斯坦富裕人家的标配；普通家庭也会安装不间断电源，就算不能靠其带动空调等大功率电器，至少能勉强保证停电时家里基本用电需求；但对于穷人来说，停电遭的罪只能默默忍受。

破解电荒时不我待，两个重要伙伴的行动力也堪称“中巴速度”。在能源领域，一方面，两国推出一系列举措，包括签署建立中巴小型水电技术国家联合研究中心的谅解备忘录等。另一方面，中方鼓励和支持中国国有企业和民营企业寻找巴基斯坦传统能源和新能源领域的投资机会。

2014 年 5 月，中巴经济走廊能源领域首个项目——巴基斯坦加西姆港 1 320 兆瓦火电项目在卡拉奇奠基，并于 2017 年年底投产发电；同年春天，中国企业在巴基斯坦投资建成的首个风电项目——三峡巴基斯坦第一风力发电项目正式竣工……

然而，中国对巴基斯坦的核电建设方面则更加给力。早在 1991 年 12 月，中国和巴基斯坦就签订了援建恰希玛 4 台核电机组的协议，历时 10 年建设，核电站成功并网发电；2015 年 7 月，中国又开始在巴基斯坦南部港口卡拉奇建设核电项目。

巴基斯坦时任总理谢里夫曾在加西姆港项目奠基仪式上说：“中国极为真诚地帮助巴基斯坦解决能源危机，体现了强劲的巴中友谊。”

“中巴经济走廊一些项目能在短短几个月内就推行到现有阶段，难能可贵，是两国政府、企业共同努力的成果，而巴方对于一些项目寄予很大期望，也会给予很大支持。”巴基斯坦石油部联席副部长赛义德·塔基尔·侯赛因也如是说。

在中巴政府大力支持下，多家中资能源企业将“巴铁”作为自身海外战略要塞和“走出去”的战略机遇。

应该说，近20年来，中国不仅帮助巴基斯坦成功度过了“电荒”，而且帮助他们发展了火电等传统能源，拓展了新的核电能源领域。已经建成投产的恰希玛核电站正在发挥巨大的效益，正在建设的卡拉奇核电站并网发电也指日可待。

中巴经济走廊，无疑是我国“一带一路”倡议构想的成功实践和典型范例。

2018年8月，国家发改委、商务部、外交部发布《“一带一路”5年进展情况及展望报告》。报告指出，中国与17个国家核准《“一带一路”融资指导原则》，加快推进金融机构海外布局，已有11家中资银行设立71家一级机构；103个国家和国际组织已同中国签署118份“一带一路”方面的合作协议；5年来，中国对沿线国家直接投资超过700亿美元，年均增长7.2%，在沿线国家新签对外承包工程合同额超过5 000亿美元，年均增长19.2%……

可以这样说，“一带一路”倡议，承载了各国人民实现共同发展、共同繁荣的美好愿望，契合了应对世界经济风险和挑战的现实需要，展示了引领和建设开放型世界经济的战略视野，也展现了中国作为大国的负责任建设性作用。

我们有理由相信，只要秉持人类伟大的博爱精神，只要“一带一路”倡议持续推进，只要西方大国摒弃霸权主义、单边主义的惯性思维和霸凌政策，只要全世界人民远离战争、动乱和恐怖袭击，共同走和平发展的道路，实现习近平总书记倡导的“人类命运共同体”将不再是遥远的梦景！

40 助推海外设备国产化

同国内福清华龙设备自主研制、自主供货一样，海外华龙设备的国产化，也是一步一步走出来的。

中核中原在引领中国核工程海外项目的同时，也推动着国产设备“走出去”，设备国产化率不断提升。

由海外 871、911 工程中部分关键设备国内研制，到巴基斯坦恰希玛C1项目压力容器等主设备的国产化、C2项目蒸汽发生器国产化、核级应急柴油发电机组国产化零的突破、C3和C4项目攻克主泵国产化，最终实现了“华龙一号”卡拉奇K2/K3项目全部设备的国内订货。

中核中原设备采购工作都围绕着一切为了项目需要，始终坚持践行核电设备“走出去”，积极支持集团自主供货的工作开展。

“‘华龙一号’设备的自主研发、供货，我们布局得早，而且我们卡拉奇K2/K3整机的国产化率比福清5、6号机组的要高。”采访负责此项工作的中核中原副总经理王永革时，他十分肯定地说。

促成中核中原动手早的直接原因仍然是“西方的卡脖子”。建C3、C4项目时，本来在法国的订单要发货了，可对方突然通知“不卖了”，给出的理由是“政府不同意”。中核中原当然心知肚明：巴基斯坦是西方国家禁售核设备的国家。

万般无奈之下，K2/K3设备的研发只有自己动手。

2012 年，高度重视设备国产化的中核中原就着手准备了。其总体思路是：责成设备采购部门首先梳理出“长周期主设备清单”，主要是核岛内的压力容器、蒸汽发生器等；其次是列出在中核集团备案的研发设备 42 项；再次是预埋预装的；最后是巴基斯坦制造的。根据上述设备的重要程度制订详细的研制、供货计划。

根据这一计划，他们找来设计院，捋出设备大致清单，以及厂家调研、评估制造的可能性。一旦与巴基斯坦签订建设合同，就启动设备的研发。

由于王永革在 C1 项目“基层练兵”，当过 C2 项目现场总经理，熟悉核电站的设备安装和调试，所以，在自主设备的研发管理上得心应手。他说，“在 42 项设备的国产化上，我和采购部门主要抓了三招”：

选择有实力、有意愿的厂家研制；执行中组织团队全力支持，请设计、运行专家协力研制；当好纽带，让设计单位和厂家形成合力。

让我们择其一二而述之。

马赛克后备盘台的研发。

“核电工程，设备最难”这是搞核电工程建设人的共识，在核电中全厂仪控系统（DCS）无疑是中枢神经，在中核集团其他建成的核电站中，DCS 全部被国外企业垄断，是设备国产化必须要打响的第一仗。

以 DCS 系统中全尺寸马赛克后备盘台为例，马赛克盘台是核电站 DCS 系统中最复杂、最核心的设备之一，目前全球仅西班牙、德国等少数发达国家顶级企业有能力制造安全级马赛克产品。而国内在全尺寸马赛克盘台方面没有相关经验，面对前方一片“漆黑”的自主研制道路和直接采购国外成型设备两种选择，在确定国产研制前，各方专家形成了“自主研制掌握核心技术”与“直接采购省时省力”两种意见。

在经过全面调研和充分论证后，中核中原着眼于国际市场，且为更好地服务于“一带一路”上的海外首堆“华龙一号”卡拉奇项目，公司决定打破国外垄断即采用国产化马赛克盘台技术方案，该方案在国内尚属首台套。

在项目实施过程中，中核中原勇于承担主动作为，供货团队主动提出以“996”的形式加班工作，其项目组从立项之初，到最终模拟件进行试验期间，全体参与科研人员加班人均时长达到年700多个小时。经过对马赛克盘台不断进行结构设计改良和马赛克材料的选型，有限元建模仿真分析更是经过了多次迭代设计验证。马赛克样机顺利通过了EMC电磁试验、震动试验、抗震等多个试验，标志着安全级马赛克盘台国产化研发任务的成功完成，实现了从无到有的跨越，并达到了国际先进技术水平。

在项目执行初期及中期阶段，由于接口管理涉及方较多，中核中原采购部建议并要求建立总承包方-分包商联署办公机制，根据项目实际进度择机在适宜地点进行联署办公，极大程度上固化确定详细技术方案和问题澄清等技术问题。尤其对样机鉴定这一项目执行最大难点，最大程度上优化了各方资源，通过多次试验最终完成样机鉴定，为该项目的顺利交货奠定了良好的基础。

不同于常规钣金盘台的制造过程，马赛克盘制造工序的监造要点不仅需要将控制点前移，而且还要做到更加细致。在监造过程中，从塑料件的入场检验，到马赛克屏加工的检查、盘面喷绘、安装后检验，严格按照设计规范要求控制盘台的拼缝尺寸，保证了盘台框架的拼缝在合格范围内，通过各工序间的层层把控，使马赛克盘的质量符合设计规范要求。

马赛克后备盘台作为完整的核电安全级设备，其盘上各仪表均需满足安全级要求，而在卡拉奇项目中，这一国产化研发同样使用了多种国产控制仪表，包括数显表、旋钮组件、按钮组件、报警灯、组合开关等，作为首次应用，均需进行安全级鉴定。在进行产品鉴定时，中核中原采购部重点关注试验项目符合设计提出的鉴定要求，跟踪鉴定试验进展，审查各项试验性能，结果满足设计要求。

上述国产化研发制造表明，安全级马赛克盘台代表着先进核电站DCS系统主控制室的主流应用方向，为核电设备的国产化打下了坚实的一步。

核电站主管道的研发。

如果把DCS比作中枢神经的话，主管道作为核一级主设备，连接着反应堆压力容器、主泵、蒸汽发生器、稳压器，形成一回路闭环系统，包容着反应堆冷却剂。可以说主管道就是整个核电站的“主动脉”。

核动力院主导的主管道研发，采用了锻造工艺。以往其他项目主管道采用铸造工艺，虽然AP1000机型也有相关锻造主管道，但是从技术难度、产品数量来说，均没有“华龙一号”主管道要求高，从原材料准备到制造过程都存在很多的技术难关。

中核中原各级领导对配合核动力院主管道研发十分重视，多次开会研讨项目管理方案，编制了详细的监造大纲，梳理了制造过程的关键工艺、关键技术，以及风险识别表。项目的整体管理思路是全过程参与监造，重要工序深入监控，有效进行质量和进度控制。因此团队的见证是产品能顺利验收出厂的保证，这其中感人故事不胜枚举。

主管道的研制过程中，厂家考虑经济用电等多个因素，将电渣重熔、锻造、热处理等工序放在夜间进行。那段时间，正值冬季，大雪纷飞，当地人常用“雪窝”来形容雪大。由于住所距离工厂有一段路程，驻厂代表很难打到车，提前向租车公司预约晚上用车，都被以夜深、雪大、路滑、行车危险为由拒绝，因此冬季雪天的深夜前往车间进行见证是一个极大的挑战。

为了不影响见证，驻厂人员在见证这些工艺时需要每日步行去工厂，在凌晨2点的深夜步行5公里走到工厂大门。作为驻厂监造人员，他们长期坚持奋战在一线，深知责任重大，不敢丝毫马虎，他们主动牺牲节假日休息时间，积极协调、推进制造厂生产。正是这种舍小家，为大家的无私奉献精神和任劳任怨、兢兢业业的工作作风，才是主管道设备顺利国产化的重要保证。

稳压器安全阀的研发。

马赛克盘台的国产化实现体现了中核中原员工的管理协调，主管道的从无到有体现了中核中原的兢兢业业，那么稳压器安全阀的国产化推动则更像是科研攻坚战。

弹簧式稳压器安全阀是压水堆核电厂反应堆冷却剂系统超压保护设备，为核安全一级关键设备，对一回路系统起到超压保护作用。所涉及的整定压力、回座压力、开启高度以及检验是否出现卡阻、震颤、频跳等均须在一次试验中同时完成，几者存在一定的逻辑关系，而决定这些关系能否实现取决于零部件的加工精度、结构设计的合理性、部件间的装配精度、不同材质零部件高温膨胀率的差异、弹簧部件的性能稳定性、上下调节圈及调整螺母的位置、密封面的耐磨性等，所以弹簧式稳压器安全阀的制造、试验难度特别大。该设备的研发考验购买方的风险识别能力、控制协调能力，更考验制造单位的技术水平、制造水平、试验水平。

首先在设计环节上良好的优化与改善，为加工制造打下基础。在研磨装配阶段，研磨工具的选择中，采用了专门用于stellite和N07718材质的专用研磨工具，达到了“工欲善其事必先利其器”的条件。另一个关键的工序就是手工研磨，此工序的技术要求非常高，既要保证密封面如镜面般光滑的效果，否则即使出现小于头发丝直径的研磨划痕，都会造成试验中的密封不合格，又要保证阀座与阀瓣密封面的配合精度，不能出现平面度不平整等问题，否则会出现密封载荷不均匀，同样会导致密封不合格。

在热态试验过程中，工作团队更是同心同德、群策群力、不畏困难，一般上午 7 点便点燃锅炉，使阀门与台架一起缓慢升温，升温时间长达 6～8 小时，试验开始时一般在下午 3 点左右，每次试验阀门性能起跳次数都多达 10 多次，试验到后半夜更是家常便饭。

尤其是在科研试验过程中，需要收集试验数据结果、分析原因、研究措施等，试验室团队均是达到忘我的工作状态，第一天热态试验，第二天紧接着阀门设备缓冷并拆卸，分析原因后继续研磨装配，第三天再接着热态试验，这期间工作团队发扬了不怕苦、韧性足、善于啃硬骨头的坚强工作作风。弹簧式稳压器安全阀的成功离不开中核中原、设计院、制造厂团队多个日日夜夜不辞辛苦、勇于前行。

上述例子不胜枚举，小到材料，大到主设备，通过和中核中原的合作，国内设备制造企业不断实现核级设备的首台（套）业绩。没有前车，没有辙，中核中原顶着巨大的压力，凭着一股干劲，在中核集团的支持下，和设备制造企业、设计单位联合攻关，共同突破了一个又一个技术难题，取得了一项又一项国产化成果，逐渐补齐了核电设备自主化的一块块短板，根据统计总共进行了 42 项研发项目，除去发电机出口断路器外，其他设备均已经研发完毕，实现了设备的国产化。

同样对于制造厂而言，这就是进入核电设备市场的敲门砖。正是有了研制首台（套）的业绩，企业才获得了参与更多核电设备供货的竞争资格，才能在后来的国内核电大发展时期抢占市场先机。曾经有国家能源局装备司的领导在调研国内制造企业后感到很惊讶，她没有想到，这么多企业是被中核中原带领着进入了核设备的市场，他们的首台（套）都是从中核中原的项目开始的。

在攻克国产化难关的过程中，中核中原还帮助企业建立核安全文化和严格的质量保证体系。这一体系是按照国家核安全局规定的，比ISO9000更加严格，符合HAF标准，有力地提升了企业的管理水平。中核中原国产化信念不倒，以星星之火，为核电设备国产化增光添热。一路摸索，一路前行，中核中原和国内装备制造企业相互扶持，风雨同舟，走出了一条以项目带动设备国产化、以设备国产化助推项目的自主核电之路。

所有承接设备制造厂家无不充满感激：“中核中原是全力支持我们！”无论是研发协调会，还是产品鉴定会，凡碰见中核中原领导时，国家能源局装备司负责人总是称赞有加：“你们中核中原在核电设备国产化方面，做出了很大贡献！”

王永革感慨：“整个国产化过来，不仅我们积累了很多经验和做法，而且各生产厂家也大大提高了设备研制能力和技术水平。从美国去年对中国发出的禁令来审视，我们提前布局核电设备国产化的路是走对了！”

41 海外华龙再建功

巴基斯坦是“华龙一号”落户海外的第一站，也是历史上中国核电项目出口海外的第一站。目前，恰希玛核电 1～4 号机组已成功发电，包括“华龙一号”海外项目在内，中国已向巴方出口 6 台核电机组。

值得一提的是，中核五公司承担了这全部 6 台核电机组的建造任务。在“华龙一号”项目建设中，又同时承建了卡拉奇 K2/K3 机组核岛安装工程和福清核电 5、6 号机组常规岛安装工程，成为世界上首个同时进行“华龙一号”核岛、常规岛安装施工的企业。

时至今日，巴基斯坦日益成为中国“一带一路”倡议和核电“走出去”战略的重要合作伙伴，该国核电项目建设是否顺利、成功，将成为影响“华龙一号”进一步拓展海外市场的重要因素。如何在保证安全、质量的前提下，全面建设好“华龙一号”海外首堆工程，助力中国核电“走出去”品牌建设，促进民族核电腾飞，是中核五公司当前和今后一段时期重大的政治任务。

2019 年 4 月 9 日，笔者在福清现场采访中核五公司项目部后，转战上海金山中核五公司总部，通过视频专访了公司卡拉奇核电项目部党总支书记、总经理黄新亮，副总经理徐斌，副总经理宋昀峰、工会主席赵虎等，从“工程建设”“技术创新”“安全保障”“党建引领”

等多个角度对“海外华龙”首堆建设进行详细解读。

黄新亮介绍了工程项目情况。K2/K3 项目于 2013 年 11 月 26 日正式开工，计划工期 58 个月。中核五公司负责核岛 15 个子项安装工作，于 2016 年 12 月 24 日启动施工。截至 2019 年 4 月初，公司已累计完成 70 个合同安装节点中的 45 个，其中，海外首堆已完成 26 个。节点总体完成率 64%。当前，2 号机组核岛处于大宗材料收尾、系统移交调试阶段，3 号机组处于大宗材料上量、设备安装阶段，双机组进入双高峰施工。工程总体进展顺利，安全、质量、进度可控。

宋昀峰自豪地介绍了技术创新及施工优化情况。

“特别是环吊、环承梁实现整体吊装。业内都清楚，环吊在核岛主设备安装和检修过程中有着极其重要的作用，是核电站最重要的起重设备之一。环吊大梁位于反应堆厂房环轨之上，由桥架、旋转机构

及驱动系统、水平轮、平台栏杆、司机室、登机平台等部件构成。其中桥架由电气大梁、非电气大梁和端梁共同组成，是环吊的主体框架部分。

“传统的环吊安装工艺，采取分段安装的方式，即先将电气大梁、非电气大梁进行地面组装，然后分别吊装就位至环吊轨道上，在环吊轨道上进行端梁安装以及环吊高空调整工作。由于所有精细的调整工作均在高空进行，导致吊装次数多，高空施工周期长，施工风险加大。为解决这个问题，我们前期做了大量的研究、准备工作，最终决定在卡拉奇 K2/K3 机组采用整体吊装的方式。也就是说，将环吊桥架部分、水平轮、旋转机构等部件先在地面整体组装好、调试好，再整体吊装就位至环吊轨道上。

“这种吊装方式，对施工单位的技术水平及施工能力要求更高。环吊大梁整体组装后总重量 407 吨，利用 3 000 吨履带大吊车、平衡梁等专用吊具，将环吊大梁吊装就位至 42.6 米高的环吊轨道上。

“我们通过创新施工工序，实现环吊整体吊装的方式，减少了环吊吊装次数，极大地缩短了高空作业周期，降低了高空作业风险。也为后续同堆型的环吊安装、吊装提供了参考和借鉴作用。”

笔者从宋昀峰口中还了解到，截至 2019 年 4 月 7 日，项目部已实现安全工日 1 286 天。这在工程建设中是非常了不起的数据。卡拉奇核电项目建设，高高兴兴出国，平平安安健健康康回家，是他们每个异乡工作者的心愿。也因此，他们分外重视安全管理工作。在项目实际运行过程中，他们有安全管理“讲起来重要、做起来必要、忙起来首要”三要原则，具体从五大方面着手，确保现场安全。

最让徐斌感到骄傲的是，在进行 3 号机组主管道安装时，他们凭实力补救了设备缺陷，为海外华龙建设节约了一年半的工期。

“我说的主管道，连接着压力容器与蒸汽发生器，有着核岛主动脉之称，是从我国出口到巴基斯坦的设备。安装前，技术人员发现3号机组主管道3环热段制造尺寸存在缺陷，制造长度偏短4.1毫米，高度偏长8.1毫米，无法进行现场装配。

“这个时候，如现场施工团队无法处理缺陷，主管道只能返厂回国重造，这将导致整个核岛堆心施工停滞约一年半工期，也将对华龙品牌产生不良影响。虽是设备本身的问题，但大局当前，责任重于一切。本着尽最大努力挽回损失的考虑，我们集中优势力量与顶配资源，全力挽救，勇敢承担起国家的责任。

“在这个过程中，我们采用了激光三维建模数据精准采集技术，以及主管道虚拟安装拟合技术，完成了主管道加工量确定；结合以往核电站施工经验，分析评估弯头厚壁主管道数控加工能力与精度控制到0.1毫米数量级的能力，完全按照模型要求尺寸加工完成；制作设备调整工装，按照模拟位置实现主管道现场装配1毫米以内偏差要求。凭借在核电安装行业雄厚的技术力量与丰富的施工经验，我们最终实现3号机组三环主管道热段安装质量关口前移，消除了质量问题将引发的严重后果，为海外华龙项目稳步推进提供了有力支撑。”

赵虎则给笔者介绍了卡拉奇的“南泥湾”。巴基斯坦当地蔬菜种类极少。最初，中原公司向各单位发放维生素C片，以此补充营养。我们当时就在心里默默盘算，这可不是长久之计，一定得尽快想办法彻底解决职工吃菜问题。

当时有人提及老一辈革命家在南泥湾搞大生产运动的故事，项目部党总支受到启发，就当机立断，尝试在沙漠上种菜，开展“菜园子”工程建设。几年下来，已渐成规模。在没有农用机械设备的情况下，项目职工用最简单原始的农用工具，硬是将这不毛之地变成“塞外江南”，形成了现在“南泥湾”绿色种植基地。

当前，近20块绿色蔬菜种植基地分布于现场中国村及巴工营地，总占地面积已达60余亩，品种齐全，物产丰盛，各类蔬菜30余种。今年以来，绿色蔬菜种植基地产量屡创新高，不仅极大改善了职工膳食结构和生活品质，也实现了自给自足，节约了项目成本。

同时，我们还合理规划经营畜牧饲养业，饲养鱼、鸡、鸭等家畜家禽，开启“桑基鱼塘”生产模式，植物与动物互养，形成良性的生态循环，将资源利用最大化。

如今，“南泥湾”绿色种植基地已成为卡拉奇核电现场一道亮丽的风景线，同时也是我们项目部自己的红色教育基地。自基地建立以来，已经接待国内外政府人员、代表团、兄弟单位、巴原委会等人员116人次，安排项目内部骨干6批共计128人次参观学习。

4个月后，笔者在卡拉奇与黄新亮终于见面。他拉着笔者跑到他的“南泥湾”，如数家珍地介绍起他的杰作来。他还让笔者亲手摘了一个大冬瓜，同他一起分享丰收的果实。

中国海外援建公司为数不少，像黄新亮这样开荒种菜的极为鲜见，他不仅改善了职工生活，节约了建设成本，还将红色文化传播到了海外。

“他是一个有思想、有情怀、有担当、有作为的工程建设管理者！”回国航班上，干部考核组的几位年轻人对黄新亮赞不绝口。

42 全球核岛土建的翘楚

在异域卡拉奇，承担“华龙一号”K2/K3 核电站核岛土建工程施工任务的，是中国核工业华兴建设有限公司（简称“中核华兴”）。

中核华兴，始建于 1958 年，曾承担过我国“两弹一艇”试验基地以及许多重要核工程、军工工程的建设。公司具有建筑工程施工总承包特级、市政公用工程施工总承包特级，建筑行业（建筑工程）甲级、市政行业甲级，拥有 30 余项一级资质、20 余项二级资质以及各类许可证 40 余项，涉及工程咨询、勘察、设计、爆破、土建、安装、制造、消防、监理、装饰装修、物业等建筑业价值链的各个环节，覆盖能源、石油化工、市政、铁路、水利水电、地质灾害、军工、工业厂房、污水处理、核承压容器等众多领域，具有独立的对外经济合作经营资格。

来到位于南京建邺区的中核华兴，采访核电工程事业部副总经理廖茂军时，他不无自豪地说：“我们在国内外从事核岛土建已有几十年，积累了丰富的实践经验，且先行一步的西方核电强国的核电站大多已停建多年。综合衡量，长期奋战的中核华兴称之为‘全球核岛土建的领跑者’毫不为过。”

让我们一起走进中核华兴巴基斯坦卡拉奇 K2/K3 核电项目部（简称“项目部”）。

去过卡拉奇的人都知道，阿拉伯海边上有个天堂角，顺着天堂角往里远远望去，在一片沙漠中，几十台高低起伏的塔吊顺向伸展出巨臂，拥抱着蓝天，两座核岛高高耸立在错落相间的厂房之间。

好一派：天堂角边涛声阵阵，群塔身下热血沸腾。

2016 年 5 月 31 日上午 9 点，卡拉奇 K3 核电机组筏基现场，气温 38 ℃。通往筏基的人行通道上，一面鲜艳的“青年突击队”旗帜迎风飘扬；6 台金黄的布料机将长长的“象鼻子”不约而同地伸向筏基，混凝土在密实的钢筋网中缓缓移动……振捣手、质检员、安全员有序地忙碌着，个个挥汗如雨，湿漉漉的工作服紧紧地贴在身上，数百顶黄色安全帽在阳光下熠熠生辉……

这里，K3 核岛筏基混凝土浇注正在紧张有序地进行。项目部数百名参战将士，夜以继日，战高温斗酷暑，克疲劳拼意志，直到 6 月 3 日凌晨 5 点，整个浇注顺利完成，浇注量 8 979 立方米，历时 68 小时，谱写了一曲忘我拼搏的战歌……

翻看混凝土坍落度记录本，一行行醒目的数字映入眼帘：14、15、14、15、14……

“从数据上看，混凝土坍落度从开始浇注到结束，一直保持稳定，从无返工，这充分显示了公司的混凝土生产能力，为筏基大体积混凝土浇注质量奠定了坚实基础。”值班员李华汇报说。

“本次混凝土浇注，堪称完美，无论是混凝土坍落度，还是混凝土入模温度掌控都非常好，整个浇注过程一气呵成，毫无瑕疵。”核岛队队长张兴厚那张黝黑的脸上洋溢着难以抑制的兴奋。

他一边整理数据，一边分析说：“跟 K2 筏基混凝土浇注相比，这次浇注呈现四个显著特点：一是准备充足，筏基钢筋绑扎较 K2 机组减少了 28 天；二是浇注时间缩短，同样的工程量，K2 筏基浇注用了 72 小时，而 K3 浇注只用了 68 小时；三是过程顺利，整个浇注过程，无论是机械设备、人员协作，还是安全、质量都非常到位；四是投入减少，作业人员较 K2 机组减少了近 40 人。从这四个特点看，可以说，我们已经迈出了'K3 机组要比 K2 机组好'的第一步了。"

从第一批人员进驻卡拉奇现场以来，华兴人便在卡拉奇开始了艰苦的创业历程。白天高温炙烤，员工个个晒得黢黑，脸上因安全帽带遮挡而留下的印记在黝黑的脸上显得格外突出。湿透的衣服还来不及更换，就匆匆扒完晚饭又奔向现场，挑灯续战……

就这样迎难而上，没有条件就创造条件，华兴人硬是让"华龙一号"从图纸走向了现实，从国内走向了海外，用汗水浇灌着智慧之花，实现了一个又一个节点：

2014 年 12 月 29 日，K2 核岛预应力廊道提前 2 天实现；

2015 年 3 月 30 日，搅拌站一号、二号机组顺利投产；

6 月 30 日，生产临建和搅拌站工程全部竣工验收；

7 月 31 日，K2 核岛筏基第一阶段混凝土（FCD）开始浇注；

9 月 18 日，K2 核岛反应堆厂房筏基第二阶段混凝土开始浇注，标志着海外“华龙一号”核岛主体工程正式开工……

2016 年 2 月 6 日，K2 核岛首个钢衬里模块成功吊装；5 月 3 日，最后一个钢衬里模块提前三级进度计划 15 天顺利就位，标志着模块化施工技术在海外“华龙一号”机组成功运用……

在 K2 工程如火如荼向前推进时，K3 工程也紧锣密鼓地开展起来，2016 年 5 月 31 日，K3 机组主体工程提前 2 个月开工，海外“华龙一号”工程正式进入双机组施工高峰叠加期，K2/K3 机组重大里程碑节点一个个交替如期实现……

2016 年 9 月 30 日，K3 核岛“底板环段+加腋区”组合模块吊装完成；

2017 年 4 月 15 日，K3 核岛最后一个钢衬里模块吊装完成；

2017 年 10 月 13 日，“华龙一号”海外首堆顺利实现穹顶吊装；

2018 年 9 月 29 日，K3 核岛穹顶顺利吊装。至此，核岛土建所有重大节点均按期或提前实现，创造了海外华龙速度；

10 月 28 日，“华龙一号”海外首堆预应力施工提前合同工期 3 个月完成，创造了国内外百万千瓦级核电机组安全壳预应力施工最短工期新纪录……

成绩的背后是汗水，掌声的背后是辛酸。如今，面对高耸的双岛，以及业界内外的阵阵掌声，一幕幕往事浮现在建设者们眼前：

万事开头难，这里的起步难上难。

2014 年 3 月 4 日上午 8 时，因为时差几乎一夜未眠的项目部副总经理宋小海和其他6位兄弟来到了现场。尽管他们都有过类似经历，也做好了心理准备，但还是被眼前的景象震住了：

"整个现场荒凉一片，全是黄土、细沙，连棵草都不长，真是彻头彻尾的不毛之地。"核岛队副队长聂富兵描述说。

"没水，没电，没设备，啥都没有，就一个光秃秃的基坑。"这是前任项目经理马铁刚的第一印象。

面对前所未有的困难，华兴人没有被吓到，他们暗下决心，一定要自力更生，不辱使命。

于是，来不及调整时差，便一头扎进了以市场调研为基础，以搅拌站为首要目标的前期工作，迈出了从零开始的第一步。

由于时局动荡，市场调研既不能外出，又不能与当地人员面对面接触，中巴双方人员在安保的严格管制下，顶着烈日，相隔150米的距离进行"喊话谈判"。由于现场条件艰苦，费尽周折才找到的潜在分包往往中途离开，或者喊了半天啥结果也没有……谈起这段往事，宋小海至今唏嘘不已。

前期生活上也是困难重重，物资贫乏，绿色蔬菜更是没有指望。隔着小区安全大门，伸出手去连喊带比划，和外面的小商贩进行艰难的交流，讨价还价……

盛夏之夜，又没电了，兄弟们聚集到走廊里聊工作，可恶的蚊子嗡嗡乱飞，一旦被叮奇痒难忍，真可谓长夜漫漫，酷热难耐；有人实在受不了，便抱着被子悄悄溜进食堂蹭凉……

新堆型，新技术，管理攻关困难重重。由于该堆型首次走出国门，且国内没有成熟的经验参考，故在实际施工中，困难重重。其中，频繁的图纸变更显得尤为突出。据统计，项目部自开工以来共发生设计变更3 091份，现场申请变更1 366份，图纸变更率达到28%以上，技术问题澄清6 347条。频繁的变更给项目推进带来了诸多的困难和挑战。

“频繁的图纸变更给现场施工带来了极大影响，有时候活刚干完，但是因为有了变更，所有的技术准备得重新来过。”技术部副经理粟顺发回忆道。“有时辛苦了几个月的预算书刚刚编好，图纸就升版了，不得不重新再来；如果再次升版，还得再次重复。”商务经理毛基庆也发出同样的慨叹。

新堆型所带来的技术改进造成图纸频繁变更，有的结构设计图纸上开口项长达 7 个月不能关闭，给现场推进带来很大挑战。“这就需要我们不断想办法，想措施，联合上下游共同解决困难。”项目副经理耿秀伟补充道。

在项目部的推动下，施工现场与设计院总部之间建立了“紧急开口项专题视频会”制度。耿秀伟带领各专业技术人员每周定期与主要设计人员通过视频面对面沟通，逐项讨论每份开口项的解决办法。据不完全统计，自 2016 年 9 月份开始至 2018 年 3 月的一年半时间里，累计召开开口项专题会近 60 场次，绝大多数紧急的开口项都按期予以关闭，或者通过中核华兴给出的建议措施确定了处理方案，并通过澄清或变更的方式对处理方案予以固化，确保了现场施工的整体进展。“一切困难，都无法阻挡我们前进的步伐！”极具挑战精神的技术主管黎华也自信满满地说。

资源保障，计划总是难以兑现。尽管各项资源投入计划都很好，但执行起来非常难，每周的生产例会上，总会听到资源保障方面的诉求和抱怨。

劳动力不足是项目部前期最大的问题。最突出的表现就是“一高三低”：即巴工流失率高，出勤率低、安全意识淡薄和劳动技能低下。谈及此事，经历者们总是摇头叹息。2014 年，长达半年未能招到一名巴工，2015 年 1 月才实现巴工招聘零的突破；后来虽然巴工招聘问题得以彻底解决，新招巴工进场时队伍浩浩荡荡，但面对酷暑与繁重的体力，没有多少人能坚持下来，巴工流失率一直居高不下，离场巴工就象退潮一样，转瞬间又所剩无几。截至 2018 年 12 月 31 日，总招聘高达 32 001 人，在册只有 6 561 人，而出勤率却一直在 50%左右。尤其是每逢周五下午、巴国节日和工资发放后的一周内，出勤率更是低得让人难以接受。

“而国内人员组织方面也存在很大困难，一是手续多、周期长，尤其签证政策的变化，让签证办理变得异常缓慢，严重影响着人员进场；二是现场条件艰苦，年轻人大多不愿意出国，现场急需的工程技术人员只能靠国内项目反复动员。”谈起人员组织工作，综管部负责人宋朝会一脸苦水。另一方面，一些分包工人到场后，由于现实偏离个人期望值，人心不稳，效率低下，甚至出现大规模人群集中违约提前离场的窘况……

一个问题就是一只“拦路虎”。华兴人退缩了？没有。在华兴人的眼里，办法总比困难多。

谈起巴工管理的艰辛与模式创新，项目经理王鑫如数家珍。

项目部大力开展巴工产业队伍建设，党委也持续开展“我带巴工快成长”特色活动。通过出台具有竞争性的薪酬体系以及系列激励措施，鼓励巴工多出勤、出全勤，减少流失；通过开展巴工汉语学习班、全方位人文关怀、挑选优秀巴工赴中国领奖等，用文化来吸引他们，留住他们；探索中巴融合管理模式，通过中方人员“一拖一、一拖二”手把手式帮教，带着巴工一起干，实现“以中带巴”；通过开展技能专项培训，提升巴工技能，逐渐过渡到“一拖三、一拖四”模式，实现“以中管巴”；再通过技术比武和劳动竞赛等选拔优秀巴工，担任班长助理、副班长、班长以及工长，培养巴工管理层，开始实现“以巴管巴”，最终形成“以中管巴+以巴管巴”相结合的中巴融合产业管理模式。

工程高峰期，项目部创造了 8 000 多个工作岗位，培养优秀巴工近 2 000 人，不仅助推了“华龙一号”工程建设，还为繁荣中巴经济走廊做出极大贡献，携手谱写了中巴友谊新篇章……

在材料设备方面同样面临着重重困难。由于设计频繁变更，而现场施工需求又急迫，留给材料采购的时间就相当有限。据统计，平均一批材料从下料到最后到达现场需要 6 个月，这在国内项目是不可能出现的。若遇第三国采购进口材料，从下单、厂商寻找、谈判、签约、生产、国内及海上长途运输，时间将更长，至少需要 9 个月。第三国进口设备技术支持人员进入巴国手续繁琐，极其不顺，常导致设备安装调试和维修保养不及时。但每到关键时候，总有人挺身而出，凭着聪明才智和汗水，将困难一一化解。

2015 年 2 月，项目部引进的首台意大利 OSCAM 钢筋剪切联动生产线到场，但因种种原因，厂家技术支持推迟 2 个月后仍然不能到场。而 FCD 目标已定，有 3 000 多吨钢筋需要加工和绑扎，工期逼人。项目部召集会议商量对策，已过“知天命”年龄的钢筋工长袁兴东主动请缨，挑起自行组装生产线的大梁。凭着 10 年前在恰希玛核电站独立安装过一台美国进口设备的印象，以及多年的联动线剪切设备管理经验，和一张 OSCAM 钢筋剪切生产线平面图，他细细琢磨，反复推敲，十拿九稳了再着手组装。他带着 1 名中方工人和 4 名巴方工人，加班加点，毫无怨言，用 15 天时间完成了生产线的组装。当技术支持进场看到设备已成型时，非常吃惊。并用一周时间逐一检查核实，完全没有问题！他兴奋得给了老袁一个大大的拥抱，竖起大姆指，连连称赞道：“you are very very clever !”……

就这样，面对种种困难，华兴人没有退却，迎着困难上，顶着压力干，艰苦奋斗，自力更生，从四个方面举措发力：

抓党建，让党建成为看得见的生产力。

"我们是中核集团先进基层党组织""我们是中央企业先进基层党组织"，党员们脸上洋溢着一种无比的自豪与喜悦。作为现场唯一一家党员人数过百的基层党组织，党的建设坚强有力，通过打造"双色活动"（党委特色与支部特色），实现了一个支部就是一个战斗堡垒，一名党员就是一面旗帜。"自开展'党建+质量安全隐患排查'"活动以来，党员和身边员工积极性大增，隐患排查与整改数量也逐步增加，从最开始的每季度 100 多条，到每月将近 500 条。"质保经理严清骄傲地说。"正是因为我们严格实行了高风险作业支委委员旁站制度，才确保了每年高达 100 多次塔吊、布料机拆装、顶升与移位等高风险作业安全无恙。"一向严谨的施工支持分部党支部书记阚春贵坚定地说。各支部"党建+"系列活动有声有色，党员技术攻关小组成员们挥汗如雨，活跃在车间和现场，"党员突击队"和"青年先锋队"旗帜迎风飘扬，处处彰显着党员的责任与担当。

塑文化，让文化成为摸得着的牵引力。

项目部倾情打造"家"文化。在这里，你找不到小圈子，也感受不到亚文化。"英雄不问出处，员工不分亲疏，到了项目就是一家人，所有关怀一视同仁。"党委书记刘鹤龄如是说。无论中方人员还是巴方工人，无论自有员工还是分包人员，组织的关怀无处不在。

"老李，你汇款单填了没？"

"早就填啦，你还没填吗？那就去找'小燕子'吧，她特别热心！"这是一线工人在交流汇款心得。

面对一线工人汇款难题，项目部"党员服务窗"活动四季不断，30 多名志愿者常年服务，笑脸相迎。"燕子汇款 QQ 群"也成为项目部党组织服务基层工人的一道风景线。

"大菜地+小园子"绿色工程倍受好评。大菜地年供新鲜蔬菜 100

多吨，不断改善着 2 000 多人的大食堂伙食质量；而小园子则成为支部联系员工的“责任地”与“爱心地”，或组织劳作，或组织采摘分发，为员工提供一些特色服务。

“组织就在你身边。”这是员工们最感动的一句话，也是项目部关心关爱生病员工的承诺，看得见，摸得着。医疗救护服务小组实行一站式服务，疏解“恐慌”心理，传递组织关怀，年均帮扶 120 人次；另一方面，现场小病慰问“一个也不少”。一点一滴的人文关怀，凝聚起建设者们的磅礴力量。

重客户，他们追求战略协同。

有人把合作分为三种境界，华兴人把“放下个性，彼此成就”作为最高追求，致力于打造与业主的战略合作关系，坚持以客户为中心。每当出现问题时，他们总是坚持“眼睛向内、刀尖对己”内省式思维方式，积极从自身寻找不足，而不是抱怨与推脱。

“这种方式，有利于提高沟通效率，减少扯皮，彼此建立互信。”工程技术中心经理徐余章有感而发。

“带着方案去澄清，下游促上游。这是华兴人的优良传统。”项目生产副经理曾祥文娓娓道来，“面对新堆型，我们立足自身几十年的管理经验和技术优势，积极思考，主动推进：提出变更总平负挖方案，改变了核岛成为“孤岛”、四周无堆场、无运输通道、物料供应降效 50%的窘况；建议优化回填路线顺序，建立优先级回填路径，为确保 3 000 吨大吊车就位，顺利实现主设备预引入创造条件；建议扩建砂石场，并在自身资源十分紧张的情况下，毅然组织精兵强将，参与援助砂石场建设，解决了混凝土供不应求的被动局面。”华兴这种合作理念与积极主动的沟通方式，得到业主的普遍赞誉。

抓质量安全，永远心存敬畏。

安全是核工业的生命线，已融入华兴人的灵魂。项目部建立并实施的安全质量“双十条”红线行为“一棒出局”规定，犹如利剑高悬，一举就是六年，不曾有半点松懈，确保了全周期无质量安全事故发生；员工诚信档案的建立，让一个个质量安全隐患主动暴露在阳光下，实现关口前移，一个个隐患被消灭于萌芽状态。不管是份内之事，还是公共安全；也不管是人身健康，还是设备安全，只要出现在华兴人的眼里，他们就不会轻意放过。

2019 年 8 月 10 日深夜，一场预料中的大雨如期而至。虽然一切防洪准备早已就绪，但万万没想到，两天内降雨量竟达到 412 毫升，是预报的 3 倍多，厂房外低洼处积水达 1 米多深。

11 日下午，当项目副经理魏金锁带领防洪抢险小组来到 3 号核岛东侧时，发现来自 K3 核岛北面、东面和南面的水流自上而下，已汇成一股洪流，源源不断地涌向 3 000 吨大吊车护坡及站位点基础，使站位点基础被向内掏空数米。如果不及时切断洪水，后果难以设想！

没有半点犹豫，魏金锁立即下达抢险指令。顿时，对讲机声音、手机声音、哗哗的雨声，响成一片。不到几分钟时间，3 台装载机就轰隆隆开进现场，60 多名抗洪抢险队员也纷纷赶到，立即展开一场与时间赛跑的围堰加固战！

几十分钟后，洪水被挡住、被有序分流，险情被斩断。心中一块石头落地，此时的魏金锁才发现自己早已浑身湿透了。这时，中原公司领导也赶到现场，看到这一幕，紧紧地握住他的双手。

回想起那段经历，参与抢险的部长们个个显得特别激动，“就好象发生在昨天一样，一切是那么的清晰。”

对于创新，他们孜孜以求。在打造海外“华龙一号”精品工程的路上，华兴与业主共同谱写了一曲曲创新赞歌……

在初战告捷的乐曲中，中核华兴迎来了重要节点。

核岛土建施工中，穹顶施工占据重要位置。穹顶吊装是核岛土建工程关键路径中的里程碑节点，而穹顶按时制作拼装完成，则是穹顶吊装的首要前提。因此，高质量按时完成穹顶的制作拼装是核岛钢衬里施工的重中之重。

"华龙一号"穹顶呈半球形结构，直径46.8米，总体重量373吨，是迄今为止核电站堆型中体积最大的双曲面壳体结构，且预制与拼装工艺复杂，技术要求高。卡拉奇K2核电站作为"华龙一号"海外首堆，成功掌握其穹顶施工技术，可以有效提升核电"出海"的核心竞争力。

中核华兴在多年的钢衬里施工经验中，形成了"钢衬里穹顶胎模"及"穹顶双曲面成形设备"等多项专利，已成功掌握各类核电堆型的建造技术。但面对海外首堆"华龙一号"，由于分块板尺寸特点、施工进度要求、现有生产厂房及设备能力的限制，原有工艺已不能完全适用。

为完成新堆型建造，不辱海外首堆使命，经过多次探索与试验，项目部决定去除繁琐的机械化卷制工序，直接采用胎膜上拼接一次成型工艺。

"推陈出新是一个艰难的过程，有时候经验会成为一种制约。"负责穹顶车间预制的技术员回忆说，"我们在整体压弧上走了很多弯路。"

最初的思路一直拘囿于工装和压弧上，无论如何大板和胎膜都无法完美贴合。虽可以采取机械手段强制大板屈服贴合，但为了保证穹顶板成型质量，还是决定放弃强行施工的方法。为此班组和技术部门出现了不小的摩擦："试验这么久，一点工程量都没出来，报量的时候我们怎么交代？"钢衬里车间班长张子房焦急地说。

耐心分析施工利弊之后，大家冷静下来，试验没有停止，继续总结反思。通过分析原因，发现穹顶分块板为双曲面弧形，展开计算近似圆锥法，分块越小，就越接近展开值。

返回原点，技术组重新对大板分块进行了计算，利用三维建模将大板进行细化分解，最终解决了扇形区难题。然后4块分块板上胎膜固定压弧，胎膜上拼装焊接一次成型，实现了大板与胎膜双曲面完美贴合。

双曲面穹顶板胎膜拼接一次成型工艺，避免了凹凸胎膜制作，减少了卷制工期及人工投入，大大提升了预制成型效率，缩短了流水周期，且成型质量完全满足设计要求。

穹顶双曲面成型新思路的实现，体现了中核华兴不畏艰难，勇于迎接困难和挑战的精神，但这还远远不够。

钢衬里穹顶分块板在胎膜上的拼装焊接，一直采用传统的手工电弧焊工艺。但手工电弧焊焊接效率低、依赖优质焊工、焊接质量不稳定的弊端，在海外项目中体现得越来越明显，刚刚燃起的斗志，被施焊效率低、流水周期长、预制无法满足工期等问题连泼冷水。要满足预制进度要求，必须上曲面埋弧焊，但曲面埋弧焊合格率却很低，又一道难题摆在面前。

“可以用叉车代替行吊，平稳又牢靠，避免行吊摇晃的问题。”讨论中，大家集思广益，各抒己见。

功夫不负有心人。通过在胎膜上增加弧形角钢、增设防坠措施、应用大型叉车辅助焊接等一系列措施，埋弧自动焊在“曲面”胎膜上尽情地“跑”起来，身后留下漂亮的“足迹”和攻坚小组成员开心的笑容。

在异国他乡，海外项目设备资源的配备远没有国内项目那么便利。为解决叉车资源匮乏的难题，聪明的华兴人就地取材，根据调平原理设计制作埋弧焊“跷板式”调平工装，利用手拉葫芦升降配重达到调平胎膜的效果。叉车的解放，使材料倒运更及时，生产工序衔接更紧凑，保证了工程进度。

困难被一个个战胜，穹顶施工的各项工作有序进行，75片穹顶“花瓣”在车间逐渐开放。

分块板重量大、焊缝排布密集、单条焊缝延伸长、拼装精度要求高，都是穹顶拼装过程中需要考虑的细节。项目部钢结构队副队长杨勇昌做了细致的人员安排和进度计划，对圆满完成任务信心满满。

在面临现场安装人力短缺和工期紧张双重难题时，杨勇昌再次统筹全队资源：车间为纵，现场为横，最大化利用纵横资源，拓宽有限的施工工期。

“现场资源不足，现在车间预制任务不紧迫，能不能把穹顶三层板在车间合二为一，将穹顶三层拼装的24张板变为12张板，分流现场拼装压力？”

“牛腿施工结束后，把这几名工人调动到三号岛工段，其余继续穹顶拼装，保证穹顶施工正常进行。”

一系列措施执行后，原本令人一筹莫展的施工难题，被依次解决。还研发出了穹顶板“二合一”技术，并增强了施工管理水平。“我们焊工资源不足，你看能不能紧急进场几个焊工？”“员工进场正常流程要几个月的，我们跟国内沟通，尽量保证人员及时进场！”项目部全力调配人员，紧缺工人得以及时进场。

“陆工，焊缝检测时间会比较紧张，你提前做好准备，检测完成，我们才能进行下一步工作。”面对紧急需求，项目部无损探伤室及时回应：“没问题，特殊时期，我们随时待命，保证无损环节紧跟施工。”

“锚固件测量放线时间太紧张，要连续加班了！”“嗯，没问题，什么时候加班提前说一下就行。”核岛队在脚手架搭设、测量放线等工作上，全力配合。

“必须要给拍片窗口啊，射线检测不结束，就没法加角钢，下一层大板就没法吊装！”“行，我们安排施工计划时会合理考虑。”工程部根据施工进度及时调整计划。

……

在各个部门紧密配合下，穹顶拼装期间，项目部在K2核岛穹顶施工方面成绩斐然：钢衬里牛腿安装如期完成，射线一次合格率100%；穹顶拼装正常流转，“二合一”技术优化了施工工艺、缩短现场拼装工期、降低了高空作业风险；钢衬里模块四和模块五同月吊装，创造又一项核电施工之最。

面对新堆型的机遇和挑战，中核华兴用创新理念灌溉培育首朵海外“华龙之花”，为推动“华龙一号”走向更广阔的世界而不懈努力着。

目前，“华龙一号”海外首堆正处于热试阶段；K3核岛土建工程也进入深度收尾期。中核华兴人实现了“3号核岛要比2号核岛好”的奋斗目标，他们与其他建设者一道，正助推着“华龙一号”向着更广阔的世界扬帆远航……

43 中国能建大显身手

承建卡拉奇核电站 K2/K3 项目，除总承包中原公司及建安单位——中核五公司和中核华兴公司外，还有一支主力军，即中国能源建设集团（简称“中国能建”）江苏省电力建设第三工程有限公司（简称“江苏电建三公司”）。

江苏电建三公司成立于 1958 年，经营范围包括境内外电力——水电、火电、核电、风电及太阳能发电等新能源及输变电等。

2015 年 4 月，江苏电建三公司作为常规岛建筑安装一体化的承建单位，凭借 20 年核电项目施工经验，一举中标卡拉奇 K2/K3 项目常规岛建安及部分 BOP 安装工程。

该项目是中国能建集团首个海外核电施工项目，也是首个由中核集团以外的能源建设企业承担的国际核电工程项目，秉承“世界能源中国能建”的使命，中国能建的海外核电建设取得历史性突破。

江苏电建三公司高度重视该项目的高标准启动，调集具有山东海阳、江苏田湾核电站工程建设经验的骨干人员，于 2015 年 6 月 1 日进点开展前期策划工作，从人、机、料、法、环等各方面做足充分准备，工程建设顺利开局。

如何在国际舞台上展示中国能建的风采，践行“行业领先，世界一流”诺言，完美履约，才是其下属江苏电建三公司真正的硬指标。

数字能说明问题。江苏电建三公司在卡拉奇项目编制了《核安全文化推进实施方案》，组织制定了质保大纲、HSE 管理大纲、管理程序和工作程序等，覆盖施工的全环节、全过程。

进行核安全文化、政策声明和质量保证知识宣传贯彻，组织全员对典型案例进行讨论分析，举一反三制定相应的纠正措施，从开工以来，公司从未间断；每年 9 月还定期开展"质量活动月"。全国青年文明号带头人鞠兴琳信心坚定地说："通过长时间的积累和培训，我们一次能把事情做好。"

核电安全无小事。在安全管控上，项目部副经理胥烨介绍：卡拉奇项目提出了"任何事故都是可能发生的，一切事故都是可以预防的"安全理念，除了执行既有安全生产法律、法规、标准，项目部还特别编制了重大危险源和重大安全风险控制措施。按照"圈地式管理、人盯人防范"的管理措施和考核手段，落实施工负责人、技术人员、班组长、安全员等各级人员对协作队伍的管理责任，真正把协作队伍纳入班组化、进行"无差别"管理。

项目开工以来，K2/K3 机组建设，已实现安全生产第一阶段性目标。2018 年 4 月 27 日，项目部被总包单位授予安全生产 1 500 天“突出贡献奖”。

巴基斯坦卡拉奇，常年有 8 个月高温天气，每年进入 4 月份，施工现场红色高温警报连发，白天最高温度达 50 ℃以上。项目经理徐俊贤说：“持续长时间的高温天气，对员工意志品质是坚强的锤炼，更给安全生产带来了严峻的考验，来自内外部因素产生的压力陡然增大，太艰难了！”

自进现场以来，全体参建人员过起了“时序颠倒”的生活。采用早上班、晚下班，避开中午高温时段的工作时间；采取弹性工作制，换班轮休等方法，缩短员工连续作业时间。由于卡拉奇昼夜温差较大，夜晚相对凉爽，项目部便加强夜间施工的组织，充分提高工作效率，保证了施工进度。

项目部积极做好高温天气安全作业应急保障工作。在现场设置员工安康驿站，空调房间里放置冰柜和防暑降温药品，作业人员一旦感觉身体不适，马上进入驿站进行休息调整，及时防止发生中暑事件。白天高温炙烤，职工们脸上因安全帽带遮挡而留下的白色印记，与黝黑脸形成鲜明对比。夜幕降临时，他们湿透的衣服来不及更换，匆匆“扒”过晚饭又奔向施工现场，在清凉的夜色中挑灯鏖战。

为遵守巴基斯坦风俗习惯和宗教信仰，在斋月期间，不少在现场工作的巴基斯坦员工体能有所下降，项目部以人为本，给予充分关心，为他们设置了休息区、冲凉池，提供点心、饮用水供巴工补充体能，降低中暑风险。

项目部还成立了 24 小时不间断应急联络小组，应急电话时刻畅通，并多次组织预防中暑、中暑后应急处理等专项培训和演练，提高职工自我保护意识和能力，减少现场施工人员中暑情况，避免人身伤亡事故的发生。

项目部全员硬是战胜了极端高温的天气、多年不遇突发洪灾和异域风俗习惯等诸多困难，让“华龙一号”常规岛项目从图纸变为现实。

质量、安全、进度，全部兑现签约承诺。完美履约再次赢得总包方的青睐，在常规岛主体工程项目强势履约的基础上，又相继中标K2/K3 机组 PS 泵房土建、安装工程，K2/K3 机组多个子项的建筑安装工程。

由于卡拉奇“华龙一号”项目是新堆型、新技术，而且在国内尚没有完全建成的参考堆型，许多工作常常需要边学边干。项目部勇于攻克施工难点，问鼎技术难题，在海外首堆建设中大显身手。

他们在施工中披荆斩棘，先后攻克了泥岩地基坑边起重作业的边坡稳定、高温气候条件下的大体积混凝土裂缝控制、石灰石粉混凝土在核电联合泵房工程中的应用、直径 4.8 米循环水玻璃钢管道安装、汽轮发电机弹簧隔振基座模板支撑体系的开发应用等数十项技术难题。

在攻克高温条件下大体积混凝土裂缝控制难题期间，给水泥搭凉棚、盖被子，一小时一测温，进行了十几次试验后，才开始进行大体积混凝土浇注。混凝土浇注后续 28 天的养护期里，技术质检人员分两班倒，日夜守护在现场，像照看着自己的“新生儿”一样悉心呵护着成品。

在大管径玻璃钢管安装项目上，采取提前介入管道支架的方法，破解安装难题……诸如此类的小发明、小革新、小创造，在整个卡拉奇项目现场，不胜枚举。小攻关破解大难题，江苏电建员工所具有的“中国智慧”，在“华龙一号”建设中几乎都能得到生动的佐证。

时间定格在巴基斯坦卡拉奇当地时间 2018 年 11 月 6 日 12 时 26

分，历史将记录下这样一个瞬间："华龙一号"海外首堆K2发电机定子成功吊装就位。K2机组发电机定子净重达510吨，吊装重量532吨，是K2/K3核电项目整个现场单钩吊装重量最重的设备，其吊装技术堪称"中国重器"。

江苏电建三公司以技术为突破点，勇于攻克施工难点，铸造"中国重器"，再次展示了我国核电安装领域的世界水平。

回国休假的项目部副总经理胥烨、张国俊接受采访时，向笔者介绍了吊装的全过程——

K2机组发电机定子是K2/K3核电项目整个现场单钩吊装重量最重的设备，是常规岛的核心部件，其吊装难度是众所周知难啃的"硬骨头"。

向来不打无准备之仗的江苏电建三公司，针对发电机定子吊装编制出"中国方案"。在最初的吊装方案中，策划了两套施工方案。首选方案为使用现场3 000吨履带吊直接吊装就位，备选方案为常规岛400吨行车和160吨行车进行抬吊就位。

考虑到常规岛发电机定子吊装现场实际情况，3 000吨履带吊无法按计划转至常规岛进行定子吊装作业，400吨行车和160吨行车抬吊相对于3 000吨履带吊吊装不仅对厂房结构影响较小，而且行车抬吊作业不受天气影响，能够按计划完成作业。备选方案经过论证，逐渐跃上吊装编制案头，变得越来越清晰。

"工欲善其事，必先利其器"。在整个方案编制过程中，最关键的就是负荷分配，结合以往吊装经验，经过上百次的计算，通过科学受力分析，最终将定子载荷按照5:2的比例分配给400吨及160吨行车，并准确测定吊装点位。方案于2018年5月完成专家评审。

是年9月，抬吊扁担制造完成并发运至卡拉奇核电现场。

10月初，项目部与热机专业公司一起使用现场510吨配重代替定子完成模拟抬吊试验，验证行车抬吊性能。

11 月 4 日，K2 机组发电机定子运至 K2 常规岛零米检修通道。次日，项目部与中原公司、巴方业主进行吊装前联合检查。

11 月 6 日一早，发电机定子指挥部全体人员来到吊装现场，各专业、各部室人员全部佩戴上岗证各就各位。“细节、细节，除了细节，还是细节。”项目经理徐俊贤默默地反复提醒着自己。从 0 米到常规岛 9 米层运转层平台，从指挥到司索再一次进行确认检查。每一个参战人员梳理着每一道工序，都做好了包括预案在内的准备。

当地时间 10 时 28 分，K2 常规岛发电机定子吊装作业正式开始，现场人员目不转睛地记录了这一过程。

两台行车主钩单独提升受力，定子提升至 20 厘米静置 10 分钟，检查行车、吊具、定子情况。没有发现异常，两台行车转入并车状态，160 吨行车为“主车”，400 吨行车为“从车”，同步提升定子。

定子平移至基础上方后，对齐地脚螺栓孔，再次检查清理台板接触面，将定子就位台板上。

当地时间 11 月 6 日 12 时 26 分，K2 机组发电机定子经过垂直提升、水平横向移动、水平纵向移动、调整就位 4 道吊装工序，成功安装于常规岛 9 米层运转层平台。

值得一提的是，采用双行车抬吊相对于 3 000 吨履带吊吊装，节约成本约 450 万元。

粮草先行为常理。尤为值得一提的是机械和物资供应，在项目建设中尤为重要。

由于巴基斯坦物资匮乏，卡拉奇核电站常规岛建设的绝大多数材料都要从国内采购，而国内采购运输周期长达 4 个月，严重制约了施工和效益。

为破解这一难题，项目部积极进行管理创新，成立专项攻关组开发现代化网络信息处理技术，开发了卡拉奇核电项目物资采购与海运物流协调管理平台。

根据现场施工生产计划安排需要，从策划需要的物资开始，将国内的采购周期、国内码头集港、报关、海运、国外码头的卸货、清关及国外陆运等物资采购各环节全部纳入平台运作，环环相扣，无缝对接。

K2/K3 机组常规岛建设从开工至 2018 年，累计完成混凝土浇注 25.72 万立方米，使用钢筋 4.26 万吨，组织 165 批物资（共计 71 618 吨）到达卡拉奇核电现场。

2018 年 4 月 15 日，常规岛安装布设的最大工程机械——600 吨履带吊从国内顺利海运至卡拉奇项目现场，安装试吊完毕后昂然屹立于施工现场，更是展现了中国能建海外施工的新力量。

一年后的 3 月 3 日，K2 常规岛主变压器和 500 千伏 GIS 安装正式开始，标志着卡拉奇核电 K2 常规岛电气安装进入高峰期。

为确保这年 7 月 30 日安装工作全部完成，项目部科学组织，精心策划，进行工期优化。目前，主变 A 相安装已经完成，B 相和 C 相冷却器、油枕等附件已安装完毕，500 千伏 GIS 主设备在机械化专业配合下均已运到现场，所有断路器、汇控柜、CT 及隔离开关均已组合安装完成，彰显了中国能建的海外施工能力和品牌实力，为中巴经济走廊建设作出新的贡献。

千帆竞发，敢立潮头。“一次就能把事情做好”的江苏电建三公司踏着“一带一路”的鼓点，凭借“技术重器”继续出彩华龙海外首堆现场，“努力把卡拉奇核电常规岛建设成经得起历史检验、具有划时代意义的核电丰碑工程”。

“风起扬帆时，能者立潮头。”事实证明，重情尽责的江苏电建三公司在加快发展的同时，更加重视“国际优先”战略，借助国家大力进军国际市场的趋势及“一带一路”的东风，大力发展国际业务势不可挡。

他们清醒研判形势，理顺发展思路，把握历史机遇，保持发展势头，秉承中国能建“能者善为，建则善成”的核心价值观，践行“共赢致和，行稳致远”的精神，以严谨的工作作风和卓越的施工能力，立志把卡拉奇核电常规岛工程建设成为经得起历史检验、具有划时代意义的核电工程丰碑，为加快中国能建实施“走出去”战略做出更大贡献！

44 共筑华龙虽苦犹荣

从卡拉奇市穿行向南，道路变得崎岖不平，路的一边是一望无际的大海，另一边则是广袤无垠的沙漠。越临近卡拉奇核电工程现场，越发觉自己到了戈壁荒滩，脑海中浮现出半个世纪前我国核工业人在大西北戈壁荒漠里艰苦创业的场景。

在这里，中国首次在海外建设的“华龙一号”两台机组已拔地而起；在这里，几千名中国人正在与高温风沙、物资紧缺以及长期远离祖国亲人的寂寞做抗争；同样，“这里是新时期中核人梦开始的地方”——2016 年 10 月 20 日晚，在中原公司卡拉奇项目部全体党员干部进行专题学习活动时，党支部书记刘滨这样为大家鼓劲。

这句话引起了很多年轻人的共鸣。据总经理宋丰伟介绍，在卡拉奇核电现场工作的中国员工有 2 000 多人，绝大多数都是年轻人，为了充分发挥他们的聪明才智，项目部成立了多个青年突击队来实地解决员工关心的问题、工程面临的难题。

从事大件吊装管理的任阿琦，是项目部一个青年突击队的成员。自 2014 年来到卡拉奇后，他就对天气情况的变化格外敏感。“大件吊装最容易受天气影响，而卡拉奇这边常年有风沙，附近又没有气象站，当地提供的天气预报也极其不准确。”为此，任阿琦自己摸索出一套测试风速的办法，这也变成了项目部最准确的天气预报。

在项目部里，还有很多年轻人为了梦想，而主动选择了卡拉奇。

生于 1982 年的王磊是项目部有名的“女汉子”，从事常规岛厂房土建管理工作。曾经在恰希玛核电工程工作过的她，已在巴基斯坦待了 7 个年头。她每天的工作需要在现场巡检 2 次，每次 2 个小时，一趟下来，全身都会湿透。

“能参与华龙海外首堆，十分自豪！”何云志是一名“85 后”的电焊工，2014 年来到卡拉奇后主要从事焊接管理工作，一门心思与钢铁打交道，“我还要在这里再干几年。”

与何云志持有同样想法的还有曾在福清核电工作过的“85 后”小伙子周寅，主要从事土建管理工作，虽然妻儿远在北京，但他仍想一直干到核电站发电，“带着发电这份荣誉回国与家人相聚，才不会辜负这份思念”。

在卡拉奇还有一位特殊身份的年轻人。由于工程现场高温炎热、工程任务繁重，为了确保大家身体健康，中原公司在现场成立了卫生所，从巴基斯坦有名的医院请来大夫就诊。康宝是一名“90 后”巴基斯坦人，曾在中国留学了 5 年半，目前在卫生所里担任医生翻译。“虽然我一周才可以见家人一次，但我的付出可以为家乡带来光明。”他对在这里工作感到非常自豪。

还有许多和他们一样为了梦想而来的普通人。比如，从事后勤管理，被尊称为最让大家离不开的“万能倪”倪军才师傅；毕业于清华大学工程物理系的“90 后”庞丹琪，平时热爱画画的她，正用画笔记录着这里的点滴变化；主动来到卡拉奇的核三代“90 后”若夕子、张晨……

“我们还要联合其他参建单位的年轻人成立更多的青年突击队。”宋丰伟表示，卡拉奇核电工程承载着中国核电“走出去”的梦想，更承载着上千名年轻人对未来的希望，“每天看到这些年轻的面孔，感受他们年轻的脉动，就会对海外华龙更加有信心。”

在信心、自豪、骄傲的字眼后，年轻的中原核电人也深藏着不竭的思念和牵挂。

“傍晚时分，在中国村，大家都拿着手机与家里人视频聊天，看着让人心酸。”宋丰伟说。他和大多数员工一样，到卡拉奇快 4 年了。

从恰希玛到卡拉奇，中原核电人在巴基斯坦的主战场由北向南迁移，生活的区域依旧叫“中国村”，外围依然是三道高耸的围墙，四周岗哨林立。大家依然辗转在生活区、工程现场两点一线之间。单调、清苦的工作现场，恶劣的工作环境和严峻的安全形势，他们早已习惯。但远在万里之遥的家人，却让他们在夜深人静之时几度哽咽。

罗非，30 出头的四川小伙子，在项目部负责土建。来现场时，他的女儿刚 1 岁。几乎每次与妻子视频，女儿都躲着。好不容易到休假，他兴高采烈地回家探亲，计划好好抱抱女儿，疼疼女儿，尽尽父亲之责，可女儿对他的亲热劲只持续了两天，第三天就不理他了。

错过了孩子成长关键期的不只有罗非，还有项目综合部的包连娣。2017 年 8 月，她终于可以回国与儿子团聚了。难耐的等待中，她给在亲子拓展活动中的儿子写了一封长信，表达了一位母亲对儿子深深的愧疚和怜爱。儿子也给她回信了。当她满怀期待地打开信笺，一下子愣住了，也永远记住了这封信的全部内容——仅有戳心的两个字：“回来！”

施工管理部经理韩春雨，一结婚就带着家人共同生活在核电工程现场。后来由于女儿的教育问题，他只能一个人在外奔波。他曾参加过田湾核电一期、岭澳核电、红沿河核电工程建设，后来又辗转到海外核电工程。2017 年女儿参加中考，本计划回家给女儿壮胆的他，因工作不能脱身，只好忍痛放弃了。

陈嘉琛，北京理工大学研究生刚刚毕业，就有幸跨入了中原公司。

不久，就被派往卡拉奇项目部，是安全保卫部的唯一女性。她身体一向很好，可不到半年，就出“状况”了：心跳加速，睡眠不好，浑身乏力。到当地医院检查，一切正常。病状依旧的她利用回国休假看中医，医生说是水土不服所致，服了一段时间的中药疗效甚微。返回卡拉奇后，脸上居然还长起了“青春痘”，难受极了。

长期患病的她，无不思念万里之外的父母，希望有人安慰自己照顾自己，多少次遥望远方，泪洒衣襟。一年过去，领导担心她身体拖垮，动员她回国，可她依然坚持下来。就这样带病工作了两年，领导心疼不已，强行将她送走。回国不久，先前的病症就消失了。

在朱潜的办公室，望着苗条清秀的她，笔者问她有何感受，她说：“如当兵未服满兵役，像当了逃兵一样。”她很是自责。朱潜连忙安慰部下：“你带病工作了 2 年，已难能可贵了！”

站在笔者面前的中原公司卡拉奇项目合同管理部主管陈林凤，娇小柔弱！

笔者怎么也不相信就是这样一个川妹子，在巴基斯坦两个核电现场坚守了整整 10 年。来到卡拉奇时，项目部第一时间就将这个采访对象推荐给了笔者。

2010 年四川大学毕业时，小陈有幸进入中核华兴公司，并随之派往了恰希玛目现场。起初发生的两件事差点让她打起了“退堂鼓”。

一住进低矮的平房，小陈就水土不服，持续高烧；半夜被烧醒后，只听见高墙外凄厉的狼叫，吓得她蜷缩在被子里不敢动弹。次日打点滴时，她说：“看见药水一滴一滴地往下掉，我的泪水也止不住地往下流。”三四天后才见好转。

不久，一次加班后回宿舍，夜色朦胧中，她一脚踩上了一个软绵绵的东西，尖叫声引来了同事。借助手电筒，只见一条毒蛇向前爬行，同事说：“你真幸运，这是一条银环蛇，有剧毒，要是被咬了，你就没命了。”跌跌撞撞回到宿舍，她愣神半天，越想越后怕，猛地哇哇大哭起来……

“这些都不敢告诉父母，平时也是报喜不报忧，免得远方的亲人为我担惊受怕。”小陈对我说。

2013年年底转战卡拉奇，她是第7名拓荒者。那时经常停水停电，最麻烦的就是洗澡。一次，长发飘飘的她洗澡时突然停水了，不得已用冷水洗完，闹得感冒了好几天。后来，为了洗澡省些事，她一把剪掉了心爱的长发。

她说，那会儿晚上散步的标配是：电筒照明，电蚊拍扫蚊。蚊子一群一群的，盘旋于头，挥之不去；用电蚊拍横扫时，蚊子下雨似的往下掉，电蚊拍都不带响。

她还说，这儿基建太差，网速太慢，远程电话经常串号，明明是找张三，却听到王五的声音；为了找到稳定的信号，不得不快速移步找信号，真正成了“移动电话”……

“既然条件这么艰苦，你又怎么辗转多地、坚持了下来？”笔者的问话似乎有些不敬。

她这样吐露心曲：“我是把每一项工作当作一个新的考场，不会的考题就是自己的不足，需要不断地改进；人总有厌烦、疲倦的时候，工作变动如同新的考场出现一样，需要被重新激活，促使你努力学习；做工程时间长了会上瘾，看见核电站一天天成长，自己作为亲力亲为者很有成就感，我盼望接下来的一个个节点能顺利完成……”

“你现在最想说的是什么？”结束采访时笔者探询。

“我结婚5年了，都不敢要孩子，觉得很对不起家人……”说这番话时，小陈不觉眼中泛起了泪花。

在卡拉奇核电项目现场，这样的故事太多太多……他们每一个人心里几乎都藏有心酸的故事。

然而，该核电项目是“华龙一号”在海外的首堆，是中国“一带一路”建设倡议上的一颗明珠，既是我国自主三代核电技术的代表，也是中国核电产业“走出去”的名片，承载着开山拓路、树立中国核电品牌、提升中国核电形象的重大使命，意义深远而重大。从这个高度来看，他们是在为荣誉而战，不仅为了个人，还为了公司和中国核电产业，更为了国家至上荣誉。

来此采访已近一周，虽心灵受到海潮般的撞击，但确实感到思维的迟滞、语言的苍白，倒是唐熙、马娜等采写的《一名核电工程师的自述：今天的坚守就是明天的荣耀》道出了我们感同身受的心声——

从卡拉奇真纳国际机场出来，我们钻进防弹车，被荷枪实弹的保安护送到项目现场，颇有《战狼2》中的火药味儿。从此，我成为这里的一名普通中国工程师。剩下的日子里，我们就在位于海边的这个工地上平静地度过，每天往返于工程现场、办公室、宿舍三点一线。

在各国的新闻上，卡拉奇的出镜率是非常高的，大部分消息都是发生了恐怖袭击、爆炸、人员伤亡等。项目部门口，携带步枪的巴基斯坦兄弟24小时为我们站岗，守护这片宝贵的和平之地。

2017年，卡拉奇的夏天来得格外早，当国内人们还在享受柔美的春光，卡拉奇的气温已经高达42℃，每天都有人死于高温，因为电力供应极度紧缺。我们的驻地虽有空调，也常常面临断电断网的无奈。不久，等这座核电站投入运行，这座城市的能源状况应该能有很大改善。

核岛里的建设热火朝天，空气也是热浪滚滚，进去一会儿，衣服湿了又干，干了又湿。每当出现不符合项时，设计、施工等几家单位就要凑到一起开视频会，反复商讨。巴基斯坦与国内相差3个小时，当我们在视频这一端的办公室不知不觉熬到夜晚，视频另一端中国的同事们已经悄然迎来了新的一天。

自行车是建设者们主要的代步工具，现场停放着大量自行车，非常壮观，三十年前中国核电站的建设现场，大概也出现过这样的场景。

头顶的太阳似乎永远都很大，从印度洋吹来的海风也很大，没有一丝凉意，只是卷起漫天的黄沙，让人睁不开眼睛。远处的海滩，我们从来没有光顾过，因为走出项目部的话，安全就失去了保障。

由于蔬菜和水果紧缺，我们中的许多人扁桃体发炎，喉咙持续红肿，腹泻脱水反反复复。但只要走进食堂，看到来自祖国的电视节目，觉得非常亲切，非常生动。

远离家乡的寂寥、生活环境的恶劣，都不能击退我们坚守的信念，因为这是我们的"一带一路"，这是我们的"华龙一号"，这里的每一份设计文件、每一个技术方案、每一台设备运转，都和我们的今天息息相关，都和我们的明天紧紧相连。

作为中国核电"走出去"的代名词，"华龙一号"被社会媒体长期热切关注，预计很长一段时间都将高居中国核电明星榜关注之首。与华龙相关的一切也笼罩着相应的光环。而在这光环辐射不到的背后，是多少中国核电人默默的付出与埋头苦干。

正是这些你叫不出名字的人，在把华龙这项工作当作事业来干，创造着"华龙一号"首堆建设的奇迹；在用他们的实践汇聚出创新的管理经验；在用他们冷静的头脑，审慎思考着华龙今后走向国际需要持续改进的各种可能性。

让笔者把聚光灯摇向国内建设者，聚焦他们正在做的事情，既是对华龙另一种形式的反映，更是对华龙今后长远发展的一种关切。

从"华龙一号"首堆开工以来，笔者陆续采访了"华龙一号"示范工程总承包方中核工程公司、业主单位的领导及设计、设备采购、项目控制部门的相关负责人。其间，让人想到最多的是，在核电建设领域，没有比“华龙一号”首堆工程更让业主、总包公司、参建方、设备制造厂家如此紧密地合作，浑然一体地工作，废寝忘食、不舍昼夜却又无怨无悔地付出。

中国的核电人等了 30 年，迎来了又一个完全自主的核电技术，一个让他们热血沸腾、激动流泪的重大使命。

在采访中，很多人跟笔者谈道：“华龙一号”是中国核电建造 30 年的梦想，是业主、设计方、施工单位、设备承包商所有人的梦想。这不仅是一项工作，更是一份事业。每当提起他们在为“华龙一号”而战时，骄傲和自豪感溢于言表。

采访时任中核工程公司总经理刘巍时，他刚刚开过两次关于华龙的重要会议，疲倦的神态一望便知。但谈及华龙，他却一扫疲态，饱含深情地说，他几乎参与了中国所有的核电项目建设，而只有迎来“华龙”，才最终让他十几年的核电梦想得以实现。

总设计师邢继，如今已是媒体“红人”。镜头前，他意气风发为“华龙一号”鼓与呼；镜头后，他依然不断地在主持“华龙一号”示范工程有关的各种设计施工会议，协调各方进展，解决一个个设计难题。

熬红的双眼、花白的鬓发、清灰的面庞、日渐单薄的身体，正是他最近状况的写照。只有他率领的设计团队的人，才知道他承受着多大的压力……

福清核电董事长徐利根始终微笑面对采访，他内心始终有着一份坚持，一定要用稳扎稳打的成绩，来为“华龙一号”首堆的卓越表现“说话”。

时任福清核电总经理陈国才说，如今，“华龙一号”示范工程的业主和总包方的合作紧密无间。工程上遇到问题以后，大家第一时间做的不是追究责任，而是解决问题、总结经验。“华龙一号”首堆核岛施工到16.5米时出现问题以后，业主联合时任中核工程公司设计管理团队负责人宋代勇等30多名设计人员组成联合攻关组，春节期间紧急开会、寻找解决方案，最终使得问题得以顺利解决。那几个月，业主与工程公司的紧密配合、倾情付出，让陈国才非常感动。

承担了“华龙一号”示范工程安注箱制造任务的东方电气集团下的东方锅炉公司，专门设置了特殊奖励，派出了以副总经理为首的管控团队，使得安注箱任务完美完成……

还有太多没有采访到的单位、群体和个人，背后还有很多感人故事，这都在告知来访者：“华龙一号”后面的团队何其庞大，而这些团队中的每一个人，都是在用怎样的激情做着这项工作。

作为华龙团队中的一员，正如中核工程公司的电仪总设计师余淼在接受采访时谈到的那样，虽然她是一位女性，但她从不觉得自己加班顾不上孩子有多委屈和值得宣传。她说，为“华龙”所做的一切，都是我们内心的心甘情愿；作为中国核电人，能遇上这样难得的机遇与使命，除了努力付出，不做他选。

中核五公司福清项目部HSE经理徐高雷，来福清现场两年了，回家看望家人的时间寥寥无几，家里的大小事根本无暇顾及。

2018年5月的一天，妻子在教女儿写作业过程中，因女儿淘气，有贫血症的妻子生气晕倒了，丈母娘打电话让他立即赶回家，否则就让她女儿跟他离婚。恰逢项目部要迎接集团公司安全检查，没有时间回去，他只好让丈母娘拨打120送金山医院急诊。

2019年3月20日，他母亲六十大寿，刚赶回老家给母亲过生日，酒席上就接到项目部电话，公司领导要来检查福清项目部，他只得拜辞母亲赶往火车站。

同年同月29日，他在上海金山医院的肿瘤专科检查，发现腰部长了一个肿瘤，预约4月3日手术切除。3月30日深夜再次接到项目部总经理徐付奎的电话，要求立即回福清项目部开展全面停工安全检查。他立即把预约的手术推掉。临走时他女儿大哭着说：“爸爸，求你就在上海找一份工作吧，每天陪在我和妈妈身边，我就每天都会很开心！”

他在福清工作以来，经常因为出差来回路过他老家江西省上饶市火车站。站在火车上都可看到他年事已高的父母居住的房子；母亲高血压脑血栓躺在了医院，却未能出站去看望尽一份孝心！每每想起这些，他的眼泪止不住地往下流！

“一座核电站的建设工期一般需要6～8年，一名工程师20多岁毕业，一辈子能参与的核电工程也屈指可数。”中核工程公司福清项目部副总经理赵宝贵说，能参与全球首堆工程建设，是核电人值得铭记一辈子的经历。

他介绍，如今福清“华龙一号”工程设备安装工作已经全面启动，每天有超过5 000名工程人员在现场施工。

“华龙团队的成员都是从各个项目挑选出来的，每个人都是技术骨干，大家憋着一股气，就是要把这个‘高地’拿下。”安装工程的负责人、工程师倪国成说。

“记得中国和英国签署了‘华龙一号’的合作协议时，家里人在电视上看到了新闻，马上打电话来跟我说。”来自西安的工程师许炎最高兴的是，如今连母亲也知道了自己在做着“重要的工作”。

“许多核电人常年背井离乡，为了工程事业付出了非同常人的努力。”赵宝贵表示，“人们因为‘华龙一号’了解核电，因为核电更加关注国家的科技建设，这时候我们觉得什么都值得。”

2019年2月4日是除夕，当大家享受和家人团聚的美好时刻时，在福清兴化湾畔“华龙一号”示范工程基地，有一群人主动放弃与家人团聚的机会，坚守在“大国重器”的建设现场，各色安全帽为“年味”添上了不一样的色彩。

核岛厂房内，建设者正热火朝天地敷设中压电缆，口号声不绝于耳；不远处，端接人员全神贯注，对核岛电气贯穿件进行电缆端接；焊工们手持焊枪，有条不紊地焊接着管道，一簇簇美丽的“焊花”，像是春节绽放的烟花……

“‘华龙一号’示范工程处于建设关键期和攻坚期，土建、安装、调试深度交叉。”福清核电工程管理处员工陈本淳告知现场采访的《福州日报》记者，为按期实现“华龙一号”全球首堆福清核电 5 号机组冷试、热试、装料等重大节点，建设团队面临着不小的挑战。

为优质高效完成“华龙一号”示范工程建设，这个春节，建设单位投入 1 500 多人启动关键路径的工作，用热火朝天的建设场面呼应万家灯火，为新春佳节开好头。

4 日晚，在施工现场的食堂内，全体施工人员齐聚一堂，包饺子、吃年夜饭、看春晚……大家有说有笑，其乐融融，共度新春佳节。

“爸爸妈妈，儿子春节不能回家看你们，你们要多保重身体……”安全管理员张辉吃完年夜饭，给家人打了个电话拜年，“我很想家人，但是我的工作性质、我的责任让我坚守在工地上。能够参与‘华龙一号’示范工程建设，我感到无比自豪。”

张辉的这番话，也道出了施工人员的共同心声。“虽然不能回到家乡，但是能与团队一起前进、一起成长，我们觉得荣耀！”

下面摘录福清核电人王运尚的一首诗《女儿写的信》，作为本节的结尾，诗的字里行间是满满的牵挂、思念与奉献：

在视频里
女儿读她写给我的信

爸爸
您那么辛苦地工作
一个月才回来几天
我希望你这次回来
有更多的时间来陪我

没错
这是一封短信
让我还没有来得及思考
那种莫名的伤感
已成离别的风景

想起她刚牙牙学语
在京城的那座天桥
娇嫩地招招小手
懵懂的恋恋眼神
让我感觉到了火车的沉重……

最怜爱她打针的样子
勇敢得感觉不是她自己
说着跨越时空才能理解的话
她说
这个医院有点黑
我惊诧地问为什么
没有开灯啊……

在这些零乱的回忆里
女儿已读过了幼儿园
读进了小学
每回到家
看着她飞奔着过来
让你抱着
亲昵着你
感觉着她的重量
才真正体会到她的成长
和没有岁月相伴的流逝

如今
从繁华到荒芜
我仍游走在南方的春天里
听着丝丝的细雨
在铁轨声里
仿佛又传来
她热切的呼喊……

45 华龙盘旋两万里

行文至末尾，笔者意犹未尽。虽然我们简略地交待了我国核能发展的起源，勾勒了中国核电王国的起步与构建，详述了具有完全自主知识产权的我国第三代核电技术“华龙一号”的研发、建设的全过程，但还有些盘旋脑海的问题始终挥之不去。

比如，全球经过美国、苏联和日本的三次重大核事故，为什么还不遗余力地发展核电？核电究竟有哪些好处？国家领导人为何看重“华龙一号”，它对中国有何重大意义？“华龙一号”发展前景如何？

为了破除这些谜面，亦是为了全文首尾呼应，笔者再次走进书斋和网络，走近核工业科学家、核电专家和工程师，去求解破疑——

我们先从美国说起。

《美国核电站》，是美国胡佛研究所舒尔茨·斯蒂芬能源政策小组出版的一本新书，其前言部分介绍了核电对于美国的好处。

美国在民用核能领域具有统治地位。核电是一个重要的技术密集型出口行业：美国发明了这样技术，现在仍是世界上拥有核能发电最多的国家，美国近三分之二的无污染和零碳排放能源来自核能发电。

当然，核能也有一定的风险和实际成本，但是综合考虑，国家利益仍要优先考虑。在历史上，美国国内大部分核工业企业的背景是美国联邦政府（军方）以及拥有或者运营设施电力企业的纳税人（国有企业）。今天的问题是，同样的参与者如何在未来继续承担起这一责任？

几年前，美国开始对核问题进行研究，对未来更加注意：新一代小型模块化反应堆（SMR）的前景是什么？未来发展的障碍又是什么？如何搭建先进的下一代核电设计的许可证框架？新形式的创业投资组合是否有助于突破核聚变的壁垒……

很明显，美国重新改造核电的决心很大，未来的研究难以穷尽。美国的目标明确，不能只依赖单一能源，事实上，现在已进入新的能源领域，安全、环保是其考虑的两大前提。

在书的前言：如果忘记核电，会放弃什么呢？将会失去一种不会对水或者大气造成污染的能源技术。核能以一种相当可观的速度产生了非常少量的废物，与煤炭火力发电相比，核电实际上对周围环境造成的辐射量是前者的百分之一。总体而言，核电生产所造成的人身意外事故发生率，是包括可再生能源在内的任何发电技术中最低的。

更广泛地说，一个运行良好的国内民用核能生态系统与我们的空间堆以及军事用堆能力相互交织，正如为我们的航空母舰以及核潜艇提供动力的反应堆那样。

我们不能低估当今时代核电站在亚洲和中东地区的发展中国家前所未有的增长速率……到目前为止，因为美国强大的核能力，美国在全球安全以及和核防扩散方面仍占有统治地位。展望未来，可通过提供新型核电技术来提高核电站的性能以及电力负荷能力，但是明天的核技术直接取决于今天的核行业人员的技术水平以及专业技能。

美国的能源发展像是过山车一样，发展不可能停止下来，新的挑战会出现，新的机遇也会出现。现在提放弃核能还为时尚早。

《美国的核电站》一书，虽是美国一家民间机构——胡佛研究所的著作，但只要当你了解这一研究所的权威性，你就明白这本书是多么重要了。

胡佛研究所，全称斯坦福大学“胡佛战争、革命暨和平研究所”，此研究所创立于 1919 年，约有 120 名研究专家，主要以研究苏联、现在的独联体为主，包括政治、经济和社会等问题，工业政策、发展、科技、农业、能源、安全、外交关系等。胡佛研究所为世界上最大的政治、经济和社会变化史料文献收藏地之一。现在美国参众两院，凡涉及中国的问题，都要来咨询胡佛研究所。实际上，它已成了美国政府的高级智库。

胡佛研究所从《美国的核电站》一书中发出的声音，很大程度上代表美国政府的态度：

核能是国家利益，仍要优先考虑！

美国不会轻言放弃！

相反地，美国挥舞着超级大棒，限制与之有竞争威胁的其他国家发展核电。一纸禁令将其丑恶嘴脸暴露无遗。

2018 年 10 月 11 日，美国核安全局针对中国核工业发出一份禁令，对与中国的民用核能合作提出多项具体限制条件，作为全球最大的核电建造商，中核集团、中广核集团因此受到最严格的限制。

事实上，这源于 2016 年的一起诉讼。2016 年 8 月，参考消息援引英国《泰晤士报》网站的报道称，中广核集团被指控带头策划窃取美国核电行业机密以加速中国反应堆技术的开发和生产，此案由美国联邦调查局展开调查，美国司法部国家安全部门提起公诉。

对于该起诉讼，中广核声称，“不理解美国政府对中广核的推论是基于已被证实的事实，还是已生效的司法判决。目前看，两者皆不成立。”

多位核电行业人士认为，目前美国对中广核的禁令并不会导致出现类似中兴事件那样的“瞬间窒息”，不必夸大此次禁令对中国核工业行业的负面影响。也有乐观人士称，这从侧面说明中国核电技术已足够强大，使得美方担心中国核工业会后来者居上。但另有核电分析人士提醒，中广核要进一步评估其中的风险并做好应对措施。

据悉，包括中核集团、中广核集团、国家电投等三大核电央企在内，在美国禁令出来当天便已召开紧急会议，评估该禁令的影响及后续应对举措。中国核电官方微信第一时间发文回应称，“华龙一号”属于中国自主化知识产权的三代核电技术，设备国产化率超过85%，进口设备基本没有美国提供的产品，此次禁令不会对“华龙一号”的建设产生影响。

在国家层面，也非常关注，国家能源局进行专题研讨。“美国禁令究竟对‘华龙一号’有没有影响？有多大影响？”会议主持人向参会的邢继发问。

邢继这样回答：“其实，美国的政策下损失更大的是美国企业的利益！没有美国，我们不是照样搞出核电品牌了吗？！我们的‘华龙一号’拥有完全的自主知识产权，不是嘴上吹的自主，是实实在在的自主。禁令只能让中国核电加快自主发展，同时让美国企业没有机会参与中国核电市场。对中国的几个企业做出限制，反映了美国政府对中国科技发展的过度焦虑，把中国看成了它的威胁。”

邢继进一步探究和深化：这时，美国不是通过重新认识中国，考虑与发展中的中国如何更好地合作，而是一味地采取限制，企图阻碍和延缓中国的发展，企图和阴谋能够得逞吗？。我们从这个层面重新审视华龙，它的意义远远超过了本身：“华龙一号”使我们从核电大国走向核电强国；核电强国将带来国际地位的提升；核电品牌拉动产业升级和技术进步……邢继感叹，“此前我们没太认清研发华龙的意义，是美国的禁令促使我们反思和警醒。”

那么作为发展中的大国——中国，对核电的态度如何呢？

2019年1月14日，《中国科学报》发表了中核集团“华龙一号”总设计师邢继的文章《大国博弈不能无核电》，或许是对《美国的核电站》一书的中国解读。

日本福岛核事故对世界核电发展影响深刻：一些国家收紧原有的核能发展政策……但业界都知道，即便美国和前苏联都发生过严重的核事故，但从未有弃核的打算。美国虽然多年没建核电站了，但它的技术是最好的。俄罗斯的技术也很先进，在国际上走出去是做得最好的，建了20多台。核电决不仅仅是电力问题，是大国、强国的话语权。美、俄等国并未放缓先进核能技术的发展脚步，凸显大国博弈中核电的重要性。强大的核工业体系是支撑一个国家战略核威慑的基石，中国要实现两个一百年，实现中华民族伟大复兴的“中国梦”、建设核工业强国，同样离不开核电的支撑。

30多年来，我国坚持走引进、吸收和消化国际先进核电技术与自主研发相结合的道路，成功研发以“华龙一号”等为代表的自主核电技术；自主建成一批核电机组，极大带动了相关产业转型升级发展；核电工程项目自主建设、核电装备自主制造能力与水平进入世界先进行列。目前，“华龙一号”首堆示范工程与海外工程建设进展顺利，其安全性与先进性得到了国际认可，成为“一带一路”上“中国制造”的靓丽名片。我国已成为世界上第四个拥有自主三代压水堆核电技术和全产业链技术的国家。

荣耀之余，我们也深感忧虑，因为我国核电发展正面临着前所未有的巨大挑战。我国核电发展规模不足，在电力供应上所占比重较低，核电的安全性与经济性依然是行业规模化发展的制约因素。预计2030年前压水堆仍将作为主力堆型。其技术发展能否实现更大的突破，将对核电行业这一阶段发展产生重大影响。因此，核电行业应聚焦关键技术瓶颈，加大科技创新投入力度，持续提升压水堆核电技术的“固有安全性”和“经济性”。

核安全始终是国家和民众关心的首要问题。国家已颁布核安全法，将核安全纳入国家总体安全体系。要核电安全高效发展，首先需要国家政策的支持，国家对核电发展的战略定位与发展规划，是引领发展方向和推动发展的根本。在国家政策支持下，我国三十年未曾间断核电建设，成就了今天的发展，未来核电行业面对更大的发展挑战，更需要国家政策的支持。实现安全高效发展，关键是要加快科技创新的步伐，同时需要核电行业进一步深化改革，扩大对外合作。

展望未来，核电企业必须具有国际视野，紧密结合国内外技术发展，积极探索进一步整合国内外优势资源、开展产学研合作的新模式，积极参与全球化竞争，在加快推进核电“走出去”的同时，以中国技术与中国标准影响核能行业国际规则与国际标准的制定，开创我国核电发展的新局面与世界核能发展新格局。

核电如此重要，“华龙一号”自然得到国家领导人的青睐，对中国的意义不言而喻。

核电是高科技产业，是代表着国家核心竞争力的国之重器，发展核电是和平时期保持和拥有强大核工业、核实力的重要途径。长久以来，核电的核心技术一直掌握在美国、法国、俄罗斯等核电强国手中。假如没有自主的三代核电技术，我们也不能叫核工业强国。

“华龙一号”代表了目前世界核电的最先进水平，是推进实施中国制造 2025 的标志性工程，给我国装备制造业带来了巨大的经济效益和转型升级机遇。她包含 5 万多台套设备，涉及设备供应商 5 300 多家。先进核电技术对我国装备制造业提出了更高的要求，这就倒逼国内装备制造企业不断提升技术和管理水平，带动了高端装备制造业的整体转型升级。

“华龙一号”的意义不仅如此。

我国是世界上的碳排放大国。最近，新华网有篇报道：近年来珠峰冰川退缩，青海湖面积创下17年来的最大值，原本“高处不胜寒”的青藏高原，正成为全球气候变暖最典型的受影响地区之一。

到“十二五”末，我国能源消费结构中煤炭占比64%，非化石能源占比12%，其中核电仅为2%左右；2015年巴黎气候大会，习总书记做出了中国在2030年二氧化碳排放达到峰值，非化石能源比重达到20%的庄严承诺。要解决碳排放和雾霾问题，就需要减少电煤排放，积极发展包括核电在内的低碳能源。

一台百万千瓦核电机组与同等规模燃煤电厂相比，每年可减排二氧化碳600万吨。在中国，假如没有以“华龙一号”为引领的核电技术，我们实现美丽中国建设就失去了一种高效的清洁能源支撑。

几年来，习近平总书记和李克强总理在国际上力推“华龙一号”。目前中核集团已出口3台“华龙一号”，有两台已开工建设，“华龙一号”已成为中国外交的“新名片”，是推动落实我国“一带一路”倡议的重要举措。据测算，每出口1台华龙一号机组，就能拉动装备和设计超过百亿元人民币，全寿期超过千亿元人民币，输出一个核电站就相当于输出了30万台汽车。

邢继说，对我们核工业人来说，这是一个值得骄傲和自豪的时代。在这里，我想告诉大家，我们核工业人一定不会辜负党和国家的重托，让核能在造福于民的同时，通过建设核工业强国，支撑我国强有力的战略震慑力量，这就是我们的使命。

中核集团正在天津投资建设中国核工业大学，围绕核产业，建成集人才技能培训、硕士及博士学历教育、国际学术交流、核心技术研发等功能于一体的国家级产学研创新示范基地。

"中国的核工业应当成为国民的骄傲，以'两弹一星'元勋为代表的中国核工业人理当被铭刻在心。"全国政协委员、中核集团董事长王寿君在2016年的"两会"期间，建议设立"中国核科学日"。

老一辈中国核工业人敢为人先、以身许国凝聚成的"事业高于一切，责任重于一切，严细融入一切，进取成就一切"的核工业精神，是中国核工业人代代相传的精神动力。"在这种核工业精神推动下，几代核工业人艰苦创业、开拓创新，推动我国核工业取得了世人瞩目的成就。"王寿君说，"如今，作为国防科技工业战略力量的核工业，应将光荣与梦想沉淀为砥砺的锐气，化作建设核强国的动力。"

为此，全国人大代表、政协委员纷纷建议设立"中国核科学日"。"向全民普及核能知识，向社会公众打开核科学技术世界的窗口，让公众了解核、认识核、接受核。"设立"中国核科学日"，可以有效地激发广大人民群众，尤其激发青少年对自然科学的探索和求知，激起他们科学探索的热情。

笔者有些好奇地问邢继：世界上核电站建设大量拖期，为什么"华龙一号"能按期或提前？"因为我们实行的'总承包'模式起了十分重要的作用。"说这话时，邢继显示出从未有过的自信。

下面，我们对福清核电"华龙一号"项目的EPC（工程总承包）略作解读。

EPC 是指公司受业主委托，按照合同约定对工程建设项目的设计、采购、施工、试运行等实行全过程或若干阶段的承包。通常公司在总价合同条件下，对其所承包工程的质量、安全、费用和进度进行负责。

在 EPC 模式中，工程不仅包括具体的设计工作，而且可能包括整个建设工程内容的总体策划以及整个建设工程实施组织管理的策划和具体工作；采购也不是一般意义上的建筑设备材料采购，而更多的是指专业设备、材料的采购；建设的内容包括施工、安装、试测、技术培训等。还应包括全部正常达标，接手就可正常使用；交付前应做无负荷试运行、带负荷联动试运行、试生产直至达产达标，正常生产为止。

通过福清和卡拉奇核电工程的现场采访与观察，EPC总承包模式的优点显而易见：

EPC总承包商负责整个项目的实施过程，不再以单独的分包商身份建设项目，有利于整个项目的统筹规划和协同运作，可以有效解决设计与施工的衔接问题、减少采购与施工的中间环节，顺利解决施工方案中的实用性、技术性、安全性之间的矛盾；工作范围和责任界限清晰，建设期间的责任和风险可以最大程度地转移到总承包商；合同总价和工期固定，业主的投资和工程建设期相对明确，利于费用和进度控制；能够最大限度地发挥工程项目管理各方的优势，实现工程项目管理的各项目标；可以将业主从具体事务中解放出来，关注影响项目的重大因素上，确保项目管理的大方向。

EPC总承包模式，还将在福建漳州“华龙一号”核电项目建设中延续，并在总结福清华龙建设得失的基础上，强化总承包商的责任。

邢继说：“国际核电专家对我国核电站安全评估时，老提到‘你们是如何保证工程进度的’类似问题。我就讲我们总承包中的沙盘推演法、风险管控TOP10、工作一体化计划、大量繁复的接口融合、协调解决设备供货问题等等，如果要给他们讲清楚，至少花一个星期。我在给他们看计划的同时，就告诉他们一个道理：中国核电建设30多年，培养了一大批管理人才，并不断优化管理程序和办法；我们所采用的技术不一定是最先进的，但管理绩效却是最佳的。”

在长达10多个小时的采访中，邢继总是轻言细语，舒缓有秩，但说到建设“华龙一号”的管理办法时，他的声音突然高亢激越起来：

"对标国际一流，对标什么？我就是国际一流，没有哪个地方比我做得好，这就是中核工程公司积累数十年的总承包模式，是取得了世界上最佳效果的管理模式，设计、制造、供货、建设都是世界一流，所以，我就是国际一流！"

"这也是我们的核心技术，你就是教老外，他也学不了。"邢继举例说明：在方家山、福清前期和海南昌江核电站的建设中，国外供货商严重拖期。采购方与乙方视频讨论，对方却说"我周末要回家庭农场给果树除虫"。嗨！不管你事情多么紧急，他就是不跟你的节奏走。一怒之下，我建议撤换了项目经理。

新任经理上任后，与邢继聊了很多：这样一个多国参与的项目，磨合需要时间，耽误是自然的。邢继说可以理解，但不可以接受，因为工程耽误不起呀！尽管邢继帮对方做了很多协调工作，但我方的要求他很难达到，不久也辞职了。后来对工程造成了很大的影响。

再后来，采购华龙抗震设备，邢继责成设备成套中心催货外方，供货商却说：你不能固化设计参数，交货就会晚半年。邢继就与对方老板、总工对谈：大的框架已有，设计参数固化与否无碍大局，即便有问题，也可调整。换成是我也可解决。对方无话可说，结果也按时供货了。

邢继不无感叹：你说，就这样的管理体制、处事态度和工作效率，工程哪有不拖期的道理。无论如何，我们高效优质的管理办法，他是学不来的。

说到最后，邢继已彻底放开：美国与中国竞争，用别人的努力给自己贴金，说什么 AP1000 在中国获得成功，是我的技术好。这完全是扯蛋！三门、海阳的 AP1000 是我们自己干的，设计、技术都是成功的。如果没有中国市场，你美国没建过的这个核电，恐怕早就关门了！

“我的体会是，只要你技术掌握了，解决问题就只在两三天而不是两三个月；核心技术掌握了，你就主动了，也有底气了。现在沙特核电招标中，美、法、俄、韩、中五国竞争，由于有了‘华龙一号’的核心技术，我们比以前有底气多了！”邢继又说。

我们虽然有了“华龙一号”的核心技术，但它还有一个不断优化的过程。“华龙优化”必定为华龙腾飞赋能。

随着能源竞争愈加激烈，经济性必将成为未来核电发展的核心竞争力。在保障安全性的前提下进一步提升经济性是核电发展和生存的突破口。“华龙一号”作为我国自主三代核电品牌，现已完成技术路线的融合。为面对国内外电力市场的激烈竞争，响应国家核电“走出去”战略，通过“华龙一号”技术堆型的后续改进与批量化建设，提高华龙堆型技术的安全性、经济性与先进性，有其可行性更具必要性。

2017 年起，中国核电受中核集团委托牵头开展“华龙一号”优化相关工作，经过三年多的努力，优化工作落地的首套项目漳州 1、2 号机组合同工期和概算单位造价预计将有明显降低。

追溯中国核电华龙优化专项工作的发展，从最初的顶层设计到优化成果落地漳州一期，中国核电凝聚各方力量，协调统筹集团内部包括工程公司、核建股份、核动力院、中原对外以及中核咨询等多个板块、专业公司，共同开展“华龙一号”后续改进及批量化建设专项工作（后续转为“华龙一号” 优化专项工作），组建了覆盖技术经济、工程设计、项目管理、设备采购、施工、调试、运行以及 BOP 在内的 8 个专业领域工作组，针对重点任务制定具体实施方案，细化工作措施，明确责任分工，坚持协调联动，统筹各领域工作进展，实现了华龙优化工作在不同阶段的整体有序推进。

技术的改进和创新及批量化建设是华龙堆型改善经济性、提升安全性的有效手段。2017 年 9 月，中核集团核电技术研发领导小组会议提出：由中国核电牵头组织“华龙一号”后续改进和批量化工作，把工程公司和核动力院的力量有机结合起来，将技术创新作为改善经济性、提升安全性的有力手段，形成紧密的团队并进一步优化运作机制。中国核电第一时间组织工程公司、核动力院以及相关业主公司成立“华龙一号”后续改进及批量化建设专项工作领导小组，组建技术经济、工程设计、项目管理、设备采购、施工、调试以及运行等7个领域工作组，完成了《“华龙一号”后续改进及批量化建设组织方案》，并确定了第一阶段和第二阶段建造总工期和比投资目标。

2018年，在“华龙一号”后续改进及批量化建设组织机制的基础上，总体优化目标不变，成立“华龙一号”优化专项工作组和8个专业领域工作组（增加BOP工作组），原“华龙一号”后续改进及批量化建设专项工作更名为“华龙一号”优化专项工作。中国核电配合集团在《“华龙一号”后续改进及批量化建设组织方案》基础上完成了《“华龙一号”优化方案》的编制工作，再次确认了顶层设计及优化主要方向，落实责任分工，制定工作进度计划，2018年11月，《“华龙一号”优化方案》获各方认可后，正式实施。在华龙优化专项工作中，中国核电除总体组织职能外，还具体牵头“技术经济”和“运行”两个领域的优化工作。“技术经济”领域主要是以实现技术与经济指标行业领先为目标，量化华龙优化工作的阶段目标及衡量指标；对各改进项的价值和风险进行衡量；开展经济性分析，做好与竞争堆型的系统化对标等。“运行”领域主要是开展标准化群堆管理，确保核电运行安全，降低核电运营成本；运行经验反哺设计、定员标准化等。截至2020年5月，技术经济组已完成对“华龙一号”标准造价指标第三阶段的编制工作，确定了当前“华龙一号”标准造价指标及边界条件；运行管理组在完成“华龙一号”运行领域原有目标的基础上，还将工作进一步提升到运行设计优化层面。

为了体现运行领域对设计的反馈，2019 年 1 月起，中国核电运行设计优化先后收集建议项 739 项，筛选确定第一批优化项目 125 项。2020 年以海南项目 3、4 号机组为依托的第二批优化项目也已启动。

“华龙一号”运行设计优化工作任重道远，中国核电人用智慧、辛勤和汗水攻克了一个个难关，收获了无数个弥足珍贵，取得了阶段性成果。未来，中国核电将进一步统一工作目标、强化工作模式、建立工作机制，促进华龙机型自主研发能力建设，持续改进后续华龙机型的安全性、经济性和可靠性，打造核心竞争力，助推我国从核大国向核强国迈进。

实现“强核梦”必须聚合核电专业人才，中国核电界流传着“325 团”出征的故事。

从“国之光荣”到“华龙首堆”，随着中国核电事业的发展，中国核电的规模逐步扩大、旗下在役核电机组数量不断增加。与此同时，处于不同发展阶段的各核电站之间差异和特点日显，发展步伐各异，经营管理也各有特点。如何促进成员单位协同合作，如何统筹资源“组合出拳”？建立系统、完备的标准化管理体系成为中国核电承接中核集团战略布局、发挥专业化公司统筹优势、解决各自为战现状的必由之路。

“把分散在不同核电站有经验的核电人才集中起来，让专业的人做专业的事。”基于“聚合”的理念，中国核电将专业化公司的优势资源与良好实践通过常态化组织进行管理和持续提升，聚合力量实现共赢。在此背景下，中国核电“325 团”应运而生。

“325 团”是中国核电集 100 多堆年核电运行建设经验和多堆型运行技术能力，依靠现有人才、技术和资源优势，组建的一支经验丰富、专业齐全、运作灵活的专业化运行支持团队，为包括“华龙一号”首堆在内的国内外不同堆型核电机组工程建设和安全运行提供全方位运行技术支持和保驾护航。

"325 团"是中国核电着眼核电的长期稳定运行和中国核电技术品牌而精心打造的专业化支持团队。早在 2018 年，以妥善处理围绕新技术可能发生的各类问题，保证机组安全稳定运行为目标，"325 团"代表从中国核电总经理手中郑重接过了队旗。经过发展壮大，目前"325 团"现在已有 385 名成员，并随着中国核电的人才梯队成长而不断丰富、不断完善。他们在中国核电的统筹指挥下，统一思想、统一目标、统一行动。"325 团"由来自中国核电本部、秦山核电、江苏核电、海南核电、三门核电、中核武汉核电运行技术股份有限公司、核电技术联合研发中心等单位的核电精英专家组成，每一个人都是精兵强将，他们应技术需求而生，成员来源标准高、专业技术水平精湛，兼具使命感和责任感，涵盖运行、维修、技术、安全管理四大领域，多达 56 个专业种类，其中既有"工人院士""全国技术能手"，又有行业新秀、生产管理者，包括以樊鹏飞为代表的运行团队、以王浩钧为代表的维修团队、以何少华为代表的技术团队、以倪伟为代表安全管理团队。可以说，"325 团"是中国核电在 30 多年的发展历程中掌握了各项专业技能的优秀代表。

"325 团"被誉为中国核电专业支持"特种部队"。在全球首堆的攻坚之路上，"325 团"及时"出征"，协助"华龙一号"示范工程建设团队先后啃下了包括水压试验指导支持、现场焊接和无损检测工作专项质量监督、热态性能试验相关调试规程审查、应急柴油机组调试紧急支持和装料准备检查等"硬骨头"。2019 年 4 月，"325 团"专家组赴福清核电现场对一回路水压试验重大节点提供现场技术支持，专家组立足各自擅长领域，详细了解试验的前期准备情况，本着专业的态度提出风险点和解决方案，为全球首堆冷试节点的一次成功提供不可或缺的支持；2020 年 6 月，"325 团"专家组通过现场巡视、主控观察、随机抽查主控执行文件、观察当班运行值与工作负责人的沟通交流情况、查阅装料相关的文件准备及运维领域人员的访谈等方式，对福清核电5号机组首次装料准备情况进行了检查，全面评估了机组在接产进度、装料文件准备、生产人员培训及行为规范等方面的阶段性成果并提供中肯的改进提升建议。

“325团”以实际行动和高度责任心全力保障海外“华龙一号”首堆的建设工程顺利推进，保障巴基斯坦在运核电机组安全稳定运行。在卡拉奇，各项调试试验紧锣密鼓，有序实施。在恰希玛，专家团实施了包括棒位探测器更换等多个重大技术改造项目；“‘325团’的建立在国内核电行业是非常具有前瞻性的，可以说是中国核电在国际上从跟跑、并跑向领跑进发的一项布局。同时由于正在全方位推进标准化管理工作，中国核电将不仅能在运行业绩上实现从跟跑、并跑到领跑的超越，相信很快在机制和管理创新上也能取得新的突破。”“325团”运行生产部负责人表示。

“325团”只是56个专业中的代表人物，而他们背后还有7 000到8 000人的庞大技术队伍作支撑，同时还有向外延伸的设计院专家库等；在解决全球首堆技术难题的同时，对于“325团”的能力来说也是一种提升。实践证明，“325团”使中国核电板块内的各家单位在各自枝繁叶茂的同时协调合作、资源共享、掌握核心技术、确保核电安全，加强中国核电作为一个大集体、大团队的凝聚力、向心力，同时力求优化整合效果，发挥各成员单位的比较优势，实现有机互动与深度融合。

“同为中国核电人，高度一致的核安全文化和价值理念，让我们荣辱与共、休戚相关。”来自秦山核电的一位“325团”成员在一次总结会上表示。同呼吸共命运的使命、对卓越目标的一致追求和对掌握核心能力的渴求，是这支队伍前行的动力。在中国核电举板块之力为

"华龙一号"示范工程建设攻坚克难、力保中国自主三代核电安全可靠运行的同时，"325团"这支掌握核心技术的团队也将更加自信，中国核电的品牌也将迎来一批实力派"代言人"，绽放出更加魅力的光芒，向着引领全球核电技术发展的目标坚定前行。

前述承包方式是解决项目建设的问题，但科技核心团队"华龙优化"后核电标准的制定却是解决主导权的问题。

一流企业做标准。标准谁制定，话语权谁掌握。不可否认的是，在国际工业领域，我们的话语权太少。

20世纪80年代初，我国核工业体系还没有自己的标准，只能"东拿一下，西用一些"。国家的工业体系，尤其是制造业和材料业都很落后。而现在我们可以出口核电站，国产化率达到90%以上。"华龙一号"之所以称之为具有自主知识产权，最重要的意义是在于对整个核电站以及各部分的零件都制定出技术规范和标准，就是所谓的"中国标准"。而这个"中国标准"的制定工作，目前正由邢继、荆春宁带领的"华龙一号"研发团队承担。

这些标准大到规定了"华龙一号"的额定输出功率、单堆布置、0.3 g的抗震等级、事故状态下72小时无需干预、多重冗余的安全系统等等，小到反应堆的堆芯设计、燃料技术、计算机控制系统、具体管道材料、钢筋尺寸等方方面面。

2017年2月23日，国家能源局、国家标准化管理委员会以及国家核安全局下发《关于开展"华龙一号"国家重大工程标准化示范的复函》，同意依托"华龙一号"示范工程，开展核电标准化示范。

"华龙一号"国家重大工程标准化示范项目的主要目标是依托"华龙一号"示范工程，利用4年左右的时间（2017—2020年），进一步完善优化现有压水堆核电标准体系，健全一套自主的涵盖通用基础、前期工作、核电设计、设备制造、建造、调试、运行和退役等全生命周期的压水堆核电标准体系，形成一批与国际水平相当的核电国家标准、行业标准。

该标准体系完全覆盖“华龙一号”国内建设和出口所需的标准，可有效提升我国核电技术和装备水平，支撑我国核电技术和装备走出去，提升在国际上的话语权、主动权和影响力，打造中国先进核电标准品牌，提升我国核电标准化整体水平。

邢继告诉笔者，目前，中核工程公司已经牵头编制了 35 个子专业的“华龙一号”设计标准梳理分析报告共 75 本，出版了《“华龙一号”国家重大工程标准化示范项目设计专题组标准体系表》、设计专题组标准制修订申报计划建议表（清单）和设计专题组标准化研究项目申报建议表（清单）。经梳理形成了“华龙一号”设计专题组标准体系表，包含 1 544 项标准，拟制修订编制 249 项。经标技委审评，通过了第一批 13 个行业标准制修订、4 个标准研究的立项。

为“华龙一号”制订的“中国标准”，意味着我们真正掌握了核心技术，在未来竞争和发展中才可以握有主动权。

清华大学国际关系研究院院长阎学通研究认为，国际权力再分配包括两个主要内容：调整现有的权力结构和制定新的国际规则。冷战后，规则制定权之争是大国矛盾的主要内容，现在越来越多是关于规则标准制定权的矛盾。为什么在电子通讯技术领域里申请的专利叫做标准技术专利？核电领域的规则标准也如是。这是因为申请的专利一旦被批准，所有企业都按同一标准来生产。

现在中国的华为的标准专利最多，这意味着技术标准制定权力最大，这就关系到国际通讯技术标准的制定权的问题。国际社会的权力分配越来越表现为谁有制定标准的权力，制定标准者一定是标准的最大受益者。

中国核电“华龙一号”的技术标准的制定和完善，意义正在于此。

为了掌握话语权、主导权，中核工程公司“蓄谋已久”。

在过去，中国核电自有知识产权积累不足，技术引进受限严重，成为中国核电“走出去”难以逾越的壁垒。在“华龙一号”核电机组研发过程中，中核工程公司从一开始就很注重知识产权申请、保护工作，这两项工作贯穿了“华龙一号”研发设计的全过程，目前已获得各种专利及软件著作权等上千项，建立了完善自主知识产权体系。

一位参与我国高铁国家标准制定的老专家参观福清华龙建设现场时，当听邢继说“中国核电是建国家标准的时候了”，老专家便对邢继感慨系之：“我们刚刚推出了高铁国际标准，如能看到华龙国家标准出台，并助推华龙走出去，乃我毕生最大的愿望！”

目前，福清 5、6 号机组在开工建造前设计已基本固化，并严格按照国家核安全局审查通过的初步安全分析报告技术方案开展施工设计。在具体施工图设计过程中，由于经验反馈、现场施工条件、设备制造等方案原因也进行了一些设计变更和设计优化，截至施工图出图基本完成时，共产生 7 000 多项设计变更，远小于国内 AP1000 和 EPR 首堆施工设计产生的设计变更数量。

莎士比亚戏剧《暴风雨》中有一句台词“凡是过往，皆为序章”，华龙研发设计团队深谙此理，他们并不满足于这个成绩。“今天我们要做的事情就是不断否定过去的自己，我们在对‘华龙一号’持续优化，希望能够早点研发出‘华龙二号’。”邢继自信而又坚定地说。

对于“华龙一号”未来的持续改进主要包括以下几个方向：对能动与非能动安全系统实施进一步优化，进一步提高安全性；实现从设计上“实际消除大规模放射性释放”，应急区域最小化，减缓场外应急；进一步提高系统和设备的先进性和可靠性；提高核电厂的经济性，进一步增强“华龙一号”机组在国际核电市场的经济竞争力。

通过这些持续改进，后续华龙项目在安全性、先进性和经济性方面将得到进一步提高，完全可以在国内外市场上与其他三代核电技术进行竞争。

中核集团董事长、党组书记余剑锋介绍：为了实现这个目标，中核集团启动了“龙腾2020”科技创新计划第二批项目，为“华龙一号”的持续优化提供有力的科研支撑。中核工程首席专家、国际核安全严重事故领域知名学者马卫民担任“严重事故特性、预防、缓解及管理技术研究”项目的首席科学家，研究旨在进一步提升三代自主核电如“华龙一号”及后续机型的严重事故与缓解系统的性能指标和安全裕量，并可应用于现役电厂的技术改造和安全性提升。

“核事故大规模放射性释放是可以消除的。”肩负重要使命的马卫民博士认为，核电厂严重事故的研究将为“从设计上实际消除大规模放射性释放”提供科学保障。

中核集团还将继续结合科研工程需求，在前期成果的基础上，进一步开展软件技术研发，实现“至2020年拟研发出具有完全自主知识产权、技术上达到国际先进水平、功能配套、主要应用于核电工程设计并兼顾核动力工程设计的软件产品，形成完善的核电核动力工程设计软件技术研发体系，提高我国核电技术自主研发能力和竞争力”的目标。

中核人信心满满，前景可期！

2019年“五一”节前，采访中核中原国际市场部主任助理刘川时，他简要地介绍了国际市场的开发情况。

目前，中核中原拥有超过百人的市场开发队伍，专门从事国际核电、核工程项目开发，成为集团公司走出去的排头兵。

在国际市场开发中，注重“以点带面”。截至采访前代表处总数已达11个（巴基斯坦、阿尔及利亚、阿根廷、沙特、巴西、柬埔寨、乌克兰、加纳、赞比亚、埃及和印尼），以巴基斯坦辐射南亚市场，以阿根廷辐射中南美市场，以阿尔及利亚辐射非洲市场，以沙特辐射西亚市场。

完善国际市场开发体系，国际市场部负责五大区域——中南美区、西亚区、中亚东南亚区、非洲区、北美欧洲区，由区域经理牵头负责区域内目标国市场开发工作，国际市场二部专注于传统市场——巴基斯坦的核电市场开发工作。

当前的开发情况是，中核中原重点项目取得阶段性进展：正积极推动巴基斯坦 C5 项目融资；阿根廷压水堆项目完成 9 轮合同谈判，取得重大突破；沙特大堆项目与世界核电强企同台竞技，投标文件受到沙方高度评价，并顺利完成第二阶段竞谈；抓住俄罗斯、约旦双方在核电项目谈判陷入僵局的契机，积极推动签署高温气冷堆、"华龙一号"两份合作谅解备忘录；与保加利亚签署政府间和平利用核能谅解备忘录，在欧洲市场取得进展；以中非合作论坛为契机，推动中国与加纳签署政府间和平利用核能合作协定……

"'华龙一号'技术处于全球最先进、最安全行列，经济性也最具有竞争力，同时，我们拥有积累了 30 多年的工程管理和建设经验，完全有能力向外输出技术，推动核电'走出去'。"全国人大代表、中核集团总经理顾军，在 2019 年全国"两会"上信心十足地表示。

顾军预期：在"一带一路"上及其周边有 60 多个国家已经和正在计划发展核电，到 2030 年新建机组将达到 200 多台。如果我国能够获得"一带一路"沿线 20%的市场份额，即约 30 台海外市场机组。每出口一台核电机组，需要 8 万余台套设备，200 余家企业参与制造和建设，可创造约 15 万个就业机会，单台机组投资约 300 亿元，考虑到天然铀、核燃料、运维、退役等全产业链的贡献，单台机组全寿期直接带动约 1 000 亿元。30 台机组将直接产生近 1 万亿产值，创造 500 万个就业机会，全寿期将产生约 3 万亿产值。

中核中原总经理谢嘉杰透露，2018 年，中核中原新市场开发范围扩至 60 个国家，除巴基斯坦、阿根廷外，目前已与埃及、巴西、沙特、阿尔及利亚、苏丹、加纳、马来西亚等近 20 个国家洽谈了“华龙一号”的合作意向。全年还实现马其顿、泰国、智利、古巴、巴拿马、老挝、斯里兰卡、埃塞俄比亚 8 个国家的首次出访，这些国家均表达了与中核中原的合作意愿。

这正印证了邢继所说的“中国的实力一点也不差”!

经过对“华龙一号”总设计师邢继接二连三的采访，我们似乎成了无话不谈的好朋友，还互加了微信。偶尔的聊天中，忽然发现他的微信名是“xing 迹”，于是顿悟，中国核电发展和“华龙一号”研发的艰辛历程，不就是他一生不朽的行迹嘛！

任重如山的他，用的是“抽烟减压”方式。笔者多次善意提醒，为了在建的“华龙一号”和正在研发的华龙二号、三号，请格外珍视身体健康。就在本文刹尾的前几天，笔者问他身体怎样？最近忙什么？他刷微信说：“身体尚好，谢谢！正在首都机场，即将飞往沙特继续推介‘华龙一号’。”

啊，华龙功勋，中国核电功勋，真诚地祝福你此去好运，推介成功！祝福中华之龙翩然起舞，越飞越高！越飞越远！

Hualong, Taking Off

Jingdong Wang　Xiangjun Zhu

China Atomic Energy Press

Contents

In Hangzhou Bay, tide rises and falls. A hill facing Hangzhou Bay, where the first emperor of Qin Dynasty stayed during his tour to the east, was named Qinshan. After so many years, the hill witnessed a historical event in China: the commercial operation of the first 300 MWe PWR nuclear power plant (Qinshan Phase-I), independently designed by Shanghai Nuclear Engineering Research & Design Institute and with full intellectual property right of China National Nuclear Corporation (CNNC), after being successfully connected to the State Grid in December 1991. Later on, CNNC added Qinshan Phase-I in China Nuclear Power Series as CNP300. Gone are the days when China had no nuclear electric power generation!

In 1995, Qinshan 4×600 MWe PWR nuclear power project (Qinshan Phase-II) , independently designed by Nuclear Power Institute of China (NPIC) and with full intellectual property right of CNNC, kicked off. Unit 1 of Qinshan Phase-II was put into commercial operation successfully in

2002.

If we say that CNNC blazed the trail and ended no nuclear power in Chinese mainland by completing Qinshan Phase-I project in 1991, we may regard the success of Qinshan Phase-II project as a breakthrough achieved by CNNC in building large commercial nuclear power plants through self-reliance. CNNC has worked out the first 600 MWe NPP design with complete intellectual property right of its own, accumulated a whole set of experience in completing the project construction, installation and commissioning independently, enabled capabilities in simultaneously building multiple nuclear power units of the same design, paved the way for future standardization and serialization of nuclear power development, and above all, laid a solid foundation for further developing its potentiality in design and construction of thousand-megawatt nuclear power unit branded with China. The success of Qinshan Phase-II project is an important milestone in the process of indigenous nuclear power development.

Actually, China had defined its roadmap to deploy nuclear power development in 1983 while Qinshan Phase-I and Phase-II were under construction: "Giving priority to developing thousand-megawatt PWR nuclear power units, introducing technology and realizing localization gradually". In 1987, the then China Guangdong Nuclear Power Corporation (CGN, later renamed China General Nuclear Power Corporation) initially introduced Daya Bay 2×944 MWe PWR units from France with Framatome Gen II M310 technology, and Ling Ao 2×938 MWe PWR units (Ling Ao Phase-I) in 1997 with a localization rate of 30%. At its fledging stage after completing Daya Bay and Ling Ao

Phase-I, CGN had entrusted a design institute affiliated to CNNC to develop "China Pressurized Reactor" on the basis of M310 technology, named CPR1000 of Gen II+. CGN had gradually taken command of CPR1000 technology and adopted it in Ling Ao Phase-II and a string of sequent CPR1000 nuclear power units spotted along coastline of China, with the best localization to 85% at Ningde NPP Unit 4 in 2016.

The FCD for the 2×1000 MWe PWR Project (Qinshan Phase-I Expansion Project realized at Fangjiashan site of Qinshan Nuclear Power Base in 2008. The two nuclear power units adopted improved M310 technology (M310+) developed by CNNC with a localization rate of 80%and entered commercial operation in 2014 and 2015 respectively.

From Qinshan NPP to Daya Bay NPP, then to Ling Ao Phase-I and Phase-II, China has completed a triple jump in nuclear power design and construction.

Embarking Upon Gen III Technology

In 2004, the State Council of China approved plans for introducing 1000 MWe or 1500 MWe reactors pioneering Generation III nuclear technology from overseas. In December 2007, the Chinese and US governments signed the intergovernmental agreement for the construction of AP1000 projects in China and technology transfer. The key factors in choosing this were passive design, simplified safety system, modular construction giving more rapid build and better cost control, and smaller

components allowing more ready localization.

At ceremony attended by Chinese president Hu Jintao and French president Nicolas Sarkozy in Beijing's Great Hall of the People in November 2007, AREVA initialed contract with CGN for two EPRs at Taishan plus fuel supply to 2026 and other materials and services for them.

We can design and build six-hundred and thousand-megawatt nuclear power plant through self-reliance, but can we design and build the advanced thousand-megawatt nuclear power unit in line with the latest regulatory requirements in the world through self-reliance? This is a challenge raised by people who are concerned about the development of nuclear power in China more than a question for answer from an ambitious generation of Chinese nuclear power engineers.

Hualong One = ACP1000 + ACPR1000+

Independence and self-reliance is an invaluable personality trait in blood vein of CNNC people, and that accounts for its stubborn persistence in pursuing the technical roadmap of CNP300-CNP600-CNP1000-CP1000-Hualong One ACP1000. Thanks to CNNC's technology reserve and experience accumulation in the past six decades, and successful development of CNP series nuclear power s, by the time when CNNC announced the success of development CP1000 with full intellectual property right of its own, China was just one step to attaining Gen III nuclear power standard. "When the going gets tough, the tough gets

going." Experience feedback of advantages and disadvantages in the wake of introducing AP1000 and Fukushima nuclear accident experience feedback enabled CNNC to add a final touch to its success.

Nuclear Power Institute of China (NPIC) and China Nuclear Power Engineering Co., Ltd. (CNPE) of CNNC had undertaken ACP1000 engineering design. As a crucial part of Hualong One ACP1000 technology, its reactor core design is different from any other Gen II or Gen II+ nuclear power units. In order to break through the limitation of traditional 157-fuel-assembly core, which had been prevailing in design of thousand-megawatt PWR nuclear power unit for several decades, a team led by Zhang Senru, Vice President of NPIC, had started the research on 177-fuel-assembly core ever since 1997, which was intended to increase the rated power of the core while reducing the average linear power, so as to increase the generating capacity of nuclear power plant and improve the safety margin of nuclear power operation."For more than ten years, we have never given up the research on the 177-core with our own intellectual property rights," Zhang revealed afterwards. Sticking to the end with this persistence, Zhang Senru and his team found solutions to a series of key technical difficulties. CNNC has applied and registered this177-core design for a patent.

Liu Changwen, Deputy Chief Designer of Hualong One ACP1000, has been playing an important role in the research and development of Gen II and Gen III nuclear island engineering design. Out of 54 special research projects assigned by CNNC in 2012, NPIC had undertaken 18 (later, two more were added), all of which involved key technologies of nuclear island. After more than a thousand days and nights of hard work,

Liu and his team excellently completed these tasks. Recalling the bumpy course of Hualong One ACP1000, Liu smiled and said to me, “The process of research and development is indeed fraught with difficulties. I request the design team just to go ahead boldly and find me for solution if any problem occurs. To be honest, I feel like climbing a mountain during the whole research development process. I didn’t feel very hard when climbing from the bottom. When I got to the top, I looked back and found that I had experienced so many difficulties and obstacles.”

While the introduced Gen III nuclear power project had been proceeding in lime light, CNNC, in a low key, appointed Xing Ji, Deputy General Manager and Chief Engineer of CNPE, specially responsible for perfecting Hualong One ACP1000 technology. Xing Ji has participated the research and development work of CNP1000, CP1000 and ACP1000.

Xing Ji and his team have accomplished model research and development activities ranging from top-level scheme, overall design, preliminary design to relevant important experimental verifications. In 2009, Xing Ji found the previous CP1000 containment might be updated to double layer design, and expert panel were immediately mobilized for topic discussion. In Hualong-ACP1000 containment design, should single-layer design be selected or double-layer one would be adopted? Members of expert panel had been discussing the scheme for about two hours but failed to reach consensus, and they had to submit the issue to the Chief Designer for final decision. Xing Ji fished out a slip of paper from his trousers pocket, and read it word by word “to possess a nuclear power technology with full intellectual property right of our own is a dream of three generations of people devoted to China nuclear power development,

the NPPs to be designed with self-reliance should aim at higher level in nuclear safety, I have confidence passion for innovation of my team in working out the new design, and we must have double-layer containment", then a hail of applause was resounding in the conference room.

Containment, the third barrier of safety system for a nuclear power plant, is designed with many safety functions. Should radioactive materials be released in nuclear accidents, they would be confined in the containment, so as to protect people and environment from harmful effect of radiation. On the other hand, it can withstand the impact caused by an airplane crash and the attack by tornadoes.

After double-layer containment design scheme was confirmed, a fresh idea flashed upon Xing Ji's mind. On the basis of NPIC's design, he first introduced "active + passive" safety concept and philosophy. "Nuclear safety is a design pre-requisite to be considered in all nuclear power projects." In order to find a solution in a shortest possible time, Xing Ji used to work around the clock. Calculation, simulation, layout modification and scheme adjustment have been carried out again and again. After countless calculation and testing, the layout of passive system in containment was finally worked out.

The successful application of this advanced safety concept and philosophy in nuclear power plant safety system design added an irreplaceable weight to Hualong One ACP1000 when being compared with Gen III products of other countries.

Hualong One ACP1000 would not come out without innovation and breakthrough of each step forward. So far, 743 patents and 104 software copyrights associated with Hualong One ACP1000 have been obtained,

covering disciplines such as design technology, special design software, fuel technology, operation and maintenance technology. Hualong One ACP1000 has had the conditions for going global. Behind these accomplishments, Xing Ji and his team have been striving for more than ten years.

In April 2013, CNNC formally unveiled its Hualong One ACP1000, Gen III technology which was fully incorporating experience feedback of Fukushima nuclear accident by adding crucial safety improvements in line with the latest regulatory requirements of International Atomic Energy Agency (IAEA).

CGN led the technical development of the CPR1000 and established a nearly complete domestic supply chain. However, AREVA retains intellectual property rights, which constrains overseas sales since the Chinese would need agreement from AREVA on a case-by-case basis. CGN referred to later units as CPR1000+, incorporating design improvements which bring it close to Gen III standard and get rid of AREVA's export limit. The first of these are Yangjiang Units 3 & 4, with some design modifications, followed by Units 5 & 6 which are more fully transitional to ACPR1000. Of more significance was its evolution to the Advanced CPR-ACPR1000 with full Chinese intellectual property rights, launched by CGN in November 2011 with its safety attributes, which comply with international requirements. CGN has been in cooperation with major nuclear power equipment suppliers in China since 2009 to develop the ACPR1000, a Gen III three-loop unit with double containment, core-catcher, and combination of active and passive safety features. It is developed in accordance with China's latest safety standard

HAF102, which combines the experience of the Fukushima nuclear accident and internationally advanced design ideas, and the requirements of Utility Requirements Documents (URD) and European Utility Requirement (EUR). Currently, the EUR has agreed to accept CGN's application for certification. The CGN is preparing for the UK Generic Design Assessment (GDA). CGN made it available for local build scheduled after 2013. A further development, ACPR1000+, was envisaged for export, which has become another Gen III nuclear power flagship of Hualong One technology exported to the UK.

Hualong One, Take-off

The following two milestones will be remembered in history of China nuclear power development.

May 7, 2015 — First Concrete Date (FCD) of Unit 5 of Hualong One ACP1000 NPP Demonstration Project, realized at Fuqing site, Fujian Province.

August 21, 2015 — First Concrete Date (FCD) of Unit 2 (K2) of K2/K3 Project, the first exported nuclear power project adopting Hualong One ACP1000 technology, with Fuqing Unit 5 as its reference plant, realized at Karachi Site, Pakistan.

Hualong in the Chinese suggests and implies rejuvenation of China and take-off of the Chinese dragon. The successful FCDs realization in China and Pakistan enables China to rank with the developed countries in

building and exporting the Gen III NPP products. Now, China is able to show our own branded nuclear power products in the international arena with the United States, France and Russia, to this end, the people of nuclear power industry has been working hard for 60 years!

Around April 2013, under the coordination of National Energy Administration (NEA), CNNC and CGN agreed to formally use the name Hualong One(for export Hualong One HPR1000) to replace ACPR1000+ and ACP1000 after merging the two technologies for purpose of promoting this state-of-art technology to the world in line with the strategy of "Going Global". Since then, Hualong One is charged with the new mission of "enhancing China's competitiveness in international nuclear power market."

History witnessed that on August 21 and 22, 2014, Hualong One, China's Gen III nuclear power technology passed the review by national authorities in Beijing. CNNC and CGN expressed that launching of Hualong One technology through self-reliance had embodied China's strength in technical innovation and competitiveness in the international nuclear power arena, and highlighted China's confidence and determination in becoming a strong nuclear power producer in the world. "Ship Hualong One, will sail out to sea, it is built by the Chinese not the one borrowed from others." said Wu Xinxiong, head of NEA.

In December 2014, Generic Reactor Safety Review (GRSR) of IAEA review conclusion were released. "ACP1000 is mature and reliable in design safety and meets IAEA latest requirements for design safety of advanced nuclear power technology; its innovative design based on proven technology and detailed verification is mature and reliable."

Hualong One ACP1000 PWR Demonstration Project Landing at Fuqing

With realization of the FCD May 7, 2015, construction of Fuqing Unit 5 had been unfolding in a big way. Zhao Baogui, Deputy General Manager of the project responsible for nuclear island construction, kept his diary "Today is a day worth remembering in the history of nuclear power industry. Hualong One ACP1000 demonstration project of Gen III technology with our own intellectual property rights, being craved by several generations of people engaged nuclear power construction in China for long, kicked off at Fuqing site. The world is so big, and so is the nuclear power community, but it is indeed a great blessing in my life to participate in the construction of first Hualong One ACP1000 project and experience this exciting moment of FCD."

In order to impose control on Safety, Quality, Schedule and Investment of the first reactor demonstration project, Fuqing Nuclear Power Co., Ltd. (FNPC) has adopted the general contracting management mode under the responsibility of owner, which requires the owner to take selective control and coordination in the professional aspects of design, equipment fabrication, construction and commissioning.

In dealing with the specific problems of the project, FNPC and the General Contractor formulated "TOP10 Management Approach for Fuqing Units 5 & 6 of Hualong One ACP1000 Demonstration Project", and established a TOP10 hierarchical management mechanism based on

critical problems and individual responsibilities in various areas during the whole period, so as to strengthen the control and solution of critical problems.

Various engineering projects and areas are covered in the TOP10 approach. In nuclear power production, how to control technical and major defects of the plant with this approach has been well established, while it is relatively difficult to use the approach in engineering construction due to too many unpredictable factors and the wide range of solutions to some major problems. Since there are many risks in design, construction, manufacturing and other fields of the first Hualong One project, the TOP10 management approach represents both an innovation and a challenge.

The sand-table exercise for identifying engineering risks has been applied to the design and equipment manufacturing of Fuqing Unit 5, and 47 exercises have been planned. The control measures to be developed through sand table exercise would have a very good effect on the management of design and equipment manufacturing, especially at preparation stage.

As early as in October 2014, a peer review team in the construction of China's nuclear power projects has demonstrated how to manage primary pumps and digital control system (DCS) of Fuqing Units 5 & 6 in aspects of design, manufacturing, installation and commissioning. The demonstration of primary pumps focused on identification of various uncertain factors in the process of equipment manufacturing from different perspectives, so as to make corrective actions, and a more detailed plan would be developed to avoid risks in advance.

The demonstration of DCS focused on assessment of the project management team's abilities during project organization and implementation, so as to identify shortcomings in process and management personnel skills, and a corresponding plan would be developed. At the same time, platforms and coordination mechanisms for dealing with urgent things were set up at all levels from NEA, CNNC, project owner and contractors to all areas of the project, so that the project could be carried out without delay.

To facilitate the project construction, CNNC, FNPC and CNPE have set up a special incentive fund in addition to total wages. Specialized teams and individuals who have made outstanding contributions to the construction of Hualong One demonstration project would be rewarded. This special incentive has not only stimulated the construction team and individuals to solve all kinds of difficulties in construction with greater passion, but also played a role in setting a good example to stimulate the striving efforts of all personnel.

Jing Chunning, Deputy General Manager and Chief Design Engineer of CNPE said,"Hualong One ACP1000 technology covered more than 300 research and development areas involving more than 70 specialties. A large number of engineers have been mobilized in collaborative design, their coordination and management are very difficult. For solving this issue, Hualong One has incorporated the concept of Internet+ and established an off-site integrated collaborative design platform, connecting more than 20 design units located in Beijing, Shanghai, Chengdu, Fujian, Xi'an, Shijiazhuang and Zhengzhou. More than 500 terminal devices were used to carry out collaborative design work on the same platform. On this

basis, the digital 3D design model and database with more than 50,000 sets of equipment, 165 km pipeline and 2200 km cable were established for Hualong One nuclear power plant." Concerted efforts and cooperation will generate great power. The sincere cooperation of all teams has made the project proceed smoothly.

As the ancients said, "When a young man becomes an adult at the age of 20, he will be crowned to encourage him to be mature." The containment dome placement is known as the adult ceremony for the construction of nuclear power units. At 5:58 p.m. on May 25, 2017, the containment dome of Fuqing Unit 5 was successfully placed, which indicates that the project has entered the stage of equipment installation.

The reactor pressure vessel (RPV), known as the "heart" of a reactor, is the only main equipment that cannot be replaced in the life span of a NPP. At about 10 a.m. on August 20, 2017, ex-factory acceptance was conducted for the RPV of Fuqing Unit 5, independently designed by NPIC and manufactured by China First Heavy Industries. In late January 2018, the RPV was delivered to Fuqing site. The steel giant of 400 tons in weight, will be loaded with 177 fuel assemblies with high-temperature in operation. At 17:07 p.m. on January 28, after nearly eight and a half hours of operation, the pressure vessel of Unit 5 was successfully positioned in the reactor building. The successful positioning of the RPV marked the start of Fuqing Unit 5 reactor core installation.

At 16:16 p.m. on February 24, 20XX with opening of the isolation valve at the outlet of medium-pressure safety injection tank, the nuclear circuit cleaning (NCC) of Fuqing Unit 5 started as scheduled. This was an important milestone in nuclear island installation of PWR nuclear power

plant.

Three or four months after the cold test, the hot test will be conducted. If all goes well, Fuqing Unit 5 can be connected to the grid. The countdown to Hualong One take-off is about to start! As a synonym for China's nuclear power going global, Hualong One has long been in the media spotlight, and everything related to Hualong One is accompanied by glory. So many people, whose names we may not remember, are regarding their work for Hualong One as a glorious mission, and creating miracles in Hualong One demonstration project construction. They have boiled down the innovative management experience from cases of engineering construction, and they have been analyzing dispassionately various possibilities of conducting sequent improvement for promoting Hualong One worldwide in the future.

As a member of Hualong team, Yu Miao, Chief Design Representative of Electrical and Instrumentation appointed by CNPE responsible for Fuqing Unit 5, said in an interview, everything she has done is worth it, although she is a woman and should have devoted more time to caring for her children and family. She thought it a great pleasure to join Hualong team. Like all other people in nuclear power industry, she is willing to exert her efforts to the project. It is an opportunity, and also a great mission.

"It usually takes 6 to 8 years to construct a nuclear power plant. If an engineer graduates in his 20s, there are only a few nuclear power projects that he can participate in all his life." Many people on the site of the nuclear power plant told us that it was an experience engraved on your mind for a lifetime to participate in the construction of the Hualong One demonstration project in the world.

Some people expressed their feelings on the spur of the moment:

A season of flowers, a season of leaves, the world is full of vitality, Hualong has just come out;

A journey of wind, a journey of rain, a decade of hard work has flown, the original aspiration has never changed.

Hualong One ACP1000 Project Blossoming in Karachi

It is well-known that China and Pakistan are "great buddies".

After Qinshan NPP was successfully connected to the grid, China helped Pakistan build Chashma nuclear power plant. This plant has become a successful preview of Hualong nuclear power plant.

Now, again in Pakistan, China Zhongyuan Engineering Corporation (CZEC), under the Belt and Road Initiative, has implemented Karachi K2/K3 Nuclear Power Plant—Hualong One ACP1000 demonstration project overseas. After more than 1500 days and nights of construction, the project has entered civil construction and installation, and made full progress towards the goal of operation in 2021.

At the initial stage of construction, work was really very tough! Technical innovation can promote productivity. However, when Song Fengwei, Deputy General Manager of CZEC and General Manager of K2/K3 Project put forward an innovative construction scheme of "pre-introduction of main equipment", few people supported it. The new

construction scheme is different from containment dome placement first and main equipment installation second, the construction sequence used to be followed. If something goes wrong in the wake of introducing the new construction scheme, who would take responsibility? When the matter came to CZEZ's headquarter in Beijing, Yang Chaodong, General Manager of CZEC made a decision: I agree! The advantage of pre-introduction scheme to construction is self-evident: polar crane will not stand in the way of critical path for main equipment hoisting operation, the flow construction process will be changed to parallel construction process, and construction period will be shortened significantly.

Song Fengwei decided to set up a construction technology innovation team to do some brainstorming before starting to deliberate the feasibility and reliability of this scheme for pre-introduction of main equipment. The team members put their heads together, studied details of each and every work procedure meticulously and eliminated potential risks in the scheme implementation."Each individual must be aware of his responsibilities, and a detailed and feasible plan must be prepared for each day", Song Fengwei repeatedly stressed, which has become work guidelines of the research team.

The E-type equipment turn-over support installation is another successful case of equipment pre-introduce scheme in construction. In late August 2018, the E-type equipment turn-over support was used for the first time in K3 nuclear power project. In just six days, the introduction and positioning of three steam generators was successfully completed, it was a record of the quickest installation of main equipment in history of nuclear power plant construction.

The adoption of a series of construction innovations in K2/K3 project has creatively optimized the critical path of construction, and provided an option for further shortening the construction time and improving the economics of Hualong One project. According to the analysis of critical path method (CPM), under the condition of relatively stable and mature design and equipment manufacturing, the construction time of Hualong One ACP1000 project is expected to be shortened from 63 months to 52 months by introducing construction innovations. "Construction innovations in Karachi project should be disseminated," the leaders of CNNC said during their visit to the project.

Safety is of vital importance in the construction of nuclear power projects. Karachi Hualong One project has also issued a challenge to the impossibilities in terms of safety management.

Five or six thousand people lined up in a neat phalanx, dressed in uniform work clothes and wore safety helmets of the same color, full of high fighting spirit. In the mid summer of 2019, I flew from Beijing to Karachi. Regardless of the tiredness of the journey, the technical staff of the project department eagerly dragged me to the morning exercise site of Hualong One project in Karachi. Before we got over it, we were shocked by the orderly and majestic Pakistani construction staff in front of us. Oh! This is not ordinary Pakistani staff; it is simply a well-trained regular army!

Zhu Qian, CZEC Director of Safety and Security Dept. at Karachi site has been training the local laborers for eight months, and he is the general commander of this staff. It is hard to imagine that Zhu and his colleagues have fought an extremely difficult and protracted war just to implement the most basic safety measure in China—wearing safety

helmets and dressing work clothes.

As we all know, Pakistan is an Islamic country and its people used to wear big robes and slippers, which poses a great potential hazard to safety. Besides, they used to work with a slack pace and have nothing urgent. At first, how to manage these local laborers indulged in idleness was really a problem for Zhu. It took him a lot of time. Let's see how Zhu acted after much cogitation.

The first move: dress work clothes. But it was very difficult. When the news spread to the Chinese contractor, a heated discussion was triggered: we have been thinking about it for more than 20 years, it will not work. You are also-ran! The contractor objected it, and Pakistani staff refused it by rationalizing that the work clothes are tight and not as comfortable as Pakistani clothes. Theory even stressed that the clothes of different nation were not allowed to dress by religion. The project senior management officials of Pakistan also supported their employees.

An "ally" must be formed with the contractors so as to move this forward. When the matter was reported to Song Fengwei, he gave strong support, "Just do it, and it will be my responsibility if something goes wrong!" As a result, Zhu Qian came up with a "killer's mace": Dear sir, look at the contract, there is clearly a clause about " uniform work clothes ", how can you ignore it? If you violate the contract, you will be fined. Of course, in private, Zhu Qian gave full play to the advantages of his friendship with them, with door-to-door persuasion and communication. The contractors are also reasonable people, in order to strictly implement the contract, but also for the sake of production safety, they ended up standing in the same trench with Zhu Qian.

What remained was how to convince the Pakistani senior officials and employees to cooperate in safety management. In addition to the initial safety training and the introduction of China's advanced management practice, it is important to make them understand that work clothes are conducive to personal safety; these clothes don't cost your money and you can save money on clothes; China respects your custom of not dressing clothes of different nations, but the Holy Prophet also says that you can dress for work needs on special occasions, like your army and police. Truth needs not many words. A resolute boycott was finally resolved. Work clothes were first dressed when working in the restricted areas, and then extended to all areas. By and by, Pakistani employees were used to this safety rule and took pride in dressing work clothes. Interestingly, the project senior officials from Pakistan also asked the Chinese staff for these clean and tidy work clothes, as a symbol of status and honor to commemorate their work for the nuclear power plant. Later, when senior officials of the Pakistani government, consul general of China and Chinese visiting delegation came to visit the well-dressed and well-disciplined Pakistani labor force, they were so shocked that they even shouted, "it's not easy!" "it's really great"!

The second move to ensure safety is to install an electronic monitoring system. At first, the Pakistani military could not realize the advantage of using the system, and thought that it would hurt their self-esteem and dignity.

Brigadier General Hussein, Commander of Pakistan Strategic Plans Division (SPD) in Karachi, accompanied by the K2/K3 Project General Manager of Pakistan Atomic Energy Commission (PAEC), broke into

Song Fengwei's office, yelling for "cancel monitoring". Song Fengwei and Zhu Qian explained patiently, "Since the project is implemented by CZEC, we are responsible for the safety within the jurisdiction. Closed management for the area is also an effective part of safety management. Video tracking system is not to restrict access of the Pakistanis so long as they have been checked at the site entrance. After patiently explaining, they showed the slides to let Brigadier General and K2/K3 Project GM see how China's nuclear power plants are managed in the same way.

The benefits of electronic monitoring systems are obvious. Soon after, PAEC asked for these systems to be installed at the entrance of their high walls. The monitoring system is an important means to ensure safety management, which has been used for many years in China, but it has encountered a "red light" in Karachi. One reason was that there was no such an arrangement in early days, and what was even more troublesome was that SPD blocked the system for the reason of "Nuclear power base is a highly confidential place, there is a great risk of divulging confidential information in the monitoring system, so it cannot be installed! Only the Pakistani military has the power to monitor the whole place." When the contractor set about the installation, the Pakistani military strongly refused to do so. The PSD sent an official letter in advance, and broke into Zhu Qian's office and shouted, "This is violating the rule of Islamabad Headquarters." Zhu explained, "This is an important means for us to ensure safety, video records can be used to deal with accidents more convincingly, and installation of monitoring system in important places has become a mandatory requirement in China, just like drivers in your country who run into traffic lights and electronic police.

Zhu Qian unhurriedly showed the monitoring video to him, "Look, everyone has a job number that is imperceptible, and you can see clearly if someone is making a mistake by zooming in the monitoring video. Once the mistake is found, the supervisor uses the walkie-talkie to send a call, and the safety officer on-site comes forward to stop and correct it in time, the potential safety hazard can be eliminated." OK! In face of these facts, he finally nodded with consent. After three months, the monitoring systems have covered all areas without blind angle. Pakistan's military was extremely shocked "It's amazing!" They reported this "advanced technology" to their headquarters immediately and asked for installation in all areas under their jurisdiction.

A drop of water shows the brilliance of the sun. In the first Hualong One Project overseas, we have not only exported a large number of equipment, technology and services, but also transfer redour management ideas and concepts to our Pakistani friends. "Give a man a fish, he eats for a day, teach a man to fish, he will never go hungry." Compared with the visible export growth, this invisible value of bringing in the advanced ideological concept makes more sense, especially in building the Sino-Pakistan Community of Shared Destiny.

Our concepts and methods of safety management have led to Pakistan's comprehensive recognition of our other management methods, from initial protest and rejection to subsequent adaptation and acceptance, and to active learning, thus realizing the effective export of Chinese management ideas. What's been valuable is that Pakistan's recognition of the advanced management of this project is not only due to the excellence of the project team, but also to the increasing progress and strength of China, and that the advanced management of the project is only a microcosm of the advanced

country. This great image of China, which has been virtually established by Pakistan in the construction of this project, is even more valuable.

Continuous progress has been achieved in Hualong One “Going Global”. Xing Ji revealed, “In addition to the successful construction in Pakistan, at present, intent of cooperation has been reached with almost 20 countries including Argentina, the UK, Egypt, Brazil, Saudi Arabia, Algeria, Sudan, Ghana and Malaysia.”

Hualong One has been praised and recommended by the two national leaders of China.

President Xi Jinping said to the foreign heads on two occasions: “Hualong One is a third-generation nuclear power technology with China’s complete intellectual property rights, and we will promote it to Africa and the world.”.

Premier Li Keqiang told those who are working in nuclear power, “As you back me up with Hualong One, I will make you internationally recognized for this brand.”

After a series of interviews with Xing Ji, Commander-in-Chief of Hualong One, we seem to have become good friends in each other’s confidence. I asked him what he had been up to recently. He said, “A first-class enterprise should be able to develop standards.” Now, he is revising and improving the international technical standards of Hualong One, and is studying the development plan of Hualong Two for creating more nuclear power brands. He will fly to Saudi Arabia in the coming days to continue to promote Hualong One.

The news is so exciting. We sincerely wish the new Hualong come out very soon! Wish Xing Ji good luck and success! Wish Hualong blossom in more countries.

2017.04.1